식빵 굽는 시간
가족의 기원

문 학 동 네
한국문학전집

0   3   3

조경란
장편소설

식빵 굽는 시간
가족의 기원

문학동네

식빵 굽는 시간

식빵 굽는 시간

1. 식빵

당신. 이제 당신에게 식빵 이야기를 하고 싶어.

식빵은 모든 빵의 기초라고 할 수 있지. 그래서 식빵을 잘 만들면 다른 종류의 빵들도 비교적 손쉽게 만들 수 있다고 해. 식빵은 다른 첨가물이 전혀 안 들어간 유럽풍의 정통 빵으로서 포근한 느낌이 그 특징이야. 자른 표면의 기포 구성이 자잘하고 크기가 일정해야 하며 껍질이 부드러우면서 부위별로 고른 색깔이 나야 잘 구워진 것이라고 할 수 있어. 다가오는 이 계절만 지나면 나는 꼭 서른 살이 되지. 더이상 어리지 않다는 거, 그건 참으로 말할 수 없이 야릇한 기분일 거야. 그러나 당신이 그랬던 것처럼 낙조落照를 찾아다니며 바라보기에 내 나이는 아직 너무 어리지…… 아 참, 내가 무슨 이야기를 하고 있었지. 그래, 식빵 이야기를 하고 있던 중이었지. 기본 반죽에 쑥가루나 옥수수 분말, 조림밤, 우유, 건포도 등 여러 재료를 넣어 응용할 수도 있어. 모든 빵의 기본이 된다고 해서 만들기가 까다롭지 않다는 것은 아니야. 기본이라고 해서 간단한 것은 세상에 아무것도 없을지 몰라. 어쩔 수 없이, 나는 이제 곧 서른 살이 될 거야.

식탁 위에 강력분과 설탕, 소금, 분유, 쇼트닝, 밀대와 식빵틀 따위를 잔뜩 늘어놓고서 나는 잠깐 망설였다. 쑥가루나 옥수수 분말, 조림밤, 우유, 건포도 중에서 무엇을 넣을지 아직 결정하지 못한 것이다. 한동안 자리에 우뚝 선 채로 있다가 나는 아무것도 첨가하지 않은 식빵을 만들겠다는 생각을 하며 넓은 갱지를 깔아놓고 강력분을 담은 스테인리스 체를 흔들어대기 시작하였다.

"벌써 봄인가보구나."

여승처럼 맑은 눈을 깜빡거리며 그녀가 왼팔을 올린 채 겨드랑이에 일회용 면도기를 대고 있는 나를 쳐다보았다.

"전기면도기가 있잖니, 왜 그걸 사용하지 않구서. 잘못해서 살이라도 베이면 어떡하려고 그러니."

"전기면도긴 잘 안 깎여요."

"얘, 그건 꼭 그렇게 밀어내야 하는 거니……?"

평일 오후라 그런지 목욕탕 실내는 여느 때와 달리 비교적 한가한 편이었다. 아까부터 몹시 비둔한 몸집의 중년 여자 두 명이 노인 같은 표정으로 온탕과 냉탕을 번갈아가며 드나들었다. 두 여자의 아랫배는 거웃 부분까지 축 늘어져 있었다. 그것은 문득 앉아 있는 거대한 코끼리의 앞가슴을 연상시켰다. 좋아 보이지도 그렇지 않아 보이지도 않았다.

나이를 먹는다는 것은 자신의 몸에 대해서조차 관대해진다는 것일까. 그러는 새에 스스로를 젊다고 내세우는 것이 어색해지고 자신 없어질 테지. 때때로 낯선 기분이 들지도 모른다. 그리고 언젠가 나도 그 나이에 이를 것이다.

나는 거품을 낸 타월로 왼쪽 겨드랑이께를 세게 문질러대었다. 금세 살갗이 붉게 일어났다. 두 다리를 벌리고 선 자세로 내려다본 아랫배는 아직 밋밋해 보였다. 어쩐지 나는 조용히 안심이 되는 것을 느낀다.

중년의 두 여자를 제외한다면 이 목욕탕에 다른 손님은 그녀와 나, 그리고 맞은편 쪽에 뇌성마비 딸을 데리고 온 여자뿐이다. 그 여자는 제 딸아이처럼 깡마른 몸매를 가지고 있었다.

"이모, 등 좀 밀어주세요."

부연 수증기 속으로 번지는 내 목소리는 몹시 음울하게 들렸다.

"응? 그래그래, 자 이리 조금만 돌아앉아봐라."

정맥이 환히 드러나 보이는 손등에 연둣빛 이태리타월을 끼며 그녀가 내 등뒤로 돌아섰다. 목 언저리께부터 문지르는 그녀의 세심한 손놀림을 느끼며 나는 눈을 감았다. 어디선가 잘 익은 향긋한 살구 냄새가 풍겨나는 듯해서 코를 킁킁거려보았다. 그녀가 바른 보디샴푸 향이었다. 종아리께도 반드르르하게 윤이 나는 게 보였다.

"어깨선이며 엉덩이까지, 아주 네 엄마를 쏙 빼닮은 몸이구나."

뜬금없는 소리였다. 샤워기를 틀어 등에 대고 있는 나에게 생각난 듯 그녀가 낮은 소리로 말했다.

"그게 무슨 말예요?"

나는 될 수 있는 대로 그녀와 눈을 마주치지 않도록 노력하면서 건조한 음성으로 되물었다.

"그저 그렇다는 말이다. 네 엄마는 선이 고운 여자였지. 너 기억나지 않니? 한복 입은 모습 말이다. 태가 아주 고왔어. 나이를 먹어서도 말야. 가냘픈 목이며 어깨선이란 정말 훔치고 싶도록 고왔었다."

하필이면 그녀는 왜 공중목욕탕에서 어머니 이야기를 꺼내고 있는 것일까. 그것은 정말이지 장소에 어울리지 않는 화제였다. 나는 어머니에 관한 이야기는 어둑한 거실이나 말끔히 치운 저녁 식탁에서나 어울린다는 생각을 갖고 있었다. 어머니 이야기라면 아직도 내게는 조심스럽고 비밀스럽기까지 한 것이었다. 나는 이런 곳에서 아무렇지도 않게 어머니 이야기를 꺼내는 이모가 못마땅했다.

이런 경우, 나는 내가 아무리 노력해도 좀처럼 이모를 좋아할 수 없을 거라는 짐작이 든다. 노력을 해도 좋아질 수 없다면, 그냥 자연스럽게 내버려두는 게 가장 현명한 방법이다. 그것은 지난 수년간 이모와의 관계를 통해 내가 힘들게 얻어낸, 그러나 참으로 보잘것없는 결론이었다. 그녀와 익숙해지기는 처음부터 간단한 일이 아니었다.

그녀가 아버지와 내가 살고 있는 집에 온 지 얼마 되지 않았을 때 한번은 이런 일이 있었다. 햇살이 잦아들 무렵 나는 주방에서 저녁식사를 준비하다가 울음소리를 듣게 되었다. 애써 숨을 죽인 듯한 그 울음소리는 그녀가 있는 방안에서 새어나오고 있었다. 까닭 없이 긴장되는 것을 느끼면서 나는 방문을 열었다. 그녀는 방바닥에 쪼그려앉은 자세로 흐느끼고 있었다. 나는 그녀에게 왜 그러느냐고 묻지 않을 수 없었다. 눈물이 번진 흥건한 얼굴을 들어 그녀가 나를 올려다보았다.

얘, 글쎄 말이다. 어쩌면 이런 일이 다 있을 수가 있니. 최근에 남아프리카공화국에 있는 사파리 공원에서 어미를 잃은 두 살배기 암하마와 수소가 종족을 뛰어넘은 사랑에 빠져 있다고 하는구나. 한낱 짐승에 불과한 것들이 말이다. 그 예민한 것들……

그녀의 손에는 잘 가위질된 신문 조각이 들려 있었다. 나는 곧 입을 다물고는 그녀의 모습을 각인이라도 하려는 듯 오랫동안 물끄러미 바라보기만 하였다. 그런 그녀를 보면서 나는 그녀와 내가 좀처럼 가까워질 수 없는 사이라는 것을 뚜렷이 깨달았다. 분명한 이유는 알 수 없었다. 어쨌거나 그때 나는 그 사실을 알아버렸던

것이다. 나는 가만히 방문을 닫으며 그녀의 방을 나왔다. 그 며칠
뒤부터 그녀의 손에는 『동물은 무엇을 생각하는가』 또는 『코끼리
가 울고 있을 때』와 같은 책들이 들려 있곤 하였다.

그녀의 나이가 적어도 스물몇이거나 서른 초반만 되었더라도
나는 어쩌면 그런 그녀를 쉽게 이해할 수 있을지도 몰랐다. 그러나
그녀는 올해 마흔아홉 살이었다. 그런 성향을 가진 그녀를 이해하
기는 나로서는 몹시 어려운 일이었다. 해서 나는 이제 우리가 가까
워져야만 한다는 것에 더이상 집착하거나 미련을 갖지 않는다. 단
지 우리는 그저 우연히 한집에 기거하는 동거인에 불과하다는 생
각을 갖고 있을 뿐이다.

"누가 그랬던가요. 사물들이 오목하게 물러설 때 욕망은 더욱
커진다구요."

나는 이모의 말을 듣고 있지 않았다. 다만 얼른 이모의 입을 다
물게 하고 싶을 뿐이어서 무턱대고 그런 말을 내뱉었다.

"그게 무슨 말이냐?"

"이를테면 겨드랑이나 옆구리, 귀의 오목한 형태 같은 것들 말
예요."

딱히 그녀에게가 아니라 혼잣말을 하듯 나는 나직한 목소리로
중얼거렸다.

"여진아……"

할 수 없다는 듯 나는 그녀를 바라보았다. 이상한 안타까움 같은

것들이 엿보이는 그녀의 눈을. 나는 그만 눈을 내리깔고 싶었다.

"넌 가끔, 그래 아주 가끔씩, 도저히 내가 이해할 수 없는 말들을 하는구나."

아니에요 이모. 가끔씩 상대가 좀처럼 이해하기 힘든 말을 하는 건 제가 아니라 오히려 이모가 아닌가요. 이모는 자기 자신을 너무 모르고 있어요.

여전히 멀뚱거리며 나를 바라보고 있는 이모를 향해 나는 속엣말을 했다. 그녀와 대화를 할 때면 나는 늘 냉소적이 된다. 그런 자신을 발견하는 것은 조금도 즐겁지 않은 일이다. 애써 그러지 말아야지, 마음을 다잡아도 그것은 그녀의 성향을 이해하려고 하는 것만큼이나 쉽지 않은 일이었다. 그녀와 조금이라도 대화라는 것을 하고 나서는 한 번도 유쾌한 기분이 들었던 기억이 없다. 아니, 내가 아주 어렸던 시절을 제외하고는.

그녀의 몸은 마흔아홉의 여자라고 하기에는 지나치게 젊다. 목욕탕 안의 모든 빛을 빨아들인 듯 피부는 새하얗게 빛나고 잘 발효된 카스텔라처럼 부드러워 보인다. 부러 만져본 적은 없지만 탄력 또한 잃지 않았을 게 분명하다. 그녀의 몸을 힐긋거리며 그럴 필요가 없는데도 나는 수압을 끝까지 높여 샤워기 꼭지를 흔들어대었다. 어어어, 어, 어어…… 어디선가 입술을 꼭 붙인 채 목으로만 웅얼웅얼하는 소리가 들리는 것 같았다.

"이봐요 아가씨, 아가씨!"

"저런, 여진아. 애, 저 아이한테 물이 튀고 있잖니. 좀 조심하지 않구선."

그녀가 내 손에서 재빨리 샤워기를 빼앗아갔다. 맞은편에 있던 여자가 당황한 얼굴로 나를 바라보았다. 어느새 내게서 샤워기를 치워버린 이모는 목욕탕 바닥에 타월을 괴고 누워 있는 뇌성마비 아이에게 다가가 물이 튄 그애의 얼굴이며 목덜미를 마른 수건으로 닦아주기 시작하였다. 세찬 물줄기가 사방으로 쏟아지면서 아이에게까지 튀었나보았다.

입술이 뒤틀린 그 아이가 이모에게 무어라 웅얼거리는 소리가 들렸다. 그녀는 아이의 입술에 귀를 바싹 붙이고서는 연신 고개를 끄덕여대며 아는 체를 하였다. 온몸의 뼈가 툭툭 불거져나온 아이의 여린 몸과 그녀의 탱탱한 몸집이 한데 어울린 장면은 몹시 불편하게 느껴졌다. 아이의 젊은 엄마는 그녀가 아이와 함께 있는 것을 보더니 그 틈에 잠시 온탕에 들어갔다. 나는 두서너 걸음 떨어진 곳에 서서 수압을 낮춰 다시 샤워기를 틀었다.

거울을 들여다보다가 나는 내 왼쪽 눈 밑의 팥알만한 검은 자국을 보았다. 점일까. 지난해부터 눈에 띄기 시작하더니 이제는 점점 크기가 커지면서 눈에 띄게 거뭇해지고 있었다. 화장을 해도 잘 가려지지 않아 신경이 쓰이고 있는 터였다. 나는 고개를 뒤로 젖히고 물줄기를 맞으며 오래 그러고 서 있었다.

비누며 샴푸 따위를 바구니에 챙겨넣다가 생각난 듯 고개를 돌려보았다. 뇌성마비 여자아이가 목을 한쪽으로 꺾은 채 바닥에 놓인 음료수에 꽂힌 스트로를 힘들게 빨아들이고 있었다. 아이 얼굴을 정성스레 닦아내고 나서 그녀가 사다준 것일 터였다. 구태여 몸을 돌려 보지 않아도 이제 그런 것쯤은 쉽게 알 수 있다. 어쩌면 나는 이미 그녀에게 익숙해져가고 있는지도 모른다. 아이의 목울대가 한 번씩 움직일 때마다 굵은 스트로로 오렌지빛 음료가 빨려올라가는 게 보였다.

나와 눈이 마주친 아이가 잔뜩 얼굴을 일그러뜨렸다. ……? 나는 조금 더 가까이 다가가 아이의 얼굴을 살펴보았다. 해사한 얼굴. 일곱 살? 여덟 살? 그쯤 되었을 법해 보였다. 얼굴이 그처럼 흉하게 일그러지는 이유가 그 아이가 짓는 웃음 때문이라는 것을 조금 후에야 알아차릴 수 있었다. 아이는 스트로를 빨아들이기가 힘겨운지 간간이 고개를 바로 세워 천장을 보면서 숨을 고르고 나서 다시 음료수를 마시곤 하였다.

아이 엄마와 그녀는 온탕 안에서 무슨 이야기를 나누고 있는지 가까운 거리에서 두런거리고들 있었다. 중년의 뚱뚱한 여자들은 냉탕에서 허푸허푸 소리를 내며 얼굴과 등허리께를 문지르고 있었다.

나는 발로 아이의 왼쪽 귀 옆에 놓인 음료수 팩을 내 쪽으로 조금 끌어보았다. 여전히 나를 바라보면서 얼굴을 일그러뜨린 그 아이가 음료수 팩 쪽으로 온몸을 움직거렸다. 내가 제게 장난을 하는 줄 아는 모양이었다. 스트로에 아이의 입술이 닿으려고 할 때 다시 아이의 왼쪽 귀 옆에서 팩을 밀어내었다. 이번에도 아이는 유난히 길고 가느다란 팔과 다리를 버둥거리면서 스트로가 꽂힌 팩을 향해 안간힘을 쓰며 다가오려고 했다. 아이의 깨끗한 이마에 시퍼렇게 힘줄이 불거지는 것이 보였다. 음료수 팩과 아이의 입술이 닿는다고 생각한 순간, 이번에는 팩을 더 멀리 밀어냈다. 그제서야 아이의 얼굴이 딱딱하게 굳어져버렸다. 나는 나를 바라보는 아이의 눈을 피하지 않고 똑바로 맞바라보았다. 아이의 눈에는 공포라고 말할 수 있는 감정들이 어려 있었다. 아니 아니, 그럴 마음은 아니었어. 너를 움직이게 하고 싶었어. 나는 몸을 돌려 이미 다 쏟아져버린 음료수를 들어 아이의 왼쪽 귀 옆에 바로 세워주었다. 그러고 나서 아이를 향해 쓰게 미소지었다.

목욕 바구니를 다 챙기고 나서 나는 마지막으로 발을 헹구다가 잊고 있었다는 듯, 그 옛날 이집트의 여인들처럼 두 다리를 벌리고 서서 오줌을 누었다.

탕 안에 앉아 있는 그녀를 놔둔 채 혼자 목욕탕 유리문을 밀려다 말고 나는 다시 고개를 돌리지 않을 수 없었다. 아직도 여자아이가 그 큰 눈동자로 나를 뚫어지게 바라보고 있었던 것이다. 등줄기가 서늘해지도록 영묘靈妙함이 느껴지는 눈빛이었다.

2. 브리오슈

  '나무와 벽돌' 이층 창가에서 내려다보이는 거리는 누군가 일시
에 시간을 끊어버린 듯 깊은 정적감이 느껴졌다. 아침부터 내리기
시작한 봄비는 여전히 그칠 줄 몰랐다. 신호를 기다리고 있는 좌석
버스와 시내버스들은 건전지가 다 소모된 장난감처럼 일제히 정
지해 있었다. 성능이 좋은 배터리를 갈아끼운다고 해도 쉽사리 움
직일 것 같지 않은 견고한 전경이었다. 간혹 맞은편 상업은행 건물
회전문으로 색색의 우산을 받쳐든 사람들이 몇몇 드나들기도 하
였다. 오후가 시작되고 있는 거리는 저녁 일곱시 같아 보였다. 길
가 가로수 이파리들 사이로 나무와 벽돌의 초록 네온이 거꾸로 반
사되었다. 나무에 매달려 있는 나무와 벽돌, 이라고 나는 조용히
읊조려보았다.
  손님은 나 이외에 한 사람도 보이지 않았다. 아직 손님이 들기

에는 이른 시간이었다. 나는 흰 블라우스에 초록색 에이프런을 두른 종업원에게 요구르트프루트스쿼시 한 잔을 주문하고는 혼곤함을 느끼며 눈을 감았다. 세팅을 하려고 테이블 사이를 오가는 종업원들의 그 십스러운 발짝소리가 귓기를 톡톡 쳤다.

요구르트프루트스쿼시? 나는 주로 커피를 마신다. 그런 내가 이런 딸기빛 음료를 주문하고 있다니. 그래 오늘은 어쩌면 특별한 날인지도 모르지. 한영원. 나는 아직도 당신 이름을 기억하고 있어. 아침에 일어나서 창문을 여는 순간 당신이 보고 싶었어. 그래서 서둘러 외출 준비를 하고 150번 버스를 탔던 거야. 언젠가 그랬던 것처럼 조금은 설레는 기분으로 광화문 지하도를 건넜지. 일층 크라운베이커리를 거쳐 스무 계단을 올라 이 년 전 당신을 마주했던 이 테이블로 걸어왔어. 우리가 다시 오기를 기다렸던 것처럼 이곳은 그해 가을과 하나도 달라진 게 없어 보였어. 아, 페치카엔 장작이 타오르고 있지 않아. 그럴밖에, 지금은 봄이 한창이니까 말이야. 그런데 역시 당신은 이곳에 없더군.

지금까지 그녀와 나는 꼭 세 번 만났다. 세번째 만남 이후 그녀는 나를 찾지 않았다. 나는 그녀가 지금 어디에 있는지 무엇을 하는지 그때나 지금이나 알지 못한다. 그녀에게 처음 전화가 걸려왔을 때 나는 그녀의 음성이 아주 낯익은 것에 놀랐었다. 그러나 그녀가 내게 전화한 사실에 대해서는 미리 어떤 예견이라도 하고 있던 것처럼 비교적 담담한 심정이었다. 어쩌면 우리의 만남이 오히

20

려 자연스러운 것이라고 생각했는지도 모른다. 그녀의 첫 전화는 아침 일곱시 정각에 걸려왔다.

그 무렵의 나는 새벽 다섯시나 여섯시쯤 간신히 잠이 들곤 하였다. 스물여덟의 불면. 새벽마다 우유를 따뜻하게 데워 마신다거나 천 마리의 양을 열 번도 더 넘게 세는 등 불면에 관한 내가 가진 상식을 모두 동원해보았지만 그리 간단하게 치유되지는 않았다. 화장실을 들락거리거나 물을 마시러 아래층으로 내려가면 때때로 이모나 아버지가 거실 소파에 우두커니 앉아 있고는 하였다. 어둠 속에서 그 검은 형상을 처음 발견했을 때 나는 적잖이 놀라지 않을 수 없었다. 하지만 그것도 곧 불면처럼 습관이 돼버리고 말았다. 어느 날은 흰 잠옷 바람의 이모이거나 노란 등산용 조끼를 입고 있는 아버지이거나 했다. 새벽마다 일종의 무언극을 관람하고 있다는 생각이 들었다. 이무기처럼 그렇게 우리 세 사람은 새벽마다 거실이나 주방을 어슬렁거리고 있었다.

어머니의 병세가 호전되기를 기다리고 있던 일월 초순의 일이었다. 어찌되었건 이른 아침에 전화를 받는다는 것은 조금 난감한 일이 아닐 수 없었다.

"한영원이에요."

수화기 건너편에서 한 여자가 대뜸 자신의 이름을 밝혔다. 청량감이 느껴지는 목소리였다. 나는 차근차근 머릿속을 뒤적거리며 그 이름을 기억해내려 애를 썼다. 한영원…… 그래, 나는 그 이름을 잘 알고 있지. 그녀라는 것을 알자 나는 궁지에 몰린 사람처럼 식은땀을 흘리며 수화기를 부르쥐었다.

"충분히 신중하게 생각해봤어요. 강여진씨."

"……나도 그랬어요."

"우리, 한 번은 만나야 하지 않을까 싶어요. 꼭 그래야 할 필요는 없다는 생각도 하긴 했지만."

조용하지만 단호함이 배인 목소리였다. 거절해야 할 이유는 없었다. 어쩌면 오래전부터 나는 나름대로 그녀의 모습을 상상하고 있었는지도 몰랐다. 나 역시 그녀에 대해 몹시 궁금해한 적이 있었으니까.

어디로 나가면 되느냐고 나는 물었다. 일부러 그런 게 아니었는데도 내 목소리는 탁하게 갈라져 들려왔다. 나는 아랫입술을 지그시 물었다.

"혹시, 광화문에 있는 나무와 벽돌이란 곳 알아요?"

"찾아갈게요."

"일곱시에 그곳에서 만나면 좋겠어요."

저녁 일곱시. 나무와 벽돌. 전화를 끊고 나서 나는 책상 위에 놓인 노트에 그렇게 메모했다. 다시 침대에 누웠지만 잠은 오지 않았다. 그녀와의 만남을 상상해본 적은 있지만 정말로 이렇게 만나게 될 거라고는 한 번도 기대한 적이 없다는 것을 깨달았다. 드디어 오늘 그녀를 만난다…… 시계가 여덟시를 지나는 것을 지켜보다가 나는 서둘러 주방으로 내려갔다.

"보니 부스."

"……?"

"보니 부스. 나는 가끔 그 여자를 생각하곤 해요."

권오창 화백이 그린 명성황후처럼 미간이 넓고 기다란 눈매를 가진 여자였다. 나는 물컵을 내려놓고 그녀 목언저리쯤에 시선을 두었다.

"언젠가 미국 인디애나주의 한 삼십대 여성이 발바닥의 굳은살을 제거하기 위해 엽총으로 자신의 발을 쏜 적이 있어요. 혹시 알아요?"

그녀의 손등으로 시선을 내리며 나는 고개를 저었다. 유난히 푸른 정맥이 도드라져 있는 손이었다.

"물론 그 여자는 만취 상태였어요. 보드카 한 병과 맥주 세 병을 마셨다고 하더군요. 처음에는 면도칼로 굳은살을 제거하려 했는데 여의치 않았나봐요. 결국엔 자신의 뒤뜰에서 소형 엽총으로 발을 쏴버리고 말았대요."

"왜, 그랬을까요."

"그후로 그녀는 정신감정을 받기 위해서 병원에 입원해 있다고 하더군요. 더이상은 나도 몰라요."

어째서 지금 그녀가 내게 이런 이야기를 하고 있는지 알 수가 없었다. 도무지 영문을 모르겠다는 표정으로 그녀의 둥그스름한 이마께를 올려다보았다.

"가끔, 그래요. 아주 가끔 실은 나도 그러고 싶을 때가 있거든요. 여진씨는 자신의 신체 중에 어느 부분이 콤플렉스로 느껴지나요?"

아무렇지도 않게 사람을 당황스럽게 만드는 여자다. 나는 곤혹스럽다는 듯 약간 이맛살을 찌푸리며 천천히 커피를 한 모금 마셨다. 신체의 어느 부분……? 얼굴이 달아오르는 것을 느끼며 한쪽 뺨에 손바닥을 가져갔다.

"……"

"나는 발바닥이에요. 그 부분에 유난히 굳은살이 많아요. 그래서 굳은살이 전혀 없는 여자들의 둥근 뒤꿈치를 보면 부러워요. 구두를 자주 신어서 그런 것 같기도 하고. 아무튼 발바닥이 굉장히 딱딱한 편이에요."

그쯤에서 그녀는 말을 마치고 후르륵 소리 내어 깊은 숨을 내쉬었다. 마치 자신도 왜 그런 이야기를 하고 있는지 모르겠다는 얼굴로.

"그저 단순한 피부질환인지도 모르잖아요. 피부과에 한번 가보는 게 어때요."

나도 그런 적이 있었어요. 지금은 괜찮아지긴 했지만, 왼손 때문에…… 그래서 피부과엘 갔었어요. 나는 그날을 잊을 수가 없어요. 우리는, 그날 처음 만났거든요. 당신이 사랑하는 그 남자 말예요, 라는 뒤엣말은 하지 않았다.

요구르트프루트스퀴시가 든 잔을 한 번 빙그르 돌리더니 그녀는 가방을 뒤적거려 담배를 꺼냈다. 쿨 라이트였다. 유황이 좋지 않아서 세번째 성냥을 그었을 때 겨우 불이 붙었다. 근처에서 직장을 다니는 사람들이 퇴근 후 즐겨 찾는 장소인지 이제 빈 테이블이 보이지 않았다. 시간은 얼추 일곱시 사십분을 가리키고 있었다. 한쪽 구석에 놓인 페치카에서는 잘 마른 장작이 탁탁 소리를 내며 타올랐다. 초록빛 테이블보 위로 담뱃재가 떨어지는 것을 보며 나는 때아닌 공복감을 느꼈다.

그녀는 요구르트 소스를 곁들인 동양풍의 닭고기 스테이크를, 나는 쇠고기 토마토 소스를 얹은 볼로냐 스파게티를 주문했다. 나는 그녀가 요구르트를 좋아하는 여자라고 단정했다.

"참 아이러니한 일예요."

두서없이 말을 시작하는 여자다. 나는 조금씩 긴장감을 풀며 의자 뒤로 좀더 편안하게 기대앉았다.

"이 집, 나무와 벽돌에 있는 저 나무들은 모두 인조예요. 그렇게 안 보이죠?"

나는 그녀가 가리키는 데로 시선을 던졌다. 일층 크라운베이커리에서 올라오는 스무 개의 계단마다 베고니아 화분이 놓였고 실내 군데군데 키 큰 벤자민이 자리잡고 있었다. 방금 물걸레로 깨끗이 닦고 스프레이를 뿌린 듯 싱싱해 보였다. 전혀 인조적으로 느껴지지 않았다.

"정말 저게 다 가짜라구요?"

"믿어지지 않으면 한번 만져봐요."

"약간 우습다는 생각이 드네요. 나무와 벽돌의 나무가 모두 가짜라니."

그녀와 나는 익숙한 사이처럼 쿡쿡 웃기까지 하며 스테이크를 자르고 스파게티를 먹었다. 그녀를 마주하고 있는 나 자신조차도 우리가 오늘 처음 만난 사이라는 것을 문득문득 잊어버리고는 하였다. 흡인력을 느끼게 하는 여자였다. 요구르트를 좋아하는 그녀는 드레싱이 듬뿍 끼얹어진 채소샐러드에는 손도 대지 않았다. 나는 느릿느릿 샐러드와 스파게티를 먹었다.

"어째서 피망은 모두 남기는 거죠?"

종업원이 접시를 치워 갈 때 샐러드 접시를 내려다보며 그녀가 의아하다는 듯 눈을 둥그렇게 뜨고 내게 물었다. 청정한 눈빛이었다.

"그냥 쓴맛이 싫어서요."

"피망엔 비타민시가 아주 많이 함유돼 있어요. 여진씨같이 눈가가 검고 피로해 보이는 사람들이 먹으면 도움이 될 텐데……"

이모처럼 잡다하게 많은 것을 알고 있는 여자라는 생각이 들었다. 나는 그저 소리 없이 웃으며 그녀가 새 담배에 불을 붙이는 것을 지켜보았다.

어느 틈엔가 그녀는 줄곧 침묵을 고수하면서 내 등 너머 어디쯤에 눈을 두고 멍하니 앉아 있었다. 견디기 힘든 침묵이었다. 시간은 그새 아홉시를 향하고 있었다. 식은 커피잔을 만지작거리다가 나는 그녀 앞으로 조그만 상자를 내밀었다. 뭐예요 이게? 그녀의 얼굴이 물었다.

"브, 브리오슈예요."

"브리오슈? 그게 뭔데요?"

"프랑스 사람들이 즐겨 먹는 대표적인 과자빵이에요. 버, 버터와 달걀이 많이 들어가서 촉촉하고 그리고, 몹시, 그래요 몹시 부드러운 게 특징이지요."

까다로운 시험관 앞에서 구두시험을 치르는 사람처럼 진땀이 나려고 했다. 내가 듣기에도 내 목소리는 떨리고 있었다.

"왜 내게 이걸 주는 거지요?"

"꼭 오뚝이처럼 생겼어요. 찌그러지지 않고 균일한 모양으로 균형을 잘 잡아서 만드는 게 중요해요…… 윗부분을 떼어내고 속에 삶아 으깬 감자와 잘게 다진 파슬리를 마요네즈에 버무려 넣고 그 위에 딸기를 얹으면, 아주 훌륭한 스터프트브리오슈샌드가 돼요."

"……여진씨."

끊임없이 쿨을 피워대면서 그녀가 내 이름을 나직하게 불렀다. 테이블 이곳저곳에 담뱃재가 떨어지고 있었다.

"여진씨, 나는 여진씨가 그를 붙잡아두길 바라요."

나는 가방에서 손수건을 꺼내 땀이 흥건한 손바닥을 닦았다.

"잠이 오지 않았어요. 아침에……, 영원씨 전화를 받고 나서 도저히 더이상 잠을 잘 수가 없었어요. 내가 만든 거예요."

"나는 빵 같은 건 먹지 않아요."

"그 사람이 말하지 않던가요? 우리는, 아니 우리는 이제 더이상 우리가 아니에요. 이미 헤어졌어요. 그는 벌써 나를 떠난 지 오래예요. 내 인생은 이제 그 남자와 아무런 관계가 없어요. ……그저 그냥, 당신에게 주고 싶다는 생각을 했어요."

"미안해요. 나는 빵을 좋아하지 않아요. 구태여 이걸 가져가고 싶지도 않구요."

"괜찮아요."

"……"

"정말 괜찮아요."

광화문 지하도로 내려가는 입구에서 그녀는 내게 악수를 청했다. 나는 그녀가 내민 손을 바라보다가 서툴게 마주잡았다. 휘평한 달걀흰자처럼 부드러운 손이었다. 그녀는 내게 다시 만날 수 있느냐고 물었다. 나는 우리가 만나는 건 오늘같이 그와는 아무런 연관이 없는 거라고 생각했다. 잠시 그대로 서 있다가 고개를 끄덕였다. 이윽고 그녀는 한 편의 추억도 갖고 있지 못한 사람처럼 메마른 얼굴로 걸음을 옮기기 시작했다. 그녀가 불 밝힌 지하도로 내려가는 것을 보면서 나는 문득 그녀의 발바닥이 보고 싶다는 생각을 했다.

그녀의 모습이 사라지자 나는 그녀가 내려갔던 계단을 하나씩 하나씩 밟으며 지하도로 내려섰다. 외투깃을 단단히 여민 사람들이 자꾸만 내 어깨를 부딪고 지나쳐갔다. 지하도 바닥에 자리를 깔고 앉아 신문을 파는 노파에게 다가가 나는 석간신문을 한 부 사고는 슬며시 종이상자를 내려놓았다. 뒤에서 행여 누가 내 이름을 부를세라 뛰듯이 걸음을 옮겼다. 그러나 지하도를 다 빠져나올 때까지 아무도 나를 소리쳐 부르지 않았다.

그래, 그랬겠군. 당신은 발바닥에 굳은살이 많은 여자와 한쪽 젖가슴이 함몰 유두인 여자와 번갈아가며 밤을 보내곤 했을 테지. 그랬군, 당신은……

150번 버스에 올라 나는 왼쪽 젖가슴에 손을 대고는 자꾸만 어두워져가는 시내 거리를 망연히 바라보고 있었다. 그러나 이 세상 어느 곳에도 완벽한 어둠이란 존재하지 않는 듯 보였다. 버스가 한 번씩 심하게 흔들릴 때마다 나는 내 안의 무엇인가가 자꾸만 불안정해져가는 것을 느꼈다. 그때 나는 스물여덟이었고 바람이 몹시 부는 일월의 어느 날이었다.

3. 크루아상

　그 무렵의 어머니는 삶에 대해 그 어떤 미련도 없는 성싶어 보였다. 어머니와 나는 간혹 거실에서 마주치고는 하였다. 그럴 때마다 어머니에게서는 내가 함부로 소리 내어 물어볼 수 없는 비장한 슬픔 같은 게 느껴지고는 했다. 한동안 나는 어머니에게서 풍기는 처연함과 고독에 대해 분석하고 싶어했으나 곧 그 노력을 단념하지 않을 수 없었다. 그것은 어머니가 가진 병과는 전혀 무관해 보였기 때문이었다.

　어머니는 몸속에 번지고 있는 암세포를 발견하기 이전부터 늘상 이곳이 아닌 저기 어디 먼 곳에 시선을 두는 시간이 많았다. 마치 자신의 모든 생生을 부정하면서 시간의 흐름을 거슬러올라가고 싶은 사람처럼 보였던 것이다. 그것은 지금도 내가 기억하는 어머니의 가장 선명한 모습이다. 식물처럼 가는 목을 길게 늘이고 창가를 서성이는 그녀의 뒷모습을 지켜볼 때마다 나는 까닭 없이 가슴이 타오르는 것을 느꼈다. 누군가 등뒤에서 그녀를 불러 세우지 않는다면 그대로 훌쩍 창밖으로 몸을 날리거나 새벽이 지나 아침이 되도록 그 자리에서 꼼짝도 않고 서 있을 것만 같았다. 아침이면 종종 안락의자에서 잠들어 있는 어머니를 발견한 적도 있었다. 그러나 나는 어머니를 불러 세우지는 않았다. 나를 그냥 내버려둬. 그녀의 온몸이 그렇게 말하고 있어서. 나는 될 수 있으면 기척을 내지 않고 어머니의 등뒤를 지나다녔다. 그것은 아버지도 마찬가지였다. 어쩌다 부러 발소리를 내도 그녀는 돌아보지 않았다. 나는 그런 어머니가 두려웠다.

나는 아직도 어머니와 내가 마지막으로 대화를 나누었던 그 시간들을 기억하고 있다. 그것은 내 인생에서 한사코 버티며 나를 놓아주지 않는 몇 안 되는 순간들 중 하나이기 때문이다.

그녀는 그때 위를 완전히 제거한 상태였고 사분의 일쯤 간도 잘라낸 후였다. 더이상 치료가 불가능한 지경이었다. 어머니의 담당 의사는 퇴원을 하는 것이 좋겠다고 말했다. 아버지나 이모 그리고 나는 그녀에게 남은 시간이 어느 정도나 되는지 아무도 묻지 않았다. 그것은 오직 어머니 자신만 알고 있어야 하는 비밀처럼 느껴져서. 어머니는 그 사실을 다른 사람들이 아는 걸 원치 않는 것 같았다.

어머니가 병원에 있는 동안 줄곧 병실을 지켰던 것은 내가 아니라 이모였다. 어머니는 내가 병실에 드나드는 것을 좋아하지 않았다. 이모를 제외하고는 곁에 아무도 두려 하지 않았다. 어째서 어머니가 아버지나 당신의 하나밖에 없는 딸인 나를 거부했는지 그건 아직도 잘 납득할 수 없는 일이다. 어쨌거나 어머니가 입원해 있는 동안 아버지와 나는 그녀로부터 철저히 거부당했다. 이십팔 년을 함께 살아왔지만 그런 어머니를 이해하기는 힘들었다.

이건 정말 이상한 관계예요, 엄마.

삼십 킬로그램대로 체중이 내려가 거의 아이처럼 보이는 그녀에게 어느 날 나는 그동안 참고 있던 화를 내려는 듯 그렇게 말했다.

관계?…… 관계라고 했니, 너 지금.

어머니는 조용히 고개를 들어 나를 바라보았다. 저 깊이를 헤아릴 수 없는 눈. 나는 잠시 아득한 현기증을 느꼈다.

여진아, 네가 무슨 말을 하려는지 모르는 건 아니다. 다만 아직 네 나이에는 이해할 수 없겠지만, 모든 관계는 만질 수 없는 거란다. 너는 자꾸만 만지고 확인하고 싶겠지만 글쎄, 부질없는 거다. 그리고 이제 나는 그런 것에 대해 별 미련이 없구나.

나는 유언을 하듯 깊고 분명한 음성을 내고 있는 그녀를 바라보았다. 우리는 마주앉아 있었다. 그러나 그때, 나는 완전히 혼자라는 것을 깨닫고 말았다.

저는 고독해요, 엄마.

나는 마지막으로 투정 부리듯 그렇게 말했다. 괜한 말이 아니었다. 어머니는 쓸쓸히 미소 지었다. 공허하게 느껴지는 웃음이었다. 그리고 그게 내가 본 어머니의 마지막 웃음이었다.

얘야, 그런 말은 함부로 하는 게 아니다…… 죽음과 만나지 않은 고독이란 고독이라고 말할 수 없는 거란다.

죽음과 만나지 않은 고독. 심장을 찌르고 지나가는 말이었다. 어쩌면 그것이 죽음에 임박한 어머니가 전 생을 통해 얻어낸 결론이었는지도 몰랐다. 나는 오랫동안 그 말을 기억하고 싶었다.

어머니는 그다지 말이 없는 편에 속하는 사람이었다. 그러나 그날 어머니와 나는 꽤 오랜 시간 이야기를 나누었던 걸로 기억한다. 어머니는 거부했지만 그날 나는 어머니가 자리에 드는 것을 도와주었다. 다른 때 같았으면 어머니의 심경을 헤아려 나를 방안에서 밀어냈을 이모도 그날만은 가만히 내버려두었다. 어머니의 방문을 닫고 나오면서 나는 이제 그녀의 생이 얼마 남지 않았다고 느꼈다. 누가 가르쳐주지 않았어도. 그제야 애써 이유를 찾아낸 듯 나는 울음을 터뜨리고 말았다. 어머니는 그후 사흘 뒤 잠자듯 돌아가셨다. 조용한 죽음이었다.

그토록 위가 나빠지기 전에 어머니는 언제나 우유 한 잔과 크루아상 두 개로 아침식사를 하곤 하였다. 늦은 아침에 눈을 부비며 아래층으로 내려가면 식탁에 홀로 앉아 크루아상을 들고 있는 어머니의 모습을 볼 수 있었다. 햇살이 가득한 고요함 속에 크루아상의 버터 냄새는 말할 수 없이 달콤했으며 그것은 평화로운 풍경이었다.

집 근처 제과점에서 아침마다 배달되어 오는 따뜻한 크루아상에 어머니는 가끔 채소나 과일을 이용해서 내게 색다른 크루아상을 만들어주기도 하였다. 버터를 거품기로 잘 저어서 빵에 바르고 양상추와 양파를 넣은 어니언크루아상샌드위치, 깻잎, 방울토마토, 채 썬 햄을 넣은 햄크루아상샌드위치. 납작하게 썬 당근, 피망, 피클을 넣은 피클크루아상샌드위치 등 어머니가 크루아상을 응용해 만들 수 있는 샌드위치는 열 가지도 넘었다. 나는 그중에서도 양상추와 납작하게 썬 키위나 딸기를 넣은 과일크루아상샌드위치를 특히 좋아하였다. 어머니는 내가 먹을 크루아상에 치즈를 빼는 것을 잊지 않았다. 내가 치즈를 즐겨 먹지 않았기 때문이었다. 어머니는 아무것도 넣지 않은 따뜻한 크루아상의 부드러움을 즐겼다. 그때만 해도 나는 어머니에게 이건 정말 이상한 관계예요, 라고 말하지 않아도 되는 시절이었다. 이만하면 우리는 충분히 평온하다고 생각했으니까.

어느 날인가부터 내가 먹을 크루아상에 치즈가 끼워져 있는 것으로 내가 믿었던 행복에 차츰 금이 가기 시작했다. 어머니는 더 이상 크루아상을 먹을 수 없게 되었고 아침에 식탁에 앉은 그녀의 모습도 점차 볼 수 없었다. 그 대신 아침 식탁에서 나는 그녀의 눈썹을 닮은 이모의 얼굴을 마주치게 되었다.

어머니가 살아 있었다면 나는 아침마다 버터와 우유를 듬뿍 넣은 터키 국기 모양의 크루아상을 만들었겠지. 그녀가 원한다면 달팽이 모양이나 바람개비 모양으로도 만들어주었을 텐데. 그러나 지금 그녀는 이 세상에 없다.

앞으로는 이모와 함께 살아야 한다.

이해하기 힘든 말이었다. 나는 어머니 얼굴을 난생처음 보는 양 물끄러미 들여다보았다. 이모는 지금도 아버지와 어머니 그리고 나와 함께 살고 있는데 이건 무슨 말인가. 결혼에 실패한 이후 내내 혼자 살던 이모는 어머니의 병명이 밝혀지자 우리가 살고 있는 집으로 들어왔다. 어머니의 간곡한 뜻이기도 했다. 이모는 내켜하지 않았으나 병색이 짙어지는 어머니를 외면할 수는 없었던 모양이었다. 나도 어머니를 거들어 이모를 설득했다. 어머니가 자리에 누워 지내는 시간이 길어지자 이모는 아버지와 나의 식탁을 준비하는 등 집안 살림을 도맡았다. 그렇게 지낸 지 벌써 사 년이 지나고 있는 터였다. 나는 어머니가 지나가듯 툭 던진 그 말 뒤에 숨겨진 의미를 해석하고 싶었다. 어머니 표정은 중세의 수도승처럼 딱딱해 보였다.

그게, 무슨 말씀이에요?

어머니와 같은 병실을 쓰고 있던 다른 환자는 보이지 않았다. 그 환자는 심근경색으로 치료를 받는 중이라고 했다. 어쩐 일인지

늘 병실을 지키고 있는 이모 또한 보이지 않았다. 모든 사람이 그 날 어머니와 나의 짧은 만남을 위해 일부러 자리를 비켜준 것은 아 닌가 하는 짐작이 들 정도였다. 저녁이 몰려드는 병실은 어두웠고 마치 작은 상자 속에 들어와 있는 듯한 안락감마저 느껴졌다. 그러 나 어머니 얼굴에는 알 수 없는 그늘이 드리워져 있었다. 나는 불 현듯 내 어깨 위로 두려움 같은 것들이 내려앉는 것을 눈치챘다. 어머니가 죽음을 준비하고 있구나. 그래서 저런 알 수 없는 말들을 하고 있는 거라고.

내가 먹을 크루아상에 치즈를 빼는 것을 잊어버리기 시작한 이 후 어머니의 사고는 눈에 띌 만큼 급속히 흔들리기 시작했다. 때때 로 화장실을 찾지 못해 당혹스러운 표정으로 이 방 저 방 기웃거리 기도 하였다. 어머니는 살아 있는 상태로 조금씩 죽어가고 있는 듯 보였고 죽음에 한발 한발 다가서는 어머니를 바라보는 것은 고통 스러운 일이었다. 나는 어머니가 그 누구보다도 정결한 죽음을 맞 이하기를 간절히 원하고 있었다. 죽음을 준비하는 대부분의 사람 들처럼 어머니는 비교적 침착해 보였고 그 모습은 병실에 꽂혀 있 는 백색 장미꽃보다 훨씬 압도적인 아름다움을 느끼게 하였다. 가 혹한 아름다움이었다.

어머니는 나의 물음에 대꾸하지 않았다. 그러나 나는 그녀에게 다시 되물을 수가 없었다. 내가 그러는 것이 자꾸만 어머니의 죽음 을 재촉한다는 생각이 들었기 때문이었다.

이제부터 모든 일은 이모가 알아서 할 거야. 네가 이 집을 떠날 때까지.

습기가 묻어 있는 목소리였다. 어머니는 말을 하는 것이 힘에 겨운지 한동안 숨을 크게 몰아쉬었다. 나는 그녀 손등에 내 손을 포개었다. 어머니 손은 약간 미지근했고 이마에서는 미열이 느껴졌다. 나는 알았다는 표시로 가만가만 고개를 끄덕였다. 어머니는 한동안 뚫어져라 내 눈을 들여다보았다. 아무것도 해석할 수 없는 텅 빈 얼굴이었다. 이윽고 어머니는 눈을 감고 깊은 잠에 빠져들었다. 병실은 관棺처럼 어두워져갔다.

병실을 나오다가 나는 복도 의자에 앉아 있는 이모를 보았다. 나는 이모에게 어머니가 내게 당부한 말을 전하지 않았다. 나는 이모를 그냥 지나쳤다. 이모는 무슨 생각에 잠겨 있었던지 나를 의식하지 못하는 것 같았다. 복도 끝까지 걸어나와서 나는 훌쩍 뒤를 돌아보았다. 그때까지도 이모는 꼼짝도 않고 그대로 앉아 있었다. 그런 이모의 모습은 창가에 앉아 있던 어머니와 흡사해 보였다. 그러나 이모는 결코 어머니와 닮은 사람이 아니었다.

어머니의 장례식이 끝나자 아버지는 순식간에 허깨비 같은 모습으로 휘적휘적 방으로 들어가 한동안 나오지 않았다. 이모는 주방 옆에 비어 있던 방으로 짐을 옮겼고 나는 여전히 혼자 이층에 남아 있었다.

지금 나는 백여든 종류가 넘는 빵과 과자를 자유자재로 만들 수 있게 되었지만 단 한 번도 내 손으로 크루아상을 만들어본 적은 없다. 제빵기술사 실기시험을 치르던 날. 흰 마스크를 쓴 감독관이 칠판에다 크루아상, 이라고 쓰는 것을 보고 나는 가방을 챙겨들고 집으로 돌아와버리고 말았다.

4. 화이트케이크

"아토피성 피부질환이군요."

내 손바닥과 손등을 몇 차례 뒤집어 살펴보던 의사가 대수롭지 않다는 투로 말했다. 젊지도 늙지도 않은 의사의 입에서는 쿰쿰한 냄새가 풍겨났다. 짙은 쌍꺼풀 수술 자국 위로 연둣빛 아이섀도가 발려 있었다. 자신을 꾸미고 싶어하지만 어딘가 서툴러 보이는 여자였다. 나는 의사와 대면한 지금 여기서 이런 생각을 하는 나 자신이 못마땅해져선 등을 뒤로 젖히면서 이마를 찡그렸다.

"습진이 아니구요?"

"습진요?"

"네, 저는 그냥 단순히……"

"아, 그러니까, 이를테면 습진을 가장한 아토피성 피부질환이라고 할 수 있겠군요."

자신의 표현이 썩 흡족하다는 듯 의사는 입술을 길게 늘이며 웃었다. 나는 의사가 버려둔 내 왼 손바닥을 내 것이 아닌 양 낯설게 들여다보았다. 수많은 미세한 손금들 위로 잿빛 각질들이 번져 있었다.

　"그럼 곧 괜찮아질까요?"

　의사는 선뜻 대답하지 않았다. 나는 초조해져서 의사의 가운 앞섶에 달린 명찰을 바라보았다. 이순덕李順德. 소박한 이름이었다.

　"글쎄요. 이건 뭐 특별한 치료법이 있는 게 아니라서요. 원래 상태로 돌아갈 수는 없겠지만 지속적으로 연고를 바르면 더 번지거나 딱딱해지지는 않을 거예요."

　언제부터인지 손마디에 군은살이 박이더니 점점 갑충류의 그것처럼 딱딱해져갔다. 특별히 손 쓰는 노동을 하지도 않는데 손바닥이 허물어지고 누렇게 살갗이 일어나면서 세로로 골 깊은 주름들이 생겨나기 시작했다. 그저 습진 정도겠지, 이러다 말겠지, 했는데 일 년쯤 그대로 내버려두자 내 왼손은 여기저기 툭툭 군은살이 박혀 옹이가 지고 급기야는 지문도 뭉개질 만큼 각질이 굳어졌다. 나는 그런 왼손을 바라보면서 차라리 오른손이 아닌 게 다행이라고 생각했다. 나는 지금도 낯선 사람 앞에서 왼손을 감추려 드는 버릇을 고치지 못하고 있다. 아토피성 피부질환. 병원을 나오면서 나는 또박또박 내 왼손의 병명을 소리 내어 발음해보았다.

　그걸 알아야 해. 당신은 어쩌면 헛것을 만나고 있는지도 몰라.

언제 사라져버릴지 모르는. 나는 나 자신이 누군지 모르고 있어.

조금은 신경질적으로 들리는 그의 목소리. 나는 그가 자신을 비웃고 있는 거라 생각했다. 그리고 나는 그 말 뒤에 그가 채 하지 못한 말을 직감적으로 알아차렸다. 나는 그런 인간이야…… 나는 그가 눈치채지 않기를 바라며 소리 없이 웃었다. 그러나 그 말의 의미를 전혀 눈치채지 못하고 있었다. 그 무서운 의미를. 그 지독한 뜻을.

어쨌거나 그때, 나는 내 삶 속에서 지금까지와는 다르게 내 삶을 변형시켜보고 싶은 아주 강렬한 욕망을 느끼고 있었다. 그러면서도 여전히 한 발은 들고 서 있는 엉거주춤한 상태였다. 스물여섯 살은 아직 그런 나이였다. 무얼 해도 막연한 나이. 서른도 아니고 스물도 아닌. 중간은 아름답지 않다. 언제나 주변을 서성거릴 수밖에 없으니까. 스물다섯이 지나면 적어도 가능한 꿈과 이젠 버릴 수밖에 없는 꿈들에 대한 경계는 있어야 했다. 그 경계에 있어서도 나는 모호한 상태였다. 그를 만나던 그해 여름.

피부과에서 나와 숙대 입구까지 꽤 느린 속도로 걸었다. 집으로 가는 길. 여름날의 저녁은 더디 오게 마련이다. 짧은 반바지를 입은 여자들이 선글라스를 끼고 거리를 활보하고 있었다. 느리게 걸음을 옮기면서 나는 실내가 환히 보이는 배스킨라빈스에서 민트 칩 아이스크림을 먹고 있는 아이를 보았고 누군가 일부러 뜯어낸 듯한 '┐히로시마'의 연극 포스터를 지나치기도 하였다. 저 연극의 제목은 '내 사랑 히로시마'일 터였다.

옷을 파는 상점의 쇼윈도 앞에서 나는 잠깐 걸음을 멈추고 푸른 가발을 쓴 마네킹을 물끄러미 올려다보았다. 더위에 지친 마네킹의 표정은 조금 사나워 보이기도 했다. 아직 코디네이터의 손을 거치지 않았는지 마네킹의 윗몸은 벌거벗겨진 상태였다. 하와이언 풍의 폭이 좁고 긴 치마만 걸치고 있는 마네킹은 약간 우스꽝스럽게 느껴졌다. 나는 쇼윈도에 고개를 들이밀고 마네킹의 가슴을 올려다보았다. 뾰족해 보이는 분홍빛 유두였다. 그 안쪽에서 어깨끈만 달린 작은 상의를 들고 이쪽으로 걸어오고 있는 여자를 보면서 나는 쇼윈도 앞을 벗어났다.

택시는 쉽사리 잡히지 않았다. 여섯 대째 택시를 놓치고 나는 어렵게 합승을 하게 되었다. 한번 몰려들기 시작한 여름날의 저녁은 이제 성큼성큼 큰 걸음으로 다가오고 있었다. 몹시 건조한 날씨였다.

"늘 상복부에 통증이 있고 불쾌하시죠? 가스가 차고 팽만감이 있지 않습니까?"

"아, 예예. 어떻게 그렇게 잘 아십니까? 속이 메스껍고 자주 헛구역질이 나기도 하죠. 저는 그저 단순히 소화불량이라고 생각했는데요."

"꼭 그런 건 아닙니다. 그런 증세 때문에 왜 소화불량이 되는지는 아직 의학적으로 뚜렷하게 밝혀지지 않고 있어요. 기사님처럼 원인을 찾기 어려운 증상을 기능성 소화불량이라고 부르죠."

내가 택시에 오르기 이전부터 그들은 그런 종류의 대화를 나누고 있었던가보았다. 뒷좌석에 앉은 남자의 목소리는 제법 굵고 강한 어조였다. 택시 기사는 연신 앞 거울을 통해 남자를 힐끔거렸다. 택시는 한강 다리를 지나고 있었다. 나는 두통을 느끼며 유리창을 조금 열었다. 바람은 한 점도 들어오지 않았다.

"기사님 같은 사람은 체질의학적으로 보자면 태양복합체질인 것 같습니다."

"허, 거 대단히 어렵구만요."

"병원 약이나 한방을 백방으로 써봐도 도무지 낫지 않을 겁니다. 채식이나 소식을 하셔야 해요, 만수무강하고 싶으시다면."

"그 태양복합체질이란 어떤 겁니까 대체."

택시는 막 상도터널 입구로 진입하고 있는 중이었다.

"그 체질의 사람들은 대부분 창의력과 직관력이 발달해 있죠. 늘 생각이 많고 이상이 높아요. 현실 타협보다는 원리원칙을 고집하구요. 실리보다 명분을 찾고 자신의 가치관과 자존심을 중히 생각하는 타입이라고 할 수 있죠."

"참, 알아듣기 힘든 말입니다그려."

"협심증이나 뇌졸중이 발생하기 쉬워요. 기사님은 앞으로 십 년만 더 지나면 지금보다 허리 사이즈가 배는 늘어날 겁니다. 틀림없이."

"농담이시겠죠."

"고혈압과 당뇨를 조심하세요."

택시는 숭실대학 입구를 지나 봉천고개를 오르고 있었다. 두통은 점점 심각해지는 지경이었다. 나는 의자 등받이에 머리를 기대었다.

"손님, 혹시 직업이 거 뭐, 체질의학연구가쯤 되시나부죠?"

"저요? 아닙니다."

"그럼……?"

"저는 직업이 없습니다."

"……"

오천원에서 사백원을 거슬러 받고 나는 택시에서 내렸다. 체질의학전문의 같아 보였던 뒷좌석의 남자도 목적지가 그곳이었던가 보았다. 거스름돈을 기다리면서 남자와 스치듯 짧게 눈이 마주쳤다. 특별한 인상을 남기지 않는 얼굴이었다. 평범하군, 목소리에 비하면 말이야. 거스름돈을 받고 돌아서며 나는 그렇게 생각했다. 전혀 체질의학전문의 같아 보이지 않는 생김새였다. 검게 그을린 얼굴. 색 바랜 청바지에 파란 여름 잠바. 모자 하나만 눌러쓰면 그대로 조금 마른 체형의 프로야구 감독 같아 보일 남자였다. 그 짧은 순간에 많은 것을 보아버렸다.

나는 서둘러 시장 입구로 들어섰다. 시장을 벗어나 골목으로 접어들다가 후딱 고개를 돌렸다. 조금 전 택시에서 함께 내렸던 그 남자가 내 뒤에서 뚜벅거리며 걸어오고 있었다. 고개를 숙이고는 뭔가 깊은 생각에 잠긴 듯한 모습으로. 나는 걸음을 재촉했다. 왼쪽 골목으로 들어섰다. 여전히 등뒤에서 그 남자의 걸음소리가 들려오고 있었다. ……?

목련이 있는 첫번째 집. 골목에는 나와 그 남자뿐이었다.

감나무가 있는 두번째 집. 가로등도 꺼져 있었다.

등나무가 있는 세번째 집. 남자가 점점 다가오고 있었다.

네번째 집. 나는 성급히 벨을 눌렀다. 누르고 또 눌렀다.

등뒤에서 무슨 기척이 느껴졌다. 나는 고개를 돌리지 않을 수 없었다. 그 남자가 잠바 주머니에서 열쇠를 꺼내들고는 물끄러미 나를 바라보고 있었다. 대문이 열렸다.

"안 들어가십니까?"

남자가 도로 열쇠를 주머니에 집어넣으며 내게 물었다.

"……"

나는 그 남자를 쳐다보았다. 납득하기 어려운 상황이었다. 그는 내 눈길을 무시하고는 마당을 가로질러 우리집 가족들이 '구석방'이라고 부르는 방 쪽으로 걸음을 옮겼다. 나는 대문 안으로 들어서는 것도 잊은 채 그 남자의 뒷모습을 지켜보았다.

쉽게 피로를 느끼고 마음이 약하고 때때로 불안증에 시달리며, 기질적으로 매우 예민하고 섬세한 편. 심한 경우에는 신경성 환자로 오인받기 십상이라는 소음체질의 그 남자와 나는 공교롭게도 같은 집에 살고 있었던 것이다.

이층 창가에서 오래 서성이다보면 그 남자가 마당을 가로질러 대문을 나서는 모습을 볼 수 있었다. 그의 걸음은 비교적 느린 편이었다. 때문에 나는 남자의 옆모습을 자세히 바라볼 수 있었다.

어떤 상대의 존재에 대해 엿볼 수 있는 방법은 여러 가지가 있을 것이다. 나는 대체로 옆모습을 보면서 상대를 파악하곤 했다. 정면으로 바라보이는 모습은 대개 많은 걸 가리고 있고 숨기려 한다. 그에 비해 옆모습은 아무것도 입고 있지 않은 벌거벗은 몸을 연상시킨다. 콧날의 선과 다문 입술의 각도와 속눈썹의 그늘짐. 목울대의 섬세한 굴곡. 나는 그런 점들을 통해서 상대방의 내면을 기웃거리는 것을 좋아한다. 그렇다는 것을 그를 통해 알게 됐지만.

옆에서 보는 그의 콧날은 약간 휘어지기는 했지만 단정했고 다문 입술은 고집스러워 보였다. 여러 번 그의 옆모습을 훔쳐보면서 나는 그가 섬약하지만 대단히 차가운 타입일 거라고 단정했다. 그런 느낌은 옆모습이 풍기는 분위기와는 전혀 상관없이 그냥 느껴지는 것들이었다.

마당을 가로지르는 그 짧은 순간을 통해서 나는 지금까지 그가 걸어온 길에 대해 조금은 알 것도 같은 느낌을 받곤 하였다. 그런 것은 대화를 통해서도 쉽게 얻어지는 종류의 것은 아니었다. 아무리 오랜 시간 상대와 마주앉아 있는다 해도 그 사람이 내 등 너머로 바라보는 저편의 세계를 알 수 없는 경우가 더 많은 법이니까.

그러나 아무리 오랜 시간 창가를 지키고 서 있어도 그의 모습을 볼 수 없는 날들이 더 많았다. 그의 외출은 길었고 자주 집에 들어오지 않는 것 같았다. 나와 아무런 상관이 없는 일인데도 그의 방에 불이 꺼져 있을 때면 나는 알 수 없는 갈증을 느끼곤 하였다.

마당을 지나다가 그는 가끔 마당 한가운데에 서서 멍하니 하늘을 올려다보기도 했다. 누군가 자신의 모습을 지켜보고 있다는 것을 알고 있기라도 한 듯. 그가 그렇게 걸음을 멈추고 있을 때면 나는 재빨리 커튼 뒤로 숨었다. 그러다 그는 곧 어색한 몸짓으로 어깨를 움질거리면서 대문을 벗어나곤 하였다. 역시 느린 걸음으로. 그럴 때마다 나는 창에 손가락을 대고 무어라 해독할 수 없는 글자를 새겨넣기도 하였다. 한익주. 나는 조용히 그의 이름을 불러보았다.

아버지와 나에게 상의도 없이 그 방을 세놓은 이모를 통해서 나는 그의 이름을 알았다. 시시콜콜히 모든 것을 알고 있어야 직성이 풀리는 이모는 그의 이름뿐만 아니라 직업까지도 알고 있었다. 광고회사에 다닌다고 했다. 광고회사? 나는 그의 옆모습에서 느껴지는 분위기와 그의 직업이 어울리지 않는다는 느낌을 받았다. 어쩌면 직업을 물어보는 이모에게 그냥 광고회사에 다니고 있다고 둘러댄 것은 아닐까. 그러나 그때 그는 정말 광고회사에서 카피를 쓰고 있었다. 내 기억이 확실하다면 그는 나를 만나는 동안 다섯 번쯤 직업을 바꾸었을 것이다. 그가 여섯번째 직업을 가졌을 때 우리는 헤어졌다. 헤어진 거라고 믿었다.

그즈음 나는 여분의 열쇠를 사용해서 몰래 그의 방에 숨어들고는 하였다. 옷장과 책상이 있고 옆집 담 너머로 향해 있는 창가 쪽에 침대가 놓여 있었다. 흰색 바탕에 푸른 줄무늬 시트가 덮여 있는 침대는 몹시 딱딱했다. 굳이 지금까지 내가 보아온 방과 다른 점을 찾는다면 한쪽 벽면에 커다란 켄트지 한 장이 붙어 있는 것뿐이었다. 그 켄트지는 낙서장쯤 되는 모양이었다. 마치 왼손으로 쓴 듯 서툴고 휘갈겨진 글자들이 벽에 달라붙어 있었다. 글자들이 위태로워 보였다.

자취를 감추고 싶다. 도둑맞은 기억. 기차와 갈매기. 훔쳐간 시간들. 기억이 지나가고 있는 현재. 세계와 나를 연결시키는 알레고리.

나는 어렵게 그의 글자들을 읽어내렸다. 의미를 파악하기 힘든 언어들이었다. 자꾸만 그 남자가 궁금해졌다. 그렇다고 해서 그의 책상 서랍이나 그 밖의 것들을 뒤적거린다거나 하는 짓은 하지 않았다. 나는 그냥 잠깐 내 눈에 보이는 것들을 통해서 그를, 그의 세계를 파악하고 싶을 뿐이었다.

그가 외출하고 나면 나는 이모와 아버지 눈을 피해 아무도 없는 그의 방에서 버지니아 슬림을 피우기도 하고 『프랑스 종군기』 같은 책들을 읽기도 하였다. 때로는 침대에 누워 낮잠에 빠져들기도 했다. 어떤 날은 아무도 들어주지 않는 노래를 부르기도 했다. 〈보리수〉 같은 노래, 어머니가 좋아하던 노래를. 그때 어머니는 투병 중이었고 어머니에게 거부당한 나는 그의 방에서 그런 노래나 부르고 있을 따름이었다. 그의 방에서 내 방으로 돌아오면 늘 샤워하는 것을 잊지 않았다. 그래도 그의 베개에서 묻어온 머릿내는 쉽게 사라지지 않았다. 나는 오래오래 몸을 씻었다.

그의 외출은 언제나 길었으므로 나는 조금도 불안해할 필요가 없었다.

그 시간은 길지 않았다.

"……!"

"십칠세기 프랑스 재녀才女들은 침대를 원래 이름 그대로 부르는 것을 싫어했다고 하더군요. 그래서 침대를 '늙은 몽상가' 또는 '꿈의 신 오르페우스의 제국' 등으로 부르기도 했다고 합니다."

낭패다. 나는 얼른 그의 침대에서 일어나 바닥으로 내려섰다.

"미안합니다."

"……"

"정말 미안해요. 이렇게 아무도 없는 방에 들어와서, 게다가……"

내 목소리는 떨렸다. 그럴밖에, 한 번도 이런 순간이 오리라고는 상상도 하지 못하고 있었으니까. 그건 너무나 당연한 거였다. 그의 외출은 매번 길었고 게다가 오늘은 나갈 때 어깨에 큼직한 가방도 둘러메고 있었다. 나는 그가 한동안 집에 들어오지 않을 거라고 여겼다. 그러나 그는 방을 나간 지 두어 시간 만에 되돌아왔다. 방금 막 막노동을 하고 난 사람처럼 그의 모습은 후줄근해 보였다. 땀냄새도 풍겼다. 그런 그의 손에는 작은 상자 하나가 들려 있었다.

"볼테르는 그 방대한 저작의 상당 부분을 침대 위에서 쓰거나 구술했다고 전해집니다. 루소와 디드로의 경우는 침대에서 아무 것도 하지 않고 나태하게 있는 것을 좋아했다고 하구요. 그런데, 당신은 잠을 자고 있었군요 이곳에서."

우울하게 들리는 목소리였다. 나는 그가 내게 화를 내고 있는 거라고 생각했다. 아무런 말도 할 수가 없었다. 제가 잠을 깨웠나봅니다. 그렇다면 미안한 건 저로군요. 지나가듯 그가 말했다. 화를 내고 있는 사람이 낼 수 있는 억양이 아니었다. 침대 시트는 심하게 구겨져 있었다. 부끄러움 때문에 눈물이 쏟아질 것만 같았다.

"언젠가 옥상 계단에서 빨래를 걷어 내려오는 당신을 본 적이 있습니다."

그는 책상 의자에 앉아 담배를 꺼내 물었다. 벽시계는 일곱시를 가리키고 있었다. 나는 이쯤에서 그만 방을 나가고 싶었다. 그러나 움직일 수가 없었다. 꼭 그래야만 하는 것은 아니지만 그의 말이 다 끝나기를 기다려야 한다고 생각했다. 잘못을 저지른 사람은 나였으니까.

"그리고 나는 당신이 내 방에 드나든다는 것을 알고 있었습니다. 그건 어떤 흔적 같은 거였어요. 물론 당신은 아무것도 남기고 간 게 없을 거라고 생각하겠지만, 사실이 그렇기도 하고. 그런데 뭐랄까 아무튼, 바람이 지나간 자리처럼 뭔가…… 휘엉했습니다."

얼굴이 뜨거워졌다. 그러나 그가 하는 말들은 하나도 놓치지 않고 모두 머릿속에 새겨두고 있었다. 나는 그가 사용하는 언어들이 마음에 들었다.

"오늘이 저의 생일인 것 같습니다. 잘 기억나진 않지만."

"……네?"

나는 그를 쳐다보았다. 이상한 말이었다.

"당신이 함께 있어주면 좋겠습니다."

거절할 수 없는 청이었다. 그의 모습이 지나치게 우울해 보이기는 했지만 그것과 상관없이 나는 좀 알 것 같은 마음도 들었다. 혼자 있기 싫은 저녁과 누군가의 온기가 있었으면 하는 그런 밤에 대해서. 생각해보니 그랬던 것 같다.

그날 저녁 나는 그의 생일파티의 유일한 손님이 되었다. 물론 초대받은 것은 아니었지만. 자꾸만 우연이 겹치는 저녁이었다.

우윳빛 초콜릿이 장식된 화이트케이크였다. 그는 서른두 개의 초를 올려놓았다. 서른두 살. 아직 평화로울 나이는 아니었다. 그렇다고 삶에 대해 별다른 저항을 할 수 있는 나이도 아니라고 생각했다. 그러나 그것이 그릇된 판단이었다는 것을 나는 그 남자를 통해 깨닫게 되었다. 아주 오랜 시간이 지난 후에야.

어두워지는 방안에서 서른두 개의 초가 고요히 타올랐다. 한동안 입술을 굳게 닫고 촛불을 응시하던 그가 훅, 입김을 불었다. 방안이 아주 어두워졌다. 조응調應이 안 되는 두 눈을 깜박거리다가 나는 천천히 손뼉을 치기 시작했다. 혼자서 치는 손뼉 소리는 공허하기만 하였다. 참으로 쓸쓸한 생일파티였다. 우리는 서로를 마주보았다.

그는 느린 걸음으로 뚜벅뚜벅 내 안으로 걸어들어왔다.

나는 숨을 죽이고 그의 발소리를 따라 어디론가 이끌려가고 있었다.

당신이 내 등 너머로 바라보는 저편의 세계를 나도 알고 싶어, 라고 나는 중얼거렸다.

그는 내 등뒤에다가, 이 세상에 없는, 이상한 나라의 지도를 그려넣었다.

내가 스물일곱 살이 되던 그해 여름. 그는 한마디 말도 없이 그 방을 떠나가버렸다. 나는 당황하지 않았다. 어쩌면 그를 처음 만난 순간부터 그의 떠남을 예감하고 있었는지도 몰랐다. 그가 떠난 빈 방에서 나는 그에게 편지를 썼다.

열네 살 때 나는 누구에게나 무슨 일이든 일어날 수 있다는 것을 알았어. 그리고 차츰 나이를 먹어가면서 내게로 걸어들어오는 타인의 불신이나 불행을 밀어내기 위한 또다른 방패를 하나 마련해야 한다는 것도 알았지. 그건 당신도 마찬가지 아니었을까. 당신 눈 속에 내가 거울처럼 비쳤을 때 살아 있어 누리는 즐거움을 그때 처음 느꼈다면, 그래 그건 좀 지나친 표현일 거야.

며칠 전에는 당신이 좋아하는 시인의 시를 가지고 만든 연극 〈살찐 소파에 대한 日記〉를 보러 갔어. 더러 나처럼 혼자 온 여자들이 보이더군.

극중의 '그녀'와 '나'는 이런 대화를 해.

그녀: 당신은 이 세상에 안 어울리는 사람이야. 당신, 이 지독한 뜻을 알기나 해?

나: 그래. 내 삶이 내 마음대로 안 돼!

그녀: 당신이 어쩌다 이렇게 됐을까!

당신. 우리가 어쩌다 이렇게 돼버렸을까. 나는 '내 코에서 국수가 치렁치렁 나오는 꿈'도 꾸지 않고 '스프레이로 뿌린 붉은 구름'도 보지 않는데 말이야. 공연장을 걸어내려오면서 나는 극중의 또 잊혀지지 않는 대사를 중얼거렸어. '나는 너라니까. 그러니 너는 뭘 하고 있는 거지? 라고 묻지 마. 나는 뭘 하고 있는 거지? 라고 묻든지.'

당신! 당신은 지금 뭘 하고 있는 거지? 아니 나는 지금 뭘 하고 있는 걸까⋯⋯

당신이 떠난 서울은 사막 한가운데에 떨어져버린 것처럼 연일 폭염이 계속되고 있어. 그럼에도 불구하고 당신. 소문에 의하면……어쩌면 당신이 도둑맞았던 그 기억들을 다시 찾을 수 있을지 모른다고들 해. 당신이 찾고 있는 곳은 이 세상 어디에도 없을지 몰라. 그러니 당신은 돌아와야 할 거야.

나는…… 조율되고 있나봐 지금.

나는 다시 한번 편지를 읽어보았다. 그러고 나서 편지를 찢어버렸다.

나의 청년靑年은 그렇게 기울어가고 있었다.

5. 꽃잎

수요일, 나는 이모와 송추를 다녀왔다. 오월이 시작되었고 그날은 오월의 첫번째 수요일이었다. 정오가 넘어 자리에서 일어난 나는 오래된 버릇처럼 창가를 서성거렸다. 그가 떠난 지 오랜 시간이 흘렀건만 창가를 서성이는 버릇은 쉽게 고쳐지지 않았다. 아무래도 상관없어. 나는 그렇게 중얼거렸다. 고추 모종이라도 하는지 모종삽을 든 이모가 마당 한 귀퉁이에 쭈그려앉아 있었다. 이모의 주위로 빈 황톳빛 화분 몇 개가 엎어진 채 놓여 있고 간혹 바람이 불 때마다 이모 어깨 위로 후득후득 하얀 라일락 꽃잎이 떨어져내렸다. 이모의 작은 몸피는 금방이라도 온통 하얗게 변해버릴 것만 같았다.

나는 오랫동안 이모에게서 눈을 떼지 않았다. 하지만 그녀의 등은 내게 아무것도 말해주지 않고 있었다. 나는 이모 등뒤로 다가가 그녀의 허리를 안고 싶었다. 팔을 크게 벌려 꼭 껴안고 싶었다. 그러나 지금 이 순간, 아마도 내가 그러고 싶은 상대는 딱히 이모가 아닐지도 모른다. 나는 입안이 마르는 것을 느꼈다. 까닭 없이 나 자신에게 노여워지기 시작했다.

이모가 몸을 일으켜 이편으로 돌아섰다. 그녀의 머리와 어깨에서 꽃잎이 난분분히 흩날렸다. 그때 나는 문득 어머니의 기일이 다가오고 있음을 기억해냈다. 그것은 이모 주위로 하염없이 떨어져 내리고 있는 새하얀 꽃잎 때문이었을 것이다. 눈이 시리도록 하얀 꽃잎. 어머니는 라일락꽃이 한창 만발인 그런 아름다운 계절에 돌아가셨다. 오월은 어머니의 죽음과 잘 어울리는 계절이었다. 나는 곧 창가를 떠나 외출 준비를 하기 시작했다.

어딜 가느냐고 묻는 이모에게 곧이곧대로 송추에 간다고 말한 것이 잘못이었다. 저 외출해요. 늘 그래왔던 것처럼 건조하게 말하고는 그냥 집을 나서야 했다. 창가에서 내려다보았던 이모의 모습이 지나치게 여려 보여서 그랬던 것일까. 의무처럼 행선지를 묻는 이모에게 앞뒤 생각없이 송추에 간다고 말해버렸던 것이다. 아차 싶었을 때는 이미 늦어 있었다. 현관 앞에서 나는 이모에게 붙들렸다.

잠깐만 기다려달라는 이모의 말에 나는 미간을 찡그렸다. 그런 표정을 이모가 눈치채지 못할 리 없건만 오늘만은 나 홀로 어머니 곁에서 시간이 지나는 것을 느끼고 싶었다. 어머니의 무덤을 오랫동안 쓰다듬고 싶었다. 그런 내 모습을 아무에게도 보여주고 싶지 않았다. 어쩌면 소리 내어 울지도 몰랐으니까. 그렇기는 하나 딱히 뭐라고 거절할 아무런 이유도 찾아내지 못하고 있었다. 이모는 어머니의 유일한 자매였으니까.

이모는 가볍게 슬쩍 내 팔을 잡았다 놓고는 현관 안으로 들어가 버렸다. 버스를 타고 가면 돼요. 나는 그제야 이모가 사라진 현관에다 대고 말했다. 그러나 이미 때는 늦었다. 나를 현관 앞에 세워 두고 집안으로 들어간 이모는 외출 준비를 하다 말고 도로 나와 거실로 들어와 기다리라고 하였다.

"여기서 기다릴게요."

나는 무뚝뚝하게 말했다.

"그러면 내가 불안하잖니. 그럴 거 뭐 있어, 잠깐이라도 앉아서 기다려주면 안 되니?"

"……"

"너란 앤 증말……"

알 수가 없어. 나는 이모가 채 하지 못한 말을 잘 알고 있었다. 너란 앤 증말 알 수가 없어. 이모가 그렇게 말하는 건 당연한지도 모른다. 내가 생각해도 이모를 대하는 나의 태도를 도무지 이해할 수 없었기 때문이다. 동생이어도 이모는 어머니와 조금도 닮지 않았다. 어쩌면 나는 그런 것들에 대해 화를 내고 있는지도 몰랐다. 나는 고집스럽게 현관 밖에서 이모를 기다렸다. 내가 그렇게 기다리는 것을 의식한 듯 이모는 화장도 하지 않은 민낯에 외출복으로 옷만 갈아입고 나왔다. 나는 성큼성큼 대문을 나섰다.

내가 운전을 하겠다고 했다. 마음에 없는 소리였다. 나는 버스를 타고 뒷좌석에 앉아 버스의 난폭한 덜컹거림을 즐기고 싶었으니까. 버스를 타면 언제나 거리의 풍경들이 흔들거렸다. 나는 그 흔들림이 마음에 들었다. 그리고 무엇보다도 그런 거리의 풍경들을 마음껏 눈여겨보고 싶었는데. 이모는 나를 옆좌석에 태우고는 운전석에 앉았다.

"운전을 하면 손이 탈 거다. 오월 볕에 타면 그대로 남는다. 아름다워 보이지만 무서운 햇살이지…… 목을 좀 가리지 그러니."

진달래 뿌리로 물들였다는 회색 마사麻絲로 만든 개량 한복을 입은 이모는 수수해 보였다. 그러나 수수해 보이는 것은 왠지 이모에게 잘 어울리지 않는다. 화려하지는 않지만 그 나이의 이모에게서는 아직도 어떤 농염함 같은 것들이 엿보이고는 했다.

어렵게 팔팔대로를 빠져나온 차는 이제 영동대교를 지나 동부간선도로로 진입하고 있었다. 조금 후면 곧 의연하게 옆으로 비껴서 있는 인수봉이 나타날 터였다. 차창 밖으로 눈을 돌렸다. 눈두덩이가 아플 정도로 햇살이 쏟아져들어왔다. 의정부라고 쓰인 푸른 표지판을 지나면서 나는 눈을 감아버렸다.

송추면 율대리로 접어들면서 길은 눈에 띄게 좁아졌다. 마른 먼지들이 차 앞유리로 덤벼들었다. 이모는 길가에 차를 세워두고 유

리를 닦았다. 나는 그대로 차 안에 앉아서 이모의 하는 양을 보고
만 있었다. 몇 번 와보지는 않았지만 율대리 마을의 버드나무는 언
제나 무섬증을 일으키도록 섬뜩했다. 가늠할 수 없도록 높은 키며
축축 늘어진 성성한 가지들이. 한낮에 보아도 그것은 유독 사무침
이 많은 귀신들 같아 보였다.

"엄마가 입원해 있을 때 왜 제가 드나드는 걸 한사코 거부하셨
는지…… 아직도 잘 모르겠어요."

언젠가 이모에게 한 번쯤 물어보고 싶은 말이었다. 그러나 이모
를 붙들고 그런 말을 꺼내는 것은 쉽지 않았다. 그동안 그런 이야
기를 나눌 만한 기회들을 내가 애써 외면하고 있었는지도 모르겠
다. 그렇게 망설이다가 시간이 지나버렸다. 나는 때를 놓쳐버렸다
고 여겼다.

노을이 지고 있었다. 단지 저 노을 때문이야. 나는 입엣말을 하
였다. 그리고 저 피처럼 붉은 노을 앞에서 나는 그만 이모에게 오
랫동안 참아왔던 말들을 꺼내놓고 말았던 것이다. 무덤 주위로 마
주앙 한 병을 홀홀 뿌려댄 이모는 아까부터 줄곧 어머니의 무덤 앞
에서 손수건을 깔아놓고 앉아 있었다. 이모는 아마도 그렇게 마주
앉아 소리 없이 어머니와 대화를 나누고 있을 터였다. 나로서는 잘
알 수 없는 이야기들을.

그들의 대화는 오래 이어졌다. 나는 어머니의 무덤을 등지고 서
서 운경공원묘지의 들꽃처럼 수많은 무덤을 바라보았다. 나는 그

무덤들의 이름도 얼굴도 잘 몰랐다. '나는 묘 속으로 들어가고 싶었다.' 나는 내 것이 아닌 그 문장을 소리 내어 발음해보았다. 그러자 정말 나도 묘 속으로 걸어들어가고 싶어졌다.

"이모는, 알고 있을 거라고 생각해요."

괜한 말을 했다는 후회가 들긴 했지만 내친걸음이었다.

"……"

"이모!"

나는 해가 지는 하늘에서 눈을 떼고 고개를 돌렸다. 이모는 여전히 같은 자세로 앉아 있었다. 손을 스치기만 해도 그대로 풀썩 사그라들 것만 같은 모습으로. 나는 이모의 어깨를 마구 흔들어보고 싶었다.

"네 엄마는…… 너를 사랑했다."

나는 웃고 싶어졌다. 그리고 소리 내어 울고 싶어졌다.

산등성이로 해가 빠져들고 있었다. 해를 삼킨 산은 붉게 물이 들었다. 노을이 다 지고 나면 저 수많은 무덤 속에서 누군가 무덤 밖으로 휘적휘적 걸어나오기라도 할 듯 나는 어처구니없는 불안감에 휩싸였다. 시선을 높이 들어 하늘에 얼굴을 묻었다.

걷잡을 수 없는 속도로 어둠이 몰려들기 시작했다.

"오늘 송추엘 다녀왔어요. 이모랑 함께요."

"……"

밥을 먹는 시늉을 하면서 나는 아버지에게 말했다. 이 침묵의 식사를 버텨내기가 힘이 들었다. 아버지는 조용히 물을 마시고 가만가만 수저를 들었다 놓았다 할 뿐이었다. 식사를 다 끝낸 아버지는 내게 술을 청했다. 아버지는 매일 저녁이면 사과 한 알을 깎아 놓고 술을 마셨다. 어머니가 돌아가시고 나자 아버지는 천천히 술을 마시면서 그렇게 저녁 시간을 보내고는 하였다. 그래도 잠이 오지 않으면 어둠뿐인 거실을 서성거렸다. 나는 아버지의 잔에 술을 부었다.

"너도 한잔 마시겠니?"

아버지의 입에서는 달큰한 냉잇국 냄새가 배어났다. 나는 고개를 저었다. 식탁의 전등 아래서 보는 아버지는 그동안 몰라보게 늙고 지친 듯 보였다. 나는 의자를 끌어당겨 앉았다.

"육신이 없달 뿐 죽음은 그저 삶의 연속일 뿐이겠지. 아직 네 나이로는 이해하기 힘들겠지만."

"그런 것쯤은 이제 저도 알 만한 나이예요 아버지. 죽음도 삶의 일부에 지나지 않는다는 것을요."

아버지는 눈을 들어 나를 바라보았다. 아무것도 담겨 있지 않은 눈빛이었다. 아버지는 오랫동안 나를 응시했다. 낯설고 견뎌내기 힘든 시선이었다. 나는 고개를 수그렸다. 아버지는 말없이 잔을 비웠다. 나는 새로 술을 따랐다.

"네가 아주 훌쩍 커버린 느낌이 드는구나, 이젠."

서글픔이 담긴 목소리였다. 나는 그저 가만히 고개를 주억거렸다.

"그러나 죽음이 그렇게 상식적인 것만은 아닐 거란 생각이 드는구나. 그리고 그런 생각을 하기엔 너는 아직 젊다."

"……"

피곤하구나. 이모는 그렇게 말한 뒤 방으로 들어가 식사시간에도 나오지 않았다. 저녁식사를 준비해두고 나는 이모의 방으로 가보았다. 방문은 굳게 닫혀 있었다. 기척 없이 방문에 귀를 갖다대었다. 아무 소리도 들리지 않았다. 이모가 울고 있구나. 무턱대고 그렇게 생각했다. 그러나 나는 이모가 왜 울고 있는지 그 이유를 가늠할 수 없었다. 어쩌면 이모는 잠들어 있을지도 몰랐다. 나는 이모가 울고 있을 거라는 상상을 지워버렸다.

"공사는 잘 진행되고 있어요?"

"그럭저럭 짓고는 있지만, 비가 자주 와서 생각보다 늦어질 것 같구나."

"천천히 하세요. 급할 거 뭐 있어요."

"글쎄다."

아버지와 내가 둘이 마주앉은 것은 아주 오랜만의 일이었다. 모든 것이 어색한 저녁이었다. 몇 잔쯤 술을 더 비운 아버지가 방으로 들어가버리자 나는 거실의 불을 끄고 이층으로 올라갔다. 이층으로 오르는 계단에서 문득 누군가 내 어깨에 손을 대려는 기척을 느꼈다. 뒤를 돌아보았다. 아무도 보이지 않았다. 누굴까. 나는 가만히 계단에 쭈그려앉았다. 누군가가 다시 내 어깨에 손을 얹기를 기다렸다.

아버지의 방에 불이 꺼지는 것이 보였다. 나는 다시 계단을 내려와 냉장고를 열고 한 컵 가득 활명수를 들이마셨다. 그러곤 한동안 아무것도 기다리지 않으면서 소파에 앉아 있었다. 그러다 자리에서 일어나 내 몸에 들러붙은 어둠을 툭툭 떨어내고는 방으로 올라갔다.

어디선가 거북이 울음소리 같은 것이 들리고 있었다.

6. 창

　그가 떠난 이후에도 나는 그 방에 드나드는 버릇을 버리지 못하고 있었다.

　여름이 더디게 지나고 가을이 다가오고 있던 때였다. 그 무렵, 내가 할 수 있는 일은 아무것도 없었다. 어머니 병세는 더욱 악화되어가고 아버지는 날로 초췌해져갔다. 어쩌다 찾아간 병실 앞에서 나는 번번이 어머니에게 거절당했다. 이듬해 어머니가 돌아가실 때까지 내가 병실에 누워 있던 어머니를 볼 수 있었던 것은 손으로 꼽을 수 있을 정도였다.

　나는 어둑한 병실 복도를 서성거리면서 어머니의 신음소리를 듣곤 하였다. 그것은 분명 환청이었을 테지만 어쨌거나 나는 신음소리를 듣고 있다고 여겼다. 그런 내 모습을 바라보는 이모의 눈에서 묘한 안쓰러움이 보였다. 하지만 이모는 내게 어떤 설명도 해주지 않았다. 나는 이모의 그런 시선을 무시하곤 누군가를 기다리는 사람처럼 팔짱을 끼고 병실 복도를 몇 번씩 왕복하다가 들고 간 꽃이나 주스병 따위들을 병실 복도에 있는 의자에 내려놓고 병원을 벗어나고는 했다. 그럴 때마다 나는 어머니의 죽음이 좀더 빨리 다가오기를 바랐는지도 몰랐다. 그러나 어머니의 투병은 생각보다 길었다. 나는 그것이 어머니가 자신의 생에 대해 아직도 많은 미련을 버리지 못하고 있는 거라고 짐작했다.

어느 재불 화가가 쓴 삼백 매짜리 자서전을 교열하다가 그 일마저 그만두고 말았다. 다니던 제빵학원도 잠시 쉬고 있던 상태였다. 도무지 아무것에도 집중할 수 없는 시기였다. 나는 내 인생의 한 귀퉁이가 조금씩 마모되어가는 것을 느끼고 있었다. 눈으로 확인할 수 없는 것들이긴 했지만 나는 예민한 짐승처럼 몸을 잔뜩 웅크린 채 시간에 휩쓸려가고 있는 자신을 노려보고 있었던 것이다. 오늘은 어제와 조금도 다르지 않았다. 모든 일상이 지루해지기 시작했다. 이 부박한 세상에 이토록 지루한 일상에 확실한 게 있다면 그것을 무어라 이름 붙일 수 있을까…… 확실한 건, 죽음밖에 없었다. 그러니까 스물여덟 살이었던 그해 가을, 나는 그런 생각에 몰두해 있었다. 계절은 어느 해나 조금씩은 닮아 있기 마련이었고 그해 가을도 여느 때와 별다른 것은 없어 보였다.

그녀의 전화를 받은 것은 오후가 다 기울고 있을 무렵이었다. 그때 나는 그의 침대에 누워 있었다. 앞으로 벌어질 일들에 대해

될 수 있으면 아무것도 생각하지 않으려 애를 썼다. 아무것도 상상하고 싶지 않았다. 그런데도 머리가 아파왔다. 나는 어쩌면 이 년 전 어느 여름날처럼 내가 잠들어 있을 때 그가 소리 없이 방문을 열고 들어오기를 바라고 있었는지도 몰랐다. 아픈 머리를 자꾸만 흔들어대고 있을 때 전화벨이 울렸다. 나는 후딱 몸을 일으켰다.

그가 떠난 이후 이모는 그 방을 정리하려 했지만 나는 아직 계약 기간이 남아 있다는 이유로 이모를 설득했다. 이모는 입을 다물고 그런 나를 바라보았다. 투명한 눈이었지만 나는 이모를 정면으로 바라볼 수가 없었다. 이모는 내가 그 방에 드나들고 있다는 사실을 알고 있을지도 몰랐다. 그런 느낌을 받았다. 나는 부끄러워하지 않았다. 그때 난 이미 스물일곱 살이었고 그 나이라면 누구의 간섭도 필요치 않은 나이라고 여겨서. 이모 앞에서 부끄러워하고 싶지 않았다. 그리고 나는 무엇보다도 그가 돌아올 것을 확신하고 있었다. 하지만 돌아오지 않을 수도 있다는 데 더 큰 가능성을 두었던 것 같다. 그가 돌아오거나 혹은 돌아오지 않거나 나와는 아무런 상관 없는 일이라고 여기고 싶었다. 그 무렵의 나는 차츰 지쳐가고 있었을까.

"거기 있을 줄 알았어요."

"……"

한영원이었다. 두번째 전화였다. 그녀는 이편의 목소리를 확인도 하지 않고 그렇게 말했다. 나는 여전히 숨을 죽이고 있었다.

"그런데 여진씨, 당신은 대체 거기서 뭘 하고 있는 거죠?"

나는 더듬거리며 아무것도 하고 있지 않다고 말했다. 수치심 같은 감정들이 느껴졌다. 그런데 여자는 왜 이 방으로 전화를 했을까. 그가 이곳을 떠난 것을 알고 있으면서. 머릿속이 사납게 뒤엉켜들기 시작했다.

"여진씨를 만나야겠어요, 오늘."

아무런 감정도 읽어낼 수 없는 목소리였다. 나는 어쩐지 그녀가 내게 화를 내고 있을지도 모른다고 생각했다. 그러나 내가 이 방에 있다고 해서 그녀가 화를 낼 이유는 없었다. 어쩌면 이 방에 와보고 싶었던 것일까, 그녀는?

나는 그녀에게 장소를 물었다. 이 시간에 내가 이곳에 있을 거란 생각을 한 그녀가 갑자기 무서워졌다. 그러나 나는 그녀를 만나야겠다고 생각했다. 왜냐하면 지금쯤 그녀는 그가 있는 곳을 알고 있을지도 몰랐으니까. 그런 생각이 든 것은 그녀와의 전화를 끊고 난 한참 후였다.

저녁 일곱시. 나무와 벽돌에서 그녀와 나는 다시 만났다. 오래 전부터 와서 기다리고 있었는지 내가 도착했을 때 그녀는 맥주를 마시고 있었다.

"그 사람이 지금 어디 있는지, 여진씨는 알고 있지요?"

기습을 당한 느낌이었다. 나는 그녀의 수려한 이마를 올려다보았다. 부드러운 목소리이긴 했지만 나는 그녀가 몹시 침울한 상태라는 것을 눈치챘다. 나는 고개를 저었다. 마치 그가 있는 곳을 몰라 미안하다는 듯이.

"그렇군요, 역시 당신도 모르고 있군요."

아무도 모르고 있어요, 라고 그녀가 기어드는 소리로 말했다.

"하지만 나는 여진씨만은 알고 있을 거라고 짐작했어요."

"어째서, 어째서 그런 생각을 한 거죠."

"글쎄요. 이유는 설명하기 힘들지만…… 그래요, 그 사람이 그렇게 한곳에 오래 머물러 있던 적이 없었거든요. 그동안 단 한 번도. 그래서 그런 생각이 들었던가봐요."

그녀는 깊은 숨을 내쉬었다. 그러고는 눈을 들어 멀리 창밖으로 시선을 던졌다. 나는 그녀가 바라보는 창밖을 내다보고 싶었지만 선뜻 고개를 돌릴 수 없었다. 어쩌면 지금 그녀는 창밖을 내다보고 있는 게 아니라 내가 볼 수 없는 어둠 저편의, 그녀만 알고 있는 또 다른 세상을 바라보고 있는지도 모르기 때문이었다. 같은 나이임에도 불구하고 그녀의 얼굴에는 그 나이답지 않게 짙은 난숙함이 배어 있었다. 그녀는 서른넷이나 서른일곱처럼 보였다. 나는 그녀를 방해하고 싶지 않았다.

초록색 에이프런을 두른 종업원이 다가와 내 잔에 커피를 따라주었다. 벌써 세번째였다. 고마워요. 나는 짧게 말했다. 나무와 벽돌에 들어서면서부터 목안이 타는 것을 느꼈다. 실내에는 제목이 잘 기억나지 않는 음악이 은은히 흐르고 있었다. 저 노래 제목이 무엇이었더라.

"그 사람에 대해 어느 정도 알고 있는지, 물어보고 싶어요."

그녀가 나를 마주보며 물었다. 나도 당신이 그 사람에 대해 얼마나 알고 있는지, 오래전부터 궁금했어요. 나는 그녀의 어깨까지 내려온 검은 머리카락을 바라보았다. 고혹적인 아름다움이 느껴지는.

"사실 난 그 사람에 대해 알고 있는 게 없어요. 이상할 정도로 말이죠."

"……"

"아주 단편적인 사실들, 이를테면 이름과 나이. 그리고 자주 직업을 바꾸었다는 것밖에 아는 게 없다면, 믿을 수 있겠어요?"

그건 사실이었다. 나는 그에 대해 별다르게 알고 있는 게 없었다. 말이 없기도 했지만 유독 자신의 이야기를 잘 하지 않는 타입이었다.

"묘하군요. 그런 관계가 가능하다고 생각하나요?"

거짓을 지적하는 듯한 목소리였다.

"그는 자신의 이야기는 잘 하지 않았어요. 지나치게 내향적인 사람이었다고나 할까요."

어쩐지 나는 그녀에게 벌을 받고 있다는 느낌이 들었다. 물컵을 비운 후에 그녀 앞에 놓인 맥주를 따랐다. 갈증이 심해졌다.

"그리고 나는 그 사람이 말하지 않는 것들에 대해 그다지 궁금해하지 않았던 것 같아요. 물어보면 안 될 것 같은 느낌이 들기도 했구요. 뭐랄까, 그에게는 함부로 다가갈 수 없는 그런 면들이 있었어요…… 설명하기가 힘드네요."

"누군가에게 떠나간 사람에 대해 설명하는 것은 쉽지 않겠죠."

그녀의 말에 나는 고개를 끄덕였다. 그녀가 나를 이해하고 있다는 느낌이 들었기 때문이었다.

"……그런 것들은 그다지 중요한 게 아니라고 생각했어요. 그러면서도 끊임없이 그 사람의 세계를 알고 싶어한 걸 보면, 나 자신도 잘 납득이 가지 않아요. 그러나 과연 말을 통해서 상대의 존재를 어느 정도나 알 수 있을 거라고 생각해요?"

"글쎄요. 한 번도 생각해본 적이 없는 문제로군요 그건."

"나는 회의적이에요. 나는 어쩌면 그의 침묵이 마음에 들었는지도 몰라요. 침묵이란 건 때때로 대단히 매혹적인 거잖아요, 왜."

나는 말을 멈추었다가 다시 이었다.

"그리고 나는 처음부터 그가 속한 세계의 비밀을 알고 싶다는 생각을 포기했는지도 몰라요. 처음부터는 아니지만, 그와 지내는 동안 죽 나를 그렇게 만들었던 것 같아요."

그랬을지도 몰랐다. 그는 내게 아무 요구도 하지 않았지만 나는 그가 그러기를 원하고 있다고 생각하고 있었으니까.

"여진씨가 있는 그 집에서 떠나와 한동안 그는 나와 함께 지냈어요."

"……"

"알고 있을 거라고 생각했어요. 지금까지 그래왔던 것처럼 몇 번이나 두세 달씩 집을 비우곤 했어요. 그사이 자주 직업이 바뀌었던 건 여전했구요. 그런데 이번엔 아예 돌아오지 않는군요. 시간이 너무 길어지고 있어요."

시간이 너무 길어지고 있다. 나는 그녀가 한 말을 가만히 소리 내어보았다. 그녀는 아까보다 빠른 속도로 잔을 비워내고 있었다. 많이 마신 듯했지만 그녀의 모습은 조금도 흐트러져 보이지 않았다. 아홉시가 가까워졌다.

"언젠가 코스타리카 거북이들이 알을 낳기 위해 태평양 연안인 어느 해변을 향해 떼 지어 여행하고 있는 사진을 본 적이 있어요. 그는 말했죠. 이놈들도 떠나고 있군그래, 제 갈 곳을 향해…… 내가 있을 곳은 여기가 아니야라구요. 생각해보니 그런 말을 자주 중얼거렸던 것 같아요. 알을 낳으려구요? 나는 웃으면서 그렇게 농담했어요. 그 사람은 고개를 저었어요. 그런 게 아니야 하지만, 하지만, 이라고 자꾸만 중얼거리면서 말예요. 나는 곧 웃음을 멈출 수밖에 없었어요. 그의 표정이 지나치게 심각해 보였거든요. 서서히 그가 두려워지기 시작했던 것도 그 무렵이었던 것 같아요. 그때 나는 그를 바라보면서 그가 곧 이곳을 떠날 거라는 걸 예감했어요."

한때의 기억을 더듬고 있는 내 목소리는 한없이 잦아들고 있었다.

"나는 그 사람이 여진씨 곁에서 정착한 거라고 믿고 싶었어요. 여진씨라면 그를 도울 수 있을 거라고 생각했던 거예요. 내가 이런 말을 하는 게 조금 우습게 들릴지 모르겠지만 나는 여진씨가 그 사람을 꼭 잡아두기를 바랐어요. 아니 어쩌면 이 말은 진심이 아닐 거예요. 맞아요, 진심이 아니에요. 나는 아직도 그 사람이 내게로 돌아오기를 기다리고 있으니까 말이죠."

"……"

알 것도 같고 모를 것도 같은 말이었다. 그러나 나는 곧 그녀 목소리에 담긴 사무침의 의미를 파악할 수 있을 것 같았다.

"서른이 넘어 마치 자아도취적 단계로 다시 돌아온 사람처럼 그는 사랑하는 방법을 잊어버리고 있었어요."

"나는 그를 사랑한다고 말한 적이 없어요."

"이상한 말을 하는군요, 여진씨 지금."

"헤어졌다고는 했지만…… 상대방이 떠난다고 해서 그 이별이 완성되지 않는다는 것을 알았어요. 그가 내게 가르쳐준 게 있다면 아마 그것뿐일 거예요."

나는 내가 무슨 말을 하고 있는지도 잘 모르고 있었다. 그런데도 어쩌자고 자꾸만 그렇게 중얼거렸다. 그녀가 담배를 피워 물었다. 나는 차츰 우리의 대화가 어긋나고 있다고 생각했다. 술이 오르고 있는지 그녀의 이마께가 붉어지고 있었다.

"우리는 아버지가 같아요. 그러니까 남매라고 하면 이해가 빠르겠군요. 하지만 나는 그를 사랑해요."

"……?"

턱을 괴고 뭔가 골똘한 표정을 짓던 그녀가 툭 내던지듯 입을 열었다.

"그 사람이 가진 상처에 대해서, 여진씨가 좀더 관심을 기울였더라면 좋았을걸 하는 아쉬움이 있군요. 그런다고 해서 뭔가 변화가 생기지는 않았겠지만 말예요. 혹시 모르죠, 여진씨가 알고 싶어하는 그 사람의 존재에 대해서 조금 더 가까이 다가갈 수 있었을지도."

그 말을 마치자마자 그녀는 성급히 자리에서 일어났다. 나는 그녀가 화장실에 가려나보다고 생각했다. 하지만 그녀는 가방과 벗어둔 바바리코트를 낚아채곤 재빨리 입구를 향해 걸어갔다. 납득할 수 없는 상황이었다. 대화가 어긋나고 있다는 것을 느끼고는 있었지만 그러나 지금은 아직 헤어질 때가 아니지 않은가.

나는 그녀의 뒤를 따라 계단을 내려갔다. 그녀는 벌써 저만큼 앞서 걸어가고 있었다. 그녀의 모습은 털을 세운 작은 고양이 같아 보였다. 우리는 이렇게 헤어지는구나. 나는 천천히 그녀의 뒤를 따라 걸었다.

무언가 생각난 듯 광화문 지하도 입구에서 그녀는 걸음을 멈추었다. 한마디 인사도 없이 자리를 뜬 것처럼 그것도 뜻밖의 일이었다. 나는 그녀가 내처 지하도로 내려가버릴 거라고 생각했던 것이다. 지난번처럼 그녀와 나는 광화문 지하도 입구에서 헤어졌다. 이번에도 그녀는 내게 손을 내밀며 악수를 청했다. 그녀의 눈 주위가 눈에 띄게 붉어져 있었다. 그녀의 머리카락이 흩날리기 시작했다. 바람이 불었다. 나는 담담하게 그녀의 손을 맞잡았다.

"미안해요. 오늘은 더이상 아무것도 말하고 싶지 않군요. 혹시 다음번에 당신을 만나게 된다면, 그때 그 사람이 가진 상처에 대해서 말할 수 있을지도 모르겠어요."

"이제는 너무 늦었다는 생각이 들어요."

나는 까닭 없이 목이 메어왔다.

"곧 다시 만나고 싶어질 거예요. 이상한 소리 같지만 우리는 어느 면에서는 꽤 닮아 있다는 느낌이 드는군요. 하지만 자신과 닮은 사람을 바라보는 것은, 때때로 힘들 때가 있어요."

그녀는 그 말을 마치자마자 조금 전에 그랬던 것처럼 다시 횡하니 지하도로 내려가버렸다. 부화장처럼 밝은 지하도로 빨려들어가고 있는 그녀는 고개를 푹 꺾은 모습이었다. 다시는 만나게 될 것 같지 않았다. 그녀가 가뭇없이 사라져버린 후에도 나는 그녀가 지나간 자리를 침침한 눈으로 더듬었다. 제법 세찬 바람이 불어오는 것이 느껴졌다. 나는 오랫동안 지하도 입구에서 갈 곳을 잃은 사람마냥 멍하니 서 있었다.

그녀를 만난 그날 이후, 나는 단 한 번도 그의 방에 들어가지 않았다. 잠이 잘 오지 않는 밤이면 나는 벽에다 '몽파르나스베이커

리' '인스베이커리' '알로베이커리' '레피도르베이커리' '강여진베
이커리' 같은 낙서들을 하며 시간을 보내고는 하였다. 어쨌거나
나는 그때 나를 포기할 수 없는, 내 인생의 불안한 한 시기를 지나
고 있었던 것이다.

그녀를 다시 만난 것은 이듬해 초봄이었다.

7. 소보로빵

발효기에 반죽을 넣어두고 기다리는 동안 나는 줄곧 창밖을 내다보았다. 이차 반죽의 발효 시간은 정확하게 이십 분이었다. 실습실은 흰 위생복을 입은 학생들이 스테인리스 작업대를 빙 둘러싸고 토핑할 소보로가루를 만드느라 분주한 모습이었다. 일 년 과정을 수료한 학생들을 따로 모아 실기시험 준비를 하는 특강반이었다. 일 년에 두 번밖에 없는 제빵기능사 자격시험이 한 달 앞으로 다가오고 있었다. 이제 스물한두 살의 비교적 어린 나이인 학생들은 다른 어느 때보다 진지했다. 더이상 밀가루 반죽으로 장난을 치지도 않았고 귀에 이어폰을 꽂지도 않았다. 반죽을 만지거나 재료를 계량하는 그들의 능숙한 손놀림은 아름다워 보이기까지 하였다. 어느새 노련한 제빵기능사의 완숙한 표정들이 엿보이기도 했고.

나로서는 벌써 다섯 번이나 실습해보는 소보로빵이었다. 빵 반죽과 토핑용 소보로의 비율도 모두 다 외우고 있었다. 하지만 빵 반죽은 그런대로 하는 반면 토핑용 소보로는 잘 만들지 못했다. 달걀물의 비율을 알맞게 맞추지 못해서였다. 내가 만든 소보로빵은 지나치게 딱딱하거나 흐물거렸다. 흐물거리는 것은 부드러운 것과는 전혀 다르다. 이번에는 꼭 시험을 치러야 했다. 더이상 미루거나 늦출 시간이 없었다. 나는 조금 초조해지고 있었다.

슬그머니 작업대를 빠져나와 밀가루가 잔뜩 묻어 있는 손을 씻고는 창가로 갔다. 그러고는 창문에 이마를 갖다대었다. 송추를 다녀온 수요일부터 연 이틀째 계속 비가 내리고 있었다. 유난히 비가 잦은 봄날이었다. 횡단보도 앞에서 노란 점퍼를 입은 원당초등학교생들이 우산을 받쳐들고 신호를 기다렸다. 한 떼의 병아리들이 먹이 주위로 옹기종기 모여 있는 성싶었다. 아이들의 명랑한 재잘거림이 삼층에서 내려다보고 있는 내 귀에까지 들리는 것만 같아 가만히 창에 귀를 가져가보았다. 아무 소리도 들려오지 않았다. 창문을 밀어보았다. 창문은 굳게 닫혀 있었다. 창을 열어놓으면 반죽의 온도와 발효 시간에도 영향을 미친다. 빵이 그 어느 음식들보다 예민하다는 것을 그래서 나는 알게 되었다. 나는 창문을 열겠다는 생각을 단념했다. 어쩌면 뒷모습만 보이는 저 아이들은 단단히 입을 다물고 있을지도 몰랐다. 녹색 신호등이 켜졌다. 아이들이 횡단보도를 건너기 시작했다. 비가 내리고 있는 오후의 거리는 노을을 받은 담수호처럼 고요해 보였다.

오늘도 내가 만든 소보로빵은 실패였다. 뿔처럼 긴 캡을 머리에 눌러쓴 정선생이 의아하다는 시선으로 나를 응시했다. 여러 번 만들어본 사람이 아직도 이 모양이야? 하는 눈빛. 이번 실기시험의 품목이 소보로빵으로 출제된다면 나는 또 불합격일 게 분명했다.

"토핑 반죽도 중요하지만 이 생김새 한번 보세요. 아무리 곰보빵이라고 부른다고는 하지만 그래도 어느 정도 일관성 있게 만들어야지…… 여러분이라면 이렇게 못생긴 빵을 보고 매력을 느낄 수 있겠어요 어디? 발효된 반죽에 고루고루 소보로를 묻히는 것도 중요하다구요."

매력? 빵의 매력. 정선생의 표현에 약간씩 긴장하며 서 있던 학생들이 더러 웃음을 터뜨렸다. 엉뚱한 말을 잘하는 사람이었다. 오늘 만든 제품을 품평하면서 정선생은 내 것을 집어들고는 학생들에게 설명했다.

"토핑이 뭉치지도 않고 한쪽으로 치우쳐 있지도 않고 그러면서도 너무 얇거나 두껍게 묻혀서도 안 돼요. 이렇게 대충 묻혀놓으면 소비자들이 쳐다보기나 할 것 같아요?"

오늘은 토핑 반죽에 문제가 있는 게 아니라 토핑을 두르는 작업에 하자가 있었나보았다. 네 개의 작업대 위로 방금 오븐에서 꺼낸 수백 개의 빵이 줄줄이 늘어져 있었다. 얼핏 보면 모두 제과점에 진열돼 있는 제품들과 조금도 다르지 않았다. 갓 구워낸 빵들에서는 훈김이 올라 마치 빵이 살아서 숨을 쉬는 것 같았다. 헨젤과 그레텔이 숲에서 찾아낸 집에도 이런 빵이 있었을까. 겹겹이 쌓아서 지붕을 만들면 튼튼해 보일 것 같았다.

나는 그들의 뒤쪽으로 조금 비켜서 있으면서 그런 생각들을 하고 있었다. 어쩌면 이번 실기시험에 소보로빵이 출제될지도 모른다는 무거운 예감과 함께. 나는 내가 만든 빵을 한 개 집어들고는 표면의 울퉁불퉁한 소보로를 뜯어먹었다. 그런대로 달짝지근한 맛에 부드러운 풍미가 조화를 이루고 있기는 했다. 그나마 다행한 일이었다. 서둘거나 초조해하지 않으면 토핑을 골고루 묻히는 건 그다지 어려운 일이 아니다. 그러나 시험장에서 그렇듯 침착할 수 있을까.

"내 가슴이 뜯기는 것 같군요."

정선생이 내가 겉표면의 소보로만 뜯어먹은 빵을 보며 말했다. 나는 정선생의 표현에 조금 웃어 보였다. 표면이 뜯긴 빵은 작은 걸레뭉치처럼 보였다. 정선생은 빵 한 조각이라도 그냥 버리는 법이 없었다. 간혹 학생들이 제가 만든 빵을 휴지통에 넣거나 하면 불같이 화를 내곤 하였다. 손가락에 묻은 재료도 때를 벗기듯 꼼꼼하게 떼어내 사용했다. 그런 모습을 지켜볼 때마다 나는 다시 한번 손을 씻고는 했다. 정선생은 학생들이 만들고 실패한 빵들을 모아 매일 동네 노인학교에 가져다준다고 했다. 유독 빵을 사랑하는 사람이었다.

정선생이 없는 틈에 표면만 뜯어먹은 빵을 휴지통에 버리고 나머지는 종이봉지에 담았다. 이모가 좋아하는 빵이다. 이모는 앙금이 들어 있지 않은 빵을 좋아하였다. 그것은 어머니도 마찬가지였지만.

아버지는 푸른 비옷을 입고 건물 밖에 서 있었다. 우산도 쓰지 않은 장목수 아저씨에게 뭔가 지시를 하고 있는 것 같았다. 멀찌감치서 바라보는 그들은 마치 수화로 대화를 나누고 있는 듯했다. 그럭저럭 외부 공사가 끝나가고 있는지 건물은 이제 문만 달아놓으면 공사중이라는 것을 알아차리기 힘들어 보였다. 외관 전체는 작은 직사각형의 옥색 타일을 촘촘히 발라놓았다. 비를 맞고 있는 건물의 외관에서는 어떤 처연함 같은 기운이 배어나고 있었다. 공연히 사람을 가라앉게 만드는 색이다.

아, 저 빛깔…… 나는 문득 그 빛깔이 어머니가 좋아하던 색이라는 것을 기억해냈다. 뒤를 돌아보게 만드는 빛깔이지, 어머니는 내게 말한 적이 있었다. 뒤를 돌아보게 만드는 빛깔. 어머니의 억양을 흉내내 그렇게 되뇌어보았다. 아버지는 알고 있었던 것일까. 그렇다면 그건 이상한 일이었다. 아버지는 어머니와 함께 살았던 지금의 집을 몹시 견디기 힘들어하는 것 같았으니까. 이사를 가야겠다고 했을 때 나는 그런 아버지를 이해할 수 있을 것 같았다.

저녁 식탁에서였을 것이다. 어머니가 돌아가시고 얼마쯤 시간이 흘렀을 때. 아버지는 앞으로 내가 무얼 하면서 살고 싶은지 알고 싶다고 말했다. 몹시 가라앉아 있는 음울한 목소리였다고 기억한다. 아버지는 그때도 술잔을 기울이고 있었다. 나는 뜻밖이라는 듯 아버지를 쳐다보았다. 다른 사람도 아니고 내 아버지에게 그런 질문을 받으리라고는 한 번도 짐작해본 적이 없었기 때문에.

이상할 정도로 아버지는 나의 현재나 미래에 대해서 관심을 보이지 않았었다. 하나밖에 없는 당신의 자식임에도 불구하고 아버지는 줄곧 내게 그런 태도를 고수하였다. 믿음……? 글쎄, 그런 것과는 느낌이 달랐다. 그래, 무관심. 나는 무관심이라고 생각하였다. 이제는 익숙해졌지만 그때만 해도 그런 생각은 나를 간간이 쓸쓸하게 만들었다. 하다못해 대학이나 학과를 결정할 때도 아버지는 내게 아무것도 묻지 않았다. 아마도 그때, 그러니까 열아홉 살이었을 무렵, 내가 전혀 엉뚱한 이유를 들어 대학엘 가지 않겠다고 고집을 세웠어도 아버지는 상관하지 않았을 것이다. 상관하지 않았을 게 분명해서 나는 그런 억지를 부려보지도 않았다. 그런 점에서 보면 아버지와 어머니는 퍽 닮아 있었던 것 같기도 하다. 어머니 역시 내 인생에 대해 그다지 관심이 없어 보였으니까. 그러나 어머니에게 느껴지는 것은 무관심과는 종류가 달랐다. 잘 설명할 수는 없지만.

나는 종종 아버지가 과연 내 이름이나 나이 같은 것들을 제대로나 알고 있을까 하는 의심이 들곤 하였다.

아버지는 주로 지방의 소도시에서 아파트나 상가 짓는 일을 하고 있어서 집을 비우는 일이 잦았다. 아버지와 한집에서 살았던 시간을 헤아려본다면 기껏해야 오륙 년 정도나 될까. 어머니의 병명이 드러나면서부터 아버지는 집을 떠나지 않게 되었다. 그러니까 아버지와 나는 서로를 이해할 수 있는 시간을 별로 갖지 못했던 거였다. 사랑할 시간은 더더군다나…… 공사를 끝마치고 집에 돌아오는 아버지는 언제나 처음 보는 손님처럼 낯설기만 하였다. 어머니와 단둘이 사는 것에 너무 익숙해져 있었으니까. 아버지가 돌아올 무렵이면 어머니는 김치를 담그고 아버지가 좋아하는 게장이나 마늘장아찌 같은 찬들을 준비하곤 하였다. 그때마다 나는 괜한 조바심을 느꼈다. 당분간 낯선 사람과 한집에서 살게 되었다는, 뭐 그런 감정이 아니었을까.

지명도 알 수 없는 먼 곳에서 돌아온 아버지가 나를 바라보던 그 눈길은 지금도 잊을 수가 없다. 아버지는 나를 고종사촌의 아이거나 아니면 촌수를 헤아릴 수 없도록 먼 친척 아이라도 되는 듯 응시했다. 세상에 완벽한 무표정이 있다면 바로 그때 나를 보던 아버지의 표정이 그럴지도 몰랐다. 그렇다고 딱히 나를 정면으로 바라보는 것도 아니었다. 내 어깨 뒤편이나 이마 한가운데쯤, 아버지는 짧게 나를 응시하곤 하였다. 대단히 짧은 시간 동안이긴 했지만 시곗바늘이 움직이는 소리를 들을 수 있을 만큼 집중된 시선이었다. 지금도 나는 간혹 아버지가 내게 그런 눈길을 보내는 것을 느낄 수 있다.

무얼 하면서 살고 싶은가…… 막연한 질문이었다. 그러나 나는 아버지가 내 인생의 희망이나 미련이 남은 일들에 대해 묻고 있는 게 아니라는 것을 알아차렸다. 나는 아버지에게 작은 빵집을 열고 싶다고 했다. 아직 아버지에게 그럴 만한 재량은 남아 있을 거라고 짐작해서. 아버지는 더이상 아무 말도 묻지 않았다. 괜한 말을 했구나 싶었다. 들을 준비가 안 된 사람에게 앞뒤 없이 속내를 드러내 보인 것 같은 쓸쓸한 기분이었다.

며칠쯤 지난 후에 아버지는 이모와 내가 있는 자리에서 집을 옮겨야겠다고 말했다. 의논도 상의도 아니었다. 이미 아버지 내부에서 그렇게 결정이 내려진 상태라는 걸 나는 금방 알 수 있었다. 그런 결정을 내리는 것도 쉽지는 않았을 터였다. 그다지 내키지는 않았지만 아버지를 이해한다고 생각한 나는 고개를 끄덕거렸다. 이모 역시 별다른 말은 하지 않았다. 상가 건물을 짓겠다고 하였다. 의외였다. 작긴 하지만 마당을 가장 좋아하는 사람이 바로 아버지였기 때문이었다. 아버지는 그곳에서 나무를 돌보고 분갈이를 하고 담배를 피우곤 하였다. 어머니가 창가에 머무는 것을 좋아했던 것처럼 아버지는 마당에서 보내는 시간들을 즐기는 듯싶었다. 적어도 내 눈에는 그렇게 보였다. 그랬던 아버지가 마당을 버리고 상가를 짓겠다는 것이다.

일층과 이층은 세를 놓고 삼층을 살림집으로 쓰겠다고 하였다.

나는 아버지가 차츰 지쳐가고 있다는 것을 눈치챘다. 아버지는 그
건물을 지어놓고 세를 받으면서 조용히 남은 생을 보내고 싶어하
는지도 몰랐다. 산이나 낚시터 등을 찾아다니면서. 혹은 이 집을
떠나 더 먼 곳에서 어머니를 추억하면서. 나는 늙어가고 있는 아버
지의 손을 가만히 잡아주고 싶었다. 일층에는 제과점을 내면 되겠
더구나, 길목이 좋은 곳이야. 지나가듯 아버지가 말했다. 아버지가
그 말을 했을 때, 나는 비로소 아버지가 내 나이나 이름 정도는 분
명히 알고 있을 거라는 확신이 들었다.

　그러나 아버지는 집이 있던 이 동네를 완전히 떠날 자신은 없었
던 모양이었다. 아버지가 땅을 산 곳은 지금 있는 집에서 그다지
멀지 않은 동네였다. 전철역에서 서울대 방면으로 넘어가는 고개
쯤이었다. 겨우 이 정도의 거리라니…… 터를 보고 나서 나는 아
버지의 심중을 헤아리기에는 아직 더 시간이 필요할 거라는 느낌
을 받았다.

　아버지의 손짓이 점점 커지고 있었다. 뭔가 장목수 아저씨에게
화가 나 있구나. 나는 한사코 내 시선을 붙들고 놓아주지 않는 옥
색 타일에서 눈을 떼고 아버지를 보았다. 그대로 발길을 돌릴까 하
다가 장씨 아저씨가 휑하니 건물 안으로 들어가는 것을 보곤 아버
지에게 다가갔다.

　"너, 어쩐 일이냐."

　아버지는 뜻밖이라는 표정을 지었다. 그럴밖에, 공사가 시작된

후에도 나는 한 번도 이곳에 와본 적이 없었으니까. 나는 그저 간혹 집에 들르곤 하는 장목수를 통해 진행 상황을 짐작할 따름이었다. 우비에 달린 모자를 뒤집어쓰고 있는 아버지는 조금 우스꽝스러운 외계인 같아 보였다. 빗물에 젖어 번들거리고 있는 우비에서는 쿰쿰한 냄새가 배어나오고 있었다.

"지나는 길에요, 학원 끝나고."

나는 더듬거리며 말했다. 후드에서 떨어진 빗방울이 아버지 뺨으로 흘렀다. 내가 우산을 내밀자 아버지는 한 걸음 뒤로 물러섰다. 그냥 내처 집으로 돌아갈걸, 하는 후회가 들었다.

"이제 외부 공사는 대충 끝났나봐요?"

"아직 손볼 게 좀 남았지."

아버지는 손으로 얼굴을 문지르며 건물을 올려다보았다. 아버지의 목은 검고 주름이 많았다. 아버진 알고 있었죠, 저 빛깔 말예요…… 버릇처럼 또 속엣말을 하였다. 아버지와 마주서 있기는 아무래도 어색한 일이다. 머뭇거리다가 나는 한 손에 들고 있던 종이봉지를 아버지 앞으로 내밀었다.

"이게 뭐냐?"

"오늘 만든 빵이에요. 아버지도 드시고, 저 안에 있는 인부들에게도 나눠주면 되겠네요."

"……"

"아버지."

"그만둬라. 이제 빵이라면 지긋지긋하다."

아버지는 내가 내밀고 있던 종이봉지를 밀어내듯 툭 쳤다. 그 바람에 빵들이 바닥으로 쏟아져내렸다. 아버지는 놀란 것 같았다. 한쪽 손에서 우산이 떨어졌다. 나는 똑바로 아버지를 봤다. 아버지의 검은 얼굴에 당황한 표정이 역력히 스쳐지나갔다. 아버지와 나는 아무 말 없이 서로 마주보고 서 있었다. 나는 아버지가 내게 사과하기를 바랐다. 일부러 그런 게 아니라는 걸 알잖니. 네 알아요 아버지. 하지만 어쨌거나 이건 분명히 아버지가 잘못하신 거예요. 그래 그렇구나 정말 미안하다…… 그러나 아버지는 아무런 말도 하지 않았다. 그렇게 나와 마주서 있기가 곤혹스러운 듯 이맛살을 찌푸리고 있던 아버지는 내 곁을 스쳐 건물 안으로 들어가버렸다. 아주 빠른 걸음으로.

빗물에 젖은 빵들이 흐물거리며 보도에 들러붙는 것이 보였다.

라일락. 꽃잎. 크루아상. 나무와 벽돌. 식빵. 화이트케이크. 브리오슈…… 그런 것들이 머릿속에 떠올랐다.

나는 그렇게 선 채 발밑에 흩어져 있는 빵들을 천천히 짓밟기 시작하는 또다른 내 모습을 지켜보았다.

8. 소금

여차마을. 지도에도 나오지 않는 그런 작은 마을이 있다. 경남 거제시 남부면 다포리 여차마을 해안변 암반에서 중생대 백악기 때 형성된 것으로 보이는 공룡의 발자국 화석 육백여 개가 무더기로 발견된 적이 있다. 도로 확포장 공사중에 발견된 그 화석은 남쪽 해안변 백팔십 제곱미터의 암반에 골고루 분포되어 있었다고 한다. 원형에 가까운 지름 이삼십 센티미터의 화석 육백여 개가 발견되어 당시 그 지역이 공룡의 집단 서식지로 추정되고 있다.

소리 없이 그가 떠나버리기 얼마 전의 일이다.

그날 나는 어머니 병실에 다녀오는 길이었다. 여느 때처럼 병실 앞에는 '면회사절'이라는 푯말이 걸려 있었다. 간의 일부를 잘라내는 수술을 받던 날이었다. 위장과 간을 제거해버린 어머니의 몸은 어떻게 변해 있을까. 그런 어머니의 모습을 상상해보려 했지만 그건 정말 어려운 일이었다. 초조한 마음으로 병실 문을 두드렸다. 한참 후에야 병실에서 이모가 나왔다. 행여나 하는 마음이 있었지만 아니나다를까 어머니는 역시 나의 면회를 거절했다. 돌아가라. 볼이 움푹 팬 얼굴로 이모는 짧게 말했다. 나를 바라보는 이모의 얼굴에는 이제 그 어떤 연민도 드리워져 있지 않았다. 점점 더 가까이 다가오는 어머니의 죽음 앞에서 이모도 경황이 없었을 거였다. 이모의 눈 밑에는 깊은 그늘이 자리잡고 있었다. 다시 한 번 여쭤봐주세요 이모. 이모는 깊이를 헤아릴 수 없는 눈길로 나를 바라보다 말했다. 아직도 모르겠니? 네 엄마는, 너를 보고 싶어하지 않는다는 걸. 무서운 목소리였다. 이모는 나를 세워두고 병실로 들어가버렸다. 나는 이모가 들어간 병실 앞에서 우두커니 서 있다가 복도를 걸어나왔다. 이모의 자리는 이제 나뿐만 아니라 누구도 대신할 수 없다는 것을 확연히 깨닫게 된 날이기도 했다.

"그 사람이 있었던 방을 볼 수 있을까요."

세번째 만남이었다. 한영원은 골목 입구에 서 있었다. 나는 그녀를 쉽게 알아보지 못했다. 어깨까지 내려와 있던 그녀의 검은 머리카락은 귀 옆으로 바싹 잘려 있었다. 머리 모양이 변하면 잘 알고 있던 사람도 한순간 어색해 보인다. 게다가 그녀와 나는 지금까지 두 번밖에 만난 적이 없지 않은가. 그러나 단 한 번을 만나도 상대의 손놀림이며 입술의 각도까지 잊을 수 없는 사람들이 있다. 그녀는 나에게 그런 편에 속하는 사람이기는 했지만 나는 그날 그녀를 잘 알아보지 못했다. 나는 그것이 우리가 만난 곳이 너무 뜻밖의 장소였기 때문이라고 생각했다. 그녀가 무턱대고 집 앞에서 나를 기다리고 있을 거라고는 꿈에도 그려본 적이 없었으니까. 게다가 한 해가 더 지나 만나게 된 그녀의 얼굴은 몹시 상해 있었다. 갸름한 턱은 더 뾰족해 보였고 며칠 잠을 못 잔 사람처럼 눈자위가 푹 꺼져 있었다. 영원히 나이를 먹지 않을 것 같던 얼굴이었는데. 이제 스물여덟의 겨울을 보낸 그녀는 마치 서른다섯의 가을을 맞는 여자처럼 보였다. 그리고 그날, 어머니의 병실에서 돌아오는 나는 서른아홉처럼 보였을 것이다. 거울을 보지 않아도 그런 내 모습을 느낄 수 있었다. 서른아홉의 나는 서른다섯의 여자를 이끌고 마당을 가로질러갔다.

"여진씨, 아직도 이 방을 비우지 않고 있군요."

열쇠를 꽂고 있는 나에게 그녀가 말했다. 어쩐지 비난을 하고 있는 듯 여겨지는 목소리였다.

"미련이 많은 여자예요 당신. 미련이 많으면 인생이 고달파지는 법이죠."

오래전부터 비어 있었던 방은 시간의 흐름을 잊은 듯 모든 것이 그대로였다. 변한 것은 아무것도 없어 보였다. 그건 너무나 당연한 것일 테지만 나는 마치 오래된 왕릉에 들어와 있는 기분이 들었다. 저쪽 침대에 누군가 누워 방문을 열고 들어오기를 기다리고 있을 것만 같았다. 나는 고개를 흔들어대었다.

"불 켜지 말아요!"

나는 스위치를 더듬던 손을 그대로 멈추고 말았다. 왠지 그녀 음성이 절박하게 들렸다. 그녀와 나는 어둠 속에 나란히 앉았다. 그녀는 나와 마주앉는 것을 피하고 싶어하는 것 같았다. 내가 먼저 앉기를 기다렸다가 그녀는 간격을 두고 내 옆에 앉았다. 그녀와 나 사이에는 꽤 묵직해 보이는 그녀의 가방이 놓여 있었다. 문득 그녀의 가방이 열어보고 싶어졌다. 가방을 열어보면 그녀에 대해 뭔가 조금은 알 수 있을지도 모른다는 생각이 들어서. 생각해보면 그 사람에 대해 알고 있는 게 별로 없는 것처럼 나는 그녀에 대해서도 아무것도 모르고 있었다. 이상한 사람들. 그러나 어딘가 서로 닮아 있는 사람들. 그녀에 대해 내가 알고 있는 거라고는 기껏해야 나이, 그리고 한영원이라는 이름밖에 없었다. 아, 또하나. 그녀가 그 사람을 사랑하고 있다는 것. 사면의 벽들이 희푸르게 빛나고 있었다.

"여진씨와 나는 둘 다 실패한 거예요."

그녀가 쓸쓸함이 잔뜩 묻어나는 목소리로 말을 꺼냈다. 나는 고개를 돌려 그녀 얼굴을 바라보았다. 그녀의 옆모습은 어둠에 가려 잘 보이지 않았다. 흰옷을 입고 있고 벽에 머리를 기대고 앉은 그녀는 작은 유령 같아 보였다. 이 방과 잘 어울리는 여자다…… 소외감…… 나는 고개를 내저었다.

"설명이 필요한 말이로군요."

유령에게 나는 간신히 그렇게 말했다. 내 목소리는 꽉 잠겨 있었다. 어둠이 목을 짓누르고 있는 기분이었다.

"그 사람의 기억을 찾아주는 거 말예요."

기억?

불현듯 나는 시간의 움직임이 멈추는 것을 느꼈다.

"……"

"그 사람이 고고학 발굴을 할 때였어요. 한번은 파주에서 사백오십여 년 된 미라가 발굴된 적이 있었어요. 그때 연구원으로 일하고 있던 그 사람은 당장 그 장소로 달려갔어요. 무엇엔가 단단히 홀린 듯한 모습이었어요……"

나는 그녀가 지금 이 어둠을 헤치면서 어디론가 나를 데려가고 있다고 생각했다. 저벅저벅 어둠을 헤치고 앞으로 걸어나가면서 그녀는 내 손을 꽉 움켜쥐고 있었다. 그녀는 어쩌면 시간의 흐름을 거꾸로 돌려놓고 있는지도 몰랐다. 등으로 식은땀이 흘렀다.

"그 미라는 중종 때 정오품 벼슬을 지낸 사람의 묘지 이장 작업을 하다가 발견한 것이라고 해요. 얼굴 형태와 상하체의 뼈, 심지어 일부의 살도 썩지 않았고 치아와 상투, 수염 등도 원형 그대로 보존되어 있었대요. ……그 사람이 파주로 떠나자 나도 그 미라의 사진을 보았어요. 나로서는 아무것도 느낄 수 없는 그런 거였어요. 마치 신문 속에 끼워져 있는 광고 전단처럼 말예요. 하지만 그는 달랐죠. 미친 사람 같았어요."

"왜 지금 내게 이런 이야길 하는지, 나는 잘 모르겠어요."

그녀가 이 방에 들어와 입을 열고서부터 줄곧 나는 그 말을 하고 싶었다. 차라리 지금부터 그녀가 이대로 어둠 속에 앉았다가 스르르 인사도 없이 가버렸으면. 나는 혼란스러워지고 있었고 그 혼란의 느낌은 사뭇 두려운 것이었다. 나는 그녀의 가방 속을 들여다보고 싶어졌다.

"발굴된 미라를 보고 흥분한 그에게 전화가 걸려왔어요. 그는 자꾸만 무언가 찾아야 한다고 중얼거렸어요. 술에 만취한 상태였죠. 나는 중얼거렸어요. 이봐 당신, 그걸 알아? 그깟 사백오십 년이란 세월은 그리 대단한 게 아니야. 당신이 모르는 게 있어. 언젠가 타클라마칸사막에서는 삼천 년 된 여인의 미이라가 발견된 적도 있다구, 그러니까 그리 흥분할 것 없어. 당신 인생의 어느 한 부분이 어딘가에 소금기 있는 모래로 뒤덮여 있을 거라는 거, 그거 환상이야. 당신은 그걸 버려야 해. 그걸 버리지 못하면 당신 인생은 정말 끝장이라구…… 라고 말예요. 전화는 아까부터 끊겨 있었지만 나는 계속 그렇게 중얼거렸어요. 그렇게라도 하지 않으면 미쳐버릴 것만 같은 새벽이었거든요. 이해할 수 있겠어요?"

나는 고개를 저었다. 모르는 언어를 듣고 있는 것처럼 그녀의 말을 알아듣기 어려웠다. 나는 그녀를 정면으로 마주보고 싶었다. 그러면 조금 더 그녀의 말을 이해할 수 있지 않을까. 나는 언젠가 그가 떠나고 나서 내게 처음으로 걸어왔던 전화를 기억해냈다. 아주 먼 곳이었다고 여겨졌다.

"기적소리가 들렸어요. 그리고 갈매기 소리, 파도 소리 같은 것들이 한꺼번에 전해져왔어요. 그런 곳이 있을까요. 그런 세 가지 소리가 함께 들릴 만한 장소 말예요. 내가 아는 장소 중에 그런 곳은 없었어요. 순간 나는 두려워졌어요. 그가 있는 곳이 이 세상이 아닐지도 모른다는 생각이 들었던 거예요. 나는 지금 이 세상에 없는 아주 어두운 나라에서 걸려온 전화를 받고 있는 거로구나, 하고 생각했어요. 나는 그곳이 어디냐고 물었어요. 그리고 내가 갈 수 있는 곳이냐고도요, 어리석게도. 그는 울고 있었던 것 같아요. 아니 울고 있었던 게 분명해요. 아주 작은 흐느낌이 내게로 전해져왔으니까요. 나는 그가 돌아오지 않을 거라는 걸 알았어요, 그때. 그런데 그곳이 어디쯤이었을까…… 난 아직도 가끔 그런 생각을 하곤 해요."

나는 지금 희미한 기억 저편의 이야기들을 하고 있었다. 내 옆에 가방을 놓고 나란히 앉아 있는 이 푸른 유령을 향해.

"얼마나 먼 거리를 헤매었을까요. 그곳을 찾기 위해서…… 그러나 나는 그가 그곳을 찾을 수 있을 거라고 믿었어요. 그랬기 때문에 그냥 그를 지켜보고 있었는지도 몰라요."

"……"

"여진씨, 모든 것은 다 적당한 때가 있는 법이에요. 늦은 감이 있긴 하지만 이제는 그의 이야기를 들려줘야 할 때라는 생각이 드는군요. 우리 이제 다시는 만날 수 없을 테니까."

"어째서 지금이, 그때라고 말하는 거죠?"

"내 마음이 그렇게 움직이기 때문이겠죠. 그건 아마도……"

"뭔지 모르지만 듣고 싶지 않아요. 모든 것은 이제 돌이킬 수 없이 늦어버렸어요. 그는 돌아오지 않을 거예요. 나는 그걸 알아요. 당신도 알잖아요?"

"……정동진이라고 하는 곳이에요."

나는 슬쩍 그녀를 돌아다보았다. 두 눈을 감고 있는 그녀의 얼굴이 어둠 속에서 뿌옇게 드러났다. 나는 내 안의 모든 감각이 긴장하며 웅크리는 것을 느꼈다. 그래, 분명 우리는 지금 어디론가 떠나고 있는 거로구나. 이 여자가 나를 이끌고 있다. 시간을 가로지르면서, 혹은 그 언제쯤 시간의 흐름 속에서 부유하고 있던 그들의 한 세계로. 나는 내 손을 움켜쥐고 있는 그녀의 손을 뿌리치겠다는 마음을 저만치 밀어두었다. 나는 눈을 크게 뜨고 그녀가 나를 이끌고 있는 세계를 향해 점점 더 다가가기 시작했다.

"지도를 펴놓고 서울에서 정동쪽으로 직선을 그으면 동해안에서 작은 마을을 만날 수 있어요. 동해안 칠번 국도를 타고 강릉에서 남쪽 방향으로 가면 정동진이라는 이정표가 나와요. 바다에 가장 가까운 곳에 위치해 있으면서 기차역이 있는 마을이기도 하죠. 바다와 소나무, 한적한 역사驛舍와 기차…… 그것 말고는 아무것도 없는 마을이에요."

"……"

"대합실은 하루에 여섯 번, 비둘기호가 들어올 때만 개방되죠. 지금도 그런지는 모르겠지만. 마을 안에 있는 굴다리 밑으로 백사장 가는 길이 나 있고 백사장은 곧장 역내로도 연결돼 있어요……역에 들어서면 해안선을 따라 끝없이 그려진 철로를 만날 수 있지요. 철길과 백사장 사이에는 소나무들이 서 있어요. 운좋은 날이면 열차가 지나치면서 내는 기적소리, 파도 소리, 그리고 갈매기 소리를 한꺼번에 들을 수가 있죠. 노을이 질 때면 넋을 잃을 만큼 아름다운 풍경이에요. 하지만 삭막한 곳이죠. 그것 이외엔 아무것도 없는 곳이니까요."

두 눈을 감고 있는 그녀는 제 눈앞에 펼쳐진 것들을 그대로 내게 말로 전하고 있는 듯했다.

"아, 또하나, 일출을 잊었군요. 해돋이가 늦는 가을이나 겨울이면 거대한 불덩이 앞에 역사로 진입하고 있는 첫 열차를 볼 수 있어요. 정말 장관이죠. ……이게 다예요. 내가 지금 기억할 수 있는 그곳에 관한 것들 말예요. 우리, 그러니까 그와 내가 어린 시절을 함께 보낸 곳이에요."

"그 사람은 기차 타는 것을 병적으로 싫어하는 것 같았어요. 내 기억이 맞는다면 말예요."

그녀의 말을 따라 나는 무어라 중얼거리고 있었다.

"청해횟집 아이들. 마을에선 우리를 그렇게 부르곤 했어요. 아버지가 횟집을 했었거든요. 여름이면 민박을 놓기도 했어요. 그 사람과 나는 손님들 심부름을 하기도 했지요. 모든 것이 평화롭던 시기였어요. 이제는 까마득히 먼 옛날이 되고 말았지만."

"……"

"사고였어요. 아주 짧은 시간이었어요. 갈매기 한 마리가 머리 위를 휙, 스쳐 날아가버리는 그런 짧은 시간. 오빠는, 그래요 그때는 오빠라고 불렀어요. 어쨌거나 우리는 남매였으니까요. 혹시 갈매기의 배를 본 적이 있나요?"

갈매기의 배…… 아니, 나는 고개를 저었다.

"둥글고 몹시 흰 빛이죠. 아주 새하얘요. 오빠는 그때 백사장에서 철로 쪽으로 걸어오던 중이었어요. 나는 역사 밖에 서서 오빠를 기다리고 있었어요. 그때 내 머리 위로 갈매기 한 마리가 지나가고 있었어요. 손을 뻗으면 금방이라도 잡을 수 있을 만큼 아주 낮게. 오빠가 다가오고 있었어요. 나는 눈을 들어 갈매기를 쳐다보았어요. 갈매기의 유난히 하얀 배를 말이죠. 그리고…… 기차가 지나갔어요."

그러니까, 기차가 그의 기억을, 그의 인생을 낚아채 달아나버렸던 거로군요…… 나는 이 방에 들어오고 나서 처음으로 그녀의 말을 이해할 것 같은 심정이었다. 그러나 아무 말도 할 수 없었다. 그저, 갈매기의 배, 갈매기의 배, 라고 중얼거리고 있을 따름이었다.

한영원이 다녀간 며칠 후에 나는 그의 방을 정리했다. 그래요, 그는 다시 돌아오지 않을 거예요. 한영원이 그 방을 떠나면서 마지막으로 한 그 말에 나도 다른 의심을 하지 않았다. 그는 돌아오지 않을 것이다. 그리고 곧 어머니는 돌아가실 거였다.

나는 그 방을 정리하다가 문득 이렇게 내 안의 무언가를 정리하지 않으면 안 된다는 생각이 들었다. 기억을 잃어버리기 전에, 단단히 내 삶의 한 끝자락을 움켜쥐고 있지 않으면 안 된다고. 그렇게 살아가야 한다고.

9. 편지

    화요일 오후. 나는 한 통의 편지를 받았다. 저녁 찬거리를 사러 이모와 시장에 다녀오던 길이었다. 편지는 우편함 속에서 절반쯤 밖으로 비어져나와 있었다. 지나치게 흰 빛깔 때문이었을까. 나는 대번에 그것이 나에게 온 것임을 알아차렸다. 기울어지는 오후의 햇살을 받고 있는 편지를 보면서 문득 그것이 어쩌면 한 사람의 죽음을 알리는 부고장일지도 모른다는 짐작을 했다.

    발신인을 확인하지도 않은 채 나는 이모와 마당을 지나 집안으로 들어왔다. 장바구니를 들고 마당을 가로지르는 그 짧은 시간 동안, 불현듯 잠시 후면 내가 어디론가 떠나게 될지도 모른다는 생각이 들었다. 흰색 편지 때문이었다. 떠나게 되면 아무 말 없이 떠나야 하리라. 아무런 저항도 하지 못한 채. 설령 그곳이 이 세상에 없는 아주 낯선 곳일지라도. 그런데 이번에는 누구의 손에 이끌려서……? 어쨌거나 나는 그때 내 현재의 시간을 비집고 들어오는 아주 낯익은 발소리를 들었던 것이다.

해서 나는 이제부터 더욱 눈을 크게 뜨지 않으면 안 된다고 생각했다. 그곳이 아무리 낯선 곳일지라도 그 세상으로 가는 길을 똑똑히 눈여겨보리라. 그러지 않으면 돌아오는 길을 잃을지도 모른다. 그곳으로 가는 길에는 가지를 부러뜨려 표시를 해놓을 수 있는 나무도 없을 것이며 또한 내 손에는 들고 있는 빵조각 같은 것들도 없었다. 나는 내 눈앞에 펼쳐진 텅 빈 허공을 정면으로 응시했다. 이 모든 것이 지금 나를 이끌고 있는 흰색 편지 때문이었다. 일상이 출렁거리기 시작하고 있었다.

발신인의 주소는 없었다. 이름이 쓰여 있지도 않았다. 그러나 내 이름과 주소는 정확하게 기재되어 있었다. 주의를 기울이지 않으면 빠뜨리기 쉬운 우편번호까지도…… 누굴까.

쑥갓과 시금치가 든 봉지 위에 편지를 올려놓고 나는 그것을 물끄러미 바라보았다. 연녹색 채소와 흰 편지봉투가 조화를 이루어 선뜻 손대지 못할 아름다움 같은 것이 느껴졌다. 봉투를 열어보지도 못하고 나는 그런 느낌에 매달려 있었다. 식탁에서 그러고 앉아 있는 나를 의아한 눈빛으로 보는 이모의 시선이 느껴졌지만.

발신인이 밝혀져 있지 않은 그 편지는 나로 하여금 어느 때보다도 더욱 튼튼한 신발을 꿰어차기를 요구하고 있는 성싶었다. 어디면 곳에서 또 나를 향한 전언이 들려오기 시작하는구나. 그렇다면 닫아둔 귀를 열어야겠지…… 망설이고 있을 여지가 없었다. 나는 허리를 굽혀 신발을 신고 두 발을 탁탁 굴러보았다. 자 이제 떠나는 거야. 나는 그렇게 읊조리고 있었다.

편지에는 아무것도 씌어 있지 않았다. 노트에서 한 장 북 찢긴 빈 종이 한 장이 들어 있을 뿐이었다. 나는 눈을 부벼대며 그것을 들여다보았다. 들여다보고 또 들여다보았다. 역시 아무것도 씌어 있지 않았다. 빈 종이를 뒤집어 창문에 대고 비춰보았다. 행여 어딘가 잘 보이지 않는 한 귀퉁이쯤에서 희미한 흔적이라도 발견해내고자 하려는 듯이. 빈 종이…… 그저 여백이었다. 헛것을 본 게야. 나는 누군가를 향해 중얼거리듯 그렇게 말했다. 그리고 나는 이 년여 만의 세월을 거슬러 나를 찾아온 한 남자의 목소리를 듣게 되었다. 그일 거라는 확신이 든 것은 어떤 불가항력적인 힘 때문이리라.

나는 귀를 열었다. 당신이로군, 이제서야 당신이 나를 찾아온 거야. 나는 바다 저 어둠 속으로 세차게 빨려들어가고 있는 자신을 발견하였다. 온몸의 긴장을 풀고 물결의 흐름에 나 자신을 송두리째 떠맡겼다. 나는 나를 이끌고 있는 보이지 않는 손을 향해 중얼거렸다. 그런데 대체 당신은 지금 어디에 있는 거지……

너무 많은 말이 종이 위에서 흘러넘쳐 바닥으로 떨어지는 것이 보였다. 나는 그가 내게로 보낸 말들을 줍기 위해 거북이처럼 납작하게 엎드려 허공을 더듬었다.

〈이빨 사냥〉. 나는 그때 고야의 동판화를 떠올리고 있었다. 교수형을 받은 사내가 밧줄에 목이 걸린 채 사지를 늘어뜨리고 있는 모습. 두 손 역시 꽁꽁 묶여 있다. 그리고 그 옆에는 사내의 이빨을 훔쳐내기 위해 손수건으로 얼굴을 가리고 조심스럽게 다가서고 있는 한 여자가 있다. 교수형을 받은 사내의 이빨에는 마법적 힘이 있다고 믿는 그런 한 여자가.

내가 그 방에 들어갔을 때 한익주는 목에 전깃줄을 매고 있었다. 그의 목을 칭칭 동여맨 것이 전깃줄이라는 것은 한참 지난 후에야 알게 되었지만. 아무튼 그는 천장에서 바닥으로 길게 서 있었다. 그렇다, 그것은 사지를 늘어뜨리고 있는 게 아니라 똑바로 서 있는 거였다. 그의 발밑으로 층층이 쌓아놓은 책더미를 보지 못했더라면 그 상황을 어떻게 납득할 수 있었을까 그때. 그러나 책더미를 밟고 서 있는 그의 모습을 이해하는 것도 그렇게 간단한 문제는 아니었다. 그는 그러고 서서 방바닥을 내려다보고 있었다. 두 눈을 부릅뜬 채로. 방바닥에 무언가 소중한 것을 떨어뜨리기라도 한 것처럼. 그러나 죽음 직전에 그렇게 두 눈을 홉뜨고 바라보아야 할 만큼 버리지 못한 미련이란 게 과연 무엇일까.

그는 나를 보자 해뜩 웃음부터 지어 보였다. 문득 그의 웃음에서 어떤 광기를 엿보았던 것 같기도 했다. 그가 무서웠다. 차라리 그가 입버릇처럼 말했듯이 어서 가방을 꾸려 어디론가 떠나버리는 편이 더 나을 거라는 생각을 하기도 했던 것 같다. 그런 그의 모습은 마치 아무것도 느끼지 못하며 활활 타오르는 불속으로 한발 한발 걸어들어가고 있는 듯 보였다. 아무도 그런 그를 말릴 수 없을 거라는 생각이 들었다.

나는 방문 앞에 서서 한 발짝도 움직이지 않고 있었다. 그의 곁으로 다가가지도 않았다. 나는 그의 이빨에 어떤 마법적인 힘이 있다고 믿는 어리석은 여자가 아니었다. 그리고 설령 내가 다가간다고 해도 그의 어떤 것들이 달라지리라는 생각이 들지 않았다. 그런 생각들이 더할 수 없도록 부질없게 느껴졌기 때문에. 아니, 내가 그런 생각을 한 적이 있기나 했을까. 아무튼 그때 나는 내가 그의 옆에 오래 머물지 못하리라는 것을 알아버렸다. 그리고 그는 이제 곧 떠날 거라는 사실도. 그런 그를 받아들이기에 내 인생은 지금까지 너무나 평범했다. 나는 그와의 만남을 통해 지금까지의 내 삶을 변형시켜보겠다는 욕망을 멀리 떠나보냈다. 그의 방문 앞에 서서 그런 생각들을 하고 있었다. 그의 괴기스러운 모습이 이별의 한 의식처럼 느껴졌기 때문이었던 것 같다. 강력한, 그래서 더는 붙잡을 수 없는. 이 사람은 이상한 방식으로 나와 헤어지려 하는구나. 나는 고개를 주억거렸다.

그는 천천히 목에서 전깃줄을 걷어내고는 밟고 있던 책더미 위로 걸터앉았다. 그의 눈은 여전히 방바닥을 향해 던져져 있었다.

"이해할 수 없겠지만, 혹시나 하는 마음이었어…… 죽음에 가까워지면, 내 과거를 들여다볼 수 있을까 해서 말이야."

처량하게 들리는 목소리였다. 그러나 나로서는 도무지 종잡을 수 없는 말들. 나는 딱딱하게 굳어가고 있는 자신을 느꼈다.

"……"

"내가 잃어버린 것들 말이야. 이를테면 기억이나 시사 같은 것들 말이지…… 그런데, 역시 아무것도 보이지 않는군."

"당신은, 그래요, 당신은 제정신이 아녜요. 목을 매달고 그렇게 방바닥을 뚫어져라 내려다보고 있으면, 뭐가 보일 거라고 생각했나요? 어리석군요. 그래 대체 저 더러운 방바닥에 뭐가 보이나요?"

나는 화를 내고 있었다. 참을 수 없이 화가 났으니까. 그때 어머니는 완전히 위를 제거한 채로 투병을 하고 있던 상태였다. 나는 죽음에 임박해 있는 어머니를 떠올렸다. 어머니는 이제 곧 문을 열고 저쪽 먼 나라로 새하얗게 사라져버릴 거였다. 그건 정말이지 아무도 말릴 수 없는 상황이었다. 나는 그의 가짜 죽음에 화를 터뜨리고 싶었다.

"말했잖아, 아무것도 보이지 않는다고! 제발, 단 한 번만이라도 나를 이해하려고 애를 써줘."

그는 으르렁거리듯 말했다. 나는 그가 울고 있다고 생각했다. 실제로 그가 흐느껴 운 것은 그러고도 한참이 지난 후였지만.

"당신이 아무리 내 귀를 잡고 흔들어댄다고 해도 이해할 수 없는 건 이해할 수 없는 거예요."

"……"

"죽음을 갖고 장난하는 건 몹쓸 짓이에요. 그건 바로 죽음을 모독하는 거라구요. 당신, 대체 죽음이라는 게 뭔지 알기나 하는 거예요? 우린 그런 걸 말할 자격이 없을지도 몰라요. 살아 있으면서, 살아 있는 사람들은 그런 걸 알기 어려운 법이잖아요."

나는 내가 무슨 말을 하고 있는지도 모르면서 허공에 대고 읊조리듯 말했다.

"그래도 아주 죽는 것보단 낫잖아요. 살아 있으면서 잃어버리는 게 낫잖아요. 잃어버리게 된 건 그대로 잊는 거예요. 더이상 미련 갖지 말아요. 그리고 그걸 알아야 해요. 당신 인생엔 아직 시작도 못한 시간이 남아 있다는 거 말예요."

이상한 밤이었다. 나는 줄곧 무어라 끊임없이 주절거리고 있었다.

"……두려워. 내 머릿속에서 완전히 사라져버린 그 모든 것이 두려워. 아무도 이해할 수 없을 거야."

그는 거칠게 내 앞섶을 헤치면서 다가왔다. 나는 내 가슴에 닿는 그의 눈물을 느꼈다. 나는 몸부림치고 있는 작은 물고기 한 마리를 꽉 부둥켜안고 깊은 심연으로 떨어지고 있었다. 눈이 멀 것만 같은 새하얀 어둠이 닥쳐오기 시작했다. 다시는 뜨지 않을 것처럼 두 눈을 꾸욱 감아버렸다.

기차. 소나무. 갈매기. 바다. 파도 소리. 그는 혼귀를 부르듯 자꾸만 그렇게 웅얼거리고 있었다. 나는 그를 따라 소리 내어보았다. 기차. 소나무. 갈매기. 바다. 파도 소리……

그날 밤, 나는 처음으로 그에게서 한영원의 이야기를 듣게 되었다.

아주 이상한 여자가 있어. 그녀는 내 지워져버린 모든 시간을 알고 있는 것만 같아. 내 전생까지도 말이지. 그녀 얼굴을 들여다보고 있노라면 어렴풋하긴 하지만 무언가 내가 잃어버린 것들이 떠오르는 것 같기도 해. 어쩐지 나와 닮은 데가 있어 보이는데 역시 전혀 기억할 수 없는 여자야. 혹 전생의 내 모습이 아니었을까 하는 생각도 들고. 한데 왠지 그 여자에게는 내가 다가설 수 없는 게 있어. 내가 다가서려 하면 뭔가 거대한 장막이 드리워지는 것을 느껴. 그 여자와 나 사이에 말이지. 대체 나는 어디서 그 여자를 본 것일까. 그런 아주 이상한 여자가 하나 있어……

이제 서른세 살인 남자가 짙은 안갯속을 헤매듯 더듬더듬 그런 이야기를 풀어놓고 있었다. 그와 헤어져 한영원을 만나게 되기 전까지 나로서는 도저히 알아들을 수 없는 이야기들이었다. 하지만 나는 그의 목소리에 귀기울이고 있었다. 그것만이 그를 위해 내가 할 수 있는 노력이라고 여겨졌기 때문에. 그를 이해하고 싶었다. 하지만 그의 등뒤에서 나는 자꾸만 아득해졌다. 어쩌면 나는 그때까지도 사랑하는 방법을 모르고 있었던 것은 아니었을까. 그가 떠난 후에야 나는 비로소 내가 그동안 그를 사랑하고 있었다고 깨닫게 되었다. 그러나 그때는 이미 모든 것이 늦어버린 시기였다. 그 대신 나는 한 여자를 알게 되었다. 그가 말했던, 아주 이상한 여자를.

일 년 전 여름에 만났던 우리는 그해 여름에 헤어졌다. 스물일곱번째 여름이었고 나는 내년 여름이면 또 어떤 식으로든 지금과는 다르게 변해 있을 내 모습을 낯설게 상상하고 있었다. 사루비아 꽃처럼 활활 타오르던 여름이었다.

10. 외출

우울증에 좋은 영양소는 복합 탄수화물이다. 이는 인슐린 분비량을 늘리고 진정 효과가 있는 것으로 알려진 세로토닌이라는 화학물질을 뇌에서 많이 나오도록 자극하는 역할을 한다. 복합 탄수화물이 많이 함유된 식품으로는 현미나 통밀, 감자 등이 있다. 설탕은 우울증을 악화시킨다. 게다가 우울할 때 당분을 많이 섭취하면 비만의 원인이 되기 십상이다. 이것 역시 모두 이모에게 들어서 알고 있는 상식들이었다.

그날 오후 나는 이모를 위해서 감자빵을 만들었다. 맛이 담백하고 소화가 잘되는 감자빵은 주로 북유럽이나 러시아, 독일 등지에서 애용된다. 껍질을 벗기고 삶아서 으깬 감자에 녹인 버터를 넣은 다음에 곱게 체질한 밀가루를 섞었다. 감자빵은 실기시험 품목에서도 제외된 빵이었지만 나는 이모를 위해 그 빵을 만들고 싶었다. 다른 때보다 감자 양을 늘린 것도 오로지 이모 때문이었다. 나는 이모가 지금 우울한 상태라고 짐작했다. 그런 것을 내게 말로 표현할 이모는 아니었지만 나는 무턱대고 그렇게 믿어버렸다. 해가 다 저물도록 이모의 모습은 보이지 않았다. 이모는 또 방문을 굳게 닫고 침대에 누워 있을 터였다.

자주 있는 일은 아니지만 가끔 이모는 이불을 뒤집어쓰고 하루 종일 자리에서 일어나지 않았다. 왜 그러느냐고 물어보았지만 특별히 어디 몸이 불편한 것도 아니었다. 그러면서 식사도 거르고 내처 잠만 잤다. 하루종일 문을 닫아놓은 그 방에서 이모가 무엇을 하는지는 눈으로 보지 않아서 알 수 없었으나 이모의 말에 따르면 잠을 잔다고 했다. 생각할 게 많은가보죠? 가끔 주스잔이나 물컵을 들고 어색하게 그 방에 갈 때면 나는 그렇게 묻고는 했다. 그럴 때마다 내 목소리는 약간쯤 불친절함을 숨기고 있었던 것은 아니었을까. 그래, 아마도. 이모는 잠을 자고 있는 것 같지는 않았다. 무슨 깊은 생각에 빠져 있다가 내가 방문을 열고 들어서는 기척이 있으면 재빨리 눈을 감아버리는 것 같았다. 그런 느낌을 받았다. 훅, 이모가 눈을 감을 때 흔들리는 그 미세한 공기의 움직임을 나는 놓치지 않았다.

일차 발효를 시킨 반죽을 가스를 빼고 둥글게 말다가 나는 한순간 이모를 위해 감자빵을 만들고 있는 나 자신이 조금은 낯설게 느껴졌다. 내가 느끼지 못하는 새에 차츰차츰 이모의 존재를 받아들이기 시작한 것은 아닌지. 나는 머리를 내젓고는 둥글게 빚은 반죽을 오븐에 넣고 타이머를 조절했다.

이모가 혹시 마당에 나가 앉아 있는 것은 아닐까 싶어 어두워지고 있는 이층 창밖을 주의깊게 내려다보았다. 노을이 번지고 있는 마당에는 담장 주위로 희게 보이는 등나무꽃이 고개를 수그리고 있었다. 해가 저물기 전에는 은은한 연보라 빛깔이었을 텐데. 이제 꽃잎을 떨군 라일락들은 한층 키를 더하고 있을 따름이었다. 작은 화단에는 내가 이름을 알지 못하는 꽃나무들이 심어져 있었다. 한눈에 보아도 손길이 많이 간 아담한 정원이었다.

어머니와 아버지 그리고 이모가 좋아했던 곳. 그들의 시선을 오래도록 붙잡고 놓아주지 않았던 이곳. 나는 침울해지는 것을 느꼈다. 이제 얼마 뒤면 이 집을 떠나게 될 것이다. 나는 이층에서 내려다보는 마당의 모습을 사진이라도 찍듯 한동안 숨을 멈추고 응시하였다. 골목 초입에서부터 어둠이 밀려들고 있었다.

어디에도 이모의 모습은 보이지 않았다.

이모의 방문 앞에서 주춤거렸다. 가슴이 떨리는 것만 같았다. 이모가 없을지도 모른다는 생각이 들었기 때문이었을까. 아니면 이모가 그 방에 천연하게 앉아 있는 모습을 보게 되는 게 두려운 걸까. 내 마음을 도무지 종잡을 수가 없었다. 어쩌면 그 둘 다 아니었을지도 모른다.

툭, 툭. 방문을 두드려보았다. 아무 소리도 들리지 않았다. 나는 섬뜩한 기분을 느끼며 방문을 열었다. 오래전부터 사람이 살지 않았던 방처럼 냉큼 한기가 몰려들었다. 침대는 가지런히 정리되어 있었고 화장대 위도 먼지 하나 없이 말끔해 보였다. 또 무슨 신문에서 오려낸 기삿거리가 있나 해서 화장대 위를 살펴보았지만 그런 것은 눈에 띄지 않았다. 알 수 없는 일이었다. 어디를 간 걸까 이모는. 옷장을 열어보았다. 외출할 때 들고 다니곤 하던 구슬이 달린 검은 핸드백은 옷장 한구석에 그대로 놓여 있었다. 핸드백 속에는 현금이 든 지갑과 그 밖의 잡다한 소지품들이 얌전히 들어 있고. 어디 멀리 간 것 같지는 않다. 나는 그런 생각을 하며 이모의 방을 나왔다.

이모가 한마디 말도 없이 어디론가 떠날 수 있을 거라고는 상상해본 적이 없었다. 사실 나는 이모에 대해 그다지 깊이 생각해본 적이 없는 것 같다. 이렇게 한집에 살고 있기는 하지만. 곤지암에라도 간 걸까. 곤지암은 집에서 가까운 관악산 깊숙한 곳에 들어앉은 오래된 절이다. 어머니 위패를 모시고 있는 곳. 어머니가 돌아가신 이후 이모는 가끔 그 절을 찾곤 하였다. 드물기는 하지만 아버지도 가끔 그 절에 다녀오곤 하는 것 같았다. 그런 말을 하지는 않았지만 그럴 때마다 나는 아버지를 따라온 어떤 냄새를 맡을 수 있었다. 향냄새? 글쎄…… 나는 그때 아버지의 몸에서 풍겨나곤 했던 그 냄새를 제대로 표현할 수가 없다. 어쨌거나 그 냄새를 맡을 때마다 나는 아버지가 어머니를 만나고 오는 길이라는 것을 눈치챌 수 있었다. 아버지를 따라온 그것은 죽은 어머니의 냄새일지도 몰랐다. 그건 내가 기억하고 있는, 살아 있을 적의 어머니 냄새와는 다른 것이었다.

어머니를 만나고 돌아오는 아버지의 얼굴은 매양 어둡기만 하였다. 아버지와 이모가 동행해서 절을 찾는 것은 한 번도 본 적이 없었다.

이모의 방을 나오면서 나는 흘낏 현관문을 바라보았다. 금방이라도 문을 열고 이모가 들어설 것만 같아서.

그런데 정말 어딜 간 걸까 그녀는.

이모가 돌아온 것은 사흘 뒤였다.

아버지는 이모의 긴 외출에 대해 아무런 말도 하지 않았다. 내가 아버지 이건 외출이 아니라 가출일지도 몰라요, 라고 말했을 때도 아버지는 굳게 입을 다물고 있기만 하였다. 가출이라는 말을 입에 올렸을 때 어색한 기분이 들었다. 그저 조금 길어지고 있는 외출이라고 믿고 싶었고 그렇게 믿지 않으면 머릿속이 몹시 복잡해질 것만 같았다. 아무 말이 없는 아버지를 멀거니 쳐다보면서 나는 혹시 아버지가 이모의 행방을 알고 있는 것이 아닐까 하는 의문이 들었다. 나만 모르고 있구나. 그 일이 아니더라도 아버지와 어머니 그리고 이모 사이에는 내가 알면 안 되는 어떤 비밀 같은 것들이 느껴지곤 했었다. 궁금하긴 했지만 구태여 그런 것들을 알고 싶지는 않았다. 나와는 전혀 상관없는 일일지도 몰랐으니까. 나는 피곤했다. 그래서 내 인생과 관계되지 않는 것들은 조금도 알고 싶지 않다고 여기려고 들었다. 그러나 과연 그들 세 사람이 나와 그런 아무런 관계가 아니라고 여겨버려도 되는 것일까…… 그건 자신이 없었다.

아침부터 하늘이 흐리고 바람이 몹시 불어댔다. 건너편 집 옥상에 널린 빨래들을 보면서 바람이 불고 있다는 것을 알았다. 눈이 시도록 흰 기저귀들이 펄펄 날리고 있는 것을 보면서 나는 오늘은 외출을 삼가고 집을 지키고 있어야겠다는 작정을 했다. 오늘은 어쩌면 이모가 돌아올지도 모른다는 예감이 들었기 때문이었다. 바람 때문이었을까. 단단히 창문을 걸어둔 채 나는 창밖을 내다보았다.

유년 시절에도 나는 이렇게 창밖을 내다보고 서 있는 것을 좋아했던 것 같다. 그것은 나도 모르는 사이에 어머니에게서 배운 버릇일지도 몰랐다. 그때만 해도 나는 창가를 서성거리곤 하던 어머니 모습에서 부서지지 않을 것 같은 평화로움을 느끼곤 하였으니까. 훗날 그것이 내가 어머니를 기억할 때마다 섬뜩한 모습으로 떠오를 줄은 미처 몰랐다. 그런 기미는 전혀 보이지 않았으니까 말이다.

어린 내가 창가를 서성이고 있다 돌아보면 어머니는 못 볼 것을 보았다는 듯 가만히 고개를 돌리고는 하였다. 소리를 내지는 않았지만 나는 어머니가 혀를 차고 있을지도 모른다고 생각했다. 저토록 어린 것이…… 어머니의 모습은 어린 내게 그런 말을 하는 듯했다. 여하튼 나는 그때도 유리창을 통해 내다보이는 적요로운 풍경들이 좋았다. 손으로 만질 수는 없지만 날이 저물도록 바라볼 수 있는 세상. 세상은 한 번도 정지된 상태로 가만히 있지 않았다. 나는 그것이 태양 때문이라고 생각하였다. 시시각각으로 변해가던 그 오묘한 빛의 색깔들. 사각의 창을 통해 내다보이는 세상은 내게 나무랄 데 없이 구도가 좋은 한 점 살아 있는 정물화처럼 느껴졌다. 그러나 나는 유리창 밖에 있는 그 세상 속으로 뛰어들고 싶은 용기는 없었다. 무엇이 두려웠을까. 그때, 아주 어렸을 적에도 말이다. 하나 나는 가끔 팔을 뻗어 세상을 덮고 있는 그 빛깔들을 만져보고 싶었고, 그럴 때마다 창문에 이마를 꼬옥 갖다대곤 하였다. 그건 아마도 내가 이 세상을 살아가는 하나의 방식이 아니었을까. 누구에게나 저마다 그런 것은 하나씩 있기 마련일 것이다. 자기만의 이 세상을 살아가는 독특한, 나로서는 수동적일 수밖에 없는 방식 같은 것들 말이다.

화급히 창에서 이마를 떼어냈다. 골목 어귀에서 한 여자가 걸어오고 있었다. 나는 좀더 눈여겨 그녀의 모습을 내려다보고 싶었으나 현관문이 잠겨 있다는 것을 알아차렸다. 서둘러 아래층으로 내려갔다. 그녀가 잠긴 현관문을 서너 번 흔들어보다가 그대로 돌아서버릴지도 모르니까. 마음이 다급해지고 있었다. 그때 나는 이미 그녀를 그냥 돌아서게 하면 안 된다는 것을 알고 있었는지도 몰랐다. 세게 현관문을 밀쳤다.

이모. 그녀가 밖에 서 있었다. 집에서 입고 있던 옷 그대로에 신발에는 잔뜩 진흙이 엉겨붙어 있었다. 손에는 아무것도 들려 있지 않았지만 한눈에도 몹시 더러워 보였다. 머리카락은 그녀 뺨 위에 제멋대로 달라붙어 있고. 나는 아무 소리도 못하고 그녀를 마주보았다. 누리끼리한 안색이었다. 그녀는 나를 향해 보일 듯 말 듯 희미한 미소를 지었다. 나를 보고 있는 것 같지는 않은데도. 그녀는 꿈을 꾸고 있는 듯한 느린 걸음걸이로 자신의 방을 향해 걸어들어갔다.

"이모!"

나는 그녀가 들어간 방에 대고 소리질렀다. 그렇게라도 하지 않으면 못 견딜 것만 같은 심정이었다. 둔중한 소리를 내며 문이 닫혔다.

그날 저녁, 나는 사흘째 냉장실에 보관하고 있던 감자빵들을 모두 쓰레기통에 던져넣었다. 아직 아무도 손대지 않은 빵이었다. 나는 그 빵이 부패하는 것을 내 눈으로 확인하고 싶지 않았다. 하지만 그 빵에는 벌써 푸른 곰팡이들이 앞다투어 피어오르고 있었을지도 몰랐다.

이층으로 올라가려다 말고 나는 걸음을 멈추었다. 다시 계단을 내려왔다. 나는 쓰레기통을 뒤적거려 감자빵 하나를 집어들고는 입안으로 덥석 넣었다. 아무것도 느낄 수 없는 맛이었다. 나는 서툴게 흐느끼고 있는 자신을 바라보고 있었다.

11. 사과파이

아버지가 돌아가셨다.

어머니의 기일이 일주일 지난 후였다. 나는 아버지의 죽음을 납득할 수가 없었다. 아버지는 술에 취한 채 무단 횡단을 한 것도 아니었고 아버지가 타고 있던 차를 누가 들이받은 것도 아니었다. 쉰여섯 살의 아버지는 스스로 삶을 마감했다. 나는 아버지가 선택한 죽음의 방식도 마음에 들지 않았다. 시기 또한 그랬다. 아버지는 내부 공사가 한창 진행중이던 상가 안에서 그런 일을 했다. 이제 그 상가에는 아무도 세를 들려고 하는 사람이 없을 것이다. 상가는 곧 허물어야 할 터였다. 아버지의 죽음을 알았을 때 나는 그런 생각들을 하고 있었다. 나로서는 이해하기 힘든 죽음이었다. 아버지는 아무런 예고도 없이 죽어버렸다. 나는 아버지에게 영원히 버려졌다는 사실을 깨달았다.

내게 아버지의 죽음을 알려준 사람은 이모였다. 나는 불을 끄고 돌아누워 누군가 이층을 올라오고 있는 발소리를 듣고 있었다. 전혀 실체감이 느껴지지 않는 가벼운 걸음걸이. 작은 새 한 마리가 계단을 올라오고 있는 것만 같았다. 누굴까? 나는 숨을 죽이고 새벽 네시에 나를 향해 다가오고 있는 발소리에 온 신경을 기울였다.

방문 열리는 소리가 들렸다. 누군가 훌쩍 방안으로 들어왔다. 내 삶을 뒤흔들려고 다가오는 저 불안한 공기의 움직임. 나는 움직일 수 없었다.

"일어나라."

이모는 방 한가운데에 우뚝 서서 내게 말했다. 담담한 목소리였다. 나는 모로 누운 채 이모의 목소리를 들었다. 더 버티고 있어봐야 소용없는 짓이었다. 그게 무언지는 모르지만. 나는 스르르 일어나 침대에 걸터앉았다. 어둑한 방안에 이모는 검은 그림자로 서 있었다. 불을 켜야 하지 않을까 하다가 그냥 내버려두었다. 새벽 네시에 누군가 내 방을 올라오는 발소리를 들었을 때부터 나는 조금씩 내가 가진 나이들이 흔들리기 시작하는 것을 느끼고 있었으니까 말이다.

"아버지가 돌아가셨다."

"……!"

아버지가 돌아가셨다. 나는 이모가 방금 내게 던진 말을 그대로 발음해보았다. 그것은 분명히 어머니가 돌아가셨다, 라는 말과는 다른 의미를 내포하고 있었다. 할말을 다 했다는 듯 그 말을 마치자마자 이모는 그대로 방을 나가버렸다. 이번에도 아주 느린 걸음이었다. 나는 이모가 이층 계단을 내려가는 발소리를 들었다. 할말을 다 쏟아내지 못하고 돌아서는 미련이 남아 있는 소리를.

그제야 불을 켜고 시계를 보았다. 네시 십분. 불을 껐다. 어디선가 무거운 깃털 하나가 날아와 내 이마에 내려앉는 것이 느껴졌다.

나는 둥그렇게 어둠을 껴안고 앉아, 새벽 세시 삼십분이나 혹은 네시로 시간을 다시 돌려놓고 싶다는 생각을 하고 있었다.

* 사과파이 만드는 방법

1. 파이팬에 버터를 바르고 밀가루를 묻혀 털어낸다.

아버지는 왜 그런 식으로 죽음을 선택하지 않으면 안 되었을까.

2. 밀가루는 두세 번 체에 내리고 버터는 1센티미터 크기로 깍둑썰기한다.

아버지는 올해로 쉰여섯 살이었다.

3. 밀가루에 버터를 넣고 스크레이퍼로 잘게 자르면서 섞는다.

그 나이라면 조금씩 삶을 포기하는 것에 익숙해질 때가 아닐까.

4. 냉수를 붓고 가볍게 뭉쳐서 비닐봉지에 넣은 후 30분간 냉장고에 둔다.

어쩌면 아버지는 외로웠는지도 모른다. 그러나 외롭다는 이유로 목숨을 버릴 만큼 아버지의 나이는 가볍지 않다. 삼십 분? 잠깐 나는 한 인간이 가질 수 있는 외로움의 깊이에 대해 생각해본다. 하나 그것은 죽음처럼 잘 느낄 수 없는 것들이다. 그 어두운 것들.

5. 4를 직사각형으로 밀어 세 번 접기를 3회 반복한다.

이제 나는 정말 혼자다. 잘 믿기지 않는 현실이다.

6. 사과를 깎아 씨를 빼고 8등분해서 4밀리미터 두께로 썬다.

아버지가 죽은 것은 어머니의 기일이 일주일 지난 후였다.

7. 사과를 설탕에 조린 다음 계핏가루를 넣고 식혀 브랜디를 섞는다.

그렇다면 아버지는 어머니가 돌아가시고 난 후에 줄곧 자신의 죽음을 준비하고 있었던 것일까.

8. 파이 반죽을 2~3밀리미터 두께로 밀어 팬 바닥에 깐 다음 가장자리를 도려낸다.

그럴 만큼 아버지는 그토록 지독하게 어머니를 사랑했던 것일까.

9. 포크로 반죽에 구멍을 낸 다음 그 위에 사과조림을 얹는다.

어머니는 일 년 전에 돌아가셨다. 그리고 이제 아버지도 돌아가셨다.

10. 파이 반죽을 1.5센티미터 폭으로 잘라 팬 크기보다 조금 더 긴 끈을 만든다.

남은 사람은 이모와 나 단둘밖에 없다.

11. 9의 둘레에 달걀물을 바르고 10의 끈을 엇갈리게 엮어 덮

는다.

죽음을 준비한 장소도 이해할 수 없기는 마찬가지다. 아버지는 남아 있을 나를 전혀 염두에 두지 않았던 것이다. 이모 또한.

12. 가장자리를 포크 끝으로 눌러주고 다시 달걀물을 바른다.

상가는 곧 헐릴 것이다.

13. 240~260도 오븐에서 굽다가 갈색빛이 나면 50~60도를 내려 40분간 더 굽는다.

어쩌면 이제 이모와 나도 헤어져야 할 시간인지 모른다. 나는 또 헤어진다는 것에 대해 생각해본다. 아마도 우리는 헤어질 것이다. 헤어지지 않아야 할 아무런 이유가 없기 때문이다. 우리는 기어이 헤어지게 될 것이다.

14. 살구잼과 브랜디를 섞어서 뜨거울 때 표면에 바른다.

아버지는…… 사과를 좋아하였다.

12. 흑백사진

가끔 우리는 허를 찔리듯 지나간 한 시절의 부름을 받게 되는 경우가 있다. 그것은 어떤 질긴 생의 끈 같아서 고개를 내젓는다거나 시선을 돌린다고 쉽사리 외면할 수 있는 것이 아니다. 지나간 한 시기가 현재로 파고들 때, 그때는 그저 고개를 주억거리며 다가오는 그것의 부름에 응답하지 않으면 안 된다. 아무런 이유도 없이 찾아오는 옛 시간은 없는 법이니까.

한 장의 흑백사진. 나는 오늘 내 무릎 위로 우연처럼 툭 떨어지는 흑백사진 한 장을 본다. 그리고 그것은 나를 아주 오래전의 한 시기로 되돌아가게 만든다.

천구백육십오년 충남 공주군 정안면 평정리 상증암마을에서. 사진 뒷면에는 그렇게 씌어 있다. 낯익은 필체다. ㄹ과 ㅁ 획을 흘려쓰는 어머니의 필체. 충남 공주군은 어머니의 고향이다.

스물두 살의 어머니는 목 언저리에 검은 리본이 달린 흰 블라우스와 무릎까지 내려오는 치마를 입고 있다. 오른손에는 양산이 들려 있고 어머니 얼굴은 그늘에 반쯤 가려져 있어 어두워 보인다. 그 나머지 반쪽 얼굴도 환해 보이지는 않는다. 아리도록 부신 햇살 때문이었을까. 어머니 옆에 역시 하얀 원피스를 입은 사람은 스무 살의 이모인 게 분명하다. 통통한 두 볼에 두 눈을 둥그렇게 뜬 이모는 더럭 겁이 나 있는 표정이다. 두 여자의 표정은 모두 굳어 있다. 천구백육십오년이라면 내가 태어나기 한 해 전이다. 그런데 어째서 지금 이 오래된 사진 한 장이 나를 찾아온 것일까.

어머니와 아버지가 만나게 된 배경에 대해 내가 아는 사실들은 거의 없다. 그것뿐만이 아니라 되짚어보면 나는 어머니의 처녀적 시절에 대해서도 들은 게 별로 없는 편이다. 이상하리만치 어머니는 자신의 젊은 시절에 대해서 이야기하는 것을 꺼려했던 것 같다. 나는 그런 어머니에게 더이상 어떤 것도 물어볼 수가 없었다. 혹시 어머니는 태어나자마자 스물두 살이었던 것은 아닐까. 그 이전의 삶은 이 세상 것이 아닌. 내가 어머니를 기억하는 건 다섯 살 이후부터가 아닌가 싶다. 그전의 어머니에 대해서는 아무것도 아는 게 없다.

어머니는 결혼 전에 마을 언덕 위에 있는 예배당에 다녔고 아버지는 오직 어머니와 결혼하기 위해 예배당에 다녔다는 이야기를 얼핏 이모에게 들은 적이 있다. 별로 특별할 게 없는 만남이라고 생각한다. 그렇기는 하지만 집안 대대로 불교를 믿는 가정에서 성장한 아버지로서는 하기 힘든 노력이었을 터였다. 아버지는 어머니를 사랑했을 것이다. 어머니는 어떠했는지 나로서는 지금까지도 알 수 없지만.

외할아버지는 떡 만드는 일을 했는데 지금의 방앗간과는 조금 다른 것이었던 듯싶다. 외할아버지가 처음 만들었다는 찰떡주머니라는 팥앙금이 든 새끼손가락만한 찹쌀떡이 그 당시 인기가 좋았다고 한다. 외할머니가 지병으로 일찍 돌아가시자 장녀였던 어머니는 외할아버지가 하던 가게 일을 돕기 시작했다고 한다. 여고 이학년을 중도에 그만두고. 여기까지가 내가 알고 있는 젊은 시절의 어머니에 대한 아주 사소한 사실들이다.

어머니를 생각할 때마다 왠지 모를 두려움을 느끼기 시작했던 것은 아마도 내가 『선녀와 나무꾼』이라는 동화를 읽고 난 후일지도 모른다. 다섯 살? 여섯 살? 하지만 기억은 언제나 믿을 수 없는 것이기에 나는 다만 그때 내가 그랬으리라고 현재에 와서 생각하는 것이다. 어머니가 읽어주는 그 동화를 듣다 말고 나는 엉겁결에 어머니의 치맛자락을 와락 움켜쥐었던 것 같다. 아버지는 나무꾼도 아니었으며 더욱이 어머니가 날개옷을 잃어버린 선녀도 아닐 터였지만 어쨌거나 나는 어머니가 아버지와 나를 두고 한마디 말도 없이 어디론가 떠나가버릴지도 모른다는 느낌을 받은 것이 분명했다. 동화에서처럼 어머니가 나를 데리고 갈 것 같지는 않아

서. 나는 그때 어쩌면 어머니가 언젠가는 나를 버릴 거라는 예감을
했었는지도 모른다.

어머니의 치맛자락을 움켜쥐었을 때, 나를 보던 어머니 눈빛을
지금도 잊을 수가 없다. 어머니는 낯선 사람처럼 어린 내 얼굴을
들여다보았다. 어떤 감정도 실리지 않은 그런 얼굴. 나는 어머니의
눈동자에서 얼핏 스치고 지나가는 그림자를 본 것도 같았다. 어머
니의 검은 눈동자에 비친 것은 내가 아니라 다른 무엇이었나. 어쨌
거나 나는 어머니가 내가 느끼는 두려움을 눈치채고는 얘야 이건
동화일 뿐이란다, 속삭여주면서 가만히 나를 끌어안아주기를 기
다렸다. 하나 어머니는 치맛자락을 붙잡고 있는 내 손을 조용히 밀
어내었다. 지금도 눈을 감고 있으면 그때 나를 밀어내던 어머니 손
의 서늘한 기운과 손목의 놀림까지도 또렷이 묘사할 수 있을 것만
같다. 조용하지만 단호한 물리침.

그런데 정말 어머니는 나를 버린 것일까. 아니다 그렇지는 않을
것이다. 어머니는 그저 나를 떠나갔을 뿐이다. 어차피 우리는 한
번은 헤어져야 하는 운명이었으니까. 어머니는 어머니의 방식대
로 그 시절을 소중히 간직하고 있었을 것이다. 아직은 내가 알 수
없는 그런 방식으로. 그래서 자신의 청춘 시절에 대해서는 아무에
게도 섣불리 이야기하고 싶어하지 않은 거라고 나는 짐작할 뿐이
다. 왜 그런 사람들이 있지 않은가, 유독 자기 자신을 사랑하는 그
런 사람들. 나는 어머니가 그런 성향을 가진 사람이었을 거라고 믿

고 있다.

돌아보면 어머니는 그다지 나를 좋아했던 것 같지는 않다. 그런 생각은 어느 날 느닷없이 찾아오지는 않는다. 기억을 오래 더듬다 보면 저절로 그런 생각이 들게 된다. 해서 어머니를 떠올릴 때마다 나는 약간 쓸쓸해지는 것을 느낀다.

다섯 살 전까지 나는 이모 손에 자랐다. 이모는 그때까지 결혼하지 않았을 터였다. 이모가 나를 키운 건 확실하지만 나는 이모에 관한 어떤 기억도 갖고 있지 않다. 아무리 어렸다고는 하지만 의아심이 일 정도로 이모에 관한 기억이 없다. 어머니에 대해서는 그렇지 않은 걸 보면 그건 정말이지 이상한 일이 아닐 수 없다.

어머니는 아버지와 결혼한 이후에도 일손이 모자라는 외할아버지의 가게 일을 돕고 있었다. 아마도 아버지는 계속 공부를 하고 있었을 거였다. 그때까지만 해도 아버지는 유망한 건축공학도였다고 들은 적이 있다. 외할아버지 집에서 얼마 떨어지지 않은 곳에 아버지와 어머니는 방을 얻어 살았다고 한다. 다섯 살이 된 이후에 나는 외할아버지 집에서 어머니와 아버지가 있는 곳으로 옮겨졌다. 나를 돌보던 이모에게 갑자기 무슨 일이 생긴 것이었을까. 아마도 이모가 외할아버지의 집을 떠나지 않으면 안 되는 상황이었던 듯하다. 어머니는 여전히 외할아버지의 가게 일을 돕고 있었다. 그러고 보니 그 이후로도 나는 줄곧 혼자였던 셈이다.

지금도 나는 누군가를 기다리는 일에 퍽 익숙한 편이다. 그것은 내게로, 혹은 여기로 돌아오고 싶어하지 않는 사람들일수록 더욱 그렇다. 기다리는 사람이 돌아올 만한 위치에 가만히 서서 나는 그 사람에 대한 기억을 더듬고 하염없이 내가 여기서 기다리고 있다는 신호를 보내고는 한다. 내 기다림의 신호는 강을 건너고 산을 넘을 것이다. 혹은 날아가는 새를 따라갈지도 모르고 스치듯 지나가는 바람에 새겨질지도 모른다. 간혹 신호를 받아도 돌아오지 않는 사람들이 있다. 아니 다시 돌아오는 사람들은 거의 없을지도 모른다. 그럼에도 불구하고 나는 마치 내 소중한 눈동자를 가져가버린 사람을 기다리듯 그 기약 없는 기다림을 멈추지 않는다. 지금도 나는 내가 누군가를 기다리고 있다는 것을 알고 있다.

어릴 적, 나는 하루종일 어머니를 기다리는 일로 하루해를 다 보내고는 하였다. 아버지는 언제나 귀가가 늦은 편이었고 어머니는 가게 일을 돕다가 저녁이면 느릿느릿 집으로 돌아오고는 하였다. 오후가 기울 무렵이 되면 우리가 세 들어 살고 있던 대문 앞에 쭈그리고 앉아 어머니를 기다렸다. 누군가 내게 부러 시킨 것은 아니었지만 그것은 내게 꼭 해야 할 의무 같은 거였다. 그때만 해도 나는 달리 시간을 보내는 방법을 몰랐으니까. 어린 내게 하루는 너무 길었다. 그러니까 어머니는 내 인생에서 기다림이란 것을 가르쳐준 최초의 사람인 셈이다.

골목 입구로 걸어들어오는 사람이 있을 때마다 나는 길게 고개를 빼 내밀고는 하였다. 그러나 그런 나와는 달리 집으로 돌아오는 어머니 걸음은 매번 느리고 더디게 느껴지곤 하였다. 그 걸음걸이는 집으로 돌아오고 싶어하지 않는 사람의 걸음인 듯 여겨지기도 했다. 이 집이 아니라 저기 어디쯤으로 가야 하는 것은 아닌가. 어머니의 걸음은 늘 그런 의혹을 품게 했다. 그래서 그랬을까. 어린 마음에도 나는 어머니가 퍽 고달픈 삶을 살고 있구나, 라고 느낄 수 있었다. 어머니 모습이 골목 어귀에 나타날 즈음이면 나는 대문 앞에서 지금까지 어머니를 기다렸던 내 모습을 지워버리고는 얼른 방으로 들어가버리고는 했다. 그런 걸음걸이를 가진 젊은 어머니를 대문 앞에서 마주친다는 것이 두렵게 느껴졌던 듯하다. 내 나이 여섯 살 적에.

어머니는 어쩌면 이제 비로소 당신 삶에서 가장 자유스러운 시간을 누리고 있는지도 모른다. 나는 어머니가 죽는 방법으로서가 아니라 당신이 그토록 젊어서부터 원했던 대로 이곳을 훌쩍 떠나버렸다는 걸 알게 되었다. 확실히 어머니는 죽은 게 아니라 떠난 것이다. 그렇다는 것을 나는 이제야 조금 알 것 같다.

아버지의 죽음 이후, 나는 훌쩍 시간을 뛰어넘어 나이를 먹고 있었다. 볼 수는 없지만 내 정수리 어디쯤에서는 흰 머리카락이 성성하게 새로 나고 있을지도 모를 일이었다.

저녁 여덟시쯤 나는 전화 한 통을 받았다. 이모와 단둘이 저녁 식사를 하고 설거지를 끝내려던 참이었다. 이모는 식사를 마치자마자 기다렸다는 듯이 방으로 들어가버렸다. 아버지가 돌아가시고 난 이후에 이모와 마주앉아 식사를 한다는 것은 이모나 나에게 모두 견디기 힘든 시간이라는 것을 우리는 알고 있었다. 우리는 언제나 서둘러 밥을 먹었고 서둘러 의자를 밀치며 일어섰다.

식사 후에 나는 주로 냉장고에 든 활명수를 마셨으며 이모는 무슨 알약인가를 먹는 것 같았다. 딱히 그런 대단찮은 이유가 아니더라도 우리는 곧 헤어지게 될 터였다. 그러나 이모는 아직은 때가 아니라고 생각하는 것 같았다. 나 역시 그랬고. 이제 이렇게라도 함께 있을 수 있는 시간이 얼마 남지 않았다는 것은 잘 알고 있었다. 남은 시간 동안만이라도 나는 이모를 사랑하고 싶었다. 다시는 이모를 볼 수 없을지도 모를 테니까.

전화벨은 아득한 소리로 공기를 울려대고 있었다. 나는 한동안 전화를 바라보다가 그대로 욕실로 들어갔다. 거울을 보며 오래도록 공을 들여 이를 닦았다. 내가 이를 닦고 거실로 나왔을 때 내가 하는 양을 내리 지켜보고 있었다는 듯 다시 전화벨이 울리기 시작하였다. 또 누굴까. 나는 수화기를 들었다.

"……"

"……"

전화를 걸어온 상대쪽에서는 아무런 말도 없었다.

"……여보세요."

나는 입을 열었다. 그러나 저편에서는 아무런 반응도 없었다.

수화기를 내려놓으려다 말고 다시 귀를 꼭 붙였다. 저편에서 웅웅 거리는 바람소리 같은 것이 들려오고 있었다. ……분명히 그것은 바람소리였다. 그것도 아주 거칠고 난폭한. 온몸이 긴장되었다. 바람소리다. 지금 나와 같은 시간에 수화기를 붙들고 있는 이 사람은 누구인가.

"누구지 당신!"

나는 물었다. 기다렸다는 듯 바람소리가 툭 끊겼다.

저녁 여덟시. 거실 창유리에 떨고 있는 한 여자의 모습이 희끄 무레 비쳤다.

13. 동물원

지난 새벽 나는 난데없이 들려오는 갈매기 울음소리에 퍼뜩 잠을 깨고 말았다. 갸우갸우, 갸우우…… 나는 그 소리가 기러기나 홍부리황새의 울음소리라고 생각하였다. 혹은 두루미 종류의 다른 조류거나. 새벽 세시가 막 지나고 있는 참이었다. 그러자 그 울음소리가 기러기가 아니라 갈매기의 울음소리일 거라고 확신이 들었다. 그런데 이상한 것은 나는 지금까지 갈매기나 기러기 울음소리를 한 번도 귀기울여 들어본 적이 없다는 사실이었다. 나는 베개에 얼굴을 묻고 납작하게 엎드려서 청각을 긴장시켰다. 갸우갸우, 갸우우…… 소리가 들려오고 있는 곳을 향해 먹이를 찾는 올빼미처럼 두 귀를 모았다. 갸우, 갸우우우우…… 그 소리는 이런 의성어로밖에는 달리 표현할 수가 없다. 그럼에도 나는 내 잠을 깨운 그것이 갈매기 울음소리라는 것을 의심하지 않았다. 그런데 새벽 세시에 느닷없이 웬 갈매기 울음소리가 들려왔을까.

다음날 아침 여느 때와 다르게 일찍 일어나서 집을 나섰다. 현관문을 나서기 전에 이모의 방 앞에서 귀를 기울여보았으나 기척이 없었다. 나는 이모에게 아무런 말도 하지 않고 조용히 문을 열고 밖으로 나왔다. 소리를 내지 않으려고 애를 쓰긴 했지만 이모는 방안에서 그런 나의 기척을 모두 듣고 있을 터였다. 아버지가 돌아가신 이후에 이모는 방안에서 잘 나오지 않았다. 식사시간에만 겨우 잠깐 얼굴을 비칠 따름이었다. 식탁에 앉아 힐끔 들여다보았던 이모의 안색이 누리끼리해 보였다.

이모와 한집에 기거하고는 있지만 나는 종종 내가 이 집에 혼자 살고 있는 것은 아닌가 하는 생각이 든다. 그렇지 않으면 흰 면바지를 입고 새벽마다 거실을 서성거리고 있는 작은 유령과 함께. 새벽마다 나는 이모의 걸음소리를 들었다. 깃털처럼 무게가 느껴지지 않는 걸음소리. 곧 후르륵 어디론가 떠나가버릴 것만 같은 그런.

백색 인도공작 앞에서 나는 저절로 걸음을 멈추고 우리 안을 들여다보았다. 백색 인도공작, 그리고 그 화려한 날개…… 그래 그때, 우리는 그런 이야기들을 나누었지. 몇 년 전 어느 날. 가을이었던가 그때가?

손으로 꼽을 수 있을 만큼 드물었던 우리의 외출이었다. 우리의 대화는 언제나 밀폐되어 있던 그의 방에서나 가능한 것이었다. 나는 좀더 밝고 환한 곳에서 그와 함께 있고 싶었다. 겨울잠을 자는 두더지처럼 그는 나와 함께 밖으로 나가는 것을 좋아하지 않았다. 그는 그때 겨울잠을 자고 있었는지도 몰랐다. 누구에게나 그런 한 시기는 있는 법이니까. 지금은 봄. 그는 벌써 그 길디긴 동면에서 깨어나 슬렁슬렁 세상을 향해 고개를 기웃거리고 있을지도 모르 겠다. 그러나 그는 지금 내 곁에 없다.

지금 내가 저걸 볼 수 없다면 말이야, 아 그래 내가 앞을 볼 수 없다고 가정해봐. 그리고 저 모습을 내게 들려줘. 상상할 수 있도 록 말이야.

그는 갑자기 잔뜩 잠긴 목소리로 그렇게 말했다. 어처구니없는 주문이었다. 그러나 힐끔 본 그의 표정은 자못 심각해 보였다. 나 는 웃음이 나올 것 같았으나 그는 정말이지 어딘가 캄캄해 보이는 모습이었다.

왜 그런 가정이 필요하지요?

나는 짐짓 명랑한 어조로 말했다.

……

……해볼게요. 그럼, 자 이렇게 등을 돌려봐요. 그리고 눈을 감 아요.

그는 말 잘 듣는 학생처럼 고분고분히 백색 인도공작 우리 앞에 서 등을 돌리고는 눈을 꾹 감았다. 눈부신 햇살이 그의 속눈썹 위 로 쏟아져내렸다. 어쩐지 햇살 아래와는 잘 어울리지 않는 사람이

구나. 나는 가만히 그의 손을 끌어당겨 내 가슴에 대었다. 그는 내가 하는 대로 가만히 있었다. 나는 백색 인도공작의 모습을 그에게 들려주기 위해 두 눈을 긴장시켰다. 눈물이 비어져나올 것만 같았다. 아니야, 우리는 잠깐 연극을 하고 있는 거야. 단지 그뿐이야. 나는 고개를 저었다.

청색 인도공작과는 달리 온몸이 순백색이에요. 고결해 보이는 군요…… 저 울음소리 들려요? 까옥까옥, 그렇게 울고 있어요. 아름다운 꼬리예요. 저토록 우아한 꼬리를 가진 동물을 나는 지금까지 본 적이 없어요. 귀족 같아요. 그리고 발모가지가 아주아주 가늘어요. 듣고 있어요?

나는 쥔 손에 힘을 주면서 그를 돌아보았다.

그래, 듣고 있어. 당신처럼 가는 발목이겠군. 계속해봐, 나는 지금 상상하고 있어.

그때, 백색 인도공작이 활짝 날개를 폈다. 눈이 멀 것처럼 새하얀 빛이었다. 허공으로 흰빛이 솟구치고 있었다.

눈을 떠봐요. 공작이 날개를 폈다구요!

나는 그에게 무심코 소리치고 말았다.

말했잖아 나는 지금 앞을 볼 수 없다고!

그는 버럭 소리를 질렀다. 나는 굳게 입을 다물어버렸다. 왔던 길을 되짚어 혼자 걷고 싶었다.

계속 말해줘, 당신이 마치 내 눈동자인 것처럼 말이야. 나는 이렇게 아무것도 보지 못하잖아.

발길을 움켜잡는 듯한 목소리였다. 돌아서고 싶다는 생각을 단
념하지 않을 수 없는.

…… 순백색, 그래요. 눈이 멀어버릴 것만 같은 순백의 옷을 걸
친 여자를 떠올려봐요. 그 안에 또 그런 백색 옷을 입고 있을 것만
같은. 저 소리 들리나요? 바람에 여리디여린 풀잎이 스치는 소리
같잖아요? 날개를 편 공작이 앞뒤로 날갯짓을 하고 있는 소리예
요…… 머리에 달린 왕관 모양의 둥근 깃털들, 역시 백색이네요.
그리고, 그리고……

나는 그만 눈을 감고 말았다. 그는 왜 내게 이런 것을 시키고 있
는 걸까. 또다시 그의 손을 놓고 어디론가 도망가버리고 싶은 심정
이 되었다. 그런 내 마음을 들여다보기라도 한 양 그는 나의 손을
꽉 움켜쥐었다. 그의 손바닥에 땀이 찼다. 나는 그의 앞으로 돌아
섰다. 그는 여전히 눈을 감고 있었다.

당신 지금 뭘 하고 있는 거지? 어서 계속해봐, 내 상상은 잘되고
있질 않아.

그는 눈을 감고 힘없이 중얼거렸다.

더이상 표현할 수가 없어요. 이런 행위가 무슨 의미가 있겠어
요. 그만 눈을 좀 떠봐요, 네?

나는 안타까운 소리로 말했다. 그는 안하무인 격으로 꼼짝도 않
고 그대로 서 있었다. 그의 불타고 있는 이마, 코, 입술, 목울대, 가

습…… 시선을 옮기며 그의 카키색 셔츠 주머니에 달린 녹색 작
은 악어 한 마리를 보았다. 나는 문득 그 악어가 내 가슴속으로 달
겨들어와 내 안의 무언가를 조금씩 뜯어먹고 있는 듯한 통증을 느
끼기 시작했다. 나는 가슴을 움켜쥐고 그의 가슴에 고개를 묻어버
렸다. 무섭도록 쿵쾅거리며 그의 가슴이 뛰고 있었다.

그가 눈을 떴을 때 백색 인도공작은 그 희디흰 날개를 접고 있
었다. 그는 무엇을 기다리는지 백색 인도공작 우리 앞에서 한참을
더 서 있었다. 백색 인도공작은 날개를 접은 채 기다란 꼬리만 움
직거리고 있을 따름이었다. 나는 어처구니없이 초조해지는 것을
느꼈다. 그는 끝내 활짝 편 공작의 날개를 보지 못했다. 성난 사람
처럼 그는 내 손을 놓고는 다른 우리 쪽으로 걸음을 옮겼다.

나는 코뿔소 우리 앞에 있는 하늘색 벤치에 앉았다. 오월의 셋
째 주 금요일이었다. 며칠째 계속 이어지는 이상난동으로 오늘도
기온이 몹시 높았다. 이런 현상은 다음주 초까지 이어지고 주말쯤
단비가 내릴 예정이라고 하였다. 저녁 식탁에서 이모가 들려준 말
이었다. 나는 줄곧 땀을 흘렸다. 동물원 입구에서 사들고 온 김밥
을 먹기 시작했다. 허기가 졌고 자꾸만 목이 말랐다. 벌써 음료수
를 세 캔째 마시고 있는 중이었다. 팔월의 폭양처럼 태양이 부글부
글 끓어오르는 것 같았다.

벤치 앞으로 노란 반바지와 반팔 티셔츠를 입은 한 떼의 유치원

아이들이 줄줄이 걸어가고 있었다. 하나 둘, 셋 넷. 칙칙, 폭폭. 하나 둘, 셋 넷. 칙칙, 폭폭. 앞선 여선생의 구령소리에 맞춰 아이들이 합창을 했다. 맑은 소리였다. 아이들이 모두 지나갔다. 하나 둘, 셋 넷. 칙칙, 폭폭…… 나는 그렇게 중얼거렸다.

아이들이 지나가고 나서 나는 오래된 앨범을 넘기는 심정으로 두 눈을 꼭 감았다. 뜨거운 햇살이 눈두덩으로 쏟아져내렸다. 언젠가 그가 그랬던 것처럼 나는 지팡이도 없는 캄캄한, 눈먼 사람이 되고 싶은 것인지도 몰랐다.

그때, 우리가 이곳에 왔을 때 당신은 내게 이런 말을 했었지. 동물원의 냄새. 눈으로 보이는 것 말고 어떤 냄새에 대해서 줄곧 생각해보면 어떨까 하고 말이지. 후각을 집중시키지 않으면 그건 아주 어려운 일이라고 했어. 당신은 몽상가로군. 나는 당신을 곁눈질하며 그렇게 중얼거렸어. 몽상가. 나는 내가 찾아낸 그 단어가 마음에 들었어.

사람도 생김새만큼이나 각자 다 다른 냄새를 갖고 있다고 했지. 그것은 동물도 마찬가지라고 했어. 그러나 우린 그날 아무런 냄새도 못 맡고 동물원을 떠나고 말았어. 후각을 집중시키는 게 쉽지는 않은 일이었어. 사람의 냄새?…… 글쎄, 어떤 한 사람의 냄새를 맡고 있으면 그 사람이 걸어온 길이 보일 것도 같아. 그리고 앞으로 걸어갈 길의 모습도 가끔 떠오르고는 해. 그러니까 사람의 냄새란 길의 냄새라는 것이지.

당신의 냄새…… 그래 이제와 돌이켜보니 당신에게선 옥색 냄새 같은 게 맡아졌던 것 같아. 옥색의 냄새. 그건 누구도 곁에 있지 못하게 하는 냄새가 아닐까. 사람의 걸음을 멈추게 하지만 그저 멀리서 맡을 수 있을 뿐이지. 그건 세상의 냄새가 아닐지도 몰라.

서른을 앞두고 이제 나는 좀 다른 것의 냄새를 맡고 싶어.

어제 새벽에 내가 들었던 건 정말 무슨 울음소리였을까? 아주 먼 데서 들려오는 소리였어. 암만 귀를 기울여봐도 어디서 들려오는 건지 분간할 수가 없었어. 하지만 당신이라면 그 소리에 대해 대답해줄 수 있지 않을까.

두 눈을 감고 벤치에 앉아 나는 이런 말들을 끊임없이 혼자 하고 있었다. 감은 눈 속으로 붉은 태양이 비집고 들어와 이글거리고 있었다. 두 눈을 태워버리고 말 것 같은 기세였다. 오랫동안 앞을 보지 못한 사람처럼 나는 겁에 질린 채 천천히 눈을 떴다.

길을 내려가다가 나는 아프리카코끼리 우리 앞에서 걸음을 멈추고 말았다. 나무 앞에 서 있는 한 노인 때문이었다. 노인은 나무와 자신의 허리를 노끈으로 동여매고는 나무를 마주한 채 제자리걸음을 하고 있었다. 이상한 사람이다. 나는 노인에게 좀더 가까이 다가갔다. 얼굴은 땟자국으로 얼룩졌고 몹시 허름한 차림새였다. 노인은 두 손을 허리 아래로 감싸쥐고는 똑바로 나무를 응시하고 있었다. 누군가 자신에게 다가오고 있는 것도 모르는 것 같았다. 무슨 의식을 치르는 듯 근엄하기까지 한 표정으로 아주 천천히 제

자리걸음을 했다. 함부로 접근할 수 없는 위엄이 느껴졌다. 노인과 나무 사이의 거리는 십 센티미터도 안 돼 보였다. 코가 마주닿을 만한 거리였다. 노인의 맨발은 더럽고 불결해 보였다. 노인의 제자리걸음은 좀체 멈출 것 같지 않았다. 노인은 왜 자신의 몸과 나무를 저렇게 꽁꽁 묶어버린 것일까. 그리고 저 맨발과 제자리걸음은 또 무얼까.

꽤 오랜 시간 나는 그 자리에 묶여 있었지만 거기를 벗어날 때까지 노인은 나무 앞에서 제자리걸음을 멈추지 않았다. 노인과 나무를 묶고 있는 연약한 노끈을 끊어버리고 싶다는 충동을 가까스로 억누르며 마저 길을 내려왔다. 내가 상관할 바가 아닐 텐데도 연신 뒤를 돌아보게 되었다. 노인은 아주 먼 데로 떠나고 싶은 것일까. 혹은 지금 이곳을 떠나고 싶지 않다는 것일까. 아무것도 알수가 없어서 나는 힘없이 고개를 흔들어대었다.

불현듯 맞은편을 바라보았다. 나는 대공원역에서부터 내내 앉아 있던 상태였고 그 여자가 지하철을 탄 것은 아마도 경마장역쯤이었을 것이다. 여자는 내 맞은편 자리에 앉자마자 고개를 푹 숙이고는 제 구두 앞부리를 들여다보고 있었다. 한영원? 그 여자의 얼굴을 자세히 들여다보고 싶었다. 한영원과 거의 흡사해 보이는 모습이긴 했으나 단정할 수는 없었다. 여자가 줄곧 고개를 숙이고 있었기 때문에. 나는 그 여자의 포갠 손등에 시선을 두었다. 한영원처럼 정맥이 환히 내비치는 손등.

한영원이라고 믿었던 그 여자는 남태령역에서 내렸다. 한영원의 얼굴이 아니었다. 그 여자가 내리는 것을 보면서 나는 두 눈을 감아버렸다. 머릿속이 출렁거리고 있었다. 도무지 현실감이라곤 전혀 느껴지지 않는 그런 날이다.

그런데 한영원은 지금 어디에 있는 것일까. 혹 그녀 역시 어디론가 떠나버린 것은 아닌지. 나는 견딜 수 없을 만큼 그녀가 보고 싶어졌다. 그녀의 눈, 그녀의 손등, 그녀의 목소리, 그녀의 담배 냄새, 그녀가 들려주는 그의 이야기들. 그녀의 모든 것이 그리웠다. 나를 아주 잊은 걸까 그녀는?

열쇠를 꺼내려다 말고 이층을 올려다보았다. 이층 창가에는 아무도 보이지 않았다. 누가 있을 거라고 생각한 것도 아니었으면서 나는 괜스레 가슴이 시리는 것을 느꼈다. 먼길을 걸어온 것처럼 온몸이 땀에 절어 있었다.

당신만 생각하면 내 모든 사고가 흔들리곤 했었지. 하지만 이제는 다 지나가버린 일이야. 이렇게 나는 또 서툴게 하루를 살았고 이런 식으로 내 인생의 한 시기가 지나가고 있는 거야. 나는 더이상 우리가 같은 시간을 살고 있다고 믿지 않겠어. 나는 당신과는 다른 시간의 방향으로 걸어가고 있는 거야. 이제서야 그걸 알았지. 그래, 우리는 더이상 우리가 아니야.

마당을 가로지르면서 나는 이렇게 읊조리고 있었다.

14. 크레이프

이모는 제빵학원 맞은편에 있는 고려당제과점 앞에 서 있었다.
나는 집으로 가기 위해 신호를 기다리고 있던 참이었다. 아침에 집
에서 나올 때 잠깐 거실에서 이모를 마주쳤었다. 어디를 가는 거
니. 메마른 소리로 이모가 물었다. 학원에 가요. 나는 짧게 대꾸하
고 이모를 지나쳐 집을 나섰다. 그런데 지금 이모가 저 길 건너에
서 있다. 나는 손목시계를 보았다. 오후 두시. 새벽 네시보다는 한
결 나은 시간이었다. 지금 이모가 왜 저기 서서 나를 기다리고 있
는지 알 것 같았다.

머리를 단정히 틀어올린 이모는 흰 투피스에 흰 가방을 들고 있
었다. 그러고 보니 손에 든 가방 역시 흰색이었다. 신고 있는 스타
킹마저. 작별을 하기에 어울리는 차림새구나. 나는 고개를 숙여 내
옷차림을 보았다. 청바지에 연두색 티셔츠. 내 옷차림은 아무런 준

비가 돼 있지 않았다. 나는 가방 속에 든 하얀 위생복을 생각해냈다. 우리의 이별을 위해 저렇게 성장을 하고 나온 이모를 생각해서라도 나는 그 위생복이라도 걸쳐 입어야 할지 몰랐다. 그대로 이모를 세워놓고 집으로 돌아가 옷을 갈아입고 싶은 마음이 들었다. 이모처럼 새하얀 빛깔의 옷으로.

녹색 불이 들어왔다. 나는 청바지에 연두색 티셔츠를 입고 횡단보도를 건넜다. 정수리가 화끈거릴 만큼 강한 햇살이 쏟아지고 있었다. 이모는 내가 횡단보도를 다 건널 때까지 기다렸다가 앞장서서 걸었다. 묵묵히 이모 뒤를 따랐다. 틀어올린 머리 때문에 목선이 그대로 드러나 있었다. 고와 보이는 선이었다. 뒷모습만으로만 가늠한다면 서른 후반쯤? 아름답게 늙어가고 있는 모습이었다.

함께 걷고 있는 동안 우리는 아무런 말도 하지 않았다. 이모는 자신이 그곳에 서 있는 것으로 내가 모든 것을 짐작할 수 있을 거라고 생각했을지도 모른다.

이모가 들어간 곳은 근처에 있는 '독신'이라는 이상한 이름의 찻집이었다. 독신? 나는 그 찻집의 이름이 마음에 들지 않았다. 실내는 한산했고 우리가 들어갔을 때는 로스트로포비치의 무반주 첼로곡이 흐르고 있었다. 창가 자리를 지나쳐 이모는 실내 한가운데에 있는 둥근 테이블에 앉았다.

"네가 올해 몇 살이 되는 거지?"

뜬금없는 소리였다. 나는 이모를 빤히 올려다보았다. 이모의 얼굴은 평온해 보였다. 정말 내 나이를 모르고 있는 걸까 이모는.

"곧 서른이 돼요."

나는 테이블 위로 눈을 내리며 무심한 어조로 대꾸했다. 이상한 질문으로 이모는 이야기를 시작하고 있었다. 나는 침착해질 필요가 있었다.

"내가 오늘 왜 이곳에 와서 너를 기다리고 있었는지, 네가 벌써 알아차렸을 거라고 생각한다."

"……"

"물론 집에서도 이야기할 수 있었지만 오늘은 어쩐지 그러고 싶지 않더구나. 좀더 너를 객관적으로 바라보고 싶었는지도 모르겠어. 그렇다고 지금 그런 느낌이 드는 것은 아니지만. 그래도 식탁이나 거실보다는 한결 나은 것 같구나. 너, 어색하니?"

나는 고개를 저었다. 이모 말대로 어둑한 거실이나 식탁보다는 나을지도 몰랐다. 우리는 지금 헤어지는 준비를 하고 있는 셈이니까. 일정한 거리가 필요한. 그러나 공간을 바꾼다는 게 과연 무슨 의미가 있을까. 나는 녹차를 한 모금 마셨다. 뜨뜻미지근하면서 아무것도 느낄 수 없는 맛이었다.

"서른 살이면 결코 적은 나이가 아니다. 네 인생을 위해서라도 혼자 지내는 시간이 꼭 필요할지도 몰라. 혼자 지내는 시간을 무서워해서는 아무것도 할 수 없어. 이게 내가 너에게 해줄 수 있는 유일한 충고야, 그래도 될지 모르겠지만. 그리고 너도 알다시피 우리는 그리 잘 어울리는 사이가 아니잖니."

냉담한 어조였다. 나는 이모가 그런 어조로 내게 말을 하고 있다는 사실이 잘 믿어지지 않았다. 내가 알고 있는 이모는 나에게 그런 식으로 이야기할 수 있는 사람이 아니었는데. 나는 당황스러워졌다.

"……담배를 좀 줄이지 그러니, 피부가 벌써 망가지고 있잖아. 딸기를 많이 먹어라. 흡연할 때 비타민이 많이 손실되는데 딸기에 비타민이 그리 많이 함유되어 있다고 하더구나."

웃음이 조금 나올 것만 같았다. 이제야 비로소 내 앞에 마주앉아 있는 사람이 내가 지금까지 알고 있던 이모라는 생각이 들어서. 어느새 나는 그런 이모에게 익숙해져 있는지도 몰랐다. 나는 우리의 대화가 끝날 때까지 내 앞에 있는 사람이 그동안 내가 알고 지내던 이모이기를 간절히 바라고 있었다. 나는 이모와 아무런 상처도 남기지 않고 헤어지고 싶었다. 가능하다면 말이다.

"……"

"여진아, 무슨 말이라도 좀 하렴."

유연한 시선으로 이모는 나를 응시하고 있었다. 그러고 보니 숱진 눈썹뿐만 아니라 각이 진 얼굴 생김새도 어머니와 많이 흡사해 보였다. 새삼스러운 발견이었다.

"어머니와 이모가 많이 닮았다는 생각이 드네요."

"그렇지 않을걸."

"……"

"사람은 누구나 죽을 때까지 껴안고 가야 하는 비밀이 한 가지씩은 있는 법이지."

내가 알고 있는 이모가 아니었다. 두 손으로 찻잔을 감싸쥐며 다시 처음으로 돌아가야 한다고 생각했다. 우리는 새벽의 어두운 거실에서 만나고 있는 것일지도 모른다, 지금. 나는 종업원에게 찬물 한 잔을 청했다. 너를 낳은 건 나다. 종업원이 물컵을 내려놓고 돌아서자 기다렸다는 듯 이모가 지나가는 어투로 그런 말을 했다. 무심한 어조였다. 그건 마치 네 손톱이 너무 길었구나, 하는 소리와 별로 다를 게 없이 들렸다. 나는 똑바로 고개를 들어 이마로 흘러내린 머리카락을 쓸어넘기는 이모를 맞바라보았다. 역시 무표정한 얼굴을. 나는 떨고 싶지 않았다.

"……이모는 지금, 아주 이상한 말을 하고 있어요. 알아요 그 거?"

나는 낮게 쏘아붙였다.

"그렇다고 지금 내가 네 엄마라고 말하고 있는 건 아니야. 사실 그럴 수 있는 자격도 없긴 하지만. 이런 이야기를 꼭 네게 해야 하는지 많이 망설였다. 말하고 싶지 않았지. 하지만 너도 이제 곧 서른이다. 내가 알려주지 않으면 넌 평생 네가 누군지도 모르면서 살아갈 텐데 그건 결국엔 옳은 일이 아니라는 걸 알았어. 이제 이해할 수 있을 거란 생각을 했다. 그리고 무엇보다도 다시는…… 우리가 함께 목욕탕을 다닐 수 있을 것 같지 않아서."

"……"

나는 누군가의 손에 의해 어거지로 만화경 속을 들여다보고 있는 성싶었다. 조각조각 오려진 색종이들이 현란하게 난무하고 있었다. 보이지 않는 손이 그 만화경을 몹시 흔들어대는 느낌이었다. 눈앞이 아뜩해졌다. 저항하는 힘으로 나는 천천히 내 눈앞에 들이밀어진 만화경 속에서 눈을 뗐다.

"네 어머니는 석녀石女였다. 아이를 낳을 수가 없었지. 꼭 그런 이유 때문만은 아니었어…… 그래, 나는 네 아버지를 사랑했다."

나는 이모의 왼쪽 눈 밑에 나 있는 새끼손톱만한 검은 반점을 노려보았다. 그것은 화장에 가려 희미하게 보였다. 이모의 흰옷 위로 지금까지 내가 꾸었던 모든 나쁜 꿈들이 지나가고 있었다.

"……"

"……"

나는 잠시 눈을 감았다. 몇 분 사이에 지금까지의 나 자신을 순식간에 모두 잃어버린 느낌이었다. 더이상 이모의 이야기를 듣기 위해서는 뭔가 나름대로 정리하지 않으면 안 될 필요를 느꼈다. 머릿속을 부유하고 있는 먼지들이 가라앉기를 기다렸다. 이모는 오늘 학원 앞에서 나를 기다리고 있었다. 우리는 아무 말도 없이 이 독신이라는 이상한 이름의 찻집에 들어와 있다. 그리고 이모는 내게 이해하기 힘든 말을 하고 있다…… 그것은 아무리 서른을 눈

앞에 둔 사람이라도 쉽게 알아들을 수 있는 말이 아니었다. 그렇다고 이런 상황을 회피하고 싶지도 않았다. 때문에 나는 지금 이모의 말을 잘 새겨듣지 않으면 안 되었다. 나는 침착하고 싶었다.

그러니까 내 인생의 출발을 맨 처음 목도했던 사람은 내가 지금까지 단 한 번도 의심한 적이 없는 어머니가 아니라 저 여자, 지금 내 앞에 앉아 있는 이모라는 것이다.

나는 고개를 돌려 창밖을 내다보았다. 지금이라도 창가 쪽으로 자리를 옮기면 좋겠다는 생각이 들었다. 창밖을 내다보고 있으면 지금보다는 맑은 정신으로 이모를 마주할 수 있을 것만 같았다. 그러나 나는 그런 말을 입 밖으로 꺼내지 않았다. 그런 식으로 나는 흔들리고 있는 자신을 이모에게 들키고 싶지 않았다.

"네 어머니는, 그러니까 언니는 아주 이상한 방식으로 네 아버지와 나에게 화를 냈다. 언니가 평생을 걸고 한 일이 있다면 그건 아마도 네 아버지와 나를 용서하지 않는 거였지. 증오도 하지 않고 그렇다고 용서도 하지 않는 사람을 가까이서 지켜본다는 게 얼마나 어려운 일인지 너는 모를 거야. 당연히 알 수가 없겠지. 그건 모두에게 견딜 수 없는 형벌 같은 거였다. 차라리 모든 옛 시간을 지워버리고 싶을 만큼. 네 아버지는…… 언니를 사랑했다. 그건 진실이었어."

이모의 얼굴은 어두워 보였다.

"언니는, 아주 무서웠다. 그런 일이 있고부터는 죽을 때까지 아

버지와 단 한 번도 성합性合한 적이 없다고 하더구나. 하지만 네 아
버지는 그런 언니를 여전히 사랑했어. 네 어머니가 죽을 때까지,
아니 그 이후에도."

과거를 되살리는 이야기들. 어째서인가 나는 짜증을 내고 싶어
졌다.

"이제 비로소, 이모와 헤어져야 할 마땅한 이유를 찾은 느낌이
네요."

"……"

나는 이제 그만 이모와의 대화를 끝마치고 싶었다. 내가 듣고
있어야 할 말들이 남아 있다고 해도 나는 더이상 아무런 이야기도
듣고 싶지 않았다. 모든 것은 이미 돌이킬 수 없게 되어버렸으니
까. 어머니는 병으로 세상을 떠났고 아버지는 스스로 삶을 마치는
방식으로 나와 헤어졌다. 이제 나에게는 지금 내 앞에 앉아 있는
저 여자와 헤어지는 일만 남은 것이다. 이모 말대로 내 인생을 위
해서 이제부터는 혼자 지내야 하는 시간들을 가져야 할 때인지도
몰랐다. 나는 그렇게 정리했다. 시계를 들여다보듯 차츰차츰 모든
것이 분명해지고 있었다.

세시가 지나는 것을 확인하고서 나는 먼저 자리에서 일어났다.

찻집을 나와 내가 간 곳은 허름한 중국음식점이었다. 이모의 이
야기를 듣고 있는 동안 극심한 허기가 느껴졌다. 그렇다고 깨달은
것은 찻집을 나와 정처없이 걷고 있을 때였다. 아침부터 아무것도

먹지 않은 상태였다. 자장면 한 그릇을 주문했다. 자장면은 면발이 부드러웠고 기름기가 별로 없어 담백한 맛이었다. 돼지고기를 건져내자마자 허겁지겁 자장면 한 그릇을 비웠다. 군만두도 먹고 싶었으나 그대로 음식점을 나왔다.

햇살은 여전히 뜨거웠다. 오월의 햇살이라고는 믿기지 않을 만큼. 나는 음식점 앞에 서서 갈 곳을 잃은 채 멀뚱멀뚱 서 있었다.

아직도 저녁이 오려면 한참은 더 지나야 할 것 같았다.

그날 저녁, 나는 주방에서 크레이프를 만들고 있었다. 크레이프는 밀가루에 달걀, 우유를 섞은 반죽을 얇고 둥글게 부친 것으로 이모가 소화가 잘 안될 때면 가끔 내게 부탁하곤 했던 거였다. 우유와 달걀, 버터, 밀가루, 설탕을 섞은 반죽이 제대로 혼합되기를 기다리는 동안 나는 이모의 방 앞에 다가가서 귀를 기울여보았다. 아무 소리도 들리지 않았다. 이모는 어쩌면 지금 가방을 꾸리고 있을지도 몰랐다. 혹은 다 꾸려놓은 가방을 옆에 놓고 벌써 잠들어 있을지도. 아니다, 벌써 잠이 들었을 만큼 우리의 헤어짐은 하찮은 것이 아닐 터였다. 당장 내일 떠나는 것도 아니건만 나는 이모의 방문 앞에 우뚝 서서 까닭 없이 초조해지는 것을 느꼈다. 지금 나는 이모를 위해 달콤한 크레이프를 만들고 있는 중이니까.

다 혼합된 반죽을 앞에 놓고 나는 주머니에서 약봉지를 꺼내었다. 그러고는 반죽에 가루약을 털어넣었다. 아스피린 스무 알. 얼굴을 익히고 지내는 동네 약사는 더이상의 아스피린은 줄 수 없다고 하였다. 수면제도 아닌걸요. 나는 싫은 소리를 했다.

가루약을 섞은 반죽을 오랫동안 저었다. 혹시 섞은 가루약 때문에 반죽이 너무 되어질까봐 우유를 적량보다 약간 더 부었다. 프라이팬에 한 주걱씩 반죽을 떠놓고 부쳐 세 장을 만들었다. 둥글고 두께가 일정하게 만드는 게 중요해서 프라이팬의 손잡이를 잡고 이리저리 흔들어야 했다. 각 부침마다 블루베리 소스와 딸기잼, 생크림을 넣어서 두 번씩 접었다. 타원형으로 생긴 긴 접시 위에 부친 것을 놓고 오이를 얇게 썰어 둥그렇게 장식을 하였다. 마지막으로 나는 크레이프 위에 방울토마토를 올려놓았다. 그러고는 다시 크레이프 사이사이마다 짤주머니를 이용해서 생크림을 짜넣었다.

이모는 생크림을 좋아했다. 초록 오이 빛깔과 붉은 토마토, 흰 생크림, 그리고 아스피린 가루…… 멋진 크레이프가 완성되었다.

15. 낫

전남 곡성군 곡성면 읍내리 시장 안에는 '수만철공소'라는 대장간이 있어. 낫 한 자루 만드는 데 망치질만 칠백 번을 해. 하루에 만드는 개수는 오십 자루쯤? 그러니까 하루에 평균 삼만오천 번 정도 망치질을 하는 셈이지. 가능하다면 당신에게 지금 내 손바닥을 보여주고 싶어. 못이 박이고 어느새 쇠를 닮은 듯 단단하고 두툼해진 이 손을 말이야. 혹시 당신이 아직도 내 손에 관한 이미지를 갖고 있다면 그건 이제 한낱 기억에 지나지 않을 거야. 수만철공소의 주인은 아마도 이 시대의 마지막 대장장이일 거라고 생각해. 그는 근 사십 년간 망치질을 해왔다고 하더군. 대장장이는 저녁에 일을 하지 못해. 시끄러운 망치소리 때문이지. 그러니까 대장장이치고 부지런하지 않은 사람은 없어. 생사가 걸린 일이니까. 그는 열일곱 살 때부터 지금까지 새벽 다섯시 반이면 일어난다고 해. 나는 지금 그의 집에 기거하고 있어. 우리는 새벽 다섯시 반이면 아침을 깨우러 대장간으로 나가. 그의 부인 황씨는 대장간의 유일한 메잡이야. 이십 년간 그의 작업을 도왔다고 하더군. 메질을 잘하려면 힘이 좋아야 해. 그러나 중요한 것은 요령이지. 큰 메를 가볍게 들어올린 뒤 내려칠 때는 한순간에 강한 힘을 실어야 해. 두 명이 메질을 함께할 때는 박자를 잘 맞추는 것도 중요하지. 나는 지금 황씨에게 메질을 배우고 있는 중이야.

당신에게 당목낫 이야기를 들려주고 싶어. 그가 만드는 농기구는 수십 가지야. 쟁기, 낫, 갈퀴삽, 칼, 호미, 괭이, 곡괭이, 쇠스랑, 벌통호미…… 이중에서 그의 주특기는 당목낫이야. 당목낫은 다른 낫보다 강한 쇠를 쓰기 때문에 웬만해서는 낫날이 무뎌지지 않는다는 게 특징이야. 그리고 그보다 중요한 것은 이 당목낫은 낫날이 빠지지 않는다는 것이지. 보통 낫은 낫질을 하다보면 걸핏하면 자루가 빠지곤 하거든. 그는 자루 안으로 들어가는 낫의 아랫부분을 길게 만들어서 아예 자루를 통과시킨 다음 빠져나온 끝부분을 다시 꼬부려서 철사로 자루와 연결시키는 방법을 생각해냈어. 아무것도 아닌 것 같지만 사실 이건 굉장한 아이디어야. 사십 년이란 세월이 없었더라면 그런 것들을 터득할 수 없었을 테지. 이렇게 만들면 물론 쇠가 더 많이 들어가지만 절대로 자루가 빠지지 않아. 자, 당신 상상할 수 있겠어?…… 그럼 한번 당겨봐, 죽어도 빠지지 않을 테니. 능숙한 메잡이가 되면 나는 그때 내 손으로 당목낫

을 만들어볼 생각이야. 한 사십 년쯤 걸릴까? 내가 만든 당목낫을
당신에게 보여주고 싶어…… 시퍼런 불꽃이 일 거야.

나는 편지를 접었다.

이즈음 내게 일어나고 있는 일들에 비하면 그 편지의 내용은 비
교적 이해하기 쉬운 것이었다. 그러니까 내가 스물여섯 되던 해 여
름에 만나 이듬해 여름에 나를 떠나간 남자가 지금은 대장장이가
되어 있다는 이야기였다. 전남 곡성군 곡성면 읍내리에 있는 한 대
장간에서. 그는 당목낫이라는 튼튼한 낫을 만들고 싶다고 한다. 절
대로 자루가 빠지지 않는다고 하는 그런 낫.

나는 편지를 접고 또 접었다. 편지는 담뱃갑만한 크기가 되었
다. 다시 편지를 접었다. 또 접었다. 편지는 이제 명함판 사진만한
크기가 되었다. 그것을 손바닥에 올려놓고 꼭 움켜쥐었다. 나는 그
것을 물끄러미 들여다보았다. 그러고는 휴지통에 집어넣었다.

한익주로부터 온 편지를 들고 들어오다가 현관에 이모의 슬리
퍼가 보이지 않는다는 사실을 알아차렸다. 이모가 떠났구나. 나는
현관 앞에 우두커니 서 있었다. 시장에라도 갔는지 몰랐다. 아니면
동네 미장원이나 세탁소에라도. 이웃집에 마실을 갔을 수도. 그럴
가능성은 얼마든지 있었다. 그런데도 나는 조금씩 가슴을 떨고 있
었다.

이층으로 올라가려다 말고 다시 돌아섰다. 그러고는 생각난 듯

신발장을 열어보았다. 비에 젖은 우산을 제대로 말리지 않고 넣어
두었는지 퀴퀴한 냄새가 났다. 허리를 숙여 이모의 구두를 찾았다.
이모의 흰 운동화, 세 켤레의 검정 구두, 한 켤레의 흰 구두……
구두가 보이지 않았다. 신발장 한 칸이 텅 비어 있었다.

　나는 이모의 방문을 열어보지 않았다. 구태여 그런 식으로 이모
의 떠남을 확인하고 싶지 않았다. 거실 탁자나 식탁 위를 주의깊게
둘러보았다. 누가 지켜보고 있기라도 하는 것처럼 등뒤에 보이지
않는 시선을 의식하면서 천천히 이층으로 올라갔다. 방으로 들어
가자마자 방문을 잠갔다. 서둘러 책상 위를 살펴보았다. 아무것도
보이지 않았다. 이모는 내게 한마디 인사도 없이 가버렸다. 하다못
해 메모도 남기지 않았다. 이모는 마치 아버지나 어머니처럼 그렇
게 내 곁을 떠나간 것이다. 오늘 저녁부터는 혼자 밥을 먹게 되겠
구나. 방 한가운데에 우뚝 서서 그런 생각들을 하고 있었다.

　뿌리깊은 점. 나는 입엣말을 하였다. 내 눈 밑을 유심히 들여다
본 의사는 그런 말을 했다. 뿌리까지 제거하기 위해서는 서너 번의
치료를 더 받아야 한다. 한 일이 분 정도 살이 타는 역한 냄새가 나
는 것 같더니 치료는 곧 끝나고 말았다. 의사는 벌겋게 일어났을
내 왼쪽 눈 밑에 연고를 발라주면서 다시 생기면 사 주쯤 지난 후
에 병원에 오라고 했다. 아주 간단한 치료였다.

　나는 병원 대기실에 걸린 직사각형의 작은 거울을 들여다보았

다. 연고 때문에 검은 그 자국은 더이상 보이지 않았다. 그대로 이 상처가 아물기를 바랐다. 뿌리까지 다 제거된 상태라고 믿고 싶었다. 그러나 그렇게 되기 위해서는 좀더 많은 시간이 필요하다는 것을 나는 잘 알고 있었다.

병원 현관을 나서려는데 빗방울이 떨어졌다. 언제부터 비가 내리기 시작한 것일까. 미처 우산을 준비하지 못한 사람들이 신문이나 웃옷으로 머리를 가리고 황급히 지나갔다. 거리에서는 흙냄새가 물씬 풍겨났다. 나는 문득 주말에 비가 내릴 거라고 한 이모의 말을 기억해냈다. 오늘은 토요일이었다.

버릇처럼 손목을 들어 시계를 들여다보았다. 시간은 열한시 이십분에서 멈춰 있었다. 집을 나온 것은 열두시가 지나서였을 터였다. 팔목을 흔들어보았다. 초침은 움직이지 않았다. 시간이 정말 멈춰버린 걸까. 나는 점점 더 세차게 쏟아지기 시작하는 비를 고스란히 맞으며 걸었다.

16. 다시, 식빵

수술은 삼십 분 만에 끝났다.

상의를 벗고 눕기 전에 나는 의사에게 함몰이 되는 원인부터 물었다. 조금 머쓱한 질문이었다. 젖꼭지 함몰은 유방암이나 유두염으로 인한 후천적인 경우도 있지만 대부분은 선천적인 것이라고 하였다.

선천적? 의사의 말을 들으면서 나는 문득 내 어머니도 어쩌면 함몰 유두가 아니었을까 하는 생각을 떠올리고 있었다. 그러고 보니 나는 한 번도 어머니의 젖가슴을 본 적이 없었다. 손으로 만져본 적은 더더군다나.

"젖꼭지에 연결된 젖관이 태어날 때부터 발육부진이어서 젖꼭지가 튀어나오지 못하고 안으로 당겨져서 함몰이 되는 경우도 있습니다."

한 번도 본 적이 없는 어머니의 젖가슴을 머릿속에서 지워버리고 나는 앞섶의 단추 몇 개를 풀렀다.

의사는 내 왼쪽 젖가슴이 젖꼭지 가운데만 들어간 불완전 함몰이기 때문에 출산 후에 저절로 나아지는 수도 있으므로 수술하는 것을 다시 한번 생각해보라고 말했다. 흉터가 남지 않도록 조금만 찢고, 꿰맬 때도 안쪽으로 꿰매기는 하겠지만 그래도 약간의 흉터는 남을 거라고 하였다. 신중한 목소리였다. 그러나 나는 오늘 수술을 받겠다고 했다.

"대체로 이런 여성들은 성생활에 열등감을 갖고 있기 마련이지요."

오십대쯤으로 보이는 유방성형전문의인 의사는 나를 보면서 그런 말을 하였다. 그 말은 내게 성생활에 열등감을 갖고 있어서 굳이 오늘 수술받기를 원하느냐는 질문으로 들렸다. 나는 그렇지는 않다고 간단히 대꾸했다.

"아마 내 딸 같았으면 말렸을 겁니다."

의사는 웃었다.

"그럼 냄새가 나거나 염증이 생긴 적이 있습니까. 뭐 별로 그럴 정도는 아닌 것 같은데."

"그런 건 없습니다."

그랬더라면 나는 아마 좀더 서둘러 병원을 찾아왔을 거였다. 의사는 알 수 없다는 듯 고개를 갸웃거렸다.

수술실로 가면서 의사는 나에게 함몰 정도가 심한 경우에는 수술할 때 부득이 젖관을 끊어야 하기 때문에 아기에게 젖을 먹일 수 없게 된다는 이야기를 들려주었다. 나와는 아무런 상관이 없게 들리는 이야기였다. 그렇기는 하지만 만약 그런 이유로 제 아이에게 젖을 먹일 수 없다면 그건 조금 안타까울 거라는 생각이 들었다. 나는 의사의 말을 귓결로 흘려들으면서도 내 왼쪽 젖가슴의 함몰 정도가 그다지 심각한 것은 아니라는 사실에 적이 안도하는 자신을 발견하였다.

　나는 이 수술에 아무런 의미도 두고 싶지 않았다. 이런 사소한 신체적 변화를 통해서 내 인생의 무언가가 달라질 수 있을 거라고 여길 만큼 어리석은 나이가 아니었다. 그저 머리 모양을 바꾸고 몸에 글씨나 그림을 새기는 것처럼 내 몸의 일부를 변화시키고 싶을 때가 있는 것이다. 아무것도 변명하고 싶지 않았다. 왼쪽 가슴 주위에 부분 마취가 시작되자 나는 약간의 통증을 느끼며 눈을 감았다.

　그 제과점에서 내가 훔친 빵들이 무엇이었는지 신기할 정도로 나는 정확하게 떠올릴 수 있었다. 크루아상, 브리오슈, 사과파이, 크레이프 같은 것들. 나는 주위를 살피면서 그런 종류의 빵들을 가방 속에 욱여넣고 있었다. 내 손은 재빠르게 움직였다. 왜 내가 빵을 훔치고 있었는지, 무엇 때문에 그렇게 하지 않으면 안 되었는지 종잡을 수 없는 일이었다. 그런데도 나는 꼭 하지 않으면 안 될 일을 하고 있는 사람처럼 빵을 훔치는 일에 몰두하고 있었다.

아마도 제과점이 이층이었거나 그 이상이었는지도 모른다. 서둘러 제과점을 빠져나오다가 나는 그만 계단에서 발을 헛딛고 말았다. 가방이 떨어지면서 계단 주위로 훔친 빵들이 좌르륵 쏟아져 나왔다. 계단을 오르내리고 있던 사람들이 두런두런거리며 내 주위를 에워쌌다. 그때 누군가 내 앞섶을 와락 움켜쥐었다. 뭣 때문에 빵을 훔치는 거지? 나를 둘러싼 입들이 물었다. 그들의 벌린 입은 검은 구멍처럼 무서웠다. 나는 대답하지 않았다. 무어라고 소리를 질렀는지 지금은 떠올릴 수 없다. 아무튼 나는 그 억센 손에서 놓여나기 위해 필사적으로 발버둥치고 있었다.

잠에서 깨어났다.

베개 주위가 흥건해 있었다. 나는 울고 있었는지도 모른다. 어둑신한 방바닥에 방금 전에 내가 훔친 빵들이 사방으로 흩어져 있는 것이 보이는 듯했다. 침대에서 몸을 숙여 손으로 천천히 방바닥을 더듬어보았다. 한 주먹씩 어둠만이 만져질 뿐이었다. 어둠은 내 손바닥 안에서 잘게 부서졌다. 이상한 꿈이야, 나는 헛꿈을 꾼 거야 방금. 허공에 대고 그렇게 중얼거렸다. 꿈속에서의 일을 변명이라도 하는 것처럼.

지금은 아마 새벽 세시쯤이겠다. 시계를 보지 않아도 방안 공기의 움직임과 어둠의 정도와 창으로 통해 들어오는 빛의 색도에 따라 시간을 느낄 수 있다.

아래층으로 내려가 찬물에 얼굴을 씻고 거실 창 밖을 내다보았다. 창문에 검디검은 얼굴 하나가 비쳤다. 한기가 느껴지긴 했지만 창을 열어젖혔다. 사라진 얼굴 뒤로 비 온 뒤의 청신한 공기 냄새가 와락 달려들었다. 숨을 들이마셨다. 마당에는 검은 나무 몇 그루가 변함없이 서 있었다. 얼핏 화단 주위에 누군가 쭈그려앉아 있는 뒷모습이 보이는 것도 같았다. 아직도 꿈이 덜 깬 걸까. 나는 눈을 비비고 또 비볐다.

이모가 떠난 뒤로도 나는 여전히 그 방에 들어가본 적이 없다. 내가 꼭 그 방을 정리해야 할 필요는 없다는 생각이 들었다. 떠난 누군가의 뒷정리를 하는 것에 나는 조금 지쳐 있었는지 모른다. 누군가에 대한 기억을 챙기는 것에도.

나는 이제는 대장장이가 되어버린 한 사내를 보고 싶어하다가 또 보고 싶어하지 않다가 하면서 시간을 보내고 있는 자신을 발견하기도 했다. 그러고 보니 나는 내 나이에 비해 지금까지 꽤 많은 사람을 떠나보냈다는 것을 떠올렸다. 내 의지와는 무관한 일들이었다. 더이상 내 인생과 시비하며 시간을 낭비하고 싶지 않다. 그러지 않아도 내 삶의 어느 부분에서는 지워버릴 수 없는 푸른 녹이 슬겠다.

창을 닫으려다가 말고 나는 이모가 떠난 후 내가 한 한 가지 일을 기억해냈다. 강여진베이커리, 라는 상호를 정하는 거였다. 강여진베이커리. 그 이름이 그다지 썩 마음에 드는 것은 아니었지만 더 괜찮은 이름들이 떠오르지 않았다. 강여진베이커리. 그렇게 결정하기로 하였다. 그래, 이모가 떠난 후에 내가 한 일은 그것밖에 없었다. 그리고 이모를 기다리는 일.

추억들에 저마다 다른 빛깔의 이름들을 걸어놓듯이 앞으로 남은 내 삶에도 분명 그런 이름들이 있을 것이다. 이제 곧 나는 서른 살이 될 터였다. 마치 열아홉이나 스물아홉처럼 서른이란 나이는 그렇듯 아무렇지 않게 찾아오리라는 것을 나는 서서히 깨달아가고 있었다. 이제, 혼자가 되어서. 사람들은 모두 걸어가야 한다. 지도라곤 없는 자신만의 삶으로.

저 나무들의 수많은 이파리 사이로 차츰 푸르게 번져들고 있는 세상의 빛이 보였다. 나는 천천히 창가에서 등을 돌렸다. 그러고는 잊고 있었다는 듯 주방을 향해 걸어갔다.

지금은 다시 식빵을 만들어야 할 시간이었으므로.

가족의 기원

변명들

사람들은 언제 무슨 일로 집을 떠나게 될까. 나는 그동안 한 번도 그런 생각을 해본 적이 없었다. 자연스러운 때가 있을 거라 무턱대고 믿어온 사람처럼. 지금까지 살면서 나는 두 가지 돌이킬 수 없는 실수를 했다. 첫번째는 내가 가족과 사는 집을 언제 떠나야 하는지 알지도 결정하지도 못한 것이고, 두번째는 내가 선택한 사랑일 것이다. 저녁이 찾아온 지금, 내 방에 혼자 앉아 이 두 가지 실수를 동시에 깨닫는 중이다. 되돌릴 수 없고 지울 수도 없어서 더 생생하고 온전하게 나만의 것 같은. 이 느낌은 내 어깨에 검은 새의 형체로 지그시 내려앉는다. 어제까지도 나는 우리집, 가족과 함께 이 집에 살고 있었다. 지금도 나는 여기에 있지만 더이상 그렇게 말하기 어렵다.

그리고 우리는 아직 헤어지지 않았다.

사랑하는 이와 같은 달력을 보고 있다는 것은 아무 의미도 없을지 모른다.

탁상용 달력을 납작하게 접다가 달력 앞장에 쓰여 있는 이름을 발견했다. 정원에게, 1997년 12월. 왼쪽으로 약간 기우듬하게 누운 글씨체로 그에게 달력을 건네받았던 날짜가 기록되어 있다. 문득 정면으로 바라볼 때면 여지없이 왼쪽으로 기울어 있던 그의 어깨가 떠올랐다. 날짜가 박힌 달력 뒷면에는 마티스의 그림들이 인쇄되어 있다. 달력을 넘겨 오월의 뒷장을 보았다. 그림의 제목은 '한 여자'. 옆모습인 듯하다가 또 어떻게 보면 정면을 응시하고 있는 듯한 얼굴. 여자가 그렇게 보고 있는 것은 무엇인지 궁금해진다. 달력을 접어 도로 책상 위에 올려놓았다. 여백에 약속 장소와 시간, 생일 등을 기록해두는 내 달력과 달리 그의 것에는 어떤 메모가 쓰여 있을까. 그가 무엇을 기록하고 있는지보다 지금 우리에게 중요한 것은 매일 같은 달력을 마주보고 있다는 사실이다.

의자를 밀치고 일어서려다 그대로 주저앉고 말았다. 기온이 올라가면서부터 부쩍 현기증이 자주 일었다. 아직 오월인데 오늘도 낮 기온은 삼십일 도를 기록했다. 동네 골목의 아카시아꽃은 사월에 벌써 시득시득 다 떨어져내렸고 국도 주변으로는 때아닌 코스모스까지 꽃잎을 틔우고 있다고 한다. 이 방을 떠나는 이유가 여름이 다가오고, 이상기온이 시작돼서라고 말할 수 있다면 좋겠다.

오늘도 낮 한시에 나는 아래층으로 내려갔다. 그 시간에 아침 겸 점심을 먹는 건 엄마와의 무언의 약속이었다. 열두시 오십오분쯤 되면 아래층 식탁 위에 수저를 놓는 소리가 옥탑방까지 들려왔다. 식탁 위를 덮고 있는 오 밀리미터 두께의 유리와 스테인리스 수저가 부딪치는 소리는 경쾌하고 투명하기까지 했다. 집안에서 울리는 몇 안 되는 가볍고 명랑한 소리였다. 그 소리를 듣고도 침대에 웅크린 채 앉아 있으면 계단 밑에서 엄마의 목소리가 들려왔다.

정원아, 얼른 내려와, 밥 먹자.

나는 그때마다 두 손으로 귀를 막았다. 그러면서도 이불을 걷고 자리에서 일어서곤 했다. 엄마의 목소리는 탁하고 음울하게 들렸다. 더 뭉그적거리고 있으면 급기야 엄마는 계단을 올라와 방문을 열 것이다. 정원아, 얼른 내려와, 밥 먹자. 엄마가 방에 올라오기 전에 서둘러 계단을 내려갔다.

그 시간에 집에 남아 있는 사람은 엄마와 나, 두 사람뿐이었다. 나는 새벽에 잠들고 한낮에 일어났다. 엄마는 내가 일어날 때까지 먼저 식사하는 법이 없었다. 아래층과 옥탑방을 연결하는 좁은 계단에는 어깻죽지가 따가울 정도로 햇살이 비쳐들고 있었다. 옥탑 방과 아래층은 삼사 도쯤 기온 차이가 났다. 된장찌개 냄새와 부연 햇살 속에서 엄마는 몸을 움직이며 식탁을 차리고 있었다. 엄마의 몸무게는 아마도 칠십 킬로그램을 육박하고 있을 터였다. 나는 매일 눈뜨기 전, 엄마가 거실 피아노 밑에 있는 체중계를 끌어당기는 소리를 들었다. 엄마는 하루도 빠지지 않고 몸무게를 달아보는 눈치였다. 그러나 체중에는 전혀 변화가 없는 듯해 보였다. 물 한 잔을 마시고 엄마 맞은편 자리에 앉았다. 버릇처럼 큰숨이 새어나 왔다. 엄마 얼굴은 어제저녁보다 더 일그러져 보였다. 뺨과 관자놀이께 군데군데 검버섯까지 피어올라 있었다. 지금 아무 말도 하고 싶지 않다, 우리 말하지 말자. 엄마의 표정은 그런 의미를 담고 있었다. 엄마는 한마디도 하지 않은 채 젓가락을 집어들었다.

"왜, 무슨 꿈이라도 꾼 거예요?"

내 말이 끝나자마자 엄마는 기다렸다는 듯 젓가락 든 손으로 얼굴을 가리며 흐느끼기 시작했다. 손가락 사이로 엄마의 누런 잇바디가 드러나 보였다. 괜한 말을 했구나. 물 한 잔을 더 마셨다. 아마도 지금 엄마에게는 위로가 필요할 것이다. 입을 다물고 젓가락으로 새우볶음을 휘저었다. 새우 하나를 집어들어 머리 부분을 떼어내었다. 나는 새우 머리를 먹지 않았다. 그 쪼끄만 새우에 머리까지 떼어내면 먹을 게 어디 남겠냐며 엄마는 늘상 새우 머리를 다듬지 않은 채 요리를 하곤 하였다. 엄마와 나는 정말 달라도 너무 달라. 우리는 비슷한 게 하나도 없어. 여태도 엄마는 울음을 그치지 않고 있었다. 문득 수저를 놓고 점점 더 뜨거워지고 있을 옥탑방으로 올라가버리고만 싶었다. 옥탑방은 이 집에서 내가 유일하게 몸을 숨길 수 있는 장소였다. 깔깔한 입에 검은 쌀을 섞은 밥을 떠밀었다.

"글쎄, 정후가 보였는데……"

얼굴에서 손바닥을 떼어내며 엄마가 말했다. 다리 맥이 스르르 풀리는 것만 같았다. 역시 꿈 이야기일 터였다. 엄마는 마치 꿈을 꾸기 위해 태어난 사람 같았다. 엄마의 꿈은 그 레퍼토리가 무궁무진했다. 그리고 섣불리 무시할 수가 없었다. 아침에 집을 나가는 가족들에게 엄마가 오늘은 제발 일찍 들어오라고 말할 때가 있다. 그런 날 저녁이면 가족들은 서둘러 귀가하곤 하였다. 아버지 목뼈가 부러진 날도, 정후가 집을 나가겠다고 거실 유리창을 깨부순 날도 엄마는 흉몽을 꾸었다. 어젯밤 꿈이 불길하더니만, 그예 이런 일이…… 엄마가 입에 달고 사는 말이었다.

"정후 얼굴에 막 울퉁불퉁한 빨간 반점들이 돋아 있는 거야. 입술이며 눈두덩이까지. 그리고 머리에는 허리까지 내려오는 긴 가발을 쓰고 있었어. 머리카락이 자꾸 빠져서 쓰고 있다고. 애가, 우리 정후가 아닌 것만 같더라."

"엄마, 지금 밥 먹고 있잖아요."

나는 말막음을 하며 숟가락을 내려놓고 말았다. 속이 메슥거렸다.

"내가 정후야, 정후야, 하고 자꾸 부르니까 괜찮다고, 엄마, 나는 괜찮으니까 어서 가라고 내 등을 떠밀더라. 자기는 괜찮다고……"

"……"

정후는 지금 캐나다 밴쿠버에 있다. 그애에게 송금을 못해준 지
도 벌써 삼 개월이 넘었다. 달러가 오른 탓도 있지만 오르지 않았
더라도 어차피 더이상은 송금해줄 수가 없었을 것이다. 나는 돈이
라는 건 있어도 그만 없어도 그만이라는 말을 하는 사람을 믿지 않
았다. 내가 믿지 않는 말은 또 있다. 새벽이 오기 바로 전의 어둠이
가장 어둡다는, 바로 그 말. 다니던 어학원을 그만두고 아르바이트
자리를 구하고 있다고 한 지가 꽤 되었지만 일자리를 구했다는 소
식은 아직껏 들려오지 않았다. 지난번 통화할 때 정후는 웃으며 이
야기했다. 걱정하지 마 언니, 쌀은 아직 남아 있어. 그리고 간장도
있고. 수화기를 내려놓으며 나는 혼자 입엣말을 했다. 지금은 너를
걱정할 만한 여유가 없어, 정후야.

"무슨 일이야 있겠어? 엄마, 그만 울고 식사하세요."

마지못해 먼저 수저 드는 시늉을 하였다. 엄마는 밥을 뜨고 열
무김치를 얹어 입에 넣고는 오래오래 우물거렸다. 나는 거칫해 보
이는 엄마 얼굴을 빤히 들여다보았다.

동갈돔이라고 하는 수중 생물이 있다. 동갈돔 수컷은 교미가 끝
난 후 암컷이 뿜어낸 수만 개의 알을 자신의 입안에 넣고 다른 적
들로부터 알을 보호한다. 가끔씩 하품을 하듯 입을 벌리고는 알을
뱉어냈다 도로 입안으로 가져간다. 자신의 알들에게 신선한 산소
를 공급하기 위해서다. 〈동물의 왕국〉을 시청하면서 나는 생각했
다. 동물이나 인간이나 생존 다음의 문제는 번식이라고. 그러나 번

식에는 일종의 노예의식이나 경쟁의식이 포함되어 있지 않을까.

식탁을 치우고 나서 신문을 펼쳐들었다. 엄마는 설거지도 하지 않은 채 커피 한 잔을 타서 내 앞에 마주앉았다. 맥심 모카골드는 엄마의 유일한 위안거리일 터였다. 나는 커피를 마시지 않고 녹차를 좋아한다. 우리집에 녹차는 없다. 아직도 잉크 냄새가 배어 있는 신문에 얼굴을 묻고는 담담하게 말했다.

"엄마, 나는 지금부터 짐을 꾸릴 작정이에요."

"너, 너, 기어이……"

엄마의 목소리가 미세하게 떨렸다. 그러나 이미 나선 걸음이었다. 나는 단 한 발짝도 물러서고 싶지 않았다.

"제발 부탁이야. 내 앞에서 울지 말아줘."

"정원아……"

채 읽지도 않은 신문을 덮고 식탁 의자에서 일어섰다. 엄마의 시선이 나를 따라 올라오며 허둥거리고 있었다. 그 집요하고 끈적한 시선을 외면한 채 햇볕이 드글거리는 계단을 올라가 문고리를 걸어잠갔다. 커튼을 한쪽으로 옭아매고 창문을 열어젖혔다. 바람은 한 점도 불어오지 않았다. 오존주의보가 내려진 하늘은 뿌옇고 두꺼운 구름들이 관악산 중턱을 휘감고 있었다. 옥외 광고판의 요란한 광고 문구들도 잘 보이지 않았다. 풍경은 습자지 한 장을 끼운 것처럼 흐릿했고 그 속에서도 노란 물탱크들만은 뚜렷해 보였다. 햇살은 여전히 뜨거웠다. 이런 날은 불쾌지수도 높을 터였다.

아래층에서는 아무 소리도 들려오지 않았다. 엄마는 울고 있을까.

나는 오후 내내 '시간'이라는 제목의 어쿠스틱 기타 연주를 들었다. 뭘 해야 할지 알 수 없어 냉기가 도는 방바닥에 누워 한 시간쯤 누워 있기도 하였다. 요의가 느껴져도 아래층으로는 내려가지 않았다.

저녁 일곱시, 가방을 펼쳐놓고 짐을 꾸리기 시작했다.

간혹 낯선 장소에서 우연히 집으로 가는 버스를 발견할 때가 있다. 이를테면 150번이나 755번, 50번 같은 좌석버스들. 나는 켄터키프라이드치킨 앞 버스 정거장에서 집으로 가는 노선들의 버스를 바라보고 서 있었다. 집에서 출발할 때는 버스 노선을 몰라 이곳까지 지하철을 두 번 갈아타고 왔다. 혼잡한 종로나 생전 처음 와본 낯선 장소에서 집으로 가는 버스를 발견할 때마다 저도 모르게 안심이 되는 것을 느끼곤 하였다. 저 버스에만 올라타면 집으로 갈 수 있겠구나, 하는 그 서글픈 반가움 때문에. 정거장 앞에서 정차했던 50번 좌석버스가 두 명의 승객을 태우고 출발하는 게 보였다. 혹여 어디선가 길을 잃게 되더라도 이제 저 버스를 다시 타게 되는 일은 없을 거야. 버스카드가 들어 있는 손지갑을 가방 깊숙이 밀어넣었다.

오후 다섯시 십오분. 약속 시간은 이미 십오 분이나 지난 터였다. 그가 건너올 맞은편 횡단보도에 눈을 두면서 이마 위로 손차양을 만들어 붙였다. 기울어가는 햇살이 눈두덩을 찔렀다. 지척에 남부터미널이 있어서 그런지 배낭을 짊어진 젊은이들과 머리에 보따리를 인 노파들이 자주 눈에 띄었다. 낯선 곳으로 떠나는 사람들과 막 집으로 돌아가려는 사람들 때문에 버스 정거장 주변은 꽤 붐볐다. 전자쇼핑센터 정문 앞길 쪽에서 설핏 그의 모습이 보였다. 그는 지치고 기진한 걸음으로 횡단보도 앞으로 다가섰다. 약속시간이 한참이나 지난 줄도 모르는 것만 같았다. 한 손을 들어올리려다 말고 정거장 앞 플라타너스나무 둥치로 몸을 가져갔다. 그는 여태도 나를 발견하지 못한 성싶었다. 나는 나무둥치로 몸을 가리고 있으면서 녹색 불이 들어오기를 기다렸다. 그는 수그리고 있던 고개를 들어올려 약속장소인 버스 정거장을 바라보았다. 나는 몸을 더 움츠리고 말았다. 사랑한다. 그는 하루에도 몇 번씩이나 그 말을 되풀이하곤 하였다. 나무둥치에 몸을 기대고 서서 그의 목소리를 흉내내보았다. 너를, 사랑한다. 나는 아직 그에게 그 말을 해본 적이 없었다.

녹색 불이 들어왔다. 나무둥치에서 비켜서며 몸을 드러내었다. 그가 뛰듯이 횡단보도를 건너 내게로 다가오고 있었다. 성큼성큼 다가오고 있는 그를 무표정한 얼굴로 응시했다.

그는 택시기사에게 양재동 하나로마트 앞에 세워달라고 말했다. 나는 이만 몇천원쯤 들어 있는 내 지갑과 내 것과 별로 다르지 않을 그의 낡삭한 지갑을 떠올렸다. 그는 서른다섯이었고 제법 현실적인 데가 있는 사람이었다. 옆자리에 앉은 그에게서 시큰한 땀 냄새가 풍겼다. 손수건을 꺼내 땀이 밴 이마를 닦고 있던 그가 돌아봤다.

"왜? 늦어서 화난 거니?"

귓밥이 비져나오고 있는 게 눈에 띄어 나는 가방에서 휴대용 티슈를 꺼내 그의 오른쪽 귓구멍을 문질러주었다. 내가 새 티슈 한 장을 건네주자 그는 왼쪽 귀를 마저 문질렀다. 아침에 깎고 나왔을 턱수염도 그새 부성해 보였다. 당신은 정말, 버림받은 남자 같아. 깍지를 끼는 그의 손바닥을 뿌리치지 않았다.

보관함에 가방을 집어넣고 있는 동안 그는 매장 입구에 있는 카트 하나를 밀고 왔다. 매장 안쪽에서 카트를 끌고 다니는 사람들은 대부분 남자였다. 남자들 옆에는 아이들 손을 잡은 여자들이 포장된 냉장육과 산지에서 막 직송돼온 과일들을 카트 안에 집어넣고들 있었다.

"언제 이런 델 다 와본 거야?"

"그냥, 가끔 물건 사러……"

아, 그렇지. 나는 입을 다물어버렸다. 이 남자에게는 더러 내가 알지 못하는 시간들이 있었다. 머쓱한 듯 그가 얼굴을 돌렸다.

"뭘 살 건지, 적어 오긴 했니?"

창고식 이층 매장 안을 돌면서 그가 물었다. 지갑 속에서 메모지를 꺼냈다. 비누, 칫솔, 치약, 샴푸, 스킨로션, 실내용 슬리퍼, 주방용 세제, 면봉…… 품목을 읽어내려가던 그가 입술 끝을 올리며 하, 하고 짧게 웃었다.

"마치 여행이라도 떠나는 사람 같구나."

여행…… 나는 걸음을 멈추었다. 그가 내 어깨를 쓰다듬듯 가볍게 툭툭 쳤다. 마치 괜찮아, 다 괜찮을 거야, 하듯.

카트를 밀고 다니면서 물건을 고른 사람은 내가 아니라 그였다. 그가 고른 물건들은 이랬다. 타월 세 장, 법랑 냄비 한 개, 프라이팬, 주걱, 플라스틱 접시, 행주, 수저, 두루마리 휴지 한 세트, 그리고 두꺼운 비닐봉지에 든 사 킬로그램짜리 쌀.

나는 쌀 봉지를 집어드는 그의 곁에 서서 아랫입술을 물었다. 나는 지금 아주, 집을 나가려고 하는데. 그래, 어쩌면 나는 여행을 떠나려 하는 것인지도 모르겠구나. 집을 나가는 게 아니라. 이제부터 나는 저 쌀로 혼자 밥을 짓고 달걀프라이를 부치고 깍두기를 담그고, 가끔씩 당신이 들르겠지. 당신은 지금 수저를 두 벌 산 걸 알고 있는지…… 그러나 나를 너무 자주 들여다보지는 마. 엄마처럼, 마치 당신이 내 가족의 일부인 것처럼. 나는 그렇게 생각하며 그의 옆구리에 팔을 끼워넣었다.

"이제 어디로 갈래? 그 방으로 갈까?"

계산대 앞에서 지갑을 꺼내며 그가 심상한 듯 물었다. 아니. 나는 고개를 내저었다. 아직 그 방으로 가기는 싫다. 나는 내 감정을 숨기고 싶어서 이렇게 말했다. 차가운 맥주를 좀 마시는 게 어떻겠느냐고.

아버지는 그 새집을 아주 못 견뎌하는 눈치였다. 비둘기 한 쌍
이 날아들어와 집을 지은 곳은 골목을 향해 나 있는 안방 돌출창이
었다. 창머리와 기와 사이에는 얼마쯤의 빈 공간이 있었다. 새들이
그 빈 공간에 집을 짓기 시작한 것은 얼마 전의 일이다. 나는 그 사
실을 알지 못했다. 다만 옥탑방 창문으로 비둘기들이 날아가는 모
습을 보고 울음소리만을 들었을 뿐이었다. 구우우욱, 구우우욱. 새
들은 하루에도 몇 번씩 날아들면서 머뭇거리다 앉고, 주위를 두리
번거리다가 이내 여운처럼 긴 울음소리를 흘리며 푸득푸득 날아
가버리곤 하였다. 아버지가 기와 아래 빈틈에다 홈통으로나 쓰이
는 긴 플라스틱 원통을 올려놓았다는 사실을 들은 건 엄마와 밥을
먹다가였다. 식사를 마치고 안방으로 들어가보았다. 거기서는 잘
안 보여, 거실로 나와봐. 등뒤에서 엄마 목소리가 들렸다. 거실 창
바로 앞에 놓인 소파를 딛고 올라가 창밖으로 고개를 내밀었다. 돌
출창과 기와가 올라가는 홈 사이에 정말 긴 홈통이 가로누워 놓여
있었다. 짓다 만 새집이 푸석거리며 허물어지는 게 보였다. 새들은
보이지 않았다. 그냥 놔두시지 왜. 아마도 나는 그렇게 말했을 것
이다. 똥 때문에. 똥⋯⋯? 홈통 쪽으로 손을 뻗쳐보며 반문했다.
내 손에는 닿지 않았다. 조금 더 손을 뻗치면 금방이라도 골목 한
가운데로 떨어져버릴 것만 같았다. 새똥들이 대문 바로 코앞으로

떨어지잖아, 얼마나 지저분한지. 그럼 똥 때문에 고것들 집을 못 짓게 하신단 말예요? 엄마는 설거지를 하느라 내 말을 듣지 못한 것 같았다. 나는 아버지를 이해할 수 없었다. 기다란 플라스틱 홈통을 아예 치워버릴까 생각하다가 거실 바닥으로 내려섰다. 그래 보았자 아버지는 다시 홈통을 가져다놓고 새들이 날아들 때마다 팔을 쭉 뻗어 홈통을 흔들어댈 것이다. 새들은 구우욱, 구우우욱거리며 혼비백산해 멀리멀리 달아나버릴 것이다.

지금도 이따금 옥탑방 창문을 지나는 새들의 검은 그림자를 발견할 때가 있다. 커튼에 비친 그 그림자들은 흡사 키가 십이 미터나 되고 길이가 이십삼 미터나 되는 브라키오사우루스 같은 공룡처럼 거대해 보였다. 그 그림자들이 창을 스윽, 지나갈 때면 나는 눈을 꾹 감아버렸다. 그것은 어떤 두려움이었을까. 혹은 지금은 이렇게 쫓겨가지만 곧 어떤 마각馬脚을 드러낼지도 모른다는 불길함 같은 것.

"그래서 지금은 어떻게 됐는데?"

그가 내 잔에 새로 맥주를 따라주면서 물었다.

"글쎄, 모르겠어. 나도 살펴보지 않았어. 아마 집은 못 지었을 거야. 아버지가 홈통을 흔들어대는 걸 자주 목격했거든."

나는 무뚝뚝하게 대꾸했다.

"아마 또 올 거야, 원래 새들의 속성이 그렇다더라."

빈 맥주병은 다섯 병으로 늘어나 있었다. 온몸이 처지고 있었지

만 나는 다시 잔을 비웠다. 잔을 비우는 사이, 천천히 마셔, 하는
그의 목소리가 들린 것도 같았다. 술은 모든 것을 이해해. 나는 잔
을 내려놓으며 작은 소리로 중얼거렸다. 그는 술을 좋아하지 않았
다. 그가 좋아하는 것은 적당히 술을 마셨을 때의 내 명랑함이었
다. 단지 적당히 마셨을 때의.

"어머니한테는 잘 말씀드린 거니?"

그가 조심스럽게 입을 열었다.

"내가 지금 스물한 살인 줄 알아요?"

나도 모르게 팩 쏘아붙였다. 카랑한 목소리 때문이었는지 뒤 테
이블 연인들의 시선이 동시에 날아왔다. 카페는 바로 새로 들어가
게 될 방이 있는 골목 어귀였다. 카페 이름은 '오아시스'였다. 낮이
면 흰 와이셔츠를 입은 주변 사무실 사람들이 점심식사 후 잠시 들
를 법한 곳이었다. 저녁에는 이제 막 데이트를 시작한 연인들이 어
색함을 외면하며 칵테일 한 잔씩을 마시거나. 나는 새로운 이름을
붙이고 싶었다. 이를테면 '파랑새'나 '은갈매기' 같은 아름다운 이
름들. 맥주를 따르는 그의 손등을 바라보면서 아직 저녁식사도 하
지 않았다는 사실을 떠올렸다. 여덟시가 넘어 있었다. 그는 아마도
배가 고플 것이다. 배가 고파도, 배가 고프다고 말을 하는 사람이
아니다.

"당신, 밥을 먹어야 할 텐데."

종업원에게 맥주 두 병을 새로 주문하고 나서 무심히 말했다.

그는 저절로 이렇게 알아들을 것이다. 배가 고프더라도 조금만 참아줘, 지금은 내가 마음이 너무 복잡해서 술을 마시고 있으니까 말이야.

"정말로 꼭 이렇게까지 해야 하는 건지, 나는 아직도 자신이 없다."

그는 잔을 들어올리며 잠긴 목소리로 말했다. 쇼핑한 물건이 든 커다란 비닐봉지를 한쪽 어깨로 받치고 있는 그는 약간 침울해 보이기까지 하였다. 그거 바닥에 내려놔도 되잖아. 나는 말하지 않았다. 그가 고개를 들었다. 그의 눈빛은 어떤 안타까움 같은 것들을 담고 있었다. 당신, 그런 눈으로 나를 바라보지 마. 꼭 나를 서서히 옭아매버릴 것만 같잖아. 나는 등뼈를 곧추세우며 자세를 바로잡았다.

"그게 무슨 소리야. 방을 얻어주겠다고 한 건 당신이었잖아."

"니가 힘들어하니까 나도 어쩔 수 없이…… 아니다, 그만두자. 어쨌든 결국은 우리 손으로 얻은 게 아니잖아. 그게 마음에 걸려."

어떤 식으로든 방만 생겼으면 됐지, 지금은. 나는 그렇게 말하지 못했다.

내가 그 방을 얻게 된 것은 아주 우연한 일이었다.

삼월 한 달 동안 살펴본 생활정보지만 해도 족히 책 두 권 분량쯤은 되었을 것이다. 벼룩시장, 가로수, 교차로, 정보나라…… 그가 결심한 듯 말했다. 그래, 그럼 방을 한번 얻어보자. 네가 정 그렇게 못 견디겠다면. 그의 계좌에 들어 있는 돈은 삼백만원을 넘지 않았다. 나는 그 액수에 맞춰서 방을 알아보았다. 보증금 삼백만원에 월세 십오만원, 보증금 이백만원에 월세 이십만원. 값이 더 헐한 방이 없나 생활정보지를 샅샅이 훑어보았다. 보증금 없이 월세 십만원쯤 하는 방도 있었다. 방역차도 못 지나갈 정도로 좁은 골목을 돌아돌아 어렵사리 찾은 대문 앞에서 나는 아예 벨을 누르는 것조차 포기했다. 터진 쓰레기봉지 안에서 악취가 풍겨나고 어느 집에선가 살림을 부숴대는 소리가 들려왔다. 겨우 오후 여섯시가 조금 지난 시각에. 그가 내 등을 한 팔로 감쌌다. 나한테 필요한 건 그냥 잠만 잘 수 있는 방이 아니야. 생활할 수 있는, 가끔 차도 끓여 마시고 당신이 들르면 요리도 하고, 작은 다육 화분도 두세 개는 늘어놓을 수 있는 그런 방이 필요한 거라구. 오래도록 낯선 집 담벼락에 기대서 있는 나를 어둠과 그 어둠 한가운데에 병든 눈眼처럼 떠 있는 붉은 달이 에워싸고 있었다.

벨을 누르고 나서 그에게 팔짱을 질렀다. 네가 왜 이러는지 다 알아. 그가 돌아다봤다. 삼사 분쯤 기다렸을까. 사십대 중반쯤 돼 보이는 아주머니가 대문을 열어주었다. 조금 전에 전화드렸던 사람인데요. 그가 먼저 입을 뗐다. 아주머니를 따라 집 뒤쪽으로 돌아갔다. 아주 좁고 긴 계단이 옥상까지 이어져 있었다. 조심해야 해요, 특히 여자분은. 집주인은 여자분은, 하고 강조했다. 그럴 만큼 계단은 가파르고 위험해 보였다. 삼층집 옥상에 있는 옥탑방이었다. 집주인과 그의 중간에 서서 구둣굽에 신경을 쓰며 계단을 올라갔다. 난간은 녹이 슬었고 슬쩍 몸이라도 부딪치면 정신을 수습할 새도 없이 곧장 아래로 굴러떨어질 것만 같았다. 긴 계단을 올라가면서 나는 이 방에서 살게 되지 않으리라는 것을 예감하였다. 주인 여자가 입을 열었다. 여자분은 들이지 않는데…… 계단이 이렇게 위험해놔서. 계단 모퉁이를 돌면서 흘긋 바라본 그의 얼굴은 일그러져 있었다. 뒤로 손을 내밀었다. 그는 내 손을 맞잡지 않았다.

옥상 한 귀퉁이에 세워져 있는 방은, 옥탑방이라고는 하지만 따로 세면대와 싱크대가 설치되어 있었다. 아마도 준공검사를 받고 난 이후에 불법으로 슬며시 올려 지었을 것이다. 내 옥탑방처럼. 그러나 아버지는 욕실을 만들지는 않았다. 변기가 있는 욕실은 아래층, 안방 바로 옆에 있었다. 얼마 전부터 내 방광에 심상치 않은 기미가 생겼다. 요의가 느껴져도 웬만하면 참으려 애쓴 결과였다. 아래층으로 내려가서 맞닥뜨려야 하는 엄마의 일그러진 얼굴과, 아버지의 술냄새, 담배 냄새, 그 표현하기 힘든 찌든 냄새들을 견디기 힘들었다. 될 수 있으면 물을 마시지 않았고 집에 있는 동안은 어떤 음료수도 마시지 않았다. 그리고 무엇보다도 두려운 건 전화벨 소리였다.

옥탑방에 있다고 해서 전화벨 소리가 들리지 않는 것은 아니었다. 볼륨을 높여 음악을 틀어놓아도, 깊은 잠에 빠져 있다가도 귀신같이 아래층 전화벨 소리를 알아차렸다. 엄마는 대부분 전화를 받지 않았다. 막내 동생 정수의 음성으로 자동응답기가 돌아갔다. 지금은 전화를 받을 수 없습니다, 음성을 남겨주시면 연락드리겠습니다. 정수의 음성은 가늘고 높았다. 독촉 전화들은 끊이지 않고 울려댔다. 전화벨이 울릴 적마다 엄마는 자리에 풀썩 주저앉고는 하였다. 식탁 의자나, 거실 바닥, 심지어는 욕실 바닥에서조차 줄을 놓아버린 꼭두각시 인형처럼 풀썩풀썩. 그리고 초점이 맞지 않는 눈으로 허공을 바라보았다. 마냥 피하기만 하면 어떡해요, 그런다고 뭐가 해결되는 것도 아니면서. 내 입에서 신음 같은 소리가 새어나왔다. 그래도 엄마는 전화를 받지 않았다. 나 역시 아래층 전화에는 손도 대지 않았다. 아래층에 걸려오는 전화들은 빚 독촉을 위한 용무가 대부분이었다. 정수는 하루종일 학교 과 사무실에 근무하고 있고 정후는 캐나다에 있다. 오래전부터 아버지에게 걸려오는 전화는 드물었다. 이월에 옥탑방에 따로 전화선을 설치하였다. 나는 아래층 전화가 울릴 때마다 귀를 떼어내버리고 싶은 심정이 되었다. 돈을 꾸어다 엄마에게 건네는 것도 한계가 있었다. 몰락한 집 맏딸로 살기란 얼마나 구차하고 고통스러운가. 잠결에도 입술을 꽉 깨물었다. 고통은 마치 거울을 들여다볼 때처럼 내가 서 있는 위치와 내가 누구인지를 돌아보게 하는 힘을 갖고 있었다.

주인 여자는 몇 번 문을 두드려보더니 방문 손잡이를 돌려보았다. 방문은 잠겨 있지 않았다. 그가 방을 살펴보는 동안 나는 옥상을 거닐었다. 바로 맞은편에 소나무숲과 그 아랫녘으로 놀이터가 있었다. 그네는 비었고 참새처럼 작은 아이들 몇몇이 모래땅에서 뛰노는 게 보였다. 가까운 곳에 유치원이 있는지 아이들은 모두 노란색 셔츠와 바지를 입고 있었다. 동네가 조용하지는 않을 터였다. 그러나 바로 눈앞에 보이는 소나무 둔덕이 마음을 끌었다. 이 방에 살게 된다면 아마도 저 소나무숲 때문이리라. 옥상 난간 가까이까지 다가갔다. 삼층치고 퍽이나 높게 지은 집이었다. 머리가 어질거리는 것만 같았다. 정원아. 방문 앞에 서 있는 그가 나를 불렀다. 그새 주인 여자는 내려가버렸는지 보이지 않았다. 방을 둘러봐야지. 그가 타이르듯 말했다. 방은 비교적 넓고 그만하면 창도 커다란 편이었다. 저기 소나무숲이 있어. 변기 꼭지를 눌러보면서 말했다. 지금, 그게 중요한 게 아니잖아. 그의 목소리에 힘이 들어가 있었다. ……왜 화를 내고 그러니? 나는 나를 욱지르듯 말했다. 화를 내는 게 아니라. 그는 말끝을 맺지 못하고 아예 등을 돌려버렸다. 등을 돌렸어도 그의 눈에 비친 물기를 놓치지 않았다. 그는 아마도 자신이 살고 있는 쾌적한 서른두 평짜리 아파트를 떠올렸을지도 모른다. 방을 보러 다니기 시작하면서부터 공연히 화를 내고 등을 돌리곤 하는 그를 이해하려 애썼다. 괜찮다니까, 나는 정말 괜찮아.

수돗물을 틀어보았다. 세지는 않았지만 수압도 그런대로 적당했다. 이 정도면 나무랄 게 없는 방이었다. 다만 보증금 삼백만원이 마음에 걸렸다. 그리고 그 좁고 가파른 계단도. 나는 옥탑방하고 인연이 많은가봐. 내가 아무렇지 않다는 듯 말했다. 그래도 그는 이쪽으로 등을 돌리지 않았다. 그의 시선은 소나무숲을 향하고 있었다. 당신은 지금 무슨 생각을 하고 있는 거니, 내가 이렇게 괜찮다는데도. 당신은 나에게 보증금과 약속대로 매달 월세만 지불해주면 된다, 지금 내게 필요한 건 바로 그거야, 내가 스스로 경제적인 자립을 시작할 수 있을 때까지. 역광을 받고 있는 그의 옆얼굴을 바라보았다. 옥탑방에 살아본 사람들은 알 것이다. 그 방이 여름에는 얼마나 무덥고 또 겨울에는 얼마나 등허리께가 시린가를. 다시 생각하지 않기로 했다.

나는 당장 그 방을 계약하자고 우겼다. 계단쯤은 문제될 것 없다고 덧붙였으나 그는 대문을 나설 때까지 좀체 입을 열지 않았다. 한 걸음쯤 뒤처져 걷다가 문득 그의 혈액형을 기억해냈다. A형, 온화해 보이지만 내면적으로는 가장 완고한 유형. 게다가 논쟁이 생기면 좀체로 자기 주장을 굽히지 않는 집요함이 있다. 나는 입을 다물어버렸다. 그는 여전히 안정감이 무너진 얼굴을 하고 있었다. 횡단보도 앞에서 그가 나를 돌아보지도 않은 채 말했다. 생각 좀 해보자. 녹색 불이 들어왔다. 우리는 길을 건너 카페 '유르빔'으로 갔다.

카페 유르빔 주인과 처음 방 이야기를 나눈 날은 삼월 마지막 주 금요일 오후였다.

나는 그날을 정확하게 기억하고 있다. 동숭동에서 이란 영화 한 편을 보고 해물전골에 정종 한 병을 마셨다. 그가 안경테를 새로 바꾼 날이었고 하늘은 흐렸다. 나는 체크무늬 간절기 재킷을 입고 외출했었다. 식당 통유리 창 밖으로 연극배우 손숙을 닮은 여자와 머리를 묶은 사내들이 지나다녔다. 어디선가 한 번쯤은 본 얼굴들인 듯싶었으나 기억에 없었다. 저녁식사를 하면서 그에게 아침에 읽은 신문 기사 이야기를 했다. 서울대공원 돌고래가 태업에 들어갔는데 말이야…… 돌고래가 쇼를 위한 훈련을 거부한 원인은 지난해 말 새끼를 낳다가 사산을 한 일 때문이었다. 임신중에도 계속되는 훈련과 쇼를 견디다못해 결국 사산을 하고 말았다. 그 사건 이후 암컷 돌고래는 사육사의 말도 듣지 않기 시작했고 먹이를 줘도 거들떠보지 않았다. 공원 관계자의 말에 따르면 물속에 고개를 처박고 신경질을 부리거나 밤에 잠을 안 자고 슬피 울어댄다고 하였다. 그리고 한마디 더 덧붙였다. 안정을 되찾을 때까지 훈련량을 줄일 계획이라고. 너는 별걸 다 놓치지 않고 읽는구나. 그가 대수롭지 않다는 듯 응수했다. 돌고래가 그 정도로 스트레스를 받고 있다면 아주 오랫동안 쉬게 해줘야 하는 거 아냐? 나는 벌건 국물이 튄 그의 앞섶을 물수건으로 문질러주면서 대꾸했다.

우리는 전철을 갈아타고 내 집 앞까지 왔다. 꽃들이 너무 활짝

피어 거리의 모든 네온을 소등한다고 해도 환할 것만 같은 저녁이
었다. 전철역에서 이번 출구로 나와 곧장 올라가면 성하예식장과
윤약국 사이에 널따란 골목이 있다. 그 안으로는 여관 골목이 시작
된다. 그 골목에서 왼쪽으로 발을 틀면 주택가가 이어진다. 카페
유르빔은 그 주택가 한가운데에 위치하고 있었다. 얼마 전, 오늘
같은 저녁에 여관 골목에 인적이 뜸하기를 기다리는 동안 그와 나
는 그 주변을 배회하다가 우연히 들어선 주택가 골목에서 노랗게
켜진 유르빔 간판을 발견했다. 일부러 찾아오지 않는다면 발견하
기 힘든 장소였다.

우리는 유르빔이라는 이름의 영국 커피와 모과차를 주문했다.
아무래도 계단 때문에 안 되겠어, 너무 위험해. 그는 막무가내였
다. 나는 탁자 위에 생활정보지를 펼쳐놓고 동그라미를 쳐놓은 곳
으로 전화를 걸었다. 거기, 방 내놓으셨죠? 위치가 어떻게, 아 제
가 있는 곳은요…… 그때 여주인이 커피와 모과차를 들고 이층으
로 올라왔다.

이층 단독주택을 개조해서 만든 카페였다. 외진 곳에 위치한 탓
인지 찾아오는 손님도 드물었고 또 대개는 주인과 친분을 나누고
있는 사람들인 것 같았다. 아무래도 생계 때문에 카페를 차린 것
같진 않아 보인다, 이 정도 집이면. 처음 왔을 때 실내를 둘러보며
그가 말했다. 나는 이 카페가 마음에 들었다. 모과차가 맛있었고
무엇보다 조용했다.

아까 보니까 방을 구하고 있는 것 같던데. 거스름돈을 내어주면서 여주인이 말했다. 전화하는 거 들었어요. 그는 먼저 밖으로 나가 있었다. 생활정보지를 옆구리에 끼고 여주인을 말끄러미 올려다보았다. 오십대 중반쯤? 개량 한복을 입은 깔끔한 차림에 머리를 틀어올린 여자는 그 나이쯤으로 가늠되었다. 그래요, 저는 방을 구하고 있어요. 나를 기다리고 있는 그의 뒷목 선에 눈을 주며 말했다. 어쩌면, 어쩌면…… 순간적으로 나는 예감했다. 그리고 어떻게든 그 예감의 끈을 놓치고 싶지 않았다. 인상들이 너무 좋아요, 두 사람 다. 나는 입을 가리며 미소 지었다. 내 웃음이 좀더 가볍고 생기 있게 느껴지기를 바라면서, 한번 더. 주차장에 서 있던 그가 안 나오고 뭐 하냐는 손시늉을 보냈다. 잠깐만. 나는 한쪽 팔을 들어올렸다. 사람 인연이라는 게 있는데. 여주인이 나직한 소리로 말했다. 나는 다소곳이 고개를 숙였다. 가슴이 뛰었다. 실례지만 무슨 일을 하는지 물어봐도 돼요? ……나는 잠깐 망설였다. 그리고 고개를 들며 대답했다. 번역을 해요, 조용한 작업실을 찾고 있어요. 여주인의 팔목에 걸린 굵은 염주가 눈에 들어왔다. 사는 동안, 아니 일주일 동안이나마 단 한 번도 거짓말 같은 걸 하지 않고 살아갈 수 있다면. 그러나 나는 살아가기 위해 이렇게 거짓말을 하고 있다. 탁자 위에 생활정보지를 올려두고 두 손을 얽어쥐었다. 그리고 십오 도쯤 앞으로 시선을 두었다. 상대방한테 가장 안정감을 주는 눈높이로 보이도록. 아, 그렇구나. 여주인이 동그랗게 입을 벌렸다. 그리고 불쑥 이렇게 말했다. 저한테 빈방이 하나 있는데.

너의 얼굴이 생각나지 않는다.

너의 콧날이 어떻게 생겼는지 너의 입술은 어떤 모양인지, 또 피부 빛깔은 어떤지. 도무지 기억에 없다. 낡은 책갈피처럼 어디쯤 네 사진 한 장이 끼워져 있을 법도 한데 그것마저 보이지 않는다. 아니다. 나는 사진을 찾아보려 하지 않았다. 사진을 봐도 네 얼굴은 정확하게 기억나지 않을 것이다. 우리는 너무 오래 만나지 않았다. 너는 어스름한 저녁 무렵의 노을을 좋아했고 조수미의 높은 목소리를 좋아했다. 노래방 가서 큰 소리로 노래 부르기를 좋아했고 돼지고기를 넣지 않은 김치찌개를 좋아했다. 그리고 또 네가 좋아한 것들…… 이상하다. 그리고 나는 네가 무엇을 좋아했었는지 전혀 생각나지 않는다. 우리가 서로에 대해 알고 있는 것은 또 무엇이 있을까. 서로의 이름과 발 사이즈? 그래 그것만큼은 내 기억이 정확할 것이다. 너의 발 사이즈는 이백삼십 밀리다. 지금 내가 알고 있는 것은 너의 발 크기일 뿐이다. 너는 나의 무엇들을 기억하고 있니?

네가 말했었다. 어쩌다 밥 한 끼 거르게 되면 왜 그렇게 서러운지, 밖에 있다가도 식사 때만 되면 빨리 밥 먹으러 집에 가야 할 것 같아 저도 모르게 초조해지곤 한다고. 그러면서 우습지 않냐고 덧

186

붙였었다. 그리고 또 너는 말했다. 모델처럼 날씬한 몸매는 아니지만 건강하고, 미인은 아니지만 면접 보는 데 도움이 될 만큼 인상 좋다는 소리를 듣고, 아직은 부모님도 살아 계시고, 다음달 방세 낼 돈도 남아 있고. 그 모든 것이 감사하다고 했다. 기억하고 있니?

천구백구십육년 십이월 이십칠일. 너는 가족들이 잠든 사이에 내 옥탑방에 올라왔다. 한시가 넘은 시간이었고 나는 그때 오랜 망설임 끝에 교보문고에서 사 온 『창백한 푸른 점』이라는 책을 읽고 있던 중이었다. 아래층에서 문소리가 나는 것을 듣긴 했지만 아버지나 엄마, 혹은 막내 정수가 화장실에 가는 거라고 짐작했다. 네 발짝소리는 거의 들리지 않았고 별다른 기척도 없었다. 기습적으로 나는 너의 방문을 받았다. 그날을 잊을 수는 없다. 언니…… 너는 방문을 열고 책장에 얼굴을 묻고 있던 나를 불렀다. 나는 읽던 책장에 포스트잇을 붙이고 나서 너를 바라보았다. 어쩐 일인지 너의 얼굴은 딱딱해 보였고 크기마저 줄어든 것만 같았다. 너는 흰 줄무늬가 있는 겨자색 원피스 잠옷을 입었다. 금방 머리를 감고 나왔는지 머리카락에는 약간의 물기가 남아 있었다. 사내아이처럼 짧은 네 검은 머리카락이 형광등 불빛을 받아 반짝거렸다. 너는 한 마리 작은 새처럼 보였다. 나는 침대에서 몸을 일으키며 머리맡에 난 창문부터 닫아버렸다. 깊은 겨울이었고 찬바람이 숭숭 들어오고 있었다. 나는 그 바람을 맞으며 딴생각을 하며 건성으로 책장을 넘기던 중이었다. 그날을 기억한다. 다음날이 내 생일이었고 저녁 내내 너는 유독 말이 없었다. 그래 그러고 보니 너는 그날 퇴근하고 와서 아스피린 한 알을 먹고 밤늦도록 누워 있었다. 저녁밥도 먹지 않았다. 그랬던 걸 기억하고 있니? 나는 덧창까지 꼭 닫고 커튼도 내렸다. 네가 금방이라도 찬 겨울바람에 날아가버리지는 않을까 싶은 우려가 일어서. 너는 창백했고 눈자위에는 붉은 실핏줄이 터져 있었다. 나는 그냥 너를 방에서 내보내고 싶었다. 아무런 이야기도 듣고 싶지 않았다. 나는 이미 슬펐고 안구가 뻑뻑했다. 너는 책상 의자를 끌어당겨 침대에 걸터앉은 나를 마주보았다. 나는 너에게 이 방에서 나가라고 말할 기회를 놓쳐버렸다.

그해, 나는 한 남자를 만났다. 그 남자 때문에 잠깐씩 행복하기도 했고 쓸쓸하기도 했다. 때로 남자는 너와 정수를 만나 광어회와 청하를 사주기도 했고 터틀넥 스웨터를 선물하기도 했다. 너는 그 남자가 약간 우울해 보이는 인상이라고 했지만 남자를 좋아했다. 두번째 만났을 때 너는 그 남자를 형부, 라고 불렀다. 남자는 당황스러워했지만 입술을 벌리며 수줍게 웃었다. 너는 웃는 남자한테 이렇게 말했다. 언니를 행복하게 해주셔야 해요, 라고. 눈이 많이 내리던 날이었다. 그 남자는 지금도 가끔 네 이야기를 한다. 너를 마지막으로 만났던 날, 먼저 집으로 돌아가겠다는 너를 지하철역까지 데려다주고 남자는 다시 내가 기다리고 있던 레스토랑으로 왔다. 네가 먹다 남긴 돈가스 소스가 접시 여기저기에 지저분하게 묻은 걸 보며 나는 맥주를 마시고 있었다. 네가 돌아간 이후 종업원은 네 술잔을 치워 갔다. 너를 보내고 돌아온 남자 눈이 젖어 있었다. 남자와 너는 그렇게 헤어졌다. 남자는 종종 먼 이국에 혼자 있는 네 이야기를 하고 너는 이따금 남자의 안부를 묻는다. 네가 서울을, 우리집을 떠난 이후부터.

너는 아침 일곱시에 일어나 출근했고 회식이 없는 날에는 퇴근 후 지하철 이호선을 타고 여덟시쯤 집으로 돌아왔다. 너는 텔레비전을 켜놓고 잠이 들었다. 그 겨울, 일층에서의 내 마지막 일과는 네 방 텔레비전을 꺼주고 굳은살이 박인 네 맨발이 비어져나오지 않도록 이불을 덮어주고 거실 불을 끄고 옥탑방으로 올라오는 것이었다. 너는 한 달에 한 번씩 월급을 받아왔다. 너는 그 돈을 엄마에게 모두 건넸고 우리는 그 돈으로 쌀을 사고 전화요금을 지불했다. 아버지는 병원에 누워 있었다. 엄마의 관절염 증세는 더 심각해지고 있었다. 너는 결근 한 번 하지 않고 회사를 다녔다. 정수는 입사시험을 보러 다니는 대신 토익을 공부하고, 나는 이곳저곳으로 면접을 보러 다니고 있었다. 너는 점점 더 말이 없어졌다. 네 방에서 조수미와 신영옥의 목소리가 소음에 가깝도록 들려도 아무도 방문을 두드리거나 하지는 않았다. 네가 전화도 없이 늦게 귀가하는 날이면 엄마는 식사도 하지 않고 너를 기다렸고 벨소리가 나면 인터폰 누르는 것도 잊은 채 계단을 뛰어내려갔다. 팬티며 브래지어 같은 속옷들도 모두 엄마가 세탁했다. 네가 회사에서 입을 유니폼도 엄마가 다림질했다. 그런 때, 엄마는 휘파람이라도 불 것 같은 표정이었다. 너는 엄마의 애인이었고 남편이었고 가장이었다. 스물여섯 살의 너는. 너는 피곤했고 자주 감기에 시달렸다. 이상할 정도로 너는 말이 없어졌다. 그랬던 걸 기억하고 있니?

하루종일 나는 빈집에 혼자 남아 있었다. 엄마는 쪽지도 남기지 않고 외출했다. 모처럼 혼자 밥을 먹고 신문을 읽었다. 그래도 엄마는 돌아오지 않았다. 나는 진공청소기를 돌려 거실 먼지를 닦아내고 허리만큼 키가 자란 동백나무와 잎끝이 싯누렇게 변한 관음죽에 물을 주기도 했다. 옥시크린을 푼 걸레통을 가스불 위에 얹어놓고 신발장을 열었다. 겨울 내내 신고 다녔던 부츠를 상자에 담아두기 위해서였다. 옷장 서랍을 열어 내 옷들을 정리한 건 며칠 전의 일이다. 엄마가 이천 운림사에 간 시간을 틈타서였다. 네가 서울을 떠났을 때처럼, 이제 집을 떠나려 하는 맏딸을 엄마는 전혀 용납하려 들지 않는다. 이해한다는 것과 용납한다는 것에는 미세하지만 분명한 차이가 있다. 신발장을 열고 나는 한동안 그대로 서있었다. 신발장이 넘치도록 많은 가족들의 구두 때문이기도 했지만 나를 놀라게 한 건 너의 구두들이었다. 네 구두는 신발장 맨 위 칸과 두번째 칸을 가득 메우고 있었다. 너도 알다시피 우리집 신발장은 모두 여섯 칸이다. 그중에 두 칸을 네 구두들이 차지했다. 노란 바탕에 파란색 끈이 달린 운동화, 뒤꿈치가 열린 샌들, 발목까지 올라오는 밤색 부츠, 가죽끈으로만 연결된 흰 여름용 슬리퍼, 청바지에나 어울릴 듯한 투박한 랜드로바…… 언제 그 많은 신발을 신고 다닌 거니. 아마도 엄마의 손이 간 게 틀림없을 것이다. 네 구두들만 그렇게 나란나란히 정리되어 있었다. 갓 닦아놓은 것처럼 구두약 냄새가 풍겼고 앞코가 반짝거렸다. 네 구두를 정리하면서 엄마는 무슨 생각을 했을까. 불 위에 얹어놓은 스테인리스 통에서 물 잦아드는 소리가 들렸다. 가스불을 끄고 걸레를 헹궈 욕실에 널어두었다. 그리고 신발들을 정리하기 시작했다. 내 것이 아닌 너의 신발들을.

나는 싱크대 두번째 서랍에서 분리수거용 쓰레기봉투 한 장을 꺼냈다. 그리고 너의 신발들을 집어넣었다. 금방 쓰레기봉투 한 장이 가득찼다. 봉투 한 장을 더 꺼냈다. 너의 신발들은 모두 쓰레기봉투 속으로 사라졌다. 신발장 첫번째 칸과 두번째 칸이 모두 비었다. 나는 두 개의 쓰레기봉투가 터지지 않도록 입구를 널찍한 테이프로 봉했다. 내 발 크기는 이백삼십오 밀리였고 정수의 발 크기는 그것보다 컸다. 그러나 내가 너의 신발을 버린 이유는 우리들 중 누구도 너의 신발을 신을 수가 없기 때문만은 아니다. 나는 쓰레기봉지들을 한 번에 한 개씩 집어들고 계단을 내려가 대문 앞에 놓아두었다. 한번 더 대문 앞까지 내려갔다 왔다. 구두가 든 쓰레기봉지 두 개가 대문 옆에 위태롭게 세워졌다. 나는 대문을 세게 닫아버렸다.

비자를 준비하고 있는 중이야. 그날 너는 그렇게 말했다. 그때 왜 나는 너에게 그게 무슨 소리냐고 되묻지 않았을까. 다만 그 몇 개월 전부터 네가 영어학원에 다니고 있다는 사실만을 떠올리고 있었다. 언니, 나 좀 봐봐. 공교로운 목소리로 너는 나를 불렀다. 나는 네 얼굴을 보고 있지 않았다. 내 책상 의자에 앉은 너는 무릎 위에 올린 손을 기도하듯 맞잡고 있었다. 이미 네가 내 옥탑방에 올라온 그 순간부터. 만원 한 장 내 맘대로 쓸 수 있는 돈이 없어, 라고 했던가? 매달 꼬박꼬박 월급을 받는 네가 말이다. 사는 동안 단 한 번만이라도 본능에 따르고 싶어. 이 버거운 일상을 더는 견딜 수가 없어. 우리집 통장 본 적 있어? ……언니, 나는 이제 겨우 스물여섯 살이야. 나는 네 목소리를 귀기울여 듣지 않았다. 아예 두 귀를 단단히 닫아걸어버렸다. 정직하게 열심히 살아오면서 우리가 하고 싶은 일 막지 않고 늘 지켜봐주는 부모님이 계셔서 행복하다고, 그게 행복이라고. 나는 너의 말에 동의하지 않는다. 우리들은, 아니 나는 대학을 가고 몇 년씩 직업도 없이 지내서는 안 되었다. 우리 세 자매는 모두 상업고등학교를 다녔어야 했고 일찌감치 취업했어야 했다. 정수는 대학원을 꿈꾸어서는 안 되었고, 나는 자의식을 버리고 커피나 담배 심부름을 도맡아 하지 않으면 안 되는, 그때 그 신사동 직장을 버리지 말았어야 했다. 부모님은 빚을 내서 나의 대학교 입학금을 내고 빚을 내서 생계를 이어갔다. 그들은 아무 말도 해주지 않았다. 균열이 일고 있던 집안 형편에 대해. 그 사실을 알고 있던 사람은 우리 세 자매 중 너밖에 없었다. 너는 월급의 십분의 일도 너 자신을 위해서 쓸 수 없었다. 부모님은 우리를 그냥 내버려두어서는 안 되었다. 세 딸 모두가 더이상 다치기 쉬운 꽃이 아니라는 걸 깨닫고 있어야 했다. 우리는 꽃이 아니라 그늘이 있어야만 잘 자랄 수 있는 녹색 이끼 같은 음지식물에 지나지 않았다. 허영이 우리 가족들을 망가뜨렸다. 가족은 하나의 이데올로기에 지나지 않고, 그 이데올로기가 원하는 가족의 모습은 현실 어디에도 존재하지 않는다. 우리들 중 그것을 깨닫고 있던 사람은 아무도 없었다. 나는 이런 말들을 너에게 할 수 없었다.

　너는 소리 없이 울었다. 전화기 옆에 놓인 두루마리 휴지를 풀어가면서 우는 너를 나는 바라보지 않았다. 읽고 있던 『창백한 푸른 점』을 다시 펼치는 시늉을 했다. 언니, 나를 그냥 가게 해줘. 이젠 언니가 어떻게 좀 해봐. 나는 지쳤어…… 나는 태연히 책장을 넘겼다. 우주는 이렇게나 넓고 멀리서 보면 지구도 먼지 한 톨처럼 보일 것이다. 우리집을 위해, 아니 우리를 위해 만들어진 것은 아무것도 없었다. 나는 그렇게 느꼈고 내 심장은 무섭도록 쿵쾅거리고 있었다. 네가 없는 이 집이, 네가 없어도 세금을 내고 쌀을 사야 할 구체적인 생활들이 두려웠을까. 나는 너에게 내 초라한 마음을 들키고 싶지 않았다. 또 후르륵 책장을 넘겼다. 지금 나는 그 책의 내용을 하나도 기억하고 있지 않다. 그날 새벽, 내가 기억하는 건 너의 떨리는 음성과 울음소리, 그리고 벼랑 끝에 선 것 같던 내 뚜렷한 마음뿐이다. 너는 퇴직금을 받았다. 절반을 엄마에게 건네주었다. 그리고 천구백구십칠년 삼월 일일 목요일에 떠났다. 아침 여덟시 삼십오분 비행기였다. 나는 그날 공항에 나가지 않았다. 나는 그런 식으로 너를 보낼 수 없었다.

오늘, 너의 구두들을 모두 다 버렸다. 네가 돌아오지 않도록. 그렇게 나는 너를 아주 보낸다.

너는 가끔 내게 편지를 보낸다. 오늘도 내 이름이 쓰인 네 편지가 도착했다. 스물일곱번째 편지였다. 나는 지금까지 너의 편지들을 한 번도 읽어본 적이 없다. 네가 다시 돌아오지 않고 싶어한다는 것을 너무도 잘 알고 있기 때문에.

그날 그 새벽, 내 방을 나가면서 문고리를 잡고 우뚝 서서 너는 이렇게 말했다. 언니, 보고 싶을 거야, 라고. 그랬던 걸 기억하고 있니, 정후야?

거짓말의 여운 속에서

잿빛 칠이 벗어지고 군데군데 금이 간 연립주택은 폐업한 지 오래된 비료공장 같아 보였다. 이층짜리 나지막한 건물에는 한 층에 네 가구씩 모두 여덟 가구가 입주해 있다고 들었다. 유르빔 여주인의 집은 이층 오른쪽 맨 구석에 위치하고 있었다. 나는 손에 들고 있는 메모지를 다시 한번 훑어보았다. 여주인의 글씨는 악필에 가까웠다. 귀기울여 설명을 듣지 않았더라면 집을 찾는 데 꽤 많은 시간이 걸렸을 정도였다. '역삼역에서 일번 출구로 나갈 것. 카페 오아시스를 지나 기업은행과 신태양사진관 사이 옆 골목으로 들어갈 것. 한신연립주택 이백팔호.' 메모는 간단했다. 그러나 기업은행과 신태양사진관 사이 옆 골목을 찾는 일은 간단치가 않았다. 골목은 눈에 띄지 않을 정도로 좁았고 양쪽에 무성한 초록으로 우거져 있는 은행나무들 때문에 무심코 지나치기 십상이었다. 기업은행을 지나쳐 오십여 미터쯤 내려갔다가 다시 길을 되짚어 올라왔다. 은행나무들 사이에 일부러 숨겨놓은 것처럼 골목이 나 있었다. 족히 수령 백 년은 넘을 듯싶은 은행나무들 사이를 지나면서 메모지를 접어 주머니에 넣었다.

"저 집인가본데?"

그가 낡은 연립주택을 정면으로 보고 선 채 오른쪽 끝 집을 가리켰다. 바닥까지 하늘색 블라인드가 길게 드리워져 있었다. 저 집에 이제 내가 살게 된다. 나는 고개를 높이 들어올렸다. 하늘은 씻은 듯 구름 한 점 보이지 않았다.

"날씨가 너무 맑아."

짐짓 골을 내듯 말했다. 그는 연립주택 입구께로 걸어들어갔다. 짙은 어둠에 휩싸인 계단을 올라가는 그의 뒷모습을 보며 몇 발짝 옮기다가 걸음을 멈추었다. 주택 입구에 의자를 내놓고 앉아 있는 노인 때문이었다. 테두리가 날깃날깃한 면 러닝셔츠를 입은 노인은 긴 막대를 들어 땅바닥을 툭툭 치고 있었다. 노인의 눈은 나를 보았지만 나는 노인이 나를 바라보고 있는 게 아니라는 걸 금세 알아차렸다. 노인의 눈은 살아 움직이는, 사물을 직시할 수 있는 그런 눈이 아니었다. 어목魚目처럼 흐린 그것은 바닷속에 사는 심해어의 퇴화한 눈처럼 보였다. 노인은 여전히 의자에 앉은 채 긴 막대로 땅바닥을 두드렸다. 그는 어떻게 이 막대를 피해 계단을 올라갔을까. 나는 곤혹스러운 느낌에 어깨를 들썩거리며 한숨을 내쉬었다. 이층으로 연결된 계단으로 사라진 그의 모습은 보이지 않았다. 이백팔호 열쇠는 내가 가지고 있는데.

"할아버지, 안녕하세요."

……노인은 나를 쳐다보지 않았다. 되레 내가 걸어들어온 골목 입구 쪽에 눈을 두었다. 이미 귀까지 망가져버린 노인일지도 몰랐다. 어쩌면 우린 매일 이렇게 만나게 될지도 모르겠어요. 간신히 막대를 피해 연립주택 안으로 들어가면서 속엣말을 했다. 계단을 오르다가 뒤를 돌아다보았다. 노인이 막대를 든 손을 멈추고 내 이마 한가운데쯤을 뚫어져라 올려다보고 있었다. 동공이 보이지 않는 눈은 천천히, 그러나 규칙적으로 꿈벅거렸다. 넌 누구냐, 넌 누군데 이 집에 들어서는 거냐. 나는 가방끈을 꼭 붙잡고 한꺼번에 두 개씩 계단을 뛰어올라갔다.

"왜 그래? 밑에서 무슨 일 있었어?"

이백팔호 문 앞에서 한쪽 어깨를 기대고 있던 그가 몸을 세웠다. 나는 후르륵 숨을 내쉬며 고개를 젓곤 열쇠를 꺼냈다. 이백팔호 맞은편 집 현관 바닥에는 놀이방 광고지가 반쯤 끼워져 있었다. 열쇠를 받아든 그가 차례대로 두 개의 잠금장치를 풀었다. 그가 이윽한 눈으로 나를 끌어당겼다. 괜찮니? 나는 그의 눈빛을 읽었다. 그래, 어서 열어봐, 이제 내가 살 집이잖아. 오 초나 십 초쯤, 혹은 그보다 더 오랜 시간 그와 나는 서로의 얼굴을 윤곽이 흐려질 때까지 빤히 들여다보며 서 있었다. 이윽고 그가 얼굴을 비키며 이백팔호 문을 잡아당겼다.

　우리들 맞은편 의자에는 유르빔 여주인과 그녀의 남편이 앉아
미소 짓고 있었다. 탁자 위에 놓인 포켓용 앨범을 집어들었다. 앞
에 두어 장쯤을 제외하고는 모두 같은 얼굴의 여자였다. 긴 머리
를 단정히 빗어 하나로 틀어올린 여자는 실핏줄 하나 없이 맑은 눈
동자에 가지런한 치아를 갖고 있었다. 입술은 붉었고 뺨 역시 불그
스레해 보였다. 흰 블라우스에 검은색 긴 치마를 입은 성장 차림새
였지만 앳되어 보이는 얼굴이었다. 아마도 그 의상은 연주용인 듯
싶었다. 여자는 첼로를 들고 있었다. 갈매기 날개처럼 날렵하게 그
린 갈색 눈썹, 길고 까만 속눈썹과 둥근 콧날. 스물두어 살이나 됐
을까. 여자의 둥그런 얼굴형은 유르빔 여주인과 닮아 보였다. 나는
제법 두꺼운 포켓용 앨범을 다 넘겨보았다. 한 팔로 첼로를 끌어당
기고 선 모습, 유리잔이 빽빽이 세워진 장식장 앞에서 두 손을 모
으고 서 있는 모습, 연주용 의상을 청바지와 면 티셔츠로 갈아입고
테이블에 앉아 생글거리는 얼굴, 그리고 여주인과 어깨를 나란히
하고 활짝 웃고 있는 얼굴…… 여자애의 표정은 다양했다. 그 표
정들 속에서 나는 여자애의 자신감에 찬 기운을 놓치지 않았다. 단
한 번도 자존심을 잃거나 고통을 겪어본 적 없을 것 같은 눈. 한참
동안 여자애의 얼굴에서 시선을 떼지 않았다.

　우리 딸 이쁘죠? 내년에 독일로 유학 보낼 거예요. 첼로를 전공

198

하고 있는데…… 아들도 휴가 나오고 지난 주말에 모처럼 가족이 다 모여서 사진작가를 불러다 찍은 거예요, 여기 이 카페에서. 여주인이 말했다. 그러고는 오피스라는 팻말이 붙은 문을 밀고 들어가서 앨범을 갖고 나왔다. 그녀가 앨범을 갖고 나오는 사이, 그는 여주인의 남편에게 제 명함을 건네주었다. 아, 우리가 사람을 못 믿어서가 아니라. 여주인의 남편은 명함을 받아들었다. 우리 집사람 성격이 원래 그래요, 사람 잘 믿고, 잘 사귀고. 아마 정원씨 이름도 모르는 상태에서 선뜻 방을 내주겠다고 해서 놀랐을 겁니다. 요즘 참 보기 드문 사람이지요. 나는 새삼스럽다는 듯 여주인의 남편을 바라보았다. 여주인처럼 작은 키에 둥근 얼굴, 잘 다림질된 와이셔츠에 카키색 넥타이를 느슨하게 맸다. 중후해 보이는 인상이었지만 아직도 이 남자가 여주인의 남편이라는 사실이 실감나지 않았다. 그건 내가 유르빔을 드나드는 동안 여주인을 두고 다른 상상을 해왔기 때문이겠지만.

그녀의 입술 양쪽에 새겨진 날카로운 주름 때문만은 아니었다. 나는 종종 그에게 말했었다. 뭔가 불행한 일을 겪었던 게 틀림없어. 콧등 위나 입술 양쪽에 새겨진 주름 말고도 뭔지 모르지만 그런 분위기가 풍기지 않니? 눈가에 그늘도 그렇고 말야, 아마 남편이나 자식이 죽었을지도 몰라. 아니면 그보다 더 충격적인 사고를 당했거나. 어느 날, 느닷없이. 정말 갑자기 말이야. 원래 사고란 그렇게 일어나는 거잖아. 재산을 정리해서 이 집을 사고 무료하니까 카페로 개조한 걸 거야. 경제적으로 별로 부족해 보이지는 않잖아. 근데 사람은 참 좋아 보인다. 어쩌면 어디가 많이 아픈 건지도 몰라. 이를테면 불치병에 걸렸을 수도 있잖아. 이상하게 비뚤어진 마음으로 나는 모과차를 마시며 연신 중얼거렸다. 너도 참, 네 상상은 너무 두서가 없다. 그는 아무래도 상관없다는 투로 대꾸했다.

그와는 저녁 일곱시에 약속이 돼 있었다. 나는 근화병원에 들러 진찰을 받고 약을 받아오는 길이었다. 가방도 없이 손지갑만 달랑 들고 나온 길이라 두툼한 약봉지를 그냥 맨손에 들 수밖에 없었다. 한 손에 약봉지를 들고 유르빔 문을 열었다. 아르바이트 학생은 저녁이 되기 전에 돌아가고 그 시간이면 늘 여주인이 자리를 지켰다. 카운터에 앉았던 여주인이 자리에서 일어났다. 모과차를 주문하고 이층으로 올라갔다. 나는 생활정보지에 눈을 두고 있었다. 펼쳐놓은 생활정보지 위쪽에 찻잔을 내려놓으며 여주인이 물었다. 무슨 약이 이렇게 많아요?

낮 한시에 점심식사를 하고 대개는 저녁 일곱시쯤 저녁식사를 하였다. 아버지와 엄마 그리고 나. 세 사람은 저녁 일곱시에 필연적으로 식탁에서 만났다. 정수는 매일 과 사무실에 남아 공부를 하다 늦은 시간에야 귀가했다. 식탁 앞에 앉을 때마다 나는 하루 중 유일하게 정수 생각을 하곤 했다. 정수라도 있었더라면. 그애가 있다면 집안이 이렇게 마냥 고즈넉하고 가라앉지는 않을 텐데. 막내인 정수는 정후와 달리 말이 많았고 웃음도 많았다. 귀동냥한 우스

갯소리로 엄마를 웃게 만들 줄도 알았다. 그러나 정수는 늘 한밤중에 귀가했다. 대학원에 입학하고부터는 학회다 세미나다 해서 주말에도 집에 붙어 있지 않았다. 나는 정수의 말을 믿지 않았다. 정수는 아무도 없는 과 사무실에서 혼자 주말을 보내고 있을 거라는 짐작이 들었다. 저녁이 되면 남자친구와 밖에서 식사를 하고. 정수를 이해하지 못하는 것도 아니었다.

그를 만날 수 없는 저녁. 나는 아버지와 엄마, 그 두 사람에 둘러싸여 묵묵히 밥을 먹었다. 왜 이렇게 밥 먹는 속도가 빨라진 거니? 언젠가 식당에서 그가 지적한 적 있었다. 내가? 내가 그래? 되묻지 않았다. 그는 천천히 즐길 수 없는 식사를 이해하지 못하리라. 아니 어쩌면 그런 분위기를 나보다 더 잘 알고 있을지도 몰랐다.

아버지는 좀체 말이 없는 편이었다. 나는 한마디 말도 없이 물을 마시고 식사를 했다. 식사중에 무슨 말인가를 꺼내려다가도 그만 입을 다물게 돼버렸다. 누구도 대꾸하지 않았고 누구도 웃지 않았다. 아버지와 나는 경쟁하듯 재빨리 식사를 끝내고 옥탑방이나 안방으로 들어가버렸다. 어쩌면 아버지가 먼저 식탁 의자에서 일어나는지도 모른다. 나는 차츰 포기했다. 그러나 우리 가족 모두, 밥을 챙겨 먹는 일은 포기하지 않았다. 불을 켜지 않는 어두운 거실과 육중한 침묵 속의 식사에 익숙해져가는 것처럼 보였다. 식탁에 가장 늦게까지 남아 있는 사람은 언제나 엄마였다. 엄마는 가족들이 흩뜨려놓은 음식과 식기들을 정리했고 의자를 나란히 밀어놓았다. 엄마는 쉽게 자리를 뜨지 않았다. 그럴 때의 엄마는 언제 경매로 넘어갈지 모르는 이 집을 그 무거운 체중으로나마 고집스레 꾹꾹 누르고 있는 성싶어 보였다.

나는 방광염을 앓았고 어느 날 문득 위염 증세를 느꼈다. 활명수를 한꺼번에 열 병씩 사다가 냉장실에 넣어두고 식사 때마다 한 병씩 마셨다. 이월과 사월 사이에 마흔일곱 병의 활명수를 마셨다. 활명수도 소용없을 때는 동네 약국에서 사흘치씩 약을 지어 먹기도 했다. 그래도 속은 더부룩했고 새벽녘에 자주 설사했다. 소독한 바늘로 엄지손가락을 따 검붉은 피를 빼내도 이제는 말을 듣지 않았다. 엑스레이를 찍어보았다. 위에 염증이 생겨 있었다.

나도 위 때문에 무척 고생을 했었는데.

여주인은 내 앞자리에 마주앉았다. 나는 읽고 있던 생활정보지를 접어 옆자리에 내려놓고 무릎을 맞붙였다. 아침에 일어나서 공복 상태일 때 소금물을 한 잔씩 마셔봐요. 집에 죽염이 있으면 더 좋을 텐데. 그거 바로마겔이죠? 그것 갖고는 안 들어요, 복용할 때뿐이지. 젊은 사람이 벌써 위가 안 좋으면 어떡하나…… 나도 한 십 년은 앓은 것 같애. 젤포스는 버릇되면 안 돼요. 그거 변비 생기거든. 바로마겔은 설사 나오고. 위 아픈 데는 따로 약이 없어요. 마음을 편하게 갖고, 잘 쉬어야지. 소금물 처음에 마실 때는 구토 증세가 느껴져요. 그래도 참고 먹다보면 그런대로 마실 만해. 나는 지금도 아침이면 꼭 눈뜨자마자 죽염 물부터 마시는걸. 여주인은 길게 이야기했다. 나는 여주인의 이야기를 잘 새겨듣고 싶었다. 우리가 처음 나눈 사적인 이야기는 위에 관한 것들이었다. 그가 왔을 때 나는 상체를 수그리며 낮게 소곤거렸다. 거봐, 내 말이 맞다니까. 어디가 아주 크게 아팠던 사람인가봐.

실내는 직사각형으로 길쭘하고 서른 평쯤 돼 보이게 넓었다. 오래 환기를 시키지 않아서인지 공기는 탁했고 찌든 음식냄새까지 배어 있었다. 거실 블라인드를 걷어올리고 창문을 열었다. 먼지들이 날아올랐다. 식탁 위에 잔뜩 쌓여 있는 우편물이며 싱크대 한쪽에 세워져 있는 터진 쓰레기봉지, 가스대 위에 올려져 있는 기름투성이 프라이팬, 욕실 바닥에 떨어져 있는 검은 머리카락들…… 새 집일 거라고는 기대하지 않았지만 그래도 난감한 일이었다. 반짝거리는 거실 타일 바닥과 말끔한 와인색 세면대와 변기. 나는 잠깐 엄마의 집을 떠올렸다. 엄마의 취미는 청소였다. 엄마의 좋은 면 중 하나였다. 그만큼 집은 매양 청결했고 머리카락 하나 떨어져 있지 않았다. 하지만 그것도 벌써 오래전 일이다. 망설이다가 반쯤 열린 안방 미닫이문 사이를 비집고 안으로 들어가보았다. 여주인의 방일 터였다. 트윈 침대에는 쥐색 침대보가 덮여 있고, 바닥에는 교자상이, 그 위에는 전화기와 두꺼운 한자 사전이 놓여 있었다. 움직이기 어려운 가구들을 제외하고는 대충 짐들을 꾸려놓은 것 같았다. 방바닥에는 옷 보통이들이 서너 개 쌓여 있었다. 구월이면 이사를 한다고 했다. 그러니까 구월까지만, 나는 이 집에 머물 수 있는 거였다.

"아예 청소라는 걸 모르고 사는 사람들인 것 같애."

"어차피 이사할 집이잖아, 늘 사람이 살고 있는 것도 아니고. 하루 날 잡아 대청소 한번 하면 되지, 나 있을 때 같이하자. 집에 있는 거랑 똑같을 수야 없잖아, 앞으로 포기할 건 포기하고 살아야지. 그런데 어떤 게 당신이 쓸 방이야?"

그가 현관 옆방을 기웃거리며 물었다. 나는 욕실 옆에 붙은 방을 가리켰다.

"그애 방인데, 비워주겠대."

"누구?"

"아까 그 여자애, 집주인 딸 말이야."

욕실과 안방 사이 벽에 붙어 있는 사진 앞으로 좀더 가까이 다가갔다. 동남아나 먼 아프리카 오지에서 찍은 사진 같았다. 머리에 터번을 두르고 조개껍질로 엮은 긴 목걸이를 건 원주민을 사이에 두고 여주인과 그녀의 딸이 나란히 웃고 있었다. 여기가 어디일까. 손가락으로 사진을 문질러보았다. 희뿌연 먼지가 묻어나왔다.

"이 사진 좀 봐봐, 아까 그 여자애야. 이름이 뭐라 그랬더라⋯⋯? 아, 맞아, 채연이라 그랬지. 홍채연. 이 여자애가 주말마다 집에 온대. 그러니까 나는 앞으로 이애와 한집에 살게 되는 거야. 이 그늘 하나 없이 맑게 생긴 여자애랑."

엄마는 면봉으로 귓속을 파내고 있었다. 면봉은 핏물로 흠씬 젖어 있었다. 엄마 왜 그래요? 화장을 하다 말고 거울 밖에 있는 엄마에게 물었다. 외출 준비를 하고 있던 참이었다. 며칠 전부터 미칠 듯이 귀가 가렵더니 이젠 피까지 고여 있구나. 가려운 걸 참을 수가 있어야지, 손톱으로 막 후벼팠더니만. 나는 저도 모르게 속눈썹을 칠하던 마스카라를 툭 떨어뜨렸다. 대체 언제부터 그랬는데요? 며칠 됐다니까, 신경쓰지 마. 별일이야 있겠니. 엄마는 내 눈을 외면했다.

그날 외출을 포기했다. 안 가겠다고 버티는 엄마 팔을 끌어잡고 버스를 탔다. 버스 안에서 엄마는 어지럽다고 호소했다. 얼마 만의 외출인지 모르겠네. 엄마는 혼잣말을 했다. 나는 그 말을 놓치지 않았다. 그러고 보니 엄마는 경기도 이천에 있는 절과 동네 은행들만을 다닐 뿐이었다. 버스를 타는 게 오랜만이긴 할 터였다. 정후는 종종 엄마를 모시고 〈초록물고기〉 같은 한국 영화나 엄마가 좋아하는 배우 박정자가 출연하는 연극을 함께 관람하러 다니곤 했었다. 정후가 엄마에게 남기고 떠난 것은 또 무엇이 있을까. 엄마는 그 시간들을 잊지 못할 것이다. 나는 흔들리는 버스 안에서 그런 생각에 잠겨 있었다. 엄마 귀에서는 여전히 피가 배어나오고. 뒤처져 걷는 엄마를 이끌고 후암동에 있는 이비인후과에 갔다. 의사는 나에게 말했다. 영양부족이나 스트레스로 인한 신경성인 것

같군요. 여기보다는 신경정신과에 가보시는 게 어떨지······

아침에 눈뜰 때마다 아래층으로 내려가기가 두려웠다. 독촉 고지서가 날아들고 연체 이자를 갚으라는 전화가 하루에도 두세 통씩 걸려왔다. 엄마가 우편물을 받아들고 자동응답기가 돌아가는 전화기 옆에 붙어앉아 있었다. 엄마 혼자 아래층에서 집을 지키고 앉아 그 모든 것을 감당하고 또 회피했다. 아버지는 종일 나가 있다가 저녁식사 때 돌아왔다. 나는 옥탑방에서 내려오지 않았다. 더이상 돈을 빌려올 데도 없었고, 이전에 빌린 돈을 갚지 못해 그마저 남아 있던 관계들도 끊어졌다. 엄마는 점점 더 살이 쪘고 비대해져갔다. 밥 먹을 때 엄마가 지나가듯 말했었다. 아침이 오는 게 무서워. 이불을 뒤집어쓰고 있어도 해가 들이비친다. 잠에서 깨어나고 싶지 않은데······ 정원아, 너도 그럴 때가 있니? 나는 엄마가 무서웠다. 그런 말을 아무렇지 않게 내뱉는 엄마가. 그리고 또 두려웠다. 엄마의 계산된 죽음이. 아래층으로 내려가기 전, 귀를 세우고 소리들을 모았다. 엄마가 거실 테이블 위를 치우는 소리, 화장실 가는 발짝소리, 청소기 돌리는 소리, 신문 넘기는 소리······ 그 모든 소리가 들려오지 않을까봐 나는 아래층 쪽으로 귀를 집중시키곤 하였다. 안방에서 목을 맨 엄마, 욕실에서 동맥을 긋고 쓰러져 있는 엄마, 약을 먹고 널브러져 있는 엄마, 죽은 엄마, 자살해버린 엄마. 그런 식으로 엄마는 생의 끈덕진 추행에서 벗어날 꿈을 잠깐씩 꾸고 있을 것이다.

열린 창 틈으로 밥 끓는 냄새가 스며들어올 때쯤 침대에서 몸을 일으켰다. 아직, 엄마는 살아 있구나. 돌처럼 무거운 안도 때문에 뜨거워진 눈두덩을 꾹 누르며 나는 계단을 내려갔다. 그리고 이렇게 입을 떼었다. 엄마, 엄마. 밥 먹자.

그러나 내가 집을 나가겠다고, 어떻게든 살 길을 찾아보겠다고 말한 순간부터 엄마는 요령부득이었다. 도무지 내 말을 이해하려 들지 않았다. 아니 엄마는 어떻게든 필사적으로 내 말을 듣지 않으려는 듯했다. 나는 자꾸만 이야기를 돌리고 자리를 피하려는 엄마를 붙잡아 앉혔다. 그때마다 육중한 엄마의 체구는 힘없이 무너져 버렸다. ……나는 이 집을 나갈 거예요. 엄마는 울었다. 엄마는 정말 염치도 없어. 나는 내뱉지 않았다. 울음 끝에 엄마는 나를 이해하지 못하는 것은 아니라고 말했다. 그러나 난 너마저 이렇게 보낼 수는 없다. 나는 엄마를 외면했다. 엄마는 태도를 바꾸고 나를 회유했다. 이제 곧 아버지가 장흥으로 내려가실 거야, 병원 짓는 공사가 시작된다더라. 거기 내려가면 기껏해야 한 달에 한 번쯤이나 올라오실 거야. 그럼 이 집에 누가 남아 있니? 정후는 거기서 안 돌아올 눈치고 정수는 잘해야 일주일에 한 번쯤 집에 붙어 있고, 너까지 나가버리면 이 집에 누가 남아 있니? 집엔 사람이 있어야 해, 가족이 필요하다고. 그렇지 않니? 정원아?

나는 감정이 담기지 않은 목소리로 엄마를 불렀다. 엄마. 눈물이 그렁한 눈으로 엄마가 나를 맞바라보았다.

엄마, 나는 아버지가 그리로 내려가지 못하리란 걸 알고 있어
요. 언제 아버지 하시는 일이 계획대로 된 적 있어요? 또 사기나
안 당하면 그나마 다행이지. 엄만 아직도 아버지를 믿고 있는 거예
요? 마음이 달아올랐다. ……우리가 언제까지 이렇게 함께 살 수
있다고 생각하세요? 지금 우리에게 중요한 건 우리가 이 집을 지
키며 함께 모여 사는 게 아니라 어떻게든 각자가 살아나갈 방법을
찾는 거예요, 엄마가 모르고 있는 건 바로 그거라구요. 우린 이제
더이상 함께 지낼 수 없어요, 더 어려워지기만 할 거예요.

엄마는 돌연 표정을 바꾸었다. 그래, 너 나가라. 아주 나가서 다
시는 돌아오지 말아라. 내가 이 집에서 뭘 하든 어떻게 지내든 상
관하지 말아라. 내가 죽든 말든……

집은 나에게 도약을 허용하지 않는 결박 같은 존재였다. 엄마의
목소리는 그렇게 들렸다.

그 집을 떠나온 지 나흘이 되었다.

혼몽한 상태에서나마 늘 연립주택 입구에 의자를 내놓고 앉아
있는 노인을 액자 속의 사과나 주전자 같은 정물처럼 여기게 되었
고 앞집 사람들과 얼굴을 익히기도 하였다. 앞집에는 남매를 둔 부
부가 살고 있었다. 남자는 자정이 넘어 귀가할 때가 많았고 매번
술에 취해 있는 듯했다. 남자가 귀가하고 나면 앞집은 소란스러워
지기 시작했다. 텔레비전 볼륨이 높아졌고 망치나 스패너 따위로

뭔가 두드리는 둔중한 소리가 들리기도 했다. 남자의 아내와 계단 참에서 몇 번 마주치기도 했지만 나는 인사하지 않았다. 여자도 나에게 알은척하지 않았다. 어차피 구월이 되면 떠날 집이었다. 그런 이유가 아니더라도 누군가와 알고 지내고 싶은 마음이 들지 않았다. 피할 수 없이 얼굴을 익히는 것만 해도 피곤하고 불편한 일이었다. 차라리 얼굴을 다 가리고 다니고 싶은 심정이었다. 남자가 귀가한 이후에 소음이 가라앉기를 기다렸다가 나는 때늦은 저녁을 먹곤 하였다. 그가 올 수 없는 저녁에.

그는 맨 종아리를 드러내놓은 채 사이다 캔 뚜껑을 따고 있었다. 나는 도로 자리에 누워버렸다. 아까부터 그는 줄곧 화가 나 있는 상태였다. 사정하기 바로 직전에 나는 그를 밀어내며 몸을 빼내고 말았다. 티슈를 뽑아 나는 몸을 닦아냈다. 그가 어처구니없다는 표정으로 내 팔을 잡아당겼다. 왜, 지금 괜찮을 때잖아. 나는 순간적으로 소리치듯 말했다. 싫어, 혹시 잘못되기라도 하면…… 그는 눈썹을 올리며 허공에 대고 팔을 휘저었다. 너, 꼭 그렇게까지 악착을 떨어야겠니? 어? 나는 대꾸하지 않았다. 당신은 나를 이해하지 못할 거야. 나는 천장을 올려다보았다. 그렇게까지 악착을 떨어야 하느냐고? 나는 조용히 입을 다물어버렸다.

천장을 지나 책상 왼쪽에 붙어 있는 달력에서 눈을 멈추고 말았다. 오월 십삼일, 금요일. 믿기지 않아 두 눈을 부벼대었다. 그러나 숫자는 달라지지 않았다. 이 집에 온 지 나흘째 되는 날이었다. 시간은 살아 있는 생물처럼 내 옆구리를 재빨리 스쳐지나가고 있었다. 누군가 그런 말을 했던 기억이 있다. 나이가 들수록 몸안의 생체리듬이 느려지기 때문에 시간이 더욱 빨리 지나가는 것처럼 느껴진다고. 아무려나 시간은 정말 무서운 속도로 지나가고 있었다. 그러나 절대 시간은 우주 속에서 실제로 어떤 일이 벌어지든, 무엇이 존재하든 아무런 관계도 없으며 그 모든 것에 선행해서 일정한 빠르기로 영원히 지속되는 것이다. 그렇다는 것을 잘 알고 있으면서도 나는 시간의 속도에 감당키 어려운 현기증을 느끼고 있었다.

그 나흘 동안 꿈을 꾸기 위해 태어난 것 같았던 엄마처럼 기억할 수도 없이 수많은 꿈을 꾸었다. 토막 난 잠 속에서도 꿈은 계속 이어졌다. 깨고 나면 단 한 장면도 어떤 이미지도 남아 있지 않았다. 잠이 덜 깬 눈으로 그를 맞았고 그를 배웅했다. 혼자 밥을 해 먹었고 가끔 FM 라디오를 들었고 그와 장을 봐 오기도 했다. 생활정보지를 뒤져 사설 학원 몇 군데에 전화를 걸기도 하였다. 그때마다 사람을 구했다는 소식뿐이었다. 엄마에게는 전화하지 않았다. 나는 연어와 거북이, 고래, 꿀벌, 무지개송어 같은 동물들을 좋아하지 않았다. 생래적으로 지구자기장을 감지하는 능력이 있어 제가 태어난 곳으로 어떻게든 타박타박 회귀하는 것들. 나는 다시 집으로 돌아가지 않는다. 내가 무엇인가 할 수 있을 때까지는. 잠 속에서도 주문을 외웠다.

"어쩌면 금요일에 올 수 없을지도 모른다."

눈을 떴다. 옷을 챙겨 입은 그가 침대 발치에 서 있었다. 고개를 들진 않았지만 여전히 화가 나 있을 터였다.

그렇지 않고서야 그는 혼자 양말을 신고 혼자 바지를 입고, 저렇게 혼자 서서 인사할 사람이 아니다. 턱밑까지 시트를 끌어올렸다. 왜 올 수 없는지, 이유를 묻지 않았다. 나는 궁금하지 않았다.

"나 간다."

"……"

"잘 때 문단속 다시 하고."

"그럴게."

"……"

그는 무슨 말인가 더 하려다 말고 고개 숙인 채 돌아서서 방문을 닫았다. 나는 가만히 누워 그의 발소리를 따라갔다. 그는 신발을 신는다. 그의 신발에는 긴 끈이 달려 있다. 두 짝 신발끈을 차례대로 동여맨다. 그는 일어서서 머리칼을 쓸어넘기고 가방을 멘다. 그리고 한번 이쪽을 돌아다본다. 현관문을 연다. 안쪽 잠금쇠를 누른다. 마지막으로 한번 더 이쪽을 돌아다본다. 그는 결심한 듯 복도로 나간다. 현관문을 닫는다.

……현관문이 닫혔다. 이 사랑은 잘못되었다. 우리는 그것을 안다. 그래서 이 사랑은 뜨겁고 예민하고 연약하다. 눈을 감아도 숨기기 어렵다. 나는 또다시 핏빛으로 물든 강에 누워 있는 젊고 무지한 여자들과 박쥐떼들이 비행하고 있는 캄캄한 하늘과 태풍

을 못 이긴 붉은 벽돌들이 파편처럼 튕겨져나가고 있는 엄마의 집이 한꺼번에 뒤엉키는 긴긴 꿈속으로 빨려들어간다.

먼 나라, 르완다 의료봉사에 자원해 매일 백 명도 넘는 난민을 치료할 수 있었고 나이팅게일 기도문을 가슴에 품고 다니며 죽음 앞에 선 사람들을 돕는 호스피스가 되리란 꿈을 꾸기도 했다. 수맥 연구에 몰두해 물과 땅의 조화를 찾는 전문가가 될 수도 있었다. 해발 팔천 미터도 넘는 에베레스트를 정복한 등산가가 될 수도 있었고 지리산 산채 음식을 전문으로 하는 요릿집 주방장의 꿈을 꾸기도 했었다. 또 호텔 지배인이나 관광 가이드, 동물 미용사, 유치원 보모, 교정 보는 여자는 어떤가……

꿈을 갖고 미래를 그려봐야 한다는 걸 알았다면 나는 지금과 다른 사람이 되었을까. 사람에겐 집과 가족 말고도 필요한 게 얼마나 많은 것일까. 그걸 다른 사람들은 언제부터, 누구에게로부터 배웠는지 궁금하다. 나는 너무 늦은 실패자처럼 느껴진다.

콧등에 까만 피지가 점점이 박힌 사십 줄의 원장은 프린트한 용지 한 장을 내밀었다. 나는 난감한 표정으로 용지를 내려다보았다. 용지에는 일차방정식과 삼각함수 문제들이 씌어 있었다. 원장은 일 번과 삼 번 문제를 풀어달라고 주문했다. 빈 강의실에서 나는 원장과 담당 선생 두 명이 지켜보는 가운데 시강해야 했다. 십여 분쯤 흘렀을까. 원장은 곧 전화를 주겠다고 하며 자리에서 일어섰다. 나는 그 말을 믿지 않았다. 곧 전화를 주겠다는 말은 열 번도 넘게 들어왔다. 전화는 한 통도 걸려오지 않았다. 방금 막 시강을 마치고 나온 학원 건물을 올려다보았다. 삼층짜리 상가 건물 맨 꼭대기층에 성림보습학원이라는 간판이 세로로 길게 붙어 있었다. 보습학원 등뒤로 깃털구름들이 천천히 서쪽으로 움직였다. 여의도 육삼빌딩에 올라선다면 아마도 인천 앞바다까지 선명하게 내다보일 것이다. 이처럼 낯설도록 쾌청한 날씨.

매표구 위쪽에 붙은 지하철 노선도를 올려다보았다. 남부터미널, 명동, 혜화, 과천, 까치산, 학여울, 남한산성, 그리고 가장 먼 의정부까지. 지하철을 타고 어디든지 갈 수 있었다. 삼호선 지하철 티켓을 끊었다. 그 여자를 만나러 가기에 너무도 알맞은 날씨였다.

그 여자의 얼굴을 상상한 적 있다. 얼굴뿐만 아니라 여자의 헤어스타일과 키, 체중, 손, 엄지발가락의 생김새, 종아리와 등허리의 곡선. 여자의 모든 것을…… 상상 속의 여자는 아주 자그마한 키에 레몬처럼 작은 얼굴, 눈 그늘까지 내려오는 속눈썹, 웨이브진 긴 머리, 건강해 보이는 구릿빛 피부…… 나는 거기까지만 생각했다. 그러나 여자의 모습은 머릿속에서 사라지지 않았다. 가끔, 아주 가끔씩 여자를 떠올렸다. 여자를 떠올리면서 맥주를 마시기도 하고 오랫동안 수화기를 바라보고 있기도 하였다.

언젠가 여자의 목소리를 들은 적이 있었다. 번호판을 꾹꾹 눌렀다. 술에 취해 있었을 것이다. 아니다. 술에 취하지 않았었다. 그

돌연한 전화를 여자가 받았다. 여보세요……? 그때, 나는 여자의 목소리를 처음 들었다. 여보세요. 여자가 다시 말했다. 나는 목청을 낮추고 물어보았다. 거기, 정원이네 집 아닌가요? 조금만 더 여자의 목소리를 듣고 싶었다. 아닌데요, 전화 잘못 거셨습니다. 여자가 사무적으로 대답했다. 그러고는 곧 수화기를 놓을 기미였다. 저, 잠깐만요. 나는 다급히 여자를 불러 세웠다. 왜 그러시죠? 여자가 약간 귀찮다는 듯 말꼬리를 올렸다. 거기 전화번호가 오구이에 삼사칠육 아녜요? 천천히 발음하며 배경처럼 여자 뒤를 감싸고 있을 희미한 소음들에 귀를 모았다. 방문 여닫는 소리, 텔레비전 소리, 변기 물 내리는 소리. 그 집, 지금 그 집을 움직이게 하는 소리들이 내 귀를 울렸다. 전화번호는 맞는데요, 그런 사람 없습니다. 여자의 목소리는 냉랭하고 배타적으로 들렸다. 내가 더 대꾸하기 전에 여자는 먼저 전화를 끊어버렸다. 여자 목소리 뒤에 이어지는 기계음 소리를 무연히 듣고 있다가 수화기를 내려놓았다. 여보세요? 나는 여자 음색을 흉내내보았다. 여보세요? 금방 들었던 목소리가 잘 생각나지 않았다. 전화번호는 맞는데요, 그런 사람 없습니다…… 나는 혼자 픽, 웃고 말았다. 여자 목소리를 들었다는 말은 누구에게도 하지 않았다.

놀이터 가장자리, 녹색 페인트가 칠해진 벤치에 앉았다. 반바지 입은 남자아이 일곱이 발야구를 하고 구름다리를 건너고 모래바닥에 주저앉아 아이스크림을 먹고 있었다. 흰 운동복을 입은 아이, 초록 모자를 쓴 아이, 무릎까지 오는 긴 양말을 신은 아이, 농구공으로 친구의 뒷머리를 탕탕 두드리는 아이, 이빨 사이로 찍, 침을 뱉는 아이…… 초록 모자를 쓴 아이일 것이다. 나는 아이들에게서 고개를 돌리고 미적지근해진 포카리스웨트 캔 뚜껑을 땄다. 아이들 함성이 쏟아질 때마다 아파트 입구를 향해 양쪽으로 죽 늘어서 있는 보리 이삭들이 출렁출렁거렸다.

여자는 월요일과 목요일 아침 아홉시, 이틀 동안 D백화점 문화센터에 가서 수영 강습을 받는다. 수요일과 금요일 오후에는 한 블록 떨어진 유치원에 가서 아이들을 돌보고 있다. 여자는 두 달 전 새 직장을 구했다. 주말에 여자는 긴 낮잠을 잔다. 낮잠에서 깨어나면 아파트 앞에 있는 대형 할인매장에 가서 한꺼번에 일주일 치 식료품들을 산다. 나는 그 여자에 대해 많은 것을 알고 있다는 사실에 새삼스럽게 놀랐다. 어쩌면 여자도 나에 대해 많은 것을 알고 있는 것은 아닐까. 왼다리를 오른다리 위로 포개 얹었다. 햇살이 따갑다. 금요일이다. 여자는 정확히 세시가 되면 아파트 정문을 나설 것이다.

성원경. 나는 당신 이름을 알고 있다.

우연히 여자의 사진 한 장을 보게 되었다. 여자는 상상과는 차이가 있었다. 귀를 살짝 덮는 까만 단발머리, 실핏줄이 훤히 드러나 보일 것만 같은 피부 빛깔, 약간 각진 탓에 고집스러워 보이는 얼굴형, 순한 짐승처럼 커다랗지만 각도를 달리하면 금방 도전적으로 보일 듯한 눈망울. 실내에 앉아 어깨만 비틀고 카메라 눈을 정면으로 응시하고 찍은 사진이었다. 보랏빛 카디건과 블랙 새틴 스커트를 입은 그녀 뒤편에는 서 있는 말과 서 있는 남자가 정면을 바라보는 모습이 담긴 어두운 그림이 걸려 있었다. 나는 사진 속에서 여자의 잘 관리된 긴 손톱과 한 손에 들어올 것만 같은 종아리 굵기와 오십 킬로그램을 넘지 않을 체중을 읽어내었다. 그리고 밋밋한 젖가슴까지도. 여자의 키는 생각보다 클 거라고 짐작되었다. 백육십삼이나 혹은 백육십오 센티미터쯤. 앉아 있었지만 보릿대처럼 가늘고 긴 여자였다. 나는 사진을 믿고 싶지 않았다. 추억과 사진의 공통점이 있다면 그건 바로 왜곡의 힘일 것이다. 그러나 나는 여자의 아름다움에 매료되었다. 여자의 사진을 오래오래 간직하고 싶었다.

복도를 지나 여자는 백칠동 아파트 현관 입구에 모습을 드러내었다. 첫눈에 그녀를 알아보았다. 여자는 분홍색 원피스를 입은 여자아이 손을 붙들고 아파트 입구를 걸어나왔다. 까만 단발머리와 가느다란 몸매, 사진과 똑같은 얼굴이었다. 시간에 맞춘 듯 아이들 손을 잡은 젊은 여자들이 아파트 입구에서 나왔다.

엄마! 초록 모자를 쓴 사내아이가 손가락을 까불며 여자를 불렀다. 여자도 손을 까닥거렸다. 그만 놀고 들어가서 숙제 좀 할 수 없겠니. 나는 여자의 손짓을 그렇게 읽었다. 초록 모자를 쓴 사내아이는 못 들은 척 후딱 고개를 돌리고는 타석에 섰다. 나는 앉은 자리에서 꼼짝도 하지 않았다. 아마도 곧 유아원으로 가는 버스가 올 테고 여자는 어린 여자애를 버스에 태우고 나서 손을 흔들 것이다. 네 살배기 여자애는 오후에 유아원에 간다. 버스가 떠나면 여자는 아파트를 벗어나 큰길 쪽으로 걸어갈 것이다. 금요일, 여자가 유치원에 가서 아이들을 돌보는 날이다. 여자는 다른 젊은 여자들과 이야기를 나누었다. 여자의 목소리는 내가 앉아 있는 벤치까지 들려오지 않았다. 아이들끼리는 서로 옷을 잡아당기고 울음을 터뜨리고 신발 한 짝을 벗어던졌다. 여자는 허리를 굽혀 여자애의 풀어진 원피스 끈을 꼭 여며주었다. 유아원 버스가 아파트 입구에 도착했다. 한 떼의 아이들이 버스에서 내렸다. 여자는 여자애를 버스에 태웠다. 손을 흔들지 않았다. 버스가 놀이터를 빙 돌아 아파트 단지를 벗어났다. 여자는 버스가 떠나고 나서도 한참 동안 그 자리에서 움직이지 않았다. 마치 이제부터 어디로 가야 할지 모르겠다는 막막한 얼굴을 한 채. 다른 젊은 여자들은 도로 아파트 안쪽으로 들어가버렸다. 여자는 햇빛이 쏟아지는 아파트 광장에 무방비 상태로 서 있었다. 하얀 배구공이 하늘 높이 날았다. 야홋! 홈런이다! 초록 모자를 쓴 사내아이가 긴 다리를 껑충거리며 홈을 돌았다. 사내아이 목에 걸린 열쇠가 반짝 빛을 되쏘았다. 여자는 사내아이를 보지 않았다. 나는 홈을 돌고 있는 사내아이와 사내아이를 바라보지 않고 서 있는 여자, 그 둘을 동시에 바라보았다.

여자는 아파트의 낮고 긴 담을 따라 천천히 걷기 시작했다. 여자의 왼손에는 지갑이나 아파트 열쇠가 들었을 작은 손가방이 들려 있었다. 나는 여자 뒤를 따라 걸었다. 여자는 한 블록 떨어진 직장에 가서 저녁 여섯시까지 일할 것이다. 일을 마치고 나면 백칠동 이백육호로 돌아와 콩나물국을 끓이고 도라지를 무치고 아이들에게 먹일 후랑크소시지도 구울 것이다. 여자의 걸음 폭은 두 뼘도 안 돼 보이도록 좁았고 느렸다. 하늘하늘한 통바지 사이로 다리가 비치기도 했다. 이따금 걸음을 멈추면서 여자가 좀더 앞으로 걸어가기를 기다렸다. 보도블록 사이에 구두굽이 끼이는지 자주 휘청거렸다. 휘청거리면서 여자는 긴 담을 벗어났다. 여자는 유치원으로 가지 않았다. 여자가 들어간 곳은 유치원 건너편에 위치한 상가 지하 카페였다.

카페 입구에서 나는 걸음을 멈추었다. 가방에서 수첩을 꺼내 날짜를 짚어보았다. 오월 마지막 주, 금요일. 금요일이었다. 나는 지하로 통하는 좁은 계단을 내려갔다. 여자는 누군가와 약속이 있다. 여자는 출입구에서 가장 먼 구석자리에 앉아 있었고, 나는 잎이 무성한 벤자민과 몬스테라 화분 사이에 있는 의자에 앉았다. 관엽식물들 이파리 사이로 여자의 그늘진 얼굴이 잠깐씩 나타났다 사라지곤 했다. 카프리 한 병 주세요. 여자의 목소리가 들렸다. 전화로 듣던 음색보다 톤이 낮고 허스키했다. 종업원은 여자에게 맥주 한 병을 가져다주고 내 쪽으로 다가왔다. 나는 종업원에게 말했다. 카프리 한 병 주세요. 여자에게 들리지 않도록 작고 낮은 목소리로. 여자는 혼자 술을 따르고 혼자 마시기 시작했다. 내가 어깨를 기울일 적마다 이파리 사이로 맥주를 마시는 여자 얼굴이 드러났다 사라졌다. 여자는 가끔 상체를 테이블 앞으로 기울이기도 했고 의자 등받이에 깊이 몸을 묻기도 했다. 자주 자세를 바꿨고 피아노 건반을 두드리듯 손가락으로 탁자를 탁탁 쳤다. 어둑신한 이 지하 카페의 공기는 탁했고 오래된 먼지 냄새가 났다. 실내에 다른 손님들은 없었다. 여자는 이쪽으로는 눈길도 주지 않았다. 여자의 표정은 사진만큼 좋아 보이지 않았다. 나는 문득 구부리고 있던 어깨를 펴고 고개를 들었다. 마치 여자 눈에 띄기를 기다리는 사람처럼. 발야구를 하고 있던 초록 모자를 쓴 사내아이와 유아원 버스에 올라타던 원피스 입은 여자애를 떠올렸다. 아니, 햇살이 부서지고 있던 놀이터의 건조한 모래와 깃털구름과 지하철의 긴 계단을 떠올렸다. 여자처럼 한 모금씩 한 모금씩 아끼듯 맥주를 넘겼다. 여자가 두 병째 맥주를 주문하는 것을 보면서 나는 여자가 다른 누군가를 기다리고 있는 게 아니라는 것을 알아차렸다. 여자는 시계를 보지 않았으니까. 나는 손목시계를 들여다보았다. 네시 이십오분이었다.

가방을 집어들고 나는 자리에서 일어났다. 벤자민과 몬스테라 사이로 내 얼굴이 쑥 드러났을 터였다. 여자는 쳐다보지 않았다. 탁자를 두드리고 있는 자신의 긴 손톱 끝에 눈을 두고 있었다. 출입구 쪽에서 한번 더 돌아봤다. 여자는 등뼈를 둥그렇게 말고 웅크리고 있었다. 여전히 자신의 손톱 끝을 바라보면서. 어두운 지하 카페를 걸어나오면서 생각했다. 이것은 날씨 탓이었다고. 내가 여기 온 것은. 그리고 나는 한 가지 사실을 깨달았다. 여자가 나, 유정원에 대해서 아직은 아무것도 모르고 있다고.

샤워할 때마다 보일러는 자주 작동을 멈췄고 차단기는 굉음을 내며 끊어지곤 했다. 유르빔 여주인이 미리 주의를 주기는 했었다. 샤워할 때만 보일러를 작동시키고 실내 온도를 높일 때는 난로를 사용하라고 했다. 널찍한 거실 한구석에 석유 난로가 있었다. 구월에 이사하기 때문인지 보일러를 수리할 생각은 없어 보였다. 나는 한기에 잠을 깼고 콧물을 흘렸다. 낮 기온은 높았지만 아직 일교차가 심했다. 샤워도 차단기가 내려가기 전에 얼른 해치워야 했다. 비눗기가 남아 있을 때 차단기가 내려가면 다시 다용도실에 가서 차단기를 올렸다. 나는 불평하지 않았다. 그러나 곧 장마가 시작되고 온 집안이 꿉꿉해지고 세탁해놓은 타월에서도 곰팡내가 날 것이다. 그나마 에어컨이 있어서 다행이긴 했지만 한밤중 기온이 떨어질 때마다 이불을 뒤집어쓰고 어깨를 잔뜩 오그렸다. 아침에 일어나면 양쪽 어깨가 쑤셨고 아래턱까지 삐그덕거릴 정도였다. 장마는 유월 중순경부터 시작된다고 들었다. 나는 독일제 신형 세탁기 사용법과 가스레인지 사용법을 익혔다. 샴푸와 비누, 칫솔, 슬리퍼, 타월을 욕실에 가져다놓았고 허연 기름이 굳어 있던 프라이팬을 닦고 대걸레로 거실 바닥을 닦았다. 청소기는 카페에 있었다. 아르바이트 학생을 시켜서 청소기를 가져다주겠다고 한 지가 일주일이 넘었지만 여태 오지 않았다. 물걸레질을 했다. 자주 창문을 열고 환기시켰다. 외출할 때 구석구석 살충제를 뿌려놓기도 하였다. 실내를 청소하는 데 꼬박 닷새가 걸렸다.

유르빔 여주인의 딸아이가 안방을 쓰기로 했다. 안방과 여자애의 방 말고도 남은 방이 하나 더 있었지만 그 방은 사람이 살기에는 너무 비좁았다. 철 지난 옷가지들과 오래된 책상 하나가 놓여 있어 발 디딜 틈도 없었다. 나는 늘 그 방문을 닫아두었다. 사진 때문이었다. 그 방에 걸려 있는 흑백사진 한 장. 어린 남매를 무릎에 앉히고 젊은 부부가 눈을 동그랗게 뜨고 찍은 사진이었다. 사진 속의 트레머리를 한 여자는 여주인이 틀림없었지만 남자는 지난번 카페에서 남편이라고 소개받았던 얼굴이 아니었다. 홀쭉한 얼굴형에 가느스름한 눈매를 한 젊은 남자가 여주인 어깨를 감싸안고 있었다. 남자는 십일 년 전 로스앤젤레스로 날아가던 비행기 안에서 죽었다. 대형 참사였고 무려 삼백 명도 넘는 승객이 모두 죽었다고 했다. 시신은 찾지 못했다.

십일월에 여주인은 결혼한다. 쉰여섯 살의 여주인은 담담하게 말했다. 조촐하게 식사나 할 생각이야. 나는 고개를 끄덕거렸다. 아무렇지 않게 집 열쇠를 내주고 아무렇지 않게 과거를 말하는 여주인을 이해하는 것은 아니었지만 무작정 고개를 끄덕였다. 저는…… 나는 문득 내 이야기를 하고 싶었다. 상대의 이야기를 들은 만큼 뭔가 드러내야 한다는 강박에 가까운 감정이었다. 자신의 내밀한 이야기를 들려주는 사람들은 부담스러운 데가 있었다. 꼭 들은 만큼 뭔가 이쪽의 이야기도 해야 할 것만 같은 일종의 부채감이 느껴져서. 괜찮아, 하고 싶지 않으면 안 해도 돼요. 여주인이 내 입을 막았다. 나는 안도의 한숨을 내쉬면서 불현듯 여주인의 나이와 엄마 나이가 같다는 사실을 떠올리게 되었다. 그런데 왜 십일월에 결혼을 앞둔 여주인은 아직도 옛 남편의 사진을 치우지 않는 걸까. 그 방을 지나칠 때마다 의아했다. 흑백사진 속에서 여주인과 죽은 남자가 웃고 있었다. 그 작은 방 바로 앞에 둥근 식탁이 있었기 때문에 자주 그 사진을 보게 되었다. 식사를 마치고 그릇들을 개수대로 옮겨놓다가 방문을 닫아버렸다. 다시 그 방문을 열어보지 않았다. 이백팔호와 그 집 딸이 썼던 방에 차츰 익숙해지기 시작했다.

여자애가 썼던 방으로 짐을 옮기면서 침대 시트도 갈았다. 여자애가 쓰던 침대보와 시트는 세탁해서 안방 옷 보퉁이 위에 올려두었다. 나는 주말을 기다렸다. 지방대학에 다니고 있는 여자애는 주중에는 하숙집에서 보내고 토요일과 일요일에만 이 집으로 온다고 했다. 나는 긴장했다. 언니가 없으니까 아마 잘 따를 거야, 그리고 주말엔 레슨이 있어서 집에 별로 붙어 있지도 않을 거고. 딸이 싫어하지는 않을까요? 여주인은 웃었다. 아주 밝은 애야, 천성적으로. 나는 그 말을 이렇게 새겨들었다. 아주 까탈스러운 애야, 천성적으로. 세상의 모든 엄마들은 딸을 잘 알고 있다고 믿는다. 나는 엄마가 나에 대해 얼마나 알고 있는지 의심스러웠다. 엄마가 알고 있는 것은 내 식성과 생리 주기와 등허리에 난 손바닥만한 푸른 점 같은 것 외에 또 무엇이 있을까. 집이 그렇게 되기 전에도 우리는 대화하는 법을 알지 못했다. 그랬다는 생각이 이제야 든다. 나는 여자애의 엄마인 여주인의 말을 믿지 않았다.

금요일 저녁 아홉시쯤, 서둘러 그를 보냈다.

"왜 그래? 아직 더 있다 가도 되는데."

그는 의아해했다.

"여자애가 주말에 온대. 내일이잖아? 지난주에 안 온 게 마음에 걸리기도 하고…… 만약 오늘밤에라도 오면 어떡해."

"그래도 겨우 아홉시밖에 안 됐어, 난 밥도 다 먹지 않았잖아."

"이제 그만 가줘."

그는 할 수 없다는 듯 옷을 입고 베갯자국이 남은 뒷머리에 물을 묻혀 빗고 신발을 신었다. 많은 순간에 우리는 서로에게 도움이 되지 않고, 그렇게 될 수 없을지도 몰랐다. 그가 돌아간 이후 창문을 열고 맥주 냄새와 찌개 냄새가 빠지기를 기다리며 설거지하고 말끔히 식탁을 치워놓았다. 여자애가 온 것은 그가 돌아간 지 이십 분쯤 지났을 무렵이었다.

그가 돌아간 이후에 보일러를 틀고 샤워했다. 차단기가 또 내려가기 전에 서둘러 샤워해야 했다. 그것 때문만은 아니더라도 왠지 마음이 분주해지고 있었다. 욕실 바닥에 물기가 남아 있었는지 슬리퍼가 미끄덩거렸다. 재빨리 타월걸이를 붙잡지 않았더라면 아마도 무릎이나 머리를 부딪치면서 바닥으로 넘어졌을 것이다. 숨을 내쉬면서 몸을 바로 세웠다. 그때, 타월걸이 사이를 지나고 있는 거미 한 마리를 발견했다.

내 옥탑방으로 올라가는 계단참에서도 일직선으로 길게 흘러내린 거미줄을 본 적이 있다. 거미줄 끝에 엄지손톱만한 거미 한 마리가 대롱대롱 매달려 있었다. 뒷걸음질치다 말고 거미줄을 훑어보며 천장까지 따라가보았다. 아래층과 옥탑방을 잇는 천장 모서리에 두껍게 쌓인 먼지 더미 같은 거미줄들이 잔뜩 진을 치고 있었다. 엄마. 나는 외출하고 없는 엄마를 불러보았다. 아버지는 일찌감치 집을 나가 거리를 배회하고 있거나 인력시장을 전전하며 이 도시 어느 공사장에선가 막일을 하고 있을 터였다. 아래층 욕실로 내려가 목욕할 때 앉곤 하는 플라스틱 의자를 갖고 왔다. 의자를 놓고 올라섰다. 거미줄들이 얽혀 있고 그 한구석에 조금 전에 보았던 거미보다 큰 거미 한 마리가 나부죽이 엎드려 있었다. 그 주위에 성냥 알갱이처럼 작은 거미 몇 마리가 이엄이엄 기고 있는 게 보였다. 나는 후, 입김을 불었다. 큰 거미 몸뚱어리가 미세하게 흔들렸다. 거미는 죽어 있었다. 등껍질은 텅 비었고 남은 거라곤 다리, 겨우 몸 윤곽을 지탱하고 있는 껍질들뿐. 위험을 감지했는지

작은 거미들은 긴 다리를 버둥거리기 시작했다. 그러고 보니 얼마 전 욕실 창문 모서리에서도 거미줄을 본 기억이 났다. 의자를 욕실에 도로 가져다놓고 다용도실에서 살충제를 찾았다. 그새 흘러내린 거미줄 끝에 매달려 있던 거미는 어디론가 사라지고 보이지 않았다. 코를 틀어막고 살충제 한 통을 다 뿌렸다. 약냄새 때문에 골이 지끈거리는 것만 같았다. 어쩌면 거미떼가 또 어디선가 진을 치고 있는지도 몰라. 쌀통 속이나 혹은 속옷이 담긴 서랍 속까지도. 나는 아무도 없는 빈집을 홀렁 뒤집어 촘촘한 참빗으로 훑어내리고 싶었다. 내가 모르는 우리집의 또다른 문제를 찾듯이. 그러나 식탁 의자에 앉아서 미동도 하지 않았다. 아버지는 알고 있을까, 이 집이 온통 거미줄에 휩싸여 있다는 사실을. 골이 쑤시고 있었다. 냉장고를 뒤져 달걀과 달걀 틈 사이에서 게보린 한 알을 찾아내었다. 물 한 모금을 삼키다가 나는 기억했다. 알에서 깨어난 거미 새끼들은 제 어미의 살을 모두 파먹어버린다는 것을. 거미는 빈 등껍질을 이고 죽어 있었다.

미끄러지듯 타월걸이를 지나 거미는 천장으로 올라가버렸다. 차단기가 내려가기 전에 샤워해야 했다. 물줄기를 세게 틀었다. 샤워를 끝내고 욕실 문을 열고 나왔을 때, 나는 거실 한가운데에 서 있는 여자애를 발견했다. 오디오의 빨간 불빛이 깜박거리고 누군지 알 수 없는 연주가의 첼로 곡이 흘러나오고 있었다. 기다렸다는 듯 여자애가 이쪽으로 고개를 돌리며 말했다.

"안녕하세요."

"누구……"

나는 얼떨결에 물었다.

"홍채연이에요."

여자애의 입술이 동그랗게 말렸다 벌어졌다.

"아, 안녕하세요."

여자애가 볼륨을 줄이면서 오디오 쪽으로 슬쩍 고개를 돌렸다. 그제야 나는 타월 한 장만 손에 쥐고 있을 뿐 아무것도 입고 있지 않다는 사실을 깨달았다. 그리고 한 가지 더 잊고 있었다. 여자애에게도 이 집 열쇠가 있다는 사실을.

여자애가 찻물을 올리고 있는 새에 방으로 들어와 옷을 찾아 입었다. 옷장 문을 열고 잠깐 망설이다가 사두고 한 번도 입지 않았던 소매 없이 풍덩한 실내용 원피스를 집어들었다. 침대 시트와 베갯잇을 사던 고속버스터미널 지하상가를 지나오면서 그가 곁들여 사준 실내복이었다. 거울을 들여다보았다. 눈 밑과 콧등 사이에 거무스름한 기미가 껴 있긴 했지만 방금 샤워를 하고 난 터라 그런대로 피부는 맑아 보였다. 그리고 무엇보다 주름 하나 잡히지 않고 반듯한 그 옷이 마음에 들었다. 우린 지금 처음 만나는 거니까. 딱딱한 얼굴 근육을 움직여 나는 웃어보았다.

여자애는 커피 두 잔을 끓여놓고 나를 기다리고 있었다. 나는 커피를 마시지 않아요. 그런 말은 하지 않았다.

"향이 참 좋네요."

나는 입술을 늘이며 웃었다.

"참, 엄마한테 듣긴 했는데 이름이……?"

"유정원이에요."

"앞으로 그냥 언니라고 부를게요, 그게 좋겠죠?"

나는 또 웃었다.

"그럼요, 편한 대로 부르세요. 주말에나 올 거라고 하던데."

"어머? 우리 엄마가 그러셨어요? 아, 그래서 아까 그렇게 놀란 거구나. 아뇨, 저는 금요일 밤에 와요. 서울까지 오는 셔틀버스가 그때 있거든요. 토요일에는 운행을 안 해요. 그 버스를 놓치면 토요일 아침 기차를 타야 하는데, 그렇게 올라와서 레슨 받으려면 너무 피곤하거든요. 연습할 시간도 없고. 아버지가 차를 사주신다고 했는데 아직 면허증을 못 땄어요. 하긴 이제 별 소용도 없겠지만."

여자애가 유학 준비중이라는 사실을 떠올리면서 커피 한 모금을 마셨다. 오늘밤 잠자는 것은 포기해야 했다. 커피 한 모금에도 내 중추신경들은 정상적인 리듬을 잃고 말았다. 그러나 줄곧 커피 잔에서 입술을 떼지 않았다. 자존심을 잃지 않으면서도 겸손해질 것. 나는 나에게 말했다. 여자애도 곧 입을 다물고 커피를 홀짝거렸다.

"올라오느라 피곤하겠어요."

"괜찮아요."

음악이 끝났다. 갑작스러운 침묵이 여자애와 나를 에워들었다.

"그렇네요, 조금 피곤한 것 같네요."

여자애가 자리에서 일어났다.

"그래요, 그만 쉬세요."

찻잔을 거두는 사람은 나였다. 여주인의 방 앞에서 여자애가 돌아다봤다.

"언제까지 계실 건데요? 팔월, 아니 구월까지?"

나는 여자애의 희고 단단해 보이는 눈동자를 묵묵히 봤다. 안방 미닫이문이 닫혔다. 찻잔을 씻어 건조대에 포개놓고 방으로 들어왔다. 방으로 들어와서야 여자애에게 방을 내줘서 고맙다는 인사를 하지 못했다고 떠올렸다. 방문을 열고 거실로 나갔다가 도로 들어와버리고 말았다. 안방 불이 꺼져 있었다. 책상 위에 있는 전화기를 바라보다가 번호판을 눌렀다. 신호음이 오래오래 이어지고 있었다.

"여보세요."

저쪽에서 누군가 수화기를 들었다.

"……"

"누구세요……?"

나는 얼른 후크를 눌러버렸다.

정수니? ……너, 정수니?

나는 그렇게 묻고 싶었다.

가족들은 일 년에 몇 번도 한자리에 모이기 쉽지 않았다. 누군가는 병원에 입원해 있고, 야근을 하고, 서울을 떠나 있고…… 그러나 때로 죽은 사람들은 살아 있는 사람들을 한자리에 불러모으기도 한다. 할아버지는 음력 오월 십오일에 돌아가셨다. 날짜까지 정확하게 기억하고 있는 것은 할아버지의 죽음을 말해주던 그날 아버지의 표정을 잊을 수 없어서다. 할아버지는 어부였고 여수 중앙동의 소문난 술꾼이었다. 그날도 만선의 배를 부려놓고 한밤까지 술을 마셨다. 할아버지 집은 오동도가 보이는 바다를 정면으로 마주하고 있었다. 그 집 앞에는 가파르게 경사진 돌계단이 있는데, 술 취한 할아버지가 계단에서 굴러 축대 밑으로 떨어졌다. 앞니 세 개가 몽땅 부러져버렸다. 입안에서 피가 흘렀다. 깊은 밤중에 응급실로 실려가 정밀검사를 받았다. 병원에서는 아무 이상이 없다고 했다. 이상할 정도로 무릎이나 다리 관절들도 멀쩡했고 찰과상 하나 없었다. 가자. 피가 밴 침을 퉤, 뱉고 할아버지는 가족들의 만류를 뿌리치며 집으로 돌아왔다. 할아버지의 새 부인인 할머니가 밤을 지켰고 아홉 살이었던 아버지가 할아버지 왼쪽 편에서 잠들었다.

아버지는 홀연히 잠에서 깨어났다. 졸음을 못 이긴 할머니는 벽에 상체를 기댄 채 잠들어 있었다. 할아버지의 양쪽 귀와 코, 입술,

눈까지, 얼굴의 모든 구멍에서 검붉은 피가 흘러나왔다. 아홉 살 아버지는 손을 뻗어 피범벅이 된 할아버지 얼굴을 만져보았다. 손가락이 쑥 들어갈 만큼 피는 굳어 있었다. 할아버지는 가족들이 잠든 사이에 계속 흘러나온 피에 기도가 막혀 죽었다. 할아버지 죽음을 가장 먼저 발견한 사람은 아버지였다. 아버지는 할머니를 깨울 염도 못 내고 옆방 문을 열어젖혔다. 한방에서 배다른 남동생들과 여동생이 곤하게 잠들어 있었다. 아버지는 마당으로 나갔다. 두레박을 건져올려 우물물 한 바가지를 정신없이 마셔댔다. 검푸른 새벽 밤바다 소리가 마당 안을 휘돌았다. 바닷기운을 못 이긴 대문이 덜컥 흔들거렸다. 빗장이 풀어졌다. 아버지는 도망치듯 다시 죽은 할아버지가 누워 있는 방으로 뛰어들어왔다. 할머니를 깨웠다. 할머니가 까무러칠 때까지도 아홉 살의 아버지는 눈물이 나오지 않더라고 했다.

그때, 내가 잠들지만 않았더라도. 아버지가 담배에 불을 붙였다. 나는 담배 연기를 피해 고개를 돌렸다. 할아버지 사진을 본 적 있다. 모서리가 이미 부슬부슬 일어난 오래된 흑백사진. 양쪽 이마가 조금 벗어지고 하관이 쭉 빠진 얼굴형, 턱밑에 듬성듬성한 수염과 가늘고 길지만 꼬리가 약간 처진 눈. 낯선 노인의 얼굴을 오랫동안 바라보았다. 노인의 얼굴에서 환갑에 가까워진 아버지의 얼굴이 보이기도 했다. 아니 어쩌면 한 군데도 닮은 데가 없는 얼굴은 아니었을까. 사진 속의 노인은 내겐 낯선 얼굴에 불과해 보였다. 파고다공원이나 동네 노인정 근처를 배회하고 있는 수많은 노인 속의 그저 한 무표정한 얼굴. 그날 할아버지의 죽음을 이야기하던 아버지 표정을 설명하기는 힘들다. 슬슬 검버섯이 피어나기 시작하는 관자놀이가 실룩거리고 눈 아래가 경련을 일으키듯 푸들푸들 떨렸다. 아버지는 피투성이가 된 그날의 할아버지가 지금 당신 곁에 누워 있기라도 하듯 아홉 살 아이로 둔갑해 오열을 터뜨릴 것만 같았다. 나는 식탁에서 일어섰다.

할아버지 제삿날이다. 일 년 중 엄마가 가장 분주한 날이기도 하다. 나는 옥탑방 창문으로 넘어오는 고소한 기름냄새에 잠에서 깨어난다. 엄마는 지금쯤 고사리며 도라지, 숙주 같은 나물들을 팬에 볶아 깨소금을 뿌려 홀홀 무치고 있을 것이다. 엄마가 부르기 전에 얼른 옥탑방을 내려간다. 엄마는 음식 솜씨가 없는 편이다. 명절이나 제삿날 혹은 집안에 손님이 오는 날 손이 많이 가는 깻잎전이나 호박전, 명태전, 고기완자 같은 부침 종류들은 대개 내가 만들어야 한다. 아래층은 기름냄새로 가득하다. 왜 인제서야 일어나니. 버무리고 있던 고사리 한 줄을 입으로 가져가며 엄마가 말한다. 엄마 목소리는 다른 때와 달리 톤이 높고 활기차다. 거실 창부터 활짝 열어젖힌다. 정수 방 창문도 열어놓는다. 그러지 않으면 하루종일 집안은 기름냄새에 절어 있을 것이다. 신문지를 깔아놓은 식탁 위에는 벌써 전 부칠 종류대로 재료 준비가 돼 있다. 동글동글 썰어 소금간 해놓은 호박, 숙주나물과 두부를 으깨어 버무려놓은 다짐육, 다섯 등분 해놓은 두부, 촘촘히 칼집이 들어간 산적, 소쿠리에 받쳐놓은 깻잎, 포 떠온 명태살, 맛살, 부침가루, 열 개들이 달걀팩, 식용유…… 쟁반에다 부침가루를 쏟는다. 명태살을 하나하나 떼어내 부침가루를 묻히고 달걀 푼 둥근 플라스틱 볼에다 담가둔다. 그것부터 하게? 엄마가 나물들을 종류대로 그릇에 담아놓으며 묻는다. 엄마는 항상 내가 명태살 먼저 부친다는 걸 알고 있다. 엄만, 나 없으면 이런 거 어떡할려구 그래요? 나는 생색내듯 말한다.

먼저 프라이팬을 불에 달군다. 달군 프라이팬에 넉넉히 기름을 두른다. 한쪽 손바닥으로 달걀 푼 볼을 받쳐들고 축축 처지는 명태살을 나무젓가락으로 집어 팬 위에 올려놓는다. 부침가루와 달걀물이 묻은 명태살이 가장자리부터 노릇노릇하게 익어가고 있다. 불 세기를 약간 줄인다. 한쪽이 충분히 익기를 기다렸다가 명태살들을 뒤집는다. 커다란 대나무 소쿠리에 다 익은 명태전들을 흩어놓는다. 맛 좀 보실래요? 명태전 하나를 집어 엄마에게 건네고 나도 하나 먹는다. 간도 알맞고 살도 싱싱하다. 어때요? 엄마는 삶아낸 꼬막들 껍질을 과도로 까고 있다. 꼬막에서 비릿한 냄새가 나서 나는 인상을 찌푸린다. 제사 음식 만드는 데 얼굴 찌푸리는 거 아니다. 이깟 비린내가 뭐 대단하다고. 엄마가 짐짓 타이르듯 말한다. 나는 명태전 부칠 때 남은 기름을 닦아내고 새로 기름을 붓는다. 기름 너무 많이 쓰지 마라, 할아버지는 생전에 기름진 거 안 드셨다더라. 그 좋아하시던 생선도 튀긴 건 젓가락도 대지 않으셨단다.

호박전을 부치고 양념한 고깃살을 깻잎에 한 숟가락씩 떠넣고 부침가루와 달걀물을 묻혀 기름에 지진다. 기름냄새 때문에 머리가 아프지만 인상 쓰지 않는다. 엄마는 또 타박할 것이다. 죄받는다, 오늘 같은 날엔 그러는 거 아니다. 나는 어쩐지 오늘이 할아버지 제삿날이 아니라 엄마가 주인공인 잔칫날 같다는 착각이 인다. 장을 봐온다, 청소를 한다, 밀린 빨래를 한다, 하며 엄마는 며칠 전부터 분주했다. 게다가 음식을 만들고 있는 엄마 옷차림도 달라진다. 집에 있을 때 늘 입고 있는 긴 치마와 배를 가리는 풍덩한 윗옷이 아니다. 무릎까지 내려오는 칠부바지에 소매 없이 목선이 둥근 셔츠. 엄마 옷이 그게 뭐야. 뭐 어떠니 누가 보는 것도 아닌데, 음식 만들기 불편하잖아. 엄마는 가족들 소풍이나 야유회 준비를 할 때처럼 생기 있고 씩씩해 보인다. 아마도 엄마는 한 번도 할아버지를 본 적이 없을 것이다. 아버지가 아홉 살 때 그 죽음을 목격했다고 했으니까. 그런데도 엄마는 오랫동안 할아버지를 함께 모시고 살았던 착한 며느리처럼 집안 구석구석을 청소하고 음식을 만들고 있다. 정말 할아버지가 홀연히 이 집안으로 들어서기라도 할 듯이.

초인종 소리가 울린다. 정원아, 문 좀 열어드려라. 손바닥만한 인터폰 화면을 본다. 화면 속에 아버지 얼굴이 들어차 있다. 까맣

게 염색을 하고 짧게 치켜 깎은 머리카락, 푸르스름한 턱. 아버지
는 이발소에 다녀오는 길이다. 짧게 깎은 머리카락 때문인지 유난
히 두 귀가 크고 도드라져 보인다. 뒷덜미는 더 새까매 보이고. 현
관을 들어서는 아버지에게서 담배 냄새가 아닌 향긋한 스킨 냄새
가 난다. 손에 도톰한 이태리타월이 들려 있다. 타월 속에는 비눗
갑이 들어 있을 터였다. 아버지는 목욕탕까지 다녀오신 모양이다.
당신, 거기 소파 뒤에 상 꺼내서 먼지 좀 떨어내세요. 엄마가 뒤도
돌아보지 않고 말한다. 아버지는 소파를 들어내고 상을 꺼낸다. 나
는 엄마가 꼭 짜준 행주 두 개를 아버지에게 건넨다. 아버지는 먼
지 떨어낸 상을 다리까지 꼼꼼히 닦아낸다. 여기 좀 잡아봐라. 아
버지와 함께 교자상 한쪽을 양팔로 잡는다. 상을 기울여 아버지가
먼저 뒷걸음으로 안방으로 들어간다. 안방은 먼지 하나 없이 깨끗
하게 청소했고 텔레비전 앞에 병풍이 쳐져 있다. 아버지는 병풍 바
로 앞에 상을 놓는다. 정수한테 전화 좀 해볼래? 왜요? 나는 깻잎
전 하나를 입에 넣고 우물거린다. 쟤가 쟤가, 제사 지내기도 전에,
음식 손대지 마라. 엄마는 또 목청을 높인다. 정수한테 전화해서
집에 올 때 요 앞 문방구에서 상에 깔 화선지 두 장 사 오라 그래,
참 초도 없더라, 슈퍼에서 초 한 상자 사 오라구. 엄마의 말소리는
알아듣기 힘들 만큼 빠르다. 뭐가 이렇게 많아요? 냉장고와 싱크
대 위, 식탁 위에 놓인 음식 접시들을 둘러본다. 많긴 뭐가 많다고
그래, 이 정도면 간소한 편이지. 나는 정수에게 전화를 건다. 전화

를 막 끊고 돌아서는데 또 초인종 소리가 울린다. 정원아, 나가봐라, 삼촌들인가부다. 엄마가 후다닥 안방으로 들어간다.

키 큰 삼촌들 뒤까지 꼬막 냄새를 닮은 바닷내가 따라온 것만 같다. 얼굴이 긴 삼촌과 어깨가 구부정한 작은삼촌이 들어선다. 그들의 손에는 스티로폼 상자 두 개가 들려 있다. 상자를 받아든다. 나는 삼촌들에게서 풍기는 냄새가 이 상자 때문이라는 걸 안다. 그새 엄마는 옷을 갈아입고 나온다. 몇시 차 타신 거예요? 엄마가 상자를 들어올려 식탁 위로 옮겨놓는다. 아침 아홉시 반 차 탔어요, 생전 처음 새마을호라는 거 타봤네. 큰삼촌이 말한다. 니, 잘 있었냐? 작은삼촌이 내 어깨를 툭 친다. 삼촌들의 키는 내 머리를 훌쩍 넘어선다. 아버지도 키가 큰 편이다. 할아버지도 키가 컸을까. 애들은 왜 안 데리고 왔어요? 나는 큰삼촌에게 묻는다. 이젠 머리들이 컸다고, 서울 가서 옷 사준다, 대공원 데리고 간다 해도 안 따라오더라. 웬걸 이렇게 많이 보냈대요? 엄마가 스티로폼 상자 뚜껑을 연다. 얼음에 가득 채운 생선들이 빼곡하다. 아니, 어머님은 얼마나 편찮으시길래 이번에 못 오신다고 하세요? 엄마가 생선들 중 살이 오른 조기 먼저 꺼내 물로 씻는다. 엄마는 생선들을 다듬고 찜통에 넣고 찐 다음 통깨를 훌훌 뿌릴 것이다. 생선 찌는 냄새는 굽는 냄새와는 비교할 수 없을 정도로 비리다. 게다가 엄마는 생선 머리와 가슴지느러미 같은 것들도 떼내지 않는다. 찐 생선의 흐물흐물한 눈동자와 번들거리는 비늘을 보기 힘들다. 생선을 먹고 나면 식탁을 덮고 있는 유리에 비린내가 배서 엄마가 설거지하고 안방에 들어가버리면 식기 세척제를 뿌린 수세미로 식탁을 문질러야 한다. 그래도 며칠 동안 비린내는 가시지 않는다. 아버지는 한 끼도 생선이 오르지 않으면 식사하지 않는다. 오랫동안 바닷가 마을에서 산 탓이다. 엄마는 결혼했을 때 생선을 만지지 못했다. 젊은 아버지가 엄마에게 비늘을 긁어내고 내장을 꺼내고 다듬는 법을 가르쳐주었다. 엄마가 가장 잘하는 요리는 생선매운탕이다.

아프긴 많이 아픈갑소, 꼼짝도 못하고 자리보전하고 있응께. 또 인숙이 고모가 이 생선들 보낸 거예요? 뭐 차 타기 전에 오라 안 그라요, 들렀더니 그거 줍다. 한번 온다는 게 어렵다고, 말이나 잘 전해달라 합디다. 인숙이 고모는 아버지의 배다른 형제들 중 막내다. 아버지를 제외한 나머지 형제들은 모두 어머니가 다르다. 그런데도 그들은 모두 비슷하게 생겼다. 훌쩍 큰 키며 가느다란 팔다리, 가파른 하관, 짙은 눈썹까지도. 나는 소파에 앉아 있는 삼촌들과 그 앞에서 말없이 담배를 피우고 있는 아버지를 바라본다. 아주 닮은 얼굴들이다.

밤 열한시. 아버지가 술잔을 돌리고 삼촌들은 아버지 뒤에 서 있다. 얼굴들은 모두 굳어 있다. 나는 문지방 밖에서 얼굴을 내밀고 있는 엄마와 정수, 정후, 뒤에 서 있다. 여자들은 방에 들어가지 않는다. 현관문과 거실 창은 모두 열어두었다. 아버지와 삼촌들이 절을 한다. 다시 삼촌들이 술을 따르고 향을 하나 더 꽂아놓고 절한다. 아버지와 삼촌들이 방에서 나온다. 아들이 없으니…… 너들, 들어가서 절하그라. 삼촌들이 아버지를 힐끔 본다. 나와 정후, 정수가 안방에 들어간다. 낯선 노인이 상 위에 앉아 있다. 정후가 술잔을 채워주고 내가 잔을 돌린다. 음식들은 가장자리부터 말라 있다. 몇 번 하는 건데? 내가 정수에게 묻는다. 언니도 참, 두 번 반 하는 거잖아. 나는 동생들을 따라 두 번 반, 절을 한다. 나와 여동생들이 방에서 나오자 이번엔 엄마가 들어간다. 엄마 혼자 술을 따르고 절을 한다. 엄마는 천천히 아주 천천히 절한다. 엄마는 무슨 기원을 쏟아내고 있을까. 활짝 젖혀진 현관문을 바라다본다. 바람이 분다. 허기진 누군가가 몰려들어오는 것만 같다. 팔을 휘저어본다. 향 연기가 흩어진다.

빌린 방에서, 나는 기억한다. 오늘은 할아버지 제삿날이다. 피타고라스 정리와 확률 문제를 풀고 있던 문제집을 덮었다. 한시 삼십 분 전이었다. 이제 가족들은 죽은 자에게 절을 마치고 상 앞에 둘러앉아 음복을 하고 과일을 깎고 정종을 마실 것이다. 엄마는 또 정종 두 잔에 취해 볼이 붉어 있을까. 내일 새벽이면 다시 기차를 타고 먼바다로 떠나는 삼촌들에게 줄 차비 걱정을 하고 있을까. 냉장고를 뒤져 피칸파이 한 조각과 우유를 꺼냈다. 허기가 느껴졌다. 하루종일 잠을 잤다. 가끔 잘못 걸려온 전화 때문에 잠을 깨기도 했다. 우유를 마시고 다디단 피칸파이 한 조각을 오래오래 씹었다. 또 누군가가 죽는다면 그때쯤 우리 가족들은 다시 한자리에 모일 수 있을 것인가.

식물의 눈

노인은 깊이 잠들어 있었다. 어제 새벽부터 한 번도 자리에서 일어나지 않았다. 이따금 윗시울이 축 늘어진 거적눈을 뜨고 허공을 응시하거나 내 얼굴을 들여다보거나 하다가 이내 눈을 감곤 하였다. 그럴 때마다 나는 노인이 아직 죽지는 않았다는 사실을 확인할 수 있다. 노인이 잠든 새에 누렇게 찌든 속옷들을 삶고 흰 고무신 두 짝도 빨아놓았다. 변색된 속옷들은 삶아도 말끔하게 표백되지 않았다. 흰 고무신 바닥에 눌러붙은 얼룩들도 여간해서는 지워지지 않았다. 속옷과 고무신들은 노인이 그동안 한 번도 갈아입지 않은 것처럼 냄새나고 더러웠다. 속옷들과 고무신 두 짝을 거실 안으로 들여놓은 빨래 건조대에 널어두었다.

사흘 동안 줄곧 비가 내렸다. 연립주택 현관 양쪽에 심어져 있는 덩굴장미잎들이 모두 물웅덩이로 떨어져내렸다. 어두운 구름들이 천천히 서쪽으로 흘러갔다. 장마는 유월 중순께나 온다고 했다. 일기예보는 자주 빗나갔다. 머츰한 것 같다가도 도로 빗줄기가 이어졌다. 비가 쏟아지면서부터 침대 시트는 갑자기 눅눅해졌고 거실 바닥에 깔려 있는 카펫에서도 퀴퀴한 냄새가 풍겨나기 시작했다. 이 집에 들어온 이후부터 자주 기침을 했다. 감기 때문이라고 여겼다. 초록과 붉은색 어슷줄무늬로 짜인 카펫을 물끄러미 내려다보았다. 이 집은 아주 오랫동안 사람이 살지 않았다. 아들이 군에 입대한 이후 여주인은 카페 내실에서 거주하고 있고 여주인의 딸아이는 주말에만 올라온다. 여자애는 청소하지 않는다. 제가 먹은 주스잔 하나도 치우지 않고 고스란히 남겨둔 채 일요일이면 원주행 버스를 타러 나갔다. 나는 그 여자애 립스틱 자국이 남은 잔을 씻고 욕실에 팽개쳐두고 간 타월들을 세탁해 차곡차곡 개켜놓았다. 카페 유르빔의 쾌적한 실내 분위기와 이 집은 아주 다르다. 그들이 입고 있는 까만색 공단 원피스나 큐빅 박힌 구두와도.

가끔 삼십 평도 넘는 이 공간을 새롭게 바꿔보고 싶은 충동을 이기지 못할 때가 있다. 이 공간이 내 것이라면. 이렇게 상상한 적도 있다. 우선 에어컨과 냉장고, 세탁기를 제외한 모든 가구를 버리고 흰 페인트로 문짝들을 새로 칠한다. 진드기가 붙어 있을 카펫도 걷어버리고 흰 꽃잎이 프린트된 실크 벽지로 도배한다. 보일러를 수리하고 기름덩이가 엉겨 있는 프라이팬과 그들의 베개와 신발들을 모두 버린다. 그리고 그들의 커다란 가족사진들도.

이태리 상표가 붙은 무거운 카펫을 걷어냈다. 카펫 밑으로 깨알만한 검은 벌레들이 벌벌 기어다니고 있다. 둘둘 만 카펫을 여주인의 방안으로 들여놓았다. 안방에서도 썩은 걸레 냄새가 난다. 안방 미닫이문을 꼭 닫아버렸다. 카펫이 깔려 있던 자리를 걸레로 훔쳤다. 새까매진 걸레를 세탁기 속에 던져버렸다가 도로 꺼내고 말았다. 엄마는 걸레를 세탁기에 넣고 돌리는 것을 싫어했다. 이틀에 한 번씩 옥시크린이나 락스를 넣고 하얗게 삶았다. 걸레에서는 늘 좋은 냄새가 났다. 정수가 세탁기 속에 운동화를 집어넣었다가 야단을 들은 적도 있었다. 나는 나에게 화를 내듯 세탁기 뚜껑을 탁 닫아버렸다. 스테인리스 냄비에 락스 한 스푼을 넣고 걸레를 집어넣었다. 마치 곁에서 엄마가 지켜보고 있기라도 한 것처럼. 이 집에 걸레 삶는 통은 따로 없었다. 나는 여주인이 이 집에 살았을 적에 가끔 매운탕이나 꽃게탕을 끓여먹었을 냄비를 걸레 삶는 통으로 사용하고 있다. 여주인의 딸아이가 오는 주말에는 걸레를 삶지 않는다.

이십여 분 동안 에어컨을 틀어 실내 공기를 환기시켰다. 마늘 찧는 그릇에 생쌀을 조금 넣고 짓찧었다. 쌀가루에 넉넉히 물을 붓고 불 조절을 해가며 미음을 끓였다. 잠든 노인이 깨나기를 기다리는 동안 혼자 식탁에 앉아서 밥을 먹고 신문을 읽었다. 내가 매일 보는 신문은 앞집 앞으로 배달되어 오는 것이다. 신문배달원은 새벽 세시 삼십분에서 사십오분 사이에 계단을 올라왔다. 그때까지도 나는 잠들지 못하고 벽지 무늬를 세어보거나 걸레를 들고 거실 벽이며 의자를 놓고 올라서서 천장까지 닦곤 하였다. 앞집 여자는 아직 내가 새벽마다 신문을 훔치고 있다는 사실을 눈치채지 못한 것 같았다. 그렇다고 앞집으로 배달되어오는 오백 밀리들이 연세 우유까지 가져오는 짓은 하지 않았다. 보급소로 전화를 하는지 오후가 되면 신문 한 부가 다시 배달되어 오곤 했다. 벌써 열흘이 넘었다.

밥 한 공기를 다 비우고 사설란까지 읽고 나도 노인은 깨어나지 않았다. 벌써 아홉 시간째 노인은 한 번도 깨나지 않고 잠들어 있다.

나는 잠에서 깨어났다. 처음에는 그것이 신문배달원의 발소리인 줄 알았다. 침대 위에 앉아 무릎을 껴안은 채 이백팔호 밖으로 귀를 던져두었다. 신문배달원의 발소리는 매양 조심성이 없었고 계단을 한걸음에 뛰어올라 신문을 던져두곤 했다. 깊은 새벽, 나를 깨운 소리는 배달원의 발짝소리가 아니었다. 전등을 올렸다. 새벽 네시가 막 지나 있었다. 배달원은 벌써 다녀갔을 시간이었다. 그럼 저 빗소리였을까? 잠들기 전 베란다로 나가보았다. 비구름을 안은 하늘은 잿빛과 보랏빛으로 짙게 뒤엉켜 있었지만 빗줄기는 곧 그칠 것처럼 가느다랬다. 얼굴로 떨어지는 빗줄기를 무연히 맞고 있다가 창을 닫고 블라인드를 내리고 거실 불을 끄고 잠들었다. 불과 한 시간 전에. 나는 좁은 방안을 서성거렸다. 이 집에 온 이후부터 내 옥탑방에 있을 적보다 잠귀는 더 예민해져 있었다. 다시 불을 끄고 자리에 누웠다. 툭, 툭. 끝이 뭉툭한 둔기로 땅을 툭툭 치고 있는 듯한 소리가 이어졌다. 툭, 툭, 툭…… 이십 미터도 넘는 거대한 쇠지팡이를 쥔 누군가 지구 위에 우뚝 서서 그렇게 툭, 툭, 두드리고 있는 것만 같았다. 옥탑방에 있을 적부터 나는 가끔 내 예민한 귀가 없었으면 좋겠다는 생각을 하곤 했었다. 오후에 지하철을 타고 먼 동네를 다니면서 두 군데 면접을 보았다. 피곤했고 일찍 잠들고 싶었다. 그러나 혹시 지진이 일어나고 있는지도 몰랐다. 불을 켜고 거실로 나왔다. 건조대에 나란히 포개져 있는 유리컵들을 바라보았다. 진동은 느껴지지 않았다.

현관문을 열고 밖으로 나왔다. 앞집 현관 앞에는 비닐에 싸인 신문이 놓여 있었다. 벽에 붙어 있는 복도 등을 켰다. 나는 소리가 나는 곳을 향해 두 귀를 모으고는 천천히, 두려움과 의구심에 휩싸인 가슴을 두 팔로 꾹 누른 채 음습한 계단을 내려갔다. 나를 잠에서 일으켜세웠던 소리는 현관 쪽에서 들려왔다. 나는 경계를 늦추지 않았다. 연립주택 현관 앞에 희끄무레한 그림자가 보였다. 가느다란 두 다리, 구부러진 등허리, 한 손에 쥐어진 긴 막대기…… 검은 그 그림자는 들이치는 비를 맞고 앉아 있는 노인이었다. 새벽 네시가 넘은 시간에. 나는 불시에 죽은 할아버지라도 맞닥뜨린 것처럼 몸을 떨었다. 느닷없이 기침이 쏟아졌다. 어두운 복도 끝에 서서 나는 당장 이백팔호로 올라가서 진드기가 기생하고 있을 카펫을 걷어버려야겠다고 다짐했다. 새벽 네시가 넘은 시간에 의자에 앉아 땅을 툭툭 두드리고 있는 낯선 노인의 뒷모습을 바라보면서. 노인은 뒤돌아보지 않았다. 큰 소리로 헛기침을 해보았다.

면접을 끝내고 돌아오는 길에 노인을 만났었다. 그때도 노인은 현관 앞에 의자를 내놓고 앉아 긴 막대로 현관 바닥을 두드리고 있었다. 노인의 얼굴과 긴 바지와 러닝셔츠는 빗물에 흠뻑 젖어 있었고. 대체 어느 집 노인일까. 현관을 드나드는 사람 누구도 노인에게 말을 붙이지 않았고 상관하지 않았다. 이 연립주택이 세워진 그날부터 노인이 그렇게 앉아 있던 것처럼 모두들 당연히 여기는 눈치이기도 했다. 여덟 가구가 사는 연립주택은 대개 노부부와 성장한 자녀를 둔 중년층 부부들이 살고 있었다. 현관 앞으로 드나드는 사람들을 이층 베란다에서 내다보면서 깨닫게 되었다. 어린아이들은 없었다. 연립주택은 적요로웠고 도로변에서 벗어나 있는 탓에 소음도 거의 들리지 않았다. 나는 아직 노인이 몇 호에 사는지 모른다. 의지가지없는 노인일지도 모른다는 생각을 한 적도 있었다. 그러나 노인은 어슬녘이면 연립주택 어디론가 사라졌고 다음날이면 여일하게 의자를 내놓고 현관 앞에 앉아 있곤 하였다. 노인은 이제 내가 현관을 나서거나 들어서도 쳐다보지 않았다. 어쩌면 이미 내 얼굴을 기억하고 있는 것은 아닐까. 노인이 듣거나 말거나 나는 인사했고 쓸데없다는 것을 알면서도 불쑥 말을 붙여보곤 했다. 할아버지 진지 잡수셨어요? 이렇게 비가 오는데 오늘은 그만 들어가지 그러세요. 할아버지 오늘은 정말 눈부시게 맑은 날 씬걸요. 이런 날엔 샌드위치 싸들고 대공원 같은 데 놀러가고 싶어요. 할아버지 대공원 가보셨어요? 거기 커다란 동물원이 있다는데 저는 아직 한 번도 가보질 못했네요…… 노인은 그 불투명한 회색 막으로 둘러싸인 눈을 들어 이따금 내 얼굴과 목 언저리를 올려다 보기도 했다. 말을 할 줄 모르는 성싶었다. 이미 귀는 단단히 먹었고. 그러나 아직 숨은 쉬고 있었다. 내가 노인에 관해 알고 있는 것은 단지 그것밖에 없었다.

할아버지. 입술을 달싹거려보았다. 기침할 때도 돌아보지 않던 노인이 흘긋 나를 바라봤다. 우련한 노인의 눈에는 아무런 표정도 감정도 들어 있지 않았다. 나는 머리를 손으로 가리고 노인에게로 걸어갔다. 할아버지, 그만 들어가세요. 비가 너무 많이 쏟아지고 있는데, 들어갔다가 내일 또 나오시면 되잖아요, 네? 노인은 내 말을 듣지 못할 것이다. 나는 노인이 잡고 있는 막대 끝을 들어올렸다. 더듬이 잘린 벌레처럼 비척거리면서 노인이 막대를 따라 의자에서 일어섰다. 할아버지 몇 호에 사세요? 제가 집까지 모셔다드릴게요. 노인의 한쪽 팔을 잡고 몸을 부축했다. 노인은 내 팔을 뿌리치지 않았다. 혹여 노인이 느닷없이 막대를 들어 내후려칠지도 모른다는 두려움은 사라지고 없었다. 노인을 부축하고 노인의 걸음 폭에 맞춰 한 걸음씩 한 걸음씩 복도 안으로 걸어들어갔다. 노인의 집이 어딘지는 모른다. 계단을 올라갔다. 계단참에서 노인은 난간을 붙잡고 호흡을 골랐다. 내 이마에서도 식은땀이 배어났다. 노인의 몸과 내 겨드랑이에서 악취가 풍겨났다. 장마는 정말 지긋지긋하죠. 노인과 함께 계단을 올라가면서 나는 중얼거렸다. 이백팔호 앞에서 잠깐 머뭇거렸다. 그러나 노인은 이미 비에 온몸이 젖었고 어깨는 가늘게 떨고, 무엇보다 네시가 넘은 깊은 새벽녘이었다. 내가 무엇을 할 수 있었겠는가. 나는 이백팔호 현관문을 열고 노인의 허리께를 슬쩍 끌어당겼다. 아무런 경계도 없는 무표정한 얼굴로 노인은 머무적하다가 현관으로 들어섰다. 현관문을 닫기 전, 노인을 세워두고 복도에 떨어져 있는 앞집 조간신문을 집어오는 것을 잊지 않았다.

욕조에 뜨거운 물을 받았다. 그 틈에도 보일러는 두 번이나 끊어졌고 차단기는 내려갔다. 욕실과 다용도실을 오가면서 욕조 한가득 뜨거운 물을 받았다. 노인은 현관 앞에서 그랬던 것처럼 식탁 의자에 앉아 긴 막대를 손에 들고 허공 어디쯤에다 시선을 고정하고 있었다. 나는 말할 줄 모르고 듣지도 못하고 게다가 어떤 저항의 몸짓도 하지 않는 노인이 마음에 들었다. 그렇다고는 하나 악취가 나는 노인을 그대로 침대에 눕힐 마음은 들지 않았다. 헐렁한 러닝셔츠와 긴 바지를 벗겼다. 군데군데 누런 얼룩이 진 사각 팬티를 벗겨도 노인은 미동도 하지 않았다. 옷가지를 벗기고 욕실로 데리고 들어갔다. 바가지로 욕조에 담긴 물을 퍼서 서 있는 노인의 전신에 끼얹었다. 잠깐, 아주 잠깐동안 노인은 어깨를 웅크리며 몸을 떨기도 했다. 등과 옆구리, 사타구니 사이를 비누 수건으로 문질렀다. 아버지 관자놀이께에 죽음의 낙인처럼 돋아나 있던 검버섯들이 노인의 종아리와 가슴팍에도 그늘져 있었다. 어쩌면 이미 노인은 죽은 것인지도 몰랐다. 아니면 막 혼기가 빠져나가고 있는 중이거나. 비눗기를 헹궈내고 나서 나는 여러 개의 칫솔 중 여주인의 딸 칫솔을 집어들었다. 한쪽 손바닥으로 노인의 턱을 받치고 다른 손으로 입을 가만히 벌려보았다. 거무스름한 빛깔의 윗니 세 개만 남아 있는 입속은 컴컴하고 깊어 보였다. 분홍빛 목젖조차 보이지 않았다. 잇몸은 꺼멓게 죽어 있었다. 여주인의 딸 칫솔로 노인의 입안을 문질렀다. 치약은 묻히지 않았다. 마른 타월로 물기를 닦아내고 내가 쓰고 있는 방으로 노인을 이끌었다.

이제부터 푹 주무시는 거예요, 내일 아침까지. 노인은 내 말을 알아들었을 것이다. 노인은 곧 잠들었다. 가끔씩 눈꺼풀이나 손끝이 파르르 경련을 일으켰지만 이부자리를 박차고 일어나지는 않았다. 나는 노인 곁에 누웠다. 새벽 다섯시 오 분 전이었다. 빗소리가 가물가물거렸다. 나는 노인의 가슴팍쯤에 얼굴을 묻고 눈을 감았다. 어쩌면 우리는 좋은 가족이 될지도 몰랐다. 노인의 몸에서 살구비누 냄새가 풍겼다. 다음날 오후 두시쯤 깨어났다. 노인의 몸을 닦아주었던 타월을 빨래 건조대에 널다가 문득 이 집에 온 이후로 내가 그토록 깊은 잠에 빠졌던 건 간밤이 처음이라는 사실을 깨달았다.

미음이 든 사기그릇을 쟁반에 받쳐들고 방으로 들어갔다. 한 김 나간 미음 표면에는 엷은 막이 생겼다. 노인은 벽 쪽으로 얼굴을 돌리고 잠들어 있었다.

"할아버지……"

손가락을 코끝에 대보았다. 가느다란 숨이 새어나왔다. 나는 깊이 안도하였다. 면접 약속을 포기하고 침대로 가 걸터앉았다. 어젯밤의 그 깊은 숙면이 그리웠다. 노인의 얼굴을 이쪽으로 돌려보았다. 이불을 걷어올렸다. 앙상한 노인의 몸이 고스란히 드러났다. 검버섯 핀 종아리와 아직 희읍스름한 태가 남아 있는 안쪽 허벅지, 시커먼 성기를 받치고 있는 불알과 움푹 팬 빗장뼈, 손톱 두 개가 빠져나간 왼손가락들. 그 모든 것이 환히 보였다. 나는 허리를 조금 숙이곤 손가락으로 노인의 검은 입을 벌려보았다. 입을 약간 벌린 채 노인은 짓무른 눈을 천천히 뜨기 시작했다.

"아니에요, 할아버지…… 더 주무세요. 우리 좀더 자요."

목요일 오후 세시에 나는 취직되었다. 신림동 상업은행 옆 골목에서 이십여 미터 올라간 곳에 신축된 상가 건물이었다. 신축건물인 것도 마음에 들었지만 보습학원 역시 개원한 지 채 두 달도 되지 않은 새 학원이었다. 월, 수, 금, 일주일에 세 번. 시간은 저녁 여섯시부터 열시 반까지 모두 네 타임이었다. 자리는 파트타임밖에 나 있지 않았다. 한 달에 육십만원. 예상보다 적은 액수였지만 다른 학원 역시 마찬가지였다. 경력이 없기 때문이었다. 전공도 불리했고 나이도 너무 많았다. 원장은 내 이력서를 들여다보면서 곤혹스러운 표정을 지었다. 가슴이 조여들었다. 경력도 없이 그럼 그동안 무슨 일을 하셨습니까? 그런 대답하기 어려운 질문을 던지며 나이가 많다는 이유로 채용을 꺼리진 않을까 싶은 우려 때문이기도 했다. 서른 살 나이를 삼 년만 더 줄일 수 있다면. 다행히 원장은 그 질문은 하지 않았다. 근무하던 수학 선생이 갑자기 그만두는 바람에 경황이 없는 듯했다. 시강도 시키지 않았고 프린트를 주면서 실력을 확인하지도 않았다. 나는 내게 두번째 기회가 찾아온 것을 직감했다. 첫번째는 유르빔 여주인이 방을 내주겠다는 제의를 했던 그때였다. 원장은 세 달이 지나면 오만원씩 월급을 올려주겠다고 했다. 내가 고개를 끄덕거리자 원장은 한마디 더 덧붙였다. 저녁식사 시간이 따로 없을 테니까 미리 식사하고 수업하셔야 할 겁니다. 그런 것은 별로 문제될 게 없었다. 열시 반에 끝나 버스를 타고 이백팔호로 돌아가면 열한시가 좀 넘어 있을 것이다. 저녁식사는 그때 해도 평소보다 이른 편이었다. 다음주부터 출근하기로 하고 보습학원을 나왔지만 한 가지 마음에 걸리는 일이 있었다. 보습학원이 엄마의 집과 너무 가까운 위치에 있다는 것. 어쨌거나 나는 이제 한 달에 육십만원씩 벌게 되었다. 내 생에 처음으로 월급을 받게 된다. 아마도 나는 오랫동안 유월 이일, 목요일 오후 세시를 잊지 못할 것이다.

직장을 다닌 적이 있긴 했다. 스물네 살 때. 그러나 어렵게 취직
된 그 직장을 한 달도 채 다니지 못하고 그만두었다. 나는 아침마
다 회의를 시작하는 직원들 열 명의 커피를 타지 않았고 사장실 청
소도 하지 않았다. 전화도 잘 받지 않았다. 누군가 어이, 미스 유,
하고 부르면 대답하지 않았다. 내 이름은 미스 유가 아니라 유정원
입니다. 그렇게 대꾸했다면 조금은 더 견딜 만했을 것이다. 컴퓨터
그래픽으로 CF 광고와 애니메이션을 주로 제작하는 회사였다. 나
는 하루종일 회사 현관 앞에 놓인 책상에 앉아 있었다. 사람들이
지나다니며 내 자리를 흘긋거릴 때마다 나는 눈을 내리깔고 그들
의 구두를 바라보았다. 어서 지나가기를. 내 앞에 놓인 전화벨은
하루종일 쉴새없이 울려댔다. 나는 우울했고 자주 결근했다. 아침
일찍 드라이어로 머리를 말리고 집을 나와 지하철을 타고 여기저
기 돌아다녔다. 중남미박물관이나 강화도 보문사, 전쟁기념관 같
은 먼 곳도 그때 돌아다닌 장소였다. 점심시간에는 혼자 나와 햄버
거를 먹고 콜라를 마셨다. 직원들 회식에도 참석하지 않았다. 미스
유가 아니라 유정원이고 싶었고 전화를 받거나 사장실 청소를 도
맡아 하지 않으면 안 되는 그런 일 말고 다른 일들을 하고 싶었다.
유정원이 아니면 안 되는 그런 일. 그러나 내가 무슨 일을 하고 싶
어하는지, 어떤 일을 할 수 있는지 그때, 스물네 살에도 깨닫지 못
하고 있었다.

나는 성실할 수 없었고 거기에는 나 같은 사람이 필요 없었다. 스스로 이십오 일 만에 직장을 그만두고 말았다. 아버지와 엄마는 침울한 눈으로 나를 바라봤다. 그러나 내 의지를 말리지는 않았다. 그때 나는 아버지와 엄마의 눈빛을 읽어내지 못했다. 맏딸인 나는 직장을 다녀야 했고 고등학교와 대학을 다니고 있던 여동생들의 학비도 대야 했다. 집안에서 어떤 일들이 벌어지고 있는지 눈치채지 못했다. 그때도 엄마는 집안 형편에 대해 함구했다. 생활비와 집 짓는 데 융자받은 원금과 이자가 어떻게 되는지, 아버지가 백부에게 얼마나 큰 액수로 사기를 당했는지, 그런 것들에 대해서. 엄마는 여전히 계절이 바뀔 적마다 세 딸의 옷과 구두를 사주었고 소꼬리를 고았다. 우리들은 엄마에게 받은 용돈으로 연극을 보러 다녔고 영어회화 학원을 다녔고 피아노를 배웠다. 그것이 엄마의 자존심이고 허영이었으나 큰딸은 어떤 사람이 되어야 하는지 모르는 채 자기 안으로만 웅크리는 사람이 되었다.

육십만원. 갑자기 부자가 된 기분이다.

이제 그에게 용돈을 받아 쓰지 않아도 되고 공과금 명목으로 유르빔 여주인에게 한 달에 십만원씩 주기로 한 돈도 내가 낼 수 있다. 흰색 셔츠도 사 입을 수 있다. 매달 엄마 통장에 얼마쯤 입금할 수도 있고 정후에게 송금할 수도 있다. 세금을 내고 쌀을 사고 밀린 이자를 갚는 데 보태느라 여기저기서 빌린 팔백오십만원도 갚을 수 있다. 그 보습학원을 그만두는 일은 없을 것이다. 착실하게 돈을 모은다면 그의 힘을 빌리지 않고서도 방을 구할 수 있을 것이다. 오로지 나만의 방을.

이백팔호로 돌아오는 길에 근처 아크리스백화점 지하 매장에 들렀다. 포장된 해물탕과 카레가루 두 봉지, 생리대, 밀가루, 풀무원 생칼국수, 여섯 개들이 캔맥주 한 박스, 그리고 참외 세 개와 방울토마토 한 근을 샀다. 매장을 더 돌아봐도 무엇이 필요한지 더는 떠오르지 않았다. 갑자기 돈이 생기게 되는 바람에 당황스러워지는 기분이었다. 식료품이 든 무거운 비닐봉지를 들고 백화점 정문까지 왔다가 엘리베이터를 타고 이층으로 올라갔다. 속옷 매장으로 갔다. 중간 사이즈로 남자용 흰 러닝셔츠와 팬티 두 장을 골랐다. 표백까지 했지만 노인의 속옷은 더러웠고 더 입을 수 없을 정도로 낡았다. 빳빳하게 마른 속옷들을 모두 쓰레기통에 집어넣고 말았다. 집을 나올 때까지도 노인은 벗은 몸으로 내 방 침대에 누워 잠에 빠져 있었다. 내 것으로 브래지어와 검은 레이스로 만들어진 팬티 한 장도 샀다. 내처 다른 남자용 속옷을 만지작거리다가 손을 놓아버리고 말았다. 내가 사준 속옷을 보고 그는 난색을 감추지 못할 것이다. 그러면서도 한사코 입을 수 있다고 고집을 세울게 분명하다. 그를 더는 곤란하게 만들고 싶지 않다.

현관문 앞에서 잠시 망설였다. 현관문에 코를 바짝 대고 냄새를 맡아보았다. 열쇠를 꺼내다가 어쩌면 노인이 지금 내 방에 없을지도 모른다는 짐작을 했다. 그것은 노인의 냄새 때문이었다. 노인의 냄새는 살구비누 냄새나 내가 즐겨 쓰는 향수 냄새가 아니었다. 아버지 관자놀이께에 핀 검버섯, 바로 그 죽음의 냄새였다. 실내에는 아무런 냄새도 나지 않았다. 무거운 비닐봉지를 식탁 위에 올려놓았다. 방문은 내가 나왔을 때처럼 한 뼘가량 열린 상태였다. 여주인의 그릇들을 치우고 한 칸 비워둔 싱크대 서랍과 냉장고 안에다 사들고 온 식료품들을 넣어두었다. 라면을 사갖고 오지 않은 게 생각났다. 두루마리 휴지나 실외용 슬리퍼, 양파나 마늘도 필요했었다. 아무래도 내일 한번 더 장을 보러 나가야 할 것 같았다. 그런데 노인은 아직도 잠들어 있을까.

가방을 뒤적여 수첩을 꺼냈다. 언제 만났는지 기억도 안 나는 대학 친구 집 전화번호를 눌렀다. 전화번호를 누르다 말고 그 친구 이름이 생각나지 않아 신호음이 떨어지기 전에 수첩에 적힌 이름을 확인했다. 언젠가 어느 저녁 무렵 연락도 없이 그 친구가 찾아왔다. 옥탑방으로 친구를 데리고 올라갔다. 그때 임신 육 개월이었던 친구는 조심스럽게 계단을 제겨디디며 천장에 전등이라도 하나 달아야 하지 않겠느냐고 물었다. 계단참은 어두웠다. 그러나 나는 한밤중에도 불을 켜지 않고 옥탑방에서 아래층으로 내려갈 수 있었다. 디딤판이 밑으로 휘어진 나무 계단은 모두 일곱 개였다. 나는 옥탑방에 너무 익숙해져 있었다. 숨을 채 고르기도 전에 친구는 보험 하나만 들어달라고 말했다. 얼마 전부터 생활설계사를 시작했다고. 내가 그럴 능력이 없다는 거 너 모르는구나. 나는 표정을 숨긴 채 담담하게 말했다. 걱정하지 마, 무리한 부탁은 안 해. 큰 것 말고 한 달에 이만팔천원쯤 하는 암보험이 있어. 그거 하나만 들어줘. 거절하지는 마. 나도 여기까지 오기 힘들었다. 그날 친구를 그냥 돌려보냈다. 암에 걸릴까봐 걱정하면서 살고 싶지 않았다. 아니다. 그즈음 이미 용돈도 그에게 받아서 쓰고 있는 형편이었고 그렇다는 사정을 친구에게 설명할 수 없었다. 그날 이후 친구에게서 연락이 끊어졌다.

전화는 친구 남편이 받았다가 바꿔주었다. 수화기를 건네받는 틈에 고양이 울음소리인지 아이 울음소리인지 분간이 서지 않는 소리가 들려왔다. 친구는 주민등록증 앞뒤 복사한 것과 전화번호, 주소가 필요하다고 말했다. 나는 내일 오전 중에 팩스로 넣어주겠다고 했다. 친구는 회사 팩스번호를 불러주었다. 한 달에 삼만이천원만 부으면 되는 암보험을 들겠다고. 고마워. 친구가 말했다. 뭘, 별것도 아닌걸. 먼저 전화를 끊었다.

그러고 보니 나는 언젠가 덜컥 암에 걸릴지도 몰랐다. 이를테면 위암이나 방광암 같은 것들. 생각보다 일찍 죽게 된다면 엄마는 보험금을 타게 될 것이다. 이억 오천만원이나 되는 큰돈을. 그 돈으로 엄마는 순식간에 불어나버린 사채 이자와 융자받은 은행 원금을 갚을 수 있다. 아니다. 그 돈으로도 어림없다. 그래도 얼마간은 엄마 숨통이 트일 것이다. 나는 정말 암에 걸리고 싶다.

엄마가 외출할 적마다 시간을 확인했다. 옥탑방에 앉았어도 엄마가 외출하는 소리는 다 귀에 들어왔다. 신발장 열고 구두 꺼내는 소리, 열쇠로 현관문 잠그는 소리, 터벅터벅 계단 내려가는 소리, 대문 닫는 소리…… 엄마는 자주 은행에 갔다. 나보다 나이 어린 직원들에게 사정하고 하소연한다. 한 시간이 지나도 엄마가 돌아오지 않으면 자리에서 일어나 좁은 방안을 서성거리곤 하였다. 극단으로 치닫기 시작하는 엄마의 사고가 두려웠다. 혹시 엄마는 장기臟器라도 팔 생각을 하고 있는 것이 아닐까. 아무렇지 않은 얼굴로 저렇게 외출했다가 당신의 간이나 신장 같은 것을 뚝 떼어주고 몇천만원쯤 받아올지도 모른다. 엄마를 두고 한 상상 중에 가장 마음에 들지 않는 부분이었다. 외출한 엄마가 돌아오는 소리가 들려오면 그제서야 안도하며 낮잠에 빠지곤 하였다. 이제 그런 염려는 하지 않아도 된다. 엄마는 자살할 꿈도 꾸지 않을 테고 장기 팔 생각도 버릴 것이다. 나는 자꾸만 즐거워지고 있었다. 아까 오후 세시 이후부터 줄곧.

냉장고에 넣어두었던 활명수들과 병원에서 받아 온 이십 포도 넘는 바로마겔을 모두 쓰레기통에 버렸다. 그러고 나자 문득 할일이 없어져버렸다. 아직 저녁식사 하기에는 이른 시간이었고 다음 주부터 아이들에게 가르칠 함수나 통계 같은 수학 문제는 새벽에 풀어야 했다. 그것마저 해치우고 나면 새벽에 아무 할일이 없을 테니까. 오늘 저녁에 그는 올까. 그에게 다시 전화를 해보았지만 자리에 없었다. 아직 그에게 노인의 이야기를 하지 못했다. 그는 내가 술을 많이 마실 때처럼 노인에 관한 이야기도 이해하려 들지 않을 것이다. 세상에는 가끔 이해하지 못할 일들도 일어난다는 것을 그는 믿지 않았다. 우리가 만난 것도 누군가에게는 이해하지 못할 일이라는 것을 알고 있을 텐데. 그는 아버지처럼 타이르고 훈계할 것이다. 내 방에 데리고 온 노인을 그에게 들키고 싶지 않다. 갑자기 그 모든 것이 어려워진다. 식탁 의자에 앉았다가 결심한 듯 자리에서 일어났다.

가만히 방문을 열어보았다. ……헝클어진 시트만 방바닥에 떨어져 있었다. 손바닥으로 침대 위를 쓸어보았다. 온기는 느껴지지 않았다. 거실로 나와 빨래 건조대를 살펴보았다. 거꾸로 걸어두었던 흰 고무신도 보이지 않았다. 이백팔호로 돌아올 때 연립주택 현관 앞에서도 노인의 모습을 발견하지 못했다. 이 집에 온 이후 처음으로 의자를 내놓고 앉아 있던 노인의 모습을 볼 수 없었다. 노인은 어디로 사라진 것일까.

아무도 발견하지 못할 장소에서 노인이 서서히 죽어가고 있는 중인지도 몰랐다. 나는 내 방식대로 노인의 죽음을 애도하고 싶었다. 새로 사 온 노인의 속옷들을 모두 쓰레기통에 버렸다. 그러고 보니 흐트러진 침대 시트를 제외하고 나면 이 집 어디에서도 이틀 동안 나와 지냈던 노인의 흔적을 찾을 수 없었다. 침대 시트는 내가 헝클어뜨리고 외출한 것일 수도 있다. 혹여 나는 긴긴 꿈에 빠

256

져 있었던 것은 아니었을까. 그렇다면 노인은 내 방에 오지 않았고 새벽 네시, 그 비 내리던 깊은 밤 나는 잠에서 깨어나지 않았을 것이다. 지금, 그 모든 기억에 자신이 없다.

아버지가 가출했다.

이층 카페 창가에 앉아 인도를 지나다니는 젊은 여인들, 녹색불이 들어오기를 기다리며 횡단보도에 서 있는 사람들, 노점에서 복제 테이프를 사는 낯선 사람들을 내려다보았다. 사흘 동안이나 내렸던 비는 어제저녁부터 말끔히 그쳤다. 대기가 씻겨나간 하늘은 청명했고 시계視界도 트여 보였다. 문득 인디언들은 한때 시력이 5.0이나 되었다는 것이 떠올랐다. 그들처럼 시력이 좋았더라면 이대로 앉아 도심 한가운데에 우뚝 흘립한 남산타워나 북한산 윗자락도 선명히 볼 수 있을 터였다. 어딘가의 아버지 모습도. 내 시력은 0.4였고 난시까지 섞여 있다. 남산타워도 북한산도 보이지 않았다. 아버지가 가출했다는 말을 듣고 앉아 나는 오래전 인디언들의 시력을 떠올리고 있을 따름이었다. 아이스티를 한 모금 더 마셨다. 앞자리에 앉은 정수가 긴 한숨을 내쉬었다. 나는 정수의 한숨소리를 외면하며 붉은 불이 켜져 있는 신호등 쪽으로 고개를 돌렸다. 우리가 왜 지금 이렇게 마주앉아 있어야 하는지 스스로도 납득이 가지 않았다. 그런데 아버지는 왜 가출한 것일까.

정수가 근무하는 학교 과 사무실로 전화를 넣었다. 그애와는 작별인사도 하지 않았다. 엄마가 은행으로 외출하고 정수가 학교 간 사이 채 절반도 채워지지 않은 트렁크를 들고 나와 도망치듯 택시를 잡아탔다. 그 모든 것이 아주 오래전 일들 같기만 하다. 내 음성을 확인하자마자 정수는 큰언니? 언니, 거기 어디야? 재차 물어왔다. 내가 무슨 말인가를 하기도 전에 일방적으로 약속 장소를 정해버렸다. 내키지 않는 걸음으로 대학로까지 나오고 말았다. 그러나 정수 입에서 아버지가 가출했다는 말을 듣는 순간 나는 정수를 만난 것을 후회하기 시작했다.

"언닌, 언니 자신이 얼마나 무책임한지 알고나 있는 거야 대체?"

여전히 주근깨투성이인 평평한 얼굴에 눈 밑에 약간 그늘진 것만 제외하면 집을 떠나올 때와 하나도 다르지 않아 보였다. 내가 카페로 들어서는 순간부터 정수 얼굴은 딱딱하게 굳었다. 조금 어색한 표정으로 제 쪽으로 다가가고 있는 내 얼굴을 정수는 쳐다보지 않았다. 그때 이 담배 연기로 메케한 카페를 나가버렸다면 아버지가 가출했다는 말을 듣지 않아도 됐을 텐데.

"우리, 안부 정도는 묻자, 정수야."

침착해야 할 필요가 있었다. 가족들과 대면하고 있을 때면 무엇보다 침착한 태도를 잃지 않는 게 중요했다. 막내인 정수는 아직 그걸 모르고 있다.

"언니…… 언니가 집을 나간다고 해서 달라지는 건 아무것도 없잖아. 뭐가 바뀔 거라고 생각해? 아버지나 엄마가 정신적으로 더 힘들어지는 것밖에 없어. 대체 왜들 그러는지 모르겠어. 정후 언니는 워크비자도 없으면서 안 돌아오고 버티고 있고, 큰언닌 이렇게 집을 나가버리고. 대체 나 혼자 어떻게 하란 말이야, 응?"

"아무것도 달라지는 게 없으니까, 우린 모두 근본적인 문제들을 잊고 있어. 함께 산다고 해서 해결되는 건 이제 없어. 각자 어떻게든 혼자서라도 살아가야지."

혼자서라도. 그 말에 힘을 주었다.

"큰언니, 우린 가족이잖아. 게다가 언닌 맏딸이기도 하고. 어떻게 이렇게 무책임할 수 있느냔 말야."

"……"

나는 다시 마음이 일렁이는 것을 느낀다. 한집에 기거하고 한방에서 같이 잠잔다고 해서 모두 가족이라 부를 수는 없다. 오랜 기간 한 공간 안에서 함께 먹고 잠자는 죄수들은 그들 스스로를 가족이라고 생각하지는 않는 법이다. 그걸 너는 아니, 정수야?

"그러지 말고 집으로 돌아와, 돌아와서 다시 생각해봐 언니. 무슨 대책을 세워야 할 것 아냐. 큰언니 말대로 근본적인 대책 말야. 엄만 저렇게 정신 놓고 있고 아버지까지 나가버리시고, 그럼 날더러 어떡하란 거야. ……그렇게 나가고 싶으면 차라리 결혼을 하든가."

나는 그만 픽 웃고 말았다. 스물다섯 살의 정수는 내가 결혼이라는 건 입학식이나 장례식 같은 하나의 대중적인 제도에 지나지 않는다고 생각하는 걸 모를 것이다. 정수에게 이렇게 말하고 싶었다. 내가 원하는 건 결혼이 아니라 아버지와 가족들로부터의 독립이라고. 혼자 힘으로 무엇인가 해보고 싶다. 너무 늦었고 실패한다고 하더라도. 그렇다는 걸 어떻게 너에게 설명할 수 있을까. 아무리 애써도 너의 귀에는 변명으로밖에는 들리지 않을 것이다. 내 앞에 앉아 있는 사람이 정수가 아니라 캐나다 한국식당에서 설렁탕과 냉면 그릇을 나르고 있는 정후였더라면 하는 생각을 했다. 어쩌면 그애는 내 말을 알아들을는지도 모른다. 아직도 그애는 내 앞으로 편지를 보내고 있을까. 읽어보기 두려운 그 두툼한 편지들을.

"정수야……"

그애는 경직된 얼굴을 카운터 쪽으로 돌려버렸다. 아버지는 정수 밑으로 아이를 더 낳길 원했다. 아이가 아니라 아버지의 아들이었다. 뒷날 아버지를 부양할 수 있고 아버지 제사를 모실 수 있는 아들. 자식을 셋 낳고도 아버지는 수술하지 않았고 피임약을 먹는 엄마에게 화를 내기도 했다. 엄마는 아버지 몰래 정수 밑으로 생긴 아기를 지웠고 복강경수술을 받았다. 엄마가 정수를 가졌을 때 아버지는 아기 이름을 미리 정수貞壽라고 지어놓았다. 정원, 정후와는 다른 남자 이름, 정수. 엄마는 또 딸을 낳았다. 아버지는 며칠 동안 집에 들어오지 않았다. 술 취해 들어올 아버지를 피해 엄마는 나와 정후와 새로 태어난 아기를 데리고 이층 주인집으로 피신해 있었다. 산후조리도 하지 못한 엄마는.

"정수야, 나는 네가 태어나던 날을 아직도 기억해."

혼잣말처럼 웅얼거렸다. 고개를 돌리고 있는 정수는 슬퍼 보였다.

그때 나는 다섯 살이었다. 정수가 태어나던 그해 여름. 그 먼 옛일들이 지금도 왜 그렇듯 생생하게 내 기억 속에 살아 있는지 그건 나조차 알 수 없었다. 그러나 나는 그날을 아주 정확하게 그려낼 수 있다. 엄마와 그날에 관해 이야기를 나눌 때가 있었는데 엄마는 내 기억에 놀라는 눈치였다.

지하 주차장 한쪽을 개조해서 만든 방이다. 방이라고 할 것도 없이 시멘트 바닥에 한쪽 구석에만 장판을 깔아놓았고 문 입구 쪽에는 석유난로가 놓여 있다. 바닥에는 발이 많은 지네들이 기어다니고 햇빛 한 점 들어오지 않는 아주 어두운 방. 그 어두운 방에서 정수는 산간하는 사람 하나 없이 태어났다. 모란꽃 무늬가 뭉텅뭉텅 들어간 비닐장판 위에서 엄마는 몇 시간째 진통에 시달리고 있다. 나는 두 살 된 정후를 꼭 껴안고 도망이라도 칠 듯 출입구 쪽에 서 있다. 이를 악문 엄마의 신음소리와 이상한 냄새 때문에 나는 몸을 떨어대며 없는 아버지를 자꾸만 불러댄다. 석유난로 위에 얹어놓은 양은 세숫대야에선 김이 오르며 물이 끓어오른다. 시멘트 바닥으로 땀이 뚝뚝 떨어진다. 소리도 없이 양수가 터진다. 엄마는 비명소리 한번 내지르지 않는다. 엉거주춤 앉아서 다리 사이로 고개를 들이민다. 갓난아이가 쑥 빠져나온다. 가위 가져와라. 그날 엄마는 그 단 한마디만을 했을 뿐이다. 정후를 안은 채 나는 피 흘리고 있는 엄마에게 쇠가위를 건네준다. 아기는 울지 않는다. 모든 일이 정밀한 침묵 속에서 벌어지고 있다. 탯줄을 자르고 나서 엄마는 시퍼런 아기 엉덩이를 짝, 소리가 나게 때린다. 그제서야 아기가 울음을 토해내기 시작한다. 엄마가 흐느꼈나?…… 그러고 나서 내가 기억하는 것은 시멘트 바닥에 떨어진 검붉은 핏물들뿐. 장판을 타고 흘러내린 엄마의 핏물들은 오랫동안 흔적이 남아 있었다. 정수는 그렇게 태어났다. 생생한 그 기억 때문이기도 하겠지만 나는 어쩌면 정수는 엄마가 낳은 게 아니라 내가 낳은 아이일지도 모른다는 생각을 하곤 한다. 사람이 그렇게 누추한 곳에서, 배냇저고리 한 벌 챙겨주는 사람 없이 고독하게 태어날 수도 있다는 사실 때문에.

"벌써 닷새나 지났어. 아버지 말야……"

정수 목소리가 들렸다. 등줄기로 식은땀이 흘러내리고 있었다.

"어디 알아본 데는 있니? 혹시 할머니한테 내려가신 건지도 모르잖아."

"여수 삼촌들한테 다 전화해봤어. 안 내려오셨대. 화곡동 아저씨하고 과천 아저씨한테도 전화해봤는데 소용없어. 모두들 놀라기만 하고. 아직 아무 연락도 안 오네…… 무슨 사고 난 건 아닐까 언니?"

"차라리 사고라면 빨리 연락이 왔겠지…… 아버지는, 안 돌아오실지도 몰라."

"무슨 소리야 그게?"

그 눈을 피했다. 종업원을 불러 물 한 잔을 더 청했다. 자꾸만 입속이 건조해지고 있었다. 내 마음에 있는 말을 정수에게 하기 어려웠다.

내가 아들이 아니라 딸로 태어난 게 얼마나 다행인지 모른다는. 아버지와 엄마는 급속도로 늙어갈 것이다. 그들은 보살핌을 요구하고 병들고 자식이 또다른 자녀를 낳고 키우는 가족의 유동 상태를 지켜보면서 우리들에게 많은 시간과 에너지를 요구할 것이다. 그런데 왜 그들을 부양해야 하는가. 도덕적으로, 인간이기 때문에, 이 사회의 관습이 그렇기 때문에…… 아니다. 그런 이유로는 납득할 수 없다. 사랑이라는 관념처럼 그것도 하나의 이데올로기에 지나지 않는다. 지금의 나에게는 너무나 어렵고 불가능한 일이다. 내가 아들로 태어나지 않은 것이 다행이라는 생각도 든다. 그랬더라면 더 극심한 부양의 의무에 짓눌렸을 테니까. 정후는 돌아오지 않는다. 정수는 대학원을 졸업하자마자 오 년 동안 사귀고 있는 학과 선배와 결혼해 제 남편과 함께 유학 떠날 계획을 세우고 있다. 나는 그들보다 먼저 집을 떠날 필요가 있었다. 아무것도 가진 게 없고 아는 게 없는 나는.

지하철 사호선 역 입구에서 나는 정수에게 이렇게 말했다.

　"서울역이나 용산역 같은 데 한번 가볼까. 집 나온 노숙자들이 많다고 하던데."

　"큰언니 정말⋯⋯"

　정수는 휙 돌아서서 지하철 계단으로 내려가버리고 말았다. 마치 다시는 안 볼 것 같은 무서운 얼굴을 하고서. 정수 뒷모습에서 눈을 떼지 않았다. 아직 못 다한 말들이 입언저리를 맴돌고 있었다. 니가 딸이 아니라 아들이었다면 상황은 좀 달라졌을까. 정수야, 너는 대학원을 그만둬야 한다. 엄마도 나도 더이상 네 학비를 빌려올 수 없다. 이제 엄마에게도 나에게도 아무도 돈을 빌려주지 않을 것이다. 너는 정후가 그랬던 것처럼 매달 일정한 월급을 받아서 엄마에게 가져다줘야 한다. 그렇게 생각하지 않니? 내 말을 듣기라도 한 것처럼 정수는 성큼성큼 지하 계단을 내려가고 있었다. 청바지 입은 정수의 종아리, 각질이 일어난 팔꿈치, 넓은 어깨, 가르마가 두 개 있을 정수리⋯⋯ 정수 모습이 금세 사라져버렸다. 정수는 지하철을 갈아타고 집으로 돌아갈 것이다. 아버지도 없는 엄마의 집. 모녀는 서로 시선을 피한 채 저녁밥을 먹고 거실 불을 끄고 문단속을 할 것이다. 엄마는 아직도 내 얼굴을 기억하고 있을까. 엄마 목소리가 어땠는지, 흰 머리카락은 얼마나 성성했는지, 웃을 때 어땠는지, 아무것도 기억나지 않았다. 아주 오랫동안 엄마를 잊고 지낸 기분이다. 야생 고양이처럼 집을 빠져나와버린 그날 이후부터.

"정수야!"

큰 소리로 그애 이름을 불러봤다. 낯선 사람들이 지하도 계단을 내려가고 또 올라오고 있었다. 그들의 얼굴을 하나하나 눈여겨보았다. 정수 비슷한 얼굴들, 정수와 한 군데도 닮지 않은 얼굴들이 나타났다 사라져버리곤 했다. 그 얼굴들이 내 가방과 어깨를 툭툭 치고 지나쳐갔다.

동숭동, 오후 다섯시 삼십분의 뜨거운 거리 한가운데에 나는 서 있었다. 정수야, 언니는 취직을 했다. 오늘 너에게 따뜻한 우동 한 그릇 사주고 싶었는데, 그래서 너를 만난 거였는데…… 눈물을 훔 치고 나는 몸을 돌려세우다 마주 오던 사람과 어깨를 부딪치고 말 았다. 내처 걸음을 재촉했다. 일본식 우동집에 들어가서 냉모밀국 수 한 그릇을 시켜 먹었다. 횡단보도와 육교를 건너 정수가 다니는 학교 바로 건너편에 있는 카페로 들어갔다. 아까 마신 아이스티 한 잔을 더 마셨다. 그래도 시간은 일곱시도 채 넘지 않았다. 역삼동 연립주택으로 돌아가고 싶은 마음이 일지 않았다. 낯선 곳에 혼자 버려진 기분이었다. 그러나 오늘만큼은 술을 마시고 싶지 않았다. 요즘 나는 너무 자주 술에 취해 있었다.

그는 일주일에 두 번 나에게 온다. 화요일과 목요일 저녁. 이백 팔호에 들어와 살기 전에는 화요일과 금요일에 두 번 만났다. 그를 서둘러 보낸 금요일 저녁, 여주인의 딸아이가 온 뒤부터 금요일에

는 만나지 않는다. 그는 정확히 열한시가 되면 옷을 챙겨 입고 화
장실로 들어가 머리카락에 물을 묻혀 새로 빗었다. 그가 오는 날이
면 향수도 사용하지 않았다. 내 침대에서 깜박 선잠이 들었다가도
알람시계를 맞춰놓은 것처럼 역시 오십오분이 되면 눈을 떴고 집
으로 돌아갈 준비를 했다. 나는 그의 곁에 누워 영원히 열한시가
오지 말았으면 생각하기도 하고 얼른 열한시가 돼서 그가 집으로
돌아가기를 바랐다. 비가 쏟아지는 날에도 오존주의보가 내려진
날에도 열한시는 어김없이 찾아왔다. 그가 내 방으로 오면 그의 겉
옷을 벗기고 면 티셔츠와 헐렁한 긴 바지로 갈아입혔다. 양말도 벗
겼다. 벗긴 양말과 겉옷들은 거실 벽에 걸어두었다. 그가 돌아가고
나면 그가 입었던 실내복들을 개켜 옷장 서랍 깊숙이 집어넣거나
세탁해두곤 했다. 집으로 돌아갈 준비를 할 때 그는 나에게 하루
중 가장 애틋하다. 침대에서 일어나 잠든 척하고 누워 있는 내게
오래오래 등을 쓸어주거나 가만히 정강이뼈와 발가락들을 매만지
곤 한다. 간혹 그가 현관문을 나설 때까지도 잠든 체하고 누워 있
었다. 그는 나를 깨우지 않았다. 짧은 메모를 써놓고 가기도 했다.
잘 있어, 문단속 잘하고. 내일 전화할게. 그리고 그는 긴 끈이 달린
신발을 신고 현관문을 열고 나갔다.

　그가 돌아가고 나면 집은 갑자기 깊은 정적 속으로 빠져들었다.
조금 전까지 뜨거웠던 찌개 냄비도 갑자기 식어버리고 틀어놓은
음악도 들리지 않고 공기도 무겁게 가라앉고는 했다. 내 몸도 발바

닥부터 차갑게 식어버렸다. 식탁을 치우다 말고 그가 사용했던 물잔을 들어 거실 바닥으로 툭 떨어뜨려보았다. 사기로 만들어진 물잔은 쨍그렁 소리를 내며 떨어졌고 사방으로 파편이 튕겨나갔다. 손가락을 다치지 않도록 주의하면서 파편을 주워담고 설거지를 했다. 그가 현관문을 빠져나갈 때마다 그가 다시 이 방에 오지 않기를 바란다. 나는 매주 화요일과 목요일 저녁, 그를 기다리고 있다.

"저기 저 사람 좀 봐, 혹시 그분 아니니?"

버섯찌개를 떠먹고 있던 그가 텔레비전을 향한 채 말꼬리를 올렸다. 그는 사십 분이 넘도록 식탁에 앉아 밥을 헤적이고 있었다. 맛있어, 정말 맛있는데. 그렇게 말은 했지만 그는 맛있게 먹지 못했다. 내 음식 솜씨는 아무래도 엄마를 닮은 것 같았다. 요리책까지 들춰가면서 계량컵과 계량스푼을 이용해 요리를 만들어도 제대로 맛이 나지 않았다. 들깻가루가 빠져서 그런지 찌개는 메케하고 들큰거리기만 했다. 시간이 너무 많았다. 내가 조금만 더 바빠진다면 요리는 하지 않아도 될 것이다.

"어떤 사람 말야?"

오디오 옆에 놓인 대형 텔레비전을 쳐다보았다. 신형 범죄인 스토킹을 다루고 있는 시사 프로그램이었다.

"그 아주머니하고 결혼할 분 맞지? 그때 우리 같이 만났었잖아."

"응, 신경정신과 박사라고 했지 아마?"

유르빔 여주인과 십일월에 결혼 약속한 남자가 스토커들의 범죄심리에 관한 진행자의 질문을 받고 있었다. 열쇠를 받기 위해서 그와 함께 카페에 갔을 때 만나고는 그뒤로 본 적이 없었다. 다음에 기회가 되면 우리 아저씨네 농장에 한번 같이 놀러가요, 여기서 얼마 안 걸려. 공기도 맑고 손님들을 위해서 따로 지어놓은 숙소도 있어요. 여주인의 얼굴은 평온해 보였다. 나는 그 말을 귓결로 흘려들으면서 쉰여섯 살이 되면 나도 그처럼 편안해질 수 있을까 하는 생각에 빠져 있었다. 쉰여섯 살. 앞으로 이십육 년이나 더 남았다. 남은 이십육 년 동안 나는 여전히 이곳저곳으로 방을 옮겨다니며 떠돌고 있지는 않을까. 우편배달부가 하루아침에 뇌의 구조를 연구하는 의학박사가 될 수 없듯 인생은 그렇게 크게 달라지지 않는다. 행운과 도박과 희망과 모험을 믿지 않는 나는 내 쉰여섯 살을 미리 그려보고 싶지 않았다.

　"아주 어릴 때 함흥에서 이쪽으로 내려왔대. 부모님은 다 돌아가시고, 형제 하나 없이. 아주머니가 그러더라, 자기가 왜 결혼을 결심하게 됐는지. 그분이 혈혈단신이니까, 지금도. 부인과는 오래전에 사별했고 자식들은 모두 외국에 나가 공부하고 있는 중이래. 재산도 많고 부족한 거 없는 사람이지만 너무 외로워 보이더래, 그래서 가족을 만들어주고 싶었다나. 딸이나 아들, 그런 것 말고도 할아버지 할머니, 외숙과 백부, 이런 관계들 말이야."

　나는 그에게 유르빔 여주인에게 들은 말을 생각나는 대로 옮겼다.

"그럼 자수성가하신 분이구나. 고생 많이 하셨겠는걸."

"자수성가……?"

그렇게 말할 수 있다면 아버지도 한때는 자수성가한 사람 중 하나였을 것이다. 열일곱 살 때 서울로 혼자 올라왔다. 그때 아버지 주머니에는 단돈 백오십원밖에 없었다고 했다. 서울역에 도착한 아버지는 차비를 아끼느라 휘황한 도시 불빛을 따라 한강대교까지 걸어갔다. 걸어서 결혼한 큰고모가 살고 있는 상도동까지 갔다. 아버지는 말 그대로 숟가락 하나 들고 인생을 시작해 세 딸을 대학 졸업까지 시켰고 집을 장만했다.

그러나 지금 아버지가 천삼백원 하는 한라산에서 팔백원짜리 솔로 담배를 바꿔 피워도 집안 사정은 조금도 달라지지 않을 터이다. 나는 숟가락을 내려놓았다. 예기치 못하게 아버지를 떠올리고 있다니. 그에게 정수를 만났다는 이야기는 하지 않았다. 그리고 아버지가 가출해버렸다는 사실도.

"그런데 구월에 이 집은 어떻게 처분한다고 했니? 팔 건가 아니면 세를 줄 건가."

"아직 결정하지 못했대. 오래 살았던 집인가봐. 그래서 아무한테나 세를 주고 싶어하는 눈치는 아니고, 집을 처분해야 할 만큼 여유가 없는 것도 아니고. 물어봤어, 물론 살 수도 없겠지만. 세주면 시세가 얼마쯤 하느냐고 말야."

"얼마래?"

그도 슬그머니 숟가락을 내려놓았다. 허술하게 푼 밥은 절반이나 남아 있었다.

"구천오백만원."

여주인은 십일월에 결혼하고 조금 전 텔레비전에서 보았던 남자와 한집에 살게 된다. 남자는 평창동에 집을 가지고 있다. 여주인의 딸은 유학을 가고 아들은 앞으로 이 년도 넘게 군에 있을 터였다. 여주인에게 이 집은 필요하지 않다. 전남편과 오래 살았던 집이고 남편 사진은 아직도 벽에 걸려 있었다. 여주인은 이 집을 팔고 싶어하지 않는다. 나에게는 방이 필요하다. 나는 이 집을 새로 도배하고 장판을 깔고 먼지 하나 없이 깨끗하게 청소할 수 있다. 프라이팬에 기름덩어리가 굳도록 내버려두지 않을 수 있고 보일러를 수리할 수 있고 여주인의 딸처럼 입던 옷과 걸레를 한군데 뒤섞어두지 않을 수도 있다. 세탁기와 보온밥통과 에어컨 사용법에도 익숙해져 있다. 누구보다 이 집을 청결하게 관리할 수 있다. 만약 이 집을 내가 빌릴 수 있다면. 나에게는 간절히 방이 필요하다. 아버지와 엄마와, 동생들과 연결돼 있지 않고도 혼자 무언가를 시도해볼 수 있는 그런 방 하나가.

"저 울음소리 들려? 연립주택 안에 길고양이가 있는데, 아무래도 얼마 전에 새끼들을 낳은 것 같애. 밤이고 새벽이고 얼마나 울어대는지, 꼭 애기 우는 소리 같애. 여기 사는 사람들은 어떻게 밤에 잠들을 잘 수 있나 몰라. 아무래도 날 잡아서 쥐약이라도 놓든가 해야지. 약국에서 쥐약도 팔지?"

"……!"

방에서 고양이로, 내 생각은 방향 없이 튀었고 나는 아무 말이나 하고 있었다. 때로 가끔은 그의 생각이 못 미치는 곳에 서 있고 싶다. 그는 내가 길고양이 이야기를 해도 길고양이가 아닌, 길고양이 뒤에 숨어 있는 내 정서를 고스란히 들여다볼 것이다. 그는 아무 소리도 하지 않고 주전자를 들어 내 빈 잔에 물을 따라주었다. 길고양이가 아닌 다른 이야기를 꺼내려고 할 때였다. 초인종 소리가 들렸다.

후딱 그의 얼굴을 올려다봤다. 그도 엉겁결에 식탁 의자에서 일어났다. 누굴까, 누가 이 시간에 이백팔호 벨을 누르고 있는 거지? 여주인의 딸애가 올라오는 날은 아니었다. 앞집에서도 무슨 볼일이 있을 턱이 없었다. 여태도 마주치면 그냥 지나치곤 하는 사이였다. 어쩌면 내가 그 집 신문을 훔친다는 걸 알아버렸는지도 모른다. 그것도 아니라면 오늘 다시 현관 앞에 의자를 내놓고 앉아 있던 노인은 아닐까. 노인도 아니라면 혹시 그 여자, 성원경? 그래 그 여자일 수도 있었다. 세상에 그런 일은 흔하게 일어나곤 하니까. 다시 한번 벨이 울리던 그 짧은 순간에 많은 추측을 떠올리고 있었다. 그는 급하게 면 티셔츠 위에 입고 왔던 긴팔 셔츠를 걸쳐 입었다. 어쨌든 문은 열어야 했다. 벨소리는 완강하고 확신에 차 있었다. 문밖에 서 있는 사람이 그 여자, 성원경만은 아니기를 바라면서 문을 열었다.

복도에 서 있는 사람은 유르빔 여주인, 이 집 주인이었다. 청소기를 들고 여주인은 현관 안으로 들어왔다.

"……같이 있는 줄 몰랐어요. 내일 아침에 올 걸 그랬나?"

여주인은 신발도 벗지 않고 머춤히 서 있었다. 당황을 숨기려는 기색이 역력했다. 차라리 벨을 누른 사람이 여주인이 아니라 성원경, 그 여자였더라면. 나는 청소기를 들고 서 있는 여주인을 보면서 생각했다. 그가 얼른 청소기를 받아들었다.

"제가 들렀어요. 욕실 전구를 좀 갈아달라고 해서요."

그가 변명을 했다. 여주인의 집안에서 그와 나, 그리고 여주인이 초대받지 못한 손님처럼 서서 마주보았다. 내 얼굴은 자꾸만 굳어지고 있었다.

"들어오세요, 저녁 먹고 있던 중이었어요."

그제서야 여주인은 굽 낮은 신발을 벗고 거실에 발을 디뎠다.

"청소기를 갖다준다 준다 하면서, 아르바이트 학생도 깜박 잊어버리고 해서 시간이 나길래 잠깐 들러봤어. 어떻게 살고 있나 궁금하기도 하고 그래서. 괜찮아요, 그렇게 서 있지들 말고 어서 마저 식사해요. 찌개 맛있겠네."

"식사 안 하셨으면 같이 드실래요? 밥은 더 있는데."

"아냐, 난 먹고 왔어, 아저씨랑. 오늘 그 집 아들 만나서 함께 식사했거든. 어제 뉴욕에서 들어왔어."

모든 것은 청소기 때문이었다. 청소기 때문에 나는 그와 함께 있는 것을 여주인에게 들키고 말았다. 청소기가 없어도 물걸레질 하면 충분했고 며칠 전에 쓰레받기와 빗자루도 사다놓았다. 여주인에게 그가 이 집을 드나들 거라는 건 말하지 않았다. 여주인이 불시에 들이닥칠 거라고도 예상하지 못했었다. 그동안 전화조차 걸어온 적이 없었으니까.

"뭐 불편한 거 없어? 보일러가 고장이라서 좀 그렇죠?"

엉거주춤 식탁 의자에 앉은 여주인이 그와 나를 향해 물었다. 아홉시. 할 수만 있다면 거실 벽시계를 일곱시로 되돌려놓고 싶었다. 그는 아직 오지 않았고 나는 요리책에 쓰인 대로 팽이버섯과 한 번 데쳐낸 석이버섯, 느타리버섯을 찢어 찌개를 끓이던 때. 여주인에게 보다 깍듯하고 얌전한 모습을 보여줄 필요가 있었을 텐데.

"전화라도 하고 올 걸 그랬나. 이거 미안하게 됐네, 식사를 방해하고. 그만 갈게요, 왜 요즘은 통 카페에도 안 들러? 얼굴 잊어버리겠어요."

여주인은 자리에서 일어났다. 오 분도 안 되는 짧은 시간이었다. 그러나 그사이 여주인은 양말을 벗고 있는 그의 맨발과 거실 벽에 걸린 그의 옷가지들과 헝클어진 내 머리카락 같은 것들을 놓치지 않고 다 보았으리라. 들어가보지는 않았지만 화장실에 놓인 내 것 이외의 파란색 칫솔과 그가 샤워하고 널어둔 젖은 타월 같은 것들도 보았을 것이다. 내가 번역가가 아니라는 사실도 알아차렸을지 모른다. 무릎의 힘이 빠지고 있었다. 청소기를 남겨둔 채 여주인은 복도로 나갔다. 그가 복도까지 따라나가서 인사하는 소리가 들렸다. 여주인이 계단을 내려가는 소리를 들으면서 나는 포기했다. 어쩌면 이 집을 일시적으로나마 소유할 수 있을지도 모른다는 헛된 희망을. 그녀는 우리가 단지 식사만 하고 헤어지는 관계가 아니라고 알아차렸을 것이다.

나는 겁이 났다. 혹시 내일이라도 여주인에게 방을 비워달라는 전화가 올지도 몰라서. 어떻게든, 구월까지만이라도 이 집에서 살고 싶은데.

그는 열시에 집으로 돌아갔다. 열한시까지 그와 이 방에 함께 있고 싶지 않았다. 나는 이 방을 잃게 될지도 몰라. 옷을 갈아입고 양말을 신는 그를 뒤에서 보며 나는 혼잣말을 했다. 딸애랑 부딪친 것도 아닌데 뭘 그렇게까지 심각하게 생각하니? 말은 그렇게 했지만 여주인이 돌아간 이후부터 그도 줄곧 웃지도 않고 말도 잘하지 않았다. 열한시까지는 너무 길게 느껴졌다.

기어이 새벽 두시쯤 나는 방을 나오고 말았다. 고막을 할퀴는 듯한 길고양이들 울음소리 때문이었을까. 잠이 오지 않았다. 컴컴한 거실 벽에 몸을 기대고 서 있다가 미닫이문을 열고 여주인의 방으로 들어갔다. 전등 스위치를 올리고 한참 서 있다가 한쪽 벽 전면을 차지하고 있는 옷장 문을 열어보았다. 여주인의 옷과 딸애의 의상들이 수십 벌 빼곡히 걸려 있었다. 좀약 냄새가 밴 옷들을 헤집어보다가 붉은색 실크 천으로 만들어진 긴 원피스를 꺼냈다. 목선이 깊이 파였고 소매는 달려 있지 않았다. 허리와 치마 밑단에는 원단보다 붉고 반짝거리는 스팽글들이 촘촘히 박혀 있었다. 무대용 의상 같아 보였다. 첼로를 들고 박수를 보내고 있는 사람들 앞에서나 입을 수 있을 법한.

또하나의 나는 잠옷을 벗고 그 단단한 눈빛을 가진 여자애의 옷을 입었다. 허리는 약간 컸지만 길이며 어깨선도 적당했다. 안방에 거울은 없었다. 욕실로 들어갔다. 욕실 벽 거울에 붉은색 화려한 의상을 입은 내 모습이 비쳤다. 눈 밑에 낀 기미도 핏발 선 눈동자도 헝클어진 머리카락도 모두 사라지고 없었다. 그저 반짝이는 붉은 옷을 입은 아름다운 여자가 서 있을 따름이었다.

욕실 문을 열고 거실로 나왔다. 마치 청중이 기다리고 있기라도 한 것처럼 깊숙이 허리 굽혀 인사했다. 떠나갈 듯 크고 오랜 박수 소리가 들려오기 시작했다. 내 쪽으로 스포트라이트가 켜지고 있었다. 나는 의자에 앉아 활을 들고 첼로 켜는 시늉을 했다. 박수 소리가 잦아들면서 나를 향해 집중된 눈들이 반짝거렸다. 나는 연주를 시작했다. 없는 의자에 앉아서, 없는 첼로를 놓고, 붉은 옷을 입은 사람이 고개 숙인 채 세상에 없는 곡을 연주하고 있었다. 마치 무엇을 비는 사람처럼.

이 열쇠가 왜 아직 내게 남아 있는 것일까. 이백팔호 현관문을 잠그려다 말고 어두운 복도에 우두커니 선 채 손에 들린 열쇠꾸러미를 들여다보았다. 열쇠꾸러미에는 이백팔호로 들어갈 수 있는 두 개의 열쇠 말고도 은빛 열쇠 세 개가 더 매달려 있었다. 이백팔호로 처음 들어오게 된 날, 나는 분명히 이 열쇠를 버렸다. 이백팔호 거실 창을 열고 블라인드도 다 거두어버리고 발코니로 나갔었다. 비가 내리고 있었거나 아니면 바람이 몹시 불던 새벽 한두시쯤이었을 것이다. 한동안 회휘한 어둠 속에 망연히 서 있다가 주머니 속에 들어 있던 열쇠를 꺼내 옥상 쪽으로 던져버렸다. 열쇠는 곧 어둠 속으로 사라져버렸다. 어디에서도 열쇠 떨어지는 금속성 소리가 들리지 않았기 때문에 그것이 옥상이 아닌 연립주택 입구 화단 어디쯤 떨어졌으리라 여겼다. 열쇠를 버리고 나서 창문을 닫아 걸고 이내 깊은 잠에 빠져버렸을 것이다. 열쇠에 대한 마지막 기억이었다. 그런데 이 열쇠가 왜 아직도 나에게 남아 있는가. 비가 내리고 있거나 바람이 몹시 불던 그날 새벽, 열쇠를 버리지 않았을까. 그것도 아니라면 옥상이나 화단에 떨어져 있던 열쇠를 도로 주워 왔을까. 어쩌면 처음부터 이 세 개의 열쇠를 버리지 않았는지도 모른다. 내가 버린 것은 이 열쇠가 아니라 다른 무엇이었을까.

장바구니를 든 앞집 여자가 계단을 올라오고 있었다. 문손잡이를 한번 잡아당겨 잠긴 것을 확인했다. 나는 임의롭게 여자와 엇갈려 계단을 내려갔다. 여자가 제집 앞에서 잠깐 나를 돌아다보는 것이 느껴졌지만 고개를 돌리지는 않았다. 여자는 일주일에 한두 번 전화기나 리모컨 같은 것, 혹은 이쪽에서는 짐작할 수 없는 둔기 같은 것으로 남자에게 구타당하곤 하였다. 그 집 육중한 현관문과 복도를 지나 이백팔호로 새어들어오는 비명소리, 울음소리, 악다구니 쓰는 소리, 애원하는 소리는 이제 연립주택 안 어딘가 둥지를 틀고 있는 길고양이 울음소리와 별반 다르게 들리지 않았다. 여자는 매일 장을 보고 남자가 단숨에 엎어버릴지도 모르는 저녁 식탁을 준비하곤 한다. 아이들도 제 엄마를 보호하거나 아버지를 말리지 않는다. 그 집 아이들은 자주 외박하거나 새벽녘쯤 도둑걸음으로 집을 나가버리곤 하는 눈치였다. 나는 그 모든 것에 참견하지 않고 아는 척도 하지 않는다. 그 집 조간신문을 훔치는 행동만은 제외하고.

의자를 내놓고 앉아 있는 노인의 긴 막대기를 발로 밟고 현관문을 지나쳤다. 그래도 노인은 나를 돌아다보지 않았다. 노인은 아무것도 기억하지 못하는 것 같았다. 비가 내리던 그 밤, 그 온기도. 어쩌면 내가 일깨워야 할 만한 건 아무것도 없을지 몰랐다. 우리는 이웃이기도 하고 아니기도 했다. 이백팔호에 살기 위해서는 많은 것에 익숙해져야 할 필요가 있었다.

거리는 하나도 달라진 게 없었다. 황색 등이 고장나버린 신호등, 군데군데 흰 칠이 벗어져버린 횡단보도, 횡단보도 앞에서 사시사철 비닐 포장을 치고 앉아 삶은 옥수수나 소라고동을 파는 늙은 여자, 그 여자가 늘 입에 물고 있는 담배 냄새, 이십사 시간 편의점, 권태와 의구심으로 가득찬 눈동자를 두리번거리며 스쳐지나가는 낯선 사람들, 전단이 굴러다니는 더러운 보도블록…… 그 모든 살풍경한 거리를 지나쳐 골목 어귀로 접어들었다. 아주 낯설고 낯선 길이었다. 한때 내가 이 거리를 오가면서 그와 식당을 찾아다니고 생활정보지 가판대를 기웃거리곤 했는지 기억도 안 날 만큼 아주 오래된. 그 길을 터벅터벅 걸어 영신약국과 중앙슈퍼마켓을 지나쳐 방범초소가 있는 둔덕까지 올라갔다. 경사가 심한 골목에는 지나다니는 사람 하나 보이지 않았다. 뜨거운 햇살이 목덜미까지 훅훅 달구고 있었다. 팔뚝에는 벌써 빨간 사인펜으로 점점이 찍어놓은 것처럼 햇빛 알레르기가 번져들었다. 찬물로 씻고 얼음찜질을 해야 할 텐데.

집 앞 바로 맞은편에 있는 맥스빌라 옆 골목으로 들어갔다. 뒤를 돌아다봤다. 그 집, 먼지로 뒤덮인 대문과 이층으로 올라가는 긴 계단과 현관문, 그리고 내 옥탑방이 한눈에 들어왔다. 옥탑방 창문은 덧창과 두꺼운 파란색 커튼까지 내려져 있었다. 거실 창은 반쯤 열려 있고. 수은주가 삼십일 도까지 올라갔던 지난 오월에도 엄마는 거실 창을 다 열어놓지 않았다. 엄마는 한낮에 울리는 초인종 소리를 두려워했다. 창을 여는 일도 꺼렸다. 반쯤 열린 거실창을 바라보면서 지금 집안에 엄마가 있을 거라는 사실을 확인했다. 오후 세시. 엄마는 무얼 하고 있을까. 아무도 없는 저 텅 빈 집 안에서. 엄마…… 내 목은 콱 잠겨 있었다.

거실 창문이 닫히는 게 보였다. 나는 낯선 집 대문 문턱으로 몸을 숨겼다. 팔목까지 살이 오른 엄마의 굵은 손. 그 손이 창을 닫고는 이내 사라져버렸다. 이제 엄마는 집을 나설 것이다. 시간은 충분했다. 낯선 집 대문 문턱으로 올라섰다. 여기쯤이면 엄마가 거실 창을 열고 골목을 휘둘러본다고 해도 나를 발견하기는 어려울 터였다. 나는 이백팔호를 나설 때 작정했던 것처럼 구민회관 도서관에 가서 수학 문제집을 풀거나 아니면 일찍 학원에 가야 한다는 마음과 싸우며 보이지 않는 집안 실내를 상상하고 있었다. 얼마쯤 더 기다렸을까. 오 분 혹은 십 분쯤. 내 엄마인 듯한 늙은 여자가 현관문을 열고 나왔다. 조금 전 내가 이백팔호 문을 그렇게 잠갔듯 여자도 두 개의 열쇠를 차례대로 잠갔다. 늙고 살이 붙은 여자는 외출할 때마다 늘 입고 다니는 통 넓은 바지에 허리와 엉덩이를 가리는 풍덩한 반팔 셔츠를 입고 있다. 관절염에 좋다는 굽 낮은 운동화를 신은 엄마는 난간을 붙잡고 느릿느릿 계단을 내려왔다. 엄마 손가방에는 잔고도 없는 통장과 거래 중지된 신용카드와 각종 세금 독촉장이 들었을 손지갑이 들려 있을 것이다. 엄마는 대문을 닫았다. 대문을 닫기 전 무심코 골목 안을 둘러본 것도 같았다. 다리가 후들거렸다. 엄마. 나는 쏜살같이 낯선 집 대문 문턱을 튀어나가 엄마를 부를지도 모를 내 입을 손바닥으로 누르며 쪼그려앉아버렸다. 엄마는 폭양이 쏟아지는 골목을 내려가기 시작했다. 벽돌담에 바싹 몸을 붙이고 골목 안까지 걸어나왔다. 엄마는 골목 초입까지 내려갔다. 집을 떠나올 때보다 더 굵어진 목선이며 허든거리는 걸음걸이가 눈에 들어왔다.

엄마가 골목 안에서 완전히 사라질 때까지 눈을 감고 있었다. 눈을 떴다. 엄마는 보이지 않았다. 그러니까 아직 엄마는 살아 있다. 그 분명한 사실 한 가지는 확인했다.

나는 집에 왔다.

아직도 열쇠꾸러미에 매달려 있는 열쇠 중 하나로 대문을 열었다. 지도를 든 척후병처럼 뚜걱뚜걱 계단을 올라갔다. 계단 칸칸마다 놓여 있는 선인장과 한해살이 화분들은 벌써 뿌리까지 다 시들어버린 것만 같았다. 화분 흙을 손톱으로 긁어보았다. 손톱이 들어가지 않을 만큼 흙은 말라 있었다. 차례대로 두 개의 열쇠를 구멍에 집어넣었다. 현관문이 무겁게 열렸다. 거실 바닥에는 내 키만한 길이로 창틀과 소파를 넘어온 햇살이 드리웠고, 그것은 햇살이 아니라 차라리 집 현관 안까지 찾아온 어두운 그림자가 만들어내는 흔적 같아 보였다. 나는 당황하지 않았다. 엄마는 은행에 갔다. 최소한 한 시간 삼십 분은 족히 걸릴 것이다. 정수는 학교에 있고 아버지는 가출하였다. 정수에게 연락해보지는 않았지만 아직 아버지가 돌아오지 않았을 거라고 짐작하고 있었다. 신발장을 열어보았다. 밑창이 닳아빠진 아버지의 낡은 구두가 보이지 않았다. 아버지 가출은 길어질 것이다. 나는 적어도 한 시간은 이 집에 머무를 수 있다.

먼지가 뽀얗게 앉은 피아노를 지나쳐 일곱 개의 나무 계단을 올라갔다. 옥탑방 손잡이를 밀어보았다. 한때 내가 하루 중 대부분을 무기력하게 누워 있거나 외출 나가는 엄마 발소리에 귀를 기울이곤 하던 바로 그 방…… 커튼을 젖히고 창문을 활짝 열었다. 바람 한 점 불어들지 않는 건조한 날씨였다. 창문을 열어도 기온은 그렇게 크게 내려가지 않을 것이다. 에어컨이 있는 역삼동 이백팔호가 생각났다. 귀 옆으로 땀을 뚝뚝 흘리며 서 있다가 문득 침대 시트로 고개를 숙여보았다. 시트에서는 갓 세탁해 씌워놓은 듯 세제 냄새가 풍겨났다. 휴지통도 깨끗했고 까만색 미니 오디오 위에도 먼지 하나 묻어 있지 않았다. 대문은 먼지로 뒤덮여 있고 화분은 물기 하나 없이 말랐고 이제는 아무도 손대지 않는 피아노 위에도 몇 겹 먼지가 쌓여 있었다. 맨발이었다면 아마 거실을 지나쳐온 내 발바닥에서도 뿌연 먼지가 묻어났을 것이다. 나도 없는 빈방에서 엄마는 침대 시트를 세탁하고 쓰레기통을 비우고 방바닥을 닦고 그리고 또 무엇을 했을까. 세제 냄새가 풍기는 침대 시트와 말끔한 쓰레기통을 보는 순간 길을 돌아 구민회관 도서관으로 가지 않은 것을 후회했다.

거실로 내려왔을 때, 누군가 아까부터 나를 훔쳐보고 있기라도 했듯 전화벨이 울리기 시작했다. 가방을 움켜쥐었다. 혹시 엄마가 아닐까. 내가 집 앞에서 몸을 숨기고 있던 때부터 내 존재를 눈치 채고 있었는지도 모른다. 그것도 아니라면 정수나 혹은 집을 나가 버린 아버지? 신호음은 길게 이어지고 있었다. 정수 목소리로 자동응답기가 돌아갔다. 지금은 전화를 받을 수 없습니다. 전하실 말씀 남겨주세요. 아무런 음성도 없이 전화는 끊겨졌다. 은행이나 집 달리일지도 모른다. 그러나 그런 곳에서 걸려오는 전화는 대체로 용건이 남겨져 있곤 했다. 구두를 신다 말고 다시 연이어지기 시작하는 전화벨 소리에 걸음을 멈추었다. 나는 구두를 신은 채로 소파 옆에 있는 전화기 쪽으로 달려갔다. 망설일 틈도 없이 수화기를 집어들었다.

"여보세요?"

"……"

옆에서 동전 집어넣는 소리, 줄 뒤에 늘어선 사람들의 기척 소리, 공중전화 부스를 탕탕 치고 있는 소리, 거리를 질주하는 자동차 소리. 그 모든 소음이 한꺼번에 귓속으로 들어왔다. 이곳 하늘과는 다른 구름 모양새, 건조한 모래바람, 소주 냄새, 팔백원짜리 솔 담배 냄새, 뒷축이 닳은 구둣굽소리. 보이지 않는 것들이 눈앞으로 쏟아져들어와서 나는 이렇게 물었다.

"누구세요? 말씀하세요!"

"……"

"아버지, 아버지 맞죠? 아버……"

동전 떨어지는 소리와 동시에 전화는 끊겼다. 그쪽에서 먼저 끊었거나 어쩌면 내가 먼저 후크를 눌러버렸을지도 모른다. 전화는 끊어졌다. 방금 귓속으로 들려왔던 모든 소리와 아버지의 꾸붓하게 휜 등허리가 사라져버렸다. 땀이 흐르는 이마를 훔쳐냈다. 엄마는 아직 돌아가시지 않았고 아버지는 집에 돌아오지 않았고 정수는 여기에 없다. 그리고 나는 다시 이 집으로 돌아오지 못할 것이다. 그 모든 것을 한순간에 깨닫고 있었다. 열쇠 때문이었다. 나는 언젠가 그 열쇠를 이백팔호 욕실 하수구에다 떨어뜨렸을 것이다. 다시는 찾을 수 없는 곳으로.

웃지도 않고 인사도 하지 않는 아이들, 수업시간 내내 연필 깎는 칼로 제 손끝을 찍어 바닥에 점점이 피를 떨어뜨리고 있는 아이, 수줍게 사탕 한 알을 내미는 아이, 교재 안쪽에 만화책을 끼워놓고 읽는 아이. 그 열몇 살의 아이들이 있는 신림동 보습학원으로 가야 할 시간이었다. 그러나 나는 꼼짝 않고 서서 한때 내가 살았던 이 집, 캄캄한 오후 네시의 이 집 실내를 휘둘러보고 있었다.

사랑을 나눈 후나 식당에서 음식이 나오기를 기다리는 그 시간. 당신은 당신을 바라보지 않고 텔레비전이나 음식점 상호가 인쇄된 냅킨을 바라보고 있는 내 얼굴을 돌려세우고는 가끔 이렇게 묻곤 한다. 왜 사랑한단 말을 한 번도 하지 않는 거니? 라고. 그러면 입술을 꼭 다문 나는 다시 텔레비전이나 냅킨 쪽으로 시선을 되돌려버리곤 한다. 사랑은 없다는 듯. 세상에 없기 때문에 당신은 집

착하고 있다는 듯. 그러나 나는 당신의 백칠십오 센티미터의 신장
과 왼쪽 귓볼 뒤에 숨어 있는 사마귀와 옆구리 쪽의 불에 덴 상처
를 사랑한다. 안정감을 주는 당신의 눈빛도. 그리고 또 나는 사랑
한다. 당신이 불러주는 노랫소리와 내겐 없는 당신의 모든 것을.
그날, 아마도 내 스물아홉번째 생일이었을 것이다. 십이월 이십팔
일, 늦은 밤. 당신은 더러운 여관 방바닥에 서서 침대에 앉아 있는
나를 내려다보며 노래를 불러주었다. 내게 주는 또하나의 생일선
물이었다. ……그만해. 나는 픽 웃으며 노래를 방해했다. 당신은
입을 다물었고 스물아홉 살의 나는 그다음 가사를 궁금해하며 손
으로 얼굴을 가렸다. 당신 음성은 아름다웠다. 당신은 다른 남자와
다른 데가 있다.

처음 우리가 만났을 때 당신은 자신이 결혼한 사람이라고 말하
지 않았다. 당신은 자신이 아내와 헤어질 준비를 하고 있는 사람이
라고 말했다.

고등어나 꽁치, 삼치 같은 것들. 당신은 구운 생선을 좋아한다.
우리는 식당에서 자주 생선구이를 시켜 먹곤 한다. 당신은 생선 꼬
리와 머리를 떼어내고 몸통 가운데 살을 부서지지 않도록 발라 내
밥그릇 위에 얹어준다. 당신은 꼬리와 머리 주변에 붙은 살을 발라
먹는다. 나는 묵묵히 밥그릇 위에 놓인 두툼한 생선살을 겨자 섞은
간장에 찍어 입에 넣는다. 그때 내가 무슨 생각을 하는지 알고 있
니? 엄마와 아버지를 떠올리고 있다. 우리집 저녁 식탁 풍경 같은

것. 엄마와 아버지는 생선 꼬리와 머리만 먹는다. 몸통 살은 세 딸의 차지다. 우리들이 발라내고 밀쳐둔 생선 접시를 끌어당겨 엄마와 아버지는 뼈만 남기고 모두 발라먹곤 한다. 가끔 당신은 내 아버지와 엄마를 닮은 데가 있다. 서른다섯 살의 당신. 당신은 가끔 초록 모자를 쓴 사내아이, 분홍색 원피스를 입은 여자아이와 나, 유정원을 혼동하는 것처럼 보인다. 나는 유정원일 뿐이다. 당신이 발라주는 생선살은 하나도 맛이 없다. 구운 생선이 아니라 매운 비빔냉면, 산채비빔밥, 만둣국, 나는 이런 음식들을 더 좋아한다. 내가 당신에게 숨긴 것은 그뿐만이 아니다.

오늘도 당신은 나에게 다녀갔다. 내 손을 만지며 웃었고 설거지를 도와주었다. 내가 식탁을 치우는 사이 냄새나는 음식 쓰레기가 든 통을 비워내고 비눗칠해 물기가 빠지도록 변기 위에 거꾸로 세워두었다. 당신은 부주의한 나와는 달리 접시를 깨지 않고 설거지할 줄도 알고 세탁도 잘한다. 그러나 변함없이 열한시에 당신은 내 방을 나갔다. 당신이 신발끈을 매고 있을 때 빗소리를 들었다. 저렇게 비가 오고 있는데…… 그러나 당신은 떠났다. 그것이 내가 처음 당신을 붙잡는 소리인 줄도 모르고. 삼 년 만에 처음, 당신에게 좀더 있다 가면 안 되느냐고 에둘러 말했다. 돌발적으로 들려오기 시작하는 빗소리 때문만은 아니었다. 오늘 내가 무얼 하며 지냈는지, 아버지가 왜 가출했는지, 어제 본 엄마 뒷모습이 어땠는지, 그런 아직 남은 말들을 하고 싶었을까. 당신이 물어봤어도 저녁 아홉시에는 하지 않던 말들. 당신은 여느 날처럼 열한시에 나를 떠났고 다음 화요일이나 목요일쯤 또 내게 올 것이다. 일찍 귀가하는 가장처럼 식료품이나 참외가 든 비닐봉지를 들고서. 당신과 함께 있어도 밤 열두시가 오고 새벽 세시가 오는지 확인하고 싶었다. 게다가 예기치 않은 굵은 빗줄기까지 쏟아졌다. 당신은 우산이 없었고 공교롭게 이백팔호 어디에도 우산은 하나도 보이지 않았다. 당신은 비를 맞고 지하철역으로 걸어가고 보리 이삭 화분들을 지나 당신 집 아파트로 걸어갈 터였다. 당신이 비를 맞게 되는 걸 원치 않았다. 당신은 마지막으로 입을 맞추고 현관문을 닫아버렸다.

지난주 목요일을 기억하고 있니?…… 당신이 오는 날이었다. 저녁 여덟시. 함께 먹으려고 준비해둔 카레와 차갑게 식힌 콩나물국, 두 벌의 수저. 식탁 위를 내려다보다가 얇은 카디건을 걸쳐 입고 이백팔호 밖으로 나갔다. 실내등도 모두 꺼버렸다. 지하철역 입구 카페 오아시스로 들어갔다. 당신이 내 방에 가기 위해서는 그 카페 앞을 지나쳐야 했다. 나는 창가 쪽에 자리잡고 앉아 맥주 두 병을 주문했다. 눅눅한 팝콘과 함께 맥주 한 병을 다 비웠을 때 지하철역 입구에서 눈에 익은 푸른색 줄무늬 셔츠, 까만 가방, 베이지색 바지가 보였다. 당신은 내게로 오고 있는 중이었다. 지상으로 올라온 당신은 손목을 들어 시간을 확인한 후 빠른 걸음으로 내 방 쪽으로 걸어갔다. 나는 얼른 고개를 수그려버렸다. 다행히도 당신은 나를 발견하지 못하고 카페를 지나쳤다.

당신은 기업은행과 신태양사진관 사이 골목으로 들어간다. 당신의 가쁜 호흡 때문에 은행나무 이파리 몇 개가 흔들거린다. 미처 내 방 불이 꺼진 것을 알아채지 못하고 현관 앞에 있는 노인을 지나쳐 계단을 올라간다. 내게 올 때 당신은 계단을 한꺼번에 두세 개씩 뛰어오른다. 벨을 누른다. 문은 열리지 않는다. 나는 여기 카페 오아시스에 앉아 맥주를 마시고 있다. 정원아. 당신은 옆집에 들리지 않을 만큼 작은 음성으로 내 이름을 부르며 또 벨을 누른다. 문은 열리지 않는다. 계단을 내려와 연립주택 앞에 서서 내 방을 올려다본다. 불은 꺼져 있다. 그 방 열쇠는 나에게만 있다. 당신은 걸음을 돌려세운다.

　맥주 두 병을 더 마신 후 카페를 나왔다. 열두시 십 분 전이었다. 어깨를 웅크리고 천천히 걸었다. 골목 하나를 사이에 두고 노폭이 넓은 사차선 도로가 있고 반대쪽에는 불이 꺼져가는 네온 사이로 술 취한 사람들이 비틀거리며 서 있다는 게 믿어지지 않았다. 이따금 들려오는 길고양이 울음소리와 앞집 여자 비명소리. 귀를 막으며 골목 쪽으로 길을 꺾었다. 노인은 보이지 않았다. 그리고 당신도. 연립주택 앞에 서서 나는 당신을 단념하고 있었다. 카페 앞으로 지나치는 모습을 보지는 않았지만 당신은 내가 카페 화장실에 갔을 때나 고개를 숙이고 팝콘을 지분거리고 있을 때 무심코 지나쳐갔을 수도 있었다. 당신은 갔다. 그리고 시간은 이미 열두시로 치닫고 있었다. 나는 그 시간에 한 번도 당신 얼굴을 본 적이 없었다. 열두시에 당신은 어떤 얼굴을 하고 있을까. 나는 어두운 계단을 올라갔다. 이백팔호 문 앞에서 당신은 지친 얼굴로 벽에 어깨를 기댄 채 비스듬히 서 있었다. 나는 아무 말도 하지 않고 열쇠를 꺼냈다. 당신은 나를 따라 들어오지 않았다. 나를 불러 세우지도 않았다. 문 쪽으로 가만히 귀를 열고 서 있었다. 삼 분이나 오 분쯤 지났을까. 계단을 내려가는 발짝소리가 들려오기 시작했다. 그 걸음소리가 아주 멀어져 들리지 않을 때까지 꼼짝 않고 서 있었다. 당신은 갔다. 열한시가 아닌 열두시 정각에. 현관문을 잠갔다. 이제 누구도 다시 오지 않을 테니까.

당신은 언젠가 내게 이런 말을 했다.

부모가 애들을 키우는 데 필요한 네 가지 요소가 있는데 그게 뭔지 아니? ……그래 맞았어. 첫번째는 물론 사랑이지. 그리고 그 다음은 한계 설정, 정신적인 이별과 독립, 그리고 느슨한 간섭이다.

나는 그 말을 이렇게 내 방식대로 해석해버렸다. 부모가 애들을 키우는 데 필요한 요소가 아니라 이미 결혼한 남자와 아직 결혼하지 않은 여자가 지속적으로 만날 수 있는 조건이라고. 그건 그다지 틀리지 않았다. 그러나 당신은 내게 정신적인 이별과 독립을 만들어주지는 않았고 그것은 내가 해야 할 일이라고 이제 알아가고 있다.

처음 만났을 때 한 말대로 당신은 성원경과 그리고 두 아이와도 헤어질 작정을 한다. 비로소 혼자가 된 당신은 나, 유정원이라는 여자와 또다른 가족을 만들고 싶어한다. 완벽한 가족에 관한 낭만적인 꿈을 갖고 있는 당신은. 그러나 아이를 낳지 않아도 나와 함께 산다는 것 자체가 또하나의 가족을 만든다는 걸 모르고 있다. 과거의 결혼과 나와의 새로운 결합으로 당신은 필연적으로 두 개의 가족을 갖게 된다. 나는 가족에 대한 당신의 그 이중적인 태도를 감당하기 어렵다. 시간이 흐를수록. 집을 나온 이후, 어쩌면 나는 조금씩 다른 사람이 되어가고 있는지도 모르지만. 당신은 왜 다른 결혼한 남자들처럼 한때 스쳐지나가는 인연처럼 가볍게 나를 만날 수는 없는가. 나는 삼십 년 동안 양막처럼 나를 둘러싸고 있던 가족을 버렸다. 이제 나에게 가족은 세상의 그 많은 고유명사 중 하나에 지나지 않는다. 내가 당신에게 필요로 하는 것은 누구의 시선도 개의치 않고 당신과 손잡은 채 심야영화관을 가는 것이나 당신이 만들어주는 한 칸 방이나 엄마 같은 관심과 배려가 아니라 당신이라는, 한 사람뿐이다.

외도하는 남자는 안정감을 잃게 마련이다. 당신 입술, 콧날, 어깨는 차츰차츰 안정감이 무너지고 있다. 그걸 모르고 있는 사람은 당신 자신밖에 없다. 당신이 나를 만나기 전의 그 얼굴, 그 얼굴은 이제 어디에도 없다.

천구백구십육년 이월 십사일 저녁 일곱시 십분. 성긴 눈발이 흩날리기 시작하고 전조등을 켠 자동차와 버스가 질주하고 한 떼의 폭주족이 머리칼을 휘날리며 어디론가 달려가고 머리 아픈 내가 게보린 한 알과 박카스를 떠올리며 발목까지 내려오는 긴 외투 주머니에 시린 손을 찌르고 당신이 어깨를 떨어대며 가방을 들지 않은 한쪽 손에 둘둘 만 신문을 움켜쥐고 있던 그날, 우리는 만나지 말았어야 했다. 어깨를 부딪친 순간 누구도 비틀거려서는 안 되었고, 누가 먼저라고 할 것도 없이 괜찮아요? 라고 묻지 말았어야 했다. 고아들처럼 밤의 거리에서 처음 만난 그날.

나는 '호수장' 삼백육호에 혼자 남아 있다. 비바람이 창을 두드리고 불자동차 사이렌 소리와 여관 앞 취객들이 싸우는 소리가 연이어 들려왔다. 비 내리는 주말에 이 냄새나고 누추한 호수장 삼백육호에서 밥을 시켜 먹고 잠을 자고 수학 문제집을 풀어야 한다. 스타킹도 빨아야 하고 머리도 감아야 한다. 카페 여주인의 딸이 이백팔호를 비우는 일요일 오후에나 이 여관방을 나갈 수 있다. 나는 정신을 놓은 노인이 있고 길고양이들이 얼씬거리는 이백팔호를 또 떠나오고 말았다. 집을 떠나온 내 인생의 모든 방은 호수장 삼백육호처럼 초라하고, 주말이 아니라 어디에도 안주하지 못한 채 일주일 내내 떠돌게 되는 것은 아닐까.

그는 보습학원 맞은편 상가 건물 엘지이십오시 계단 앞에서 나를 기다리고 있었다. 마지막 타임을 끝내고 화장실로 들어가 분필가루가 묻은 손을 씻고 발을 질질 끌며 불이 꺼진 학원을 나왔다. 버스를 타고 혼자 여관방에 찾아들 수도 있었다. 늦은 시간 혼자

식당에 가서 밥을 시켜 먹고 또 새벽까지 영업하는 편의방 같은 곳에 가서 맥주도 마실 수 있었다. 아무도 만나고 싶지 않았다. 무르춤히 서 있던 나를 여관방에 데려다주기 위해 혼자 저녁밥을 먹고 혼자 차를 마시면서 두 시간 동안 기다렸던 그를 똑바로 바라보지 않으면서 그 앞을 지나쳤다. 그는 아무 말 없이 뒤따라 걸었다. 왜 이렇게 배가 고픈지 모르겠어. 길가의 고시학원 간판과 당구장 간판을 번갈아 바라보며 중얼거렸다. 우동 한 그릇이 나오기를 기다리는 동안 가방 옆에 놓여 있던 쇼핑백을 그에게 내밀었다. 뭐가 들었는데? 그가 가방 속을 들여다보았다. 비누와 샴푸, 속옷, 실내복, 양말…… 또 방을 옮기는 거잖아, 이틀 동안이긴 하지만. 나는 담담히 말했다. 수심으로 그늘진 얼굴을 감추려는 듯 그가 고개를 떨어뜨렸다.

버스를 타고 역삼동 연립주택으로 들어가 살기 전 그와 함께 다니곤 했던 여관 골목으로 들어섰다. 베갯잇에까지 담배 냄새가 배 있고 욕실에 걸린 수건에는 아직 물기가 남아 있고, 누군가의 머리카락과 음모가 떨어져 있는 방바닥, 간혹 생리혈이 묻은 시트를 볼 적도 있었다.

집과 너무 가까운 곳이야. 나는 울고 싶어졌다. 엄마의 집과 가까울 뿐만 아니라 카페 유르빔과도 지척인 거리였다. 우연히 여주인을 만날 수도 있었다. 그는 편의점에 들러 일점오 리터들이 생수와 맥주 네 캔을 사 왔다. 주말 내내 나 혼자 마실 음료들이었다.

그는 토요일과 일요일에는 집을 비울 수 없다. 그가 편의점에 들어가 있는 짧은 시간, 편의점 옆 골목 쪽을 기웃거려보았다. 노랗게 불 들어와 있는 유르빔 간판이 보였다. 간판 안쪽으로 여주인의 은색 소나타가 주차돼 있었다. 열두시가 되면 간판을 들이고 불을 끄고 여주인은 카페 안 내실에서 잠을 잘 것이다. 그녀의 딸은 여전히 거실 등과 오디오 전원을 내리는 것도 잊은 채 이삿짐으로 가득한 안방에서 잠이 들 것이다. 그가 카운터 앞에서 방값을 지불하고 있는 동안 나는 엘리베이터 버튼을 눌렀다.

여주인의 딸, 홍채연은 나에게 집을 비워달라고 말한 적이 없다. 그러나 나는 주말마다 이 도시 어느 누추한 여관방으로 살림을 옮겨야만 한다.

금요일 밤 열한시에서 열한시 삼십분 사이에 여자애는 이백팔호로 돌아왔다. 나는 수업을 마치고 고단한 몸을 이끌고 역삼동으로 가는 버스에 올랐다. 금요일 밤마다 그 버스가 나를 역삼동이 아닌 다른 곳으로 옮겨줘주기를 기원했다. 버스는 열한시 오분이나 십분쯤 정확히 역삼동 기업은행 맞은편에 하차했다. 무거운 가방을 어깨에 메고 버스 계단을 내려왔다. 여자애가 먼저 와 있을 적도 있긴 했으나 대부분 내가 먼저 이백팔호에 도착하곤 하였다. 집을 나서기 전 거실 바닥이며 유리창, 오디오와 텔레비전 위의 먼지, 욕조 바닥까지 말끔하게 청소해둔 그 집.

여자애는 술에 취해 있거나 아니면 서너 명의 친구를 데리고 왔다. 그들은 새벽까지 케이블티브이 음악 프로그램을 시청하거나 와인을 마셨다. 노래를 따라 부르고 거실 등을 끈 채 춤을 추기도 했다. 나는 옥탑방에서 살 때처럼 요의가 느껴져도 방을 나가지 않았다. 그들이 잠든 후에야 도둑 걸음으로 욕실로 들어가곤 했다. 욕실에는 누군가 구토해놓은 찌꺼기들이 여기저기 흩어져 있었다. 토요일 아침이면 여자애와 친구들은 새로운 걸 찾는 아이들처럼 일제히 이백팔호를 떠났다. 거실 바닥이나 식탁 위에는 먹다 남긴 술병들, 안줏거리들, 담배꽁초가 흩어져 있었다. 자기 집에서 할 수 있는 일이었다. 그들이 떠나가고 나면 나는 술병과 담배꽁초를 치우고 컵을 씻어놓았다. 창을 열고 환기를 시키고 거실 바닥을 걸레로 훔쳤다. 그리고 긴 낮잠에 빠져들었다. 토요일 저녁에 레슨을 마치고 온 여자애는 내가 사둔 라면을 끓여먹고 텔레비전을 보다가 전원도 끄지 않은 채 방으로 들어가버리곤 하였다. 여자애와 얼굴을 마주칠 기회는 아주 적었다. 여자애가 오면 나는 방으로 들어가버렸고 여자애는 제가 데리고 온 친구들과 시간을 보냈다. 그나마 얼굴을 볼 수 있는 토요일 저녁에도 여자애는 내게 별달리 말을 걸어오지 않았다. 내가 치워둔 깨끗한 거실과 욕실을 봤을 텐데도. 일요일 오후 여자애가 집을 떠나면 또 그애가 싱크대 위에 늘 어놓고 간 유리잔과 라면 국물이 남은 냄비를 씻곤 했다. 나는 아무렇지 않았다. 한 달에 십만원씩 내고 사는 것 이외에 내가 지불해야 할 일종의 세금 같은 거라고 여겼다. 그러나 결국 그 방을 차츰 떠나게 되었다.

여자애는 내가 없는 이백팔호에서 지금쯤 무얼 하고 있을까.

여관 창문으로는 주차장이 내려다보였다. 맞은편 여관 건물에는 수십 개의 불 꺼진 방이 보였다. 방마다 커튼이 쳐져 있었지만 간혹 환하게 불 켜진 방들도 있었다. 그가 다가와 창밖을 내다보고 있는 내 등을 감싸안았다. 넥타이 매듭 부분이 뒷덜미에 와 닿았다. 아마 열시 사십오분이나 오십분. 시간을 짐작해보았다. 그는 곧 이 방을 떠나야 할 터였다. 그러나 나는 먼저 등을 돌리지 않았다. 낯선 방에서 갑자기 혼자가 된다는 걸 참아내기 힘들 것만 같았다. 그가 돌아가버리고 나면 무엇을 할까. 그가 사준 생수를 마시고 옷을 갈아입고 텔레비전을 틀어놓은 채 잠이 오기를 기다릴까. 나는 맥주 네 캔을 다 비우고 혼자 엘리베이터를 타고 여관을 나가 술을 더 사 올 것이다. 술에 취하면 엄마의 집으로 전화할지도 모르고 성원경에게 전화할지도 모른다. 술에 취한 나를 믿을 수 없다. 자제력을 잃고 싶지 않다. 그만 가야지. 표정을 숨기면서 침착하게 돌아섰다. 그는 금방이라도 울음을 터뜨릴 것만 같은 얼굴을 하고 있었다. 여관에서 주말을 보내야 하는 건 당신 때문이 아닌데, 왜 지금 그런 얼굴을 하고 있니…… 갑자기 그가 측은해졌다. 그의 팔을 풀고 가슴 쪽으로 그의 머리를 끌어당겼다. 나는 그의 왼쪽 귓불 뒤에 숨은 사마귀를 가만가만 어루만졌다.

그는 여느 때와 마찬가지로 열한시에 나를 떠났다. 전화할 수 있을 거야. 여관방을 나가면서 그가 가라앉은 소리로 말했다. 올 수 있을지도 몰라. 그런 말은 하지 않았다. 그는 아직 내 존재가 드러나지 않기를 바란다. 그 여자, 성원경에게. 이혼하기 전에 내 존재가 드러나버리면 그는 손에 없는 거액의 위자료를 지불해야 할 터였다. 나는 입술 끝을 올리며 조금 웃었다. 그가 기억하는 오늘 내 마지막 모습은 이렇듯 웃는 얼굴이기를 바라면서. 문이 닫혔다. 유월 십팔일 금요일, 밤 열한시. 나는 혼자 여기 있다.

여관 창문에 검은 그림자가 빠르게 스쳐지나갔다.

길고양이 한 마리가 창턱에 네발을 붙인 채 내가 있는 안쪽을 들여다보고 있었다. 새벽 한시나 두시쯤. 그때 나는 오지 않는 잠을 청하며 물을 마시고 있던 참이었다. 길고양이는 거실 유리창에 들러붙어 있었다. 유리창의 두께는 갓 낳은 새끼들을 데리고 먹이를 찾아 나선 어미 고양이의 절박한 본능을 감당할 수 없을 것이다. 나는 물병을 든 채 냉장고 앞에서 벌벌 떨었다. 내가 있는 곳은 이층이었다. 화단과 가까운 일층이었다고 해도 그렇게까지 놀라지는 않았을 것이다. 길고양이는 한 층을 뛰어넘어 나를 엿보았다. 내가 잠들어 있었다면 아마도 거실 유리창을 깨고 들어와 집 어딘가에 제 새끼들을 누이고 핥았을지도 모른다. 커튼을 치지 않은 것이 잘못이었다. 나는 거실 창으로 갔다. 떼었다 붙인 것처럼 고양이가 잽싸게 몸을 날려 옆 창문으로 가 다시 네발을 붙이고 흠치르르한 털을 곤두세웠다. 호락호락 물러날 기세가 아니었다. 길고양이는 내가 엄마의 집을 떠나온 것을 알거나 내가 이백팔호에서 주인집 딸 뒷설거지를 하며 지내고 주말마다 요의를 참고 방안을 서성거린다는 것을 알고 있을지도 몰랐다. 나는 너에 관한 모든 것을 잘 알고 있지. 반짝이는 길고양이 눈이 그런 말을 뿜어대는 것 같았다. 나는 거실 창에 비친 나를 향해 물병을 날렸다. 거실 유리창은 깨졌고 길고양이의 모습은 어디에도 보이지 않았다. 유리 파편이 거실 바닥이며 베란다로 쏟아져내렸다. 기민하게 도망가버린 고양이는 또 어디선가 앙칼진 울음소리를 쏟아내고 있었다. 빗자루를 찾아 들고 유리 파편들을 치우기 시작했다. 그날 밤, 집을 떠나온 이후 나는 처음으로 울음을 터뜨리고 말았다.

내 꿈속에서 어미 길고양이 뒤로 아직 양수막이 남아 있는 새끼 고양이들이 뒤집어진 벌레처럼 꿈틀거리는 것이 보였다.

다음날 아침 일찍 약국에 다녀왔다.

빗줄기는 점점 더 굵어지고 있었다. 붉은 커튼을 치고 에어컨을 틀었다. 실내가 눅눅해지고 있었다. 차가운 에어컨 바람을 맞고 서 있다가 옷을 갈아입고 얼굴을 씻었다. 비닐봉지에 든 생수병과 캔맥주를 냉장고에 넣어두었다. 냉장고 속에는 요구르트 두 개가 들어 있었다. 맥주 대신 요구르트 한 개를 마시고 담배 구멍이 숭

숭 뚫린 침대에 누웠다. 반쯤 금이 간 여관 화장대 거울 속에 신열에 들뜬 듯 뺨이 달아오른 내가 이불을 펼치며 이쪽을 바라보고 있었다. 나는 아무 생각도 하지 않기로 했다. 여관방에 있어야 하는 일요일 오후까지. 유리창에 주둥이를 비벼대던 길고양이나 언제 생을 마감할지 모르는 엄마, 역삼동 방, 집 나간 아버지, 먼 데 있는 정후, 싸늘하게 돌아서버린 정수, 주말 내내 나를 생각하며 초록 모자를 쓴 사내아이와 축구를 하고 아파트 주변을 산책할 그 남자, 내가 여관방에서 지내는 줄 모르는 주인집 딸애……

오늘밤, 어떤 꿈도 꾸고 싶지 않다.

저녁의 지도

전화벨 소리에 퍼뜩 선잠에서 깨어났다. 침대에서 일어나 방바닥으로 내려섰다. 머릿속이 쿡쿡 쑤셔오고 있었다. 지금은 화요일을 막 지난 밤 열두시 십오분이었다. 그는 정확히 열한시에 돌아갔고 내일 오전이나 돼야 내게 전화할 수 있다. 여주인의 전화는 이쪽으로 걸려오지 않았다. 여주인의 딸이나 아들을 찾는 전화도 없었다. 방을 빌리기로 결정한 후에 여주인에게 따로 전화를 설치하겠다고 했다. 그러나 여주인은 한 달에 십만원 받는 금액에 전화비도 포함하는 걸로 생각하자고 혼자 정해버렸다. 나로서는 굳이 반대할 이유가 없었다. 어차피 내게도 전화를 걸어올 사람은 그 사람밖에 없었으니까. 그리고 내가 전화를 걸 만한 곳도 따로 없었다. 그가 전화하는 것 이외에 전화벨은 하루종일 울리지 않았다. 더러 잘못 걸려온 전화가 있기는 했다. 전화벨 소리가 끊어졌다. 나는 도로 침대 위에 누웠다. 사이드테이블에는 수학 문제집과 연습장이 펼쳐진 채 포개져 있고, 그가 돌아가고 나서 샤워하고 문제집을 풀었던 것까지 기억났다. 그러다가 잠이 들어버렸던 모양이다. 형광등 주위로 날벌레 한 마리가 윙윙거리며 날아다니고 있었다. 내 잠을 깨웠던 소리는 안방에서 들리던 전화벨 소리가 아니라 저 날벌레 소리가 아니었을까, 불을 꺼야 할 텐데. 나는 그대로 눈을 감아버렸다. 잠을 놓치고 싶지 않았다. 수업이 있는 전날 제대로 숙면을 취하지 못하면 꼬박 네 타임을 서서 견디기 힘들었다. 무릎이 꺾이고 현기증이 일기도 했다. ……전화벨이 다시 울리기 시작했다.

나는 방을 나오고 말았다. 전화벨 소리는 더욱 선명하게 들렸다. 여주인의 안방 문을 밀었다. 퀴퀴한 먼지 냄새가 코를 막았다. 여주인의 딸애가 올라오는 금요일까지 일주일 내내 안방 문을 닫아두었다. 여자애가 빠져나간 침대보는 구깃구깃했고 시트는 발 쪽으로 몰려 한데 뭉쳐져 있었다. 불도 켜지 않은 채 시트를 펼쳐서 반듯하게 접어두었다. 그러나 전화벨은 여태도 끊어지지 않았다. 내가 거기 그렇게 서서 벨소리를 외면하며 딴청 부리고 있다는 걸 잘 알고 있다는 듯한 소리. 나는 수화기를 들었다.

"……여보세요?"

낯선 여자 음성이었다. 나는 아무 소리도 내지 않았다.

"여보세요, 큰언니. 언니 맞지? 나 정수야."

"……!"

얼결에 수화기를 내려놓고 말았다. 낯선 여자의 음성이라고 생각했던 건 정수 목소리였다. 어느새 정수의 목소리까지 잊고 있었나. 내가 잊어버린 건 정수 목소리뿐만이 아니었다. 종아리까지 따끔거리던 한낮 옥탑방의 기온과 집으로 배달되어 오던 조간신문과 인스턴트 고추장 맛과는 다른 집의 장맛 같은 것들. 그리고 엄마의 이름. 그런데 왜 이 시간에 정수는 내게 전화를 했을까. 전화가 다시 걸려왔다. 재빨리 수화기를 들어 귀에 바짝 붙였다.

"큰언니? 나 정수라니까, 뭐라구 말 좀 해봐."

"정수야."

"……언니."

갑작스러운 정수 울음소리가 귓속으로 쏟아졌다. 나는 불도 켜지 않은 어두운 방안에 우뚝 서서 정수의 울음소리를 듣고 있었다. 간밤에 무슨 꿈을 꾸었는지 떠올려보았다. 아무 꿈도 꾸지 않았고 아침 아홉시까지 잠에 빠졌다가 일어났다. 아크리스백화점 지하식품부에 가서 콩나물과 쪽파를 사 와 국을 끓여 밥을 먹었다. 아무 일도 일어나지 않았고 어떤 예감 같은 것도 없었다. 날씨는 화창했고 빨래도 잘 말랐고 그의 전화를 두 번 받았고 저녁에 학원에 다녀왔다. 모처럼 학원 아이들과도 실랑이하지 않았다. 그런데 왜인지 이 시간에 나는 울고 있는 정수의 전화를 받고 있다. ……새벽녘 일도 떠올랐다.

이 집에 온 이후 알람시계를 맞춰놓지 않아도 새벽 세시 오십분이나 네시 사이에 잠에서 깨어나곤 했다. 계단을 올라오는 신문배달원의 발걸음소리 때문에. 옥탑방에서 살 때와 달리 비교적 일찍 일어났고 꼭 끼니를 놓치지 않고 밥을 챙겨 먹었다. 신문배달원이 계단을 내려가는 것을 확인하고 나서 잠옷 입은 그대로 현관문을 밀고 나갔다. 여느 때와 마찬가지로 잉크 냄새가 밴 앞집 조간신문을 집어오기 위해서였다. 나는 아침에 뜨거운 김이 피어오르는 밥 한 공기를 놓고 식탁에 앉아서 신문 읽는 그 잠깐의 시간을 좋아했다.

신문을 집어들고 일면 기사를 훑어보았다. 어둠에 가려 기사는 잘 보이지 않았다. 흰옷을 입은 수만의 사람이 엎드려 있는 한가운데에 머리에 터번을 둘러쓴 꼬마 아이가 카메라를 정면으로 바라보고 서 있는 사진만 흐릿하게 보일 뿐이었다. 신문을 들고 이백팔호 쪽으로 돌아섰다. 그때 어둠을 깨뜨리며 앞집 현관문이 활짝 열렸다. 나는 숨을 멈추며 고개를 돌렸다. 흰 양말을 신고 흰옷을 입은 채 머리카락을 풀어헤친 앞집 여자가 제집 현관문에 기대서서 나를 보았다. 엉겁결에 신문 든 손을 내려뜨리고 말았다. 앞집 실내는 컴컴했다. 여자는 어두운 현관 앞에 숨죽이고 서서 내가 나타나기를 기다리던 게 틀림없었다. 한 손으로 제집 현관문 손잡이를 잡은 채 여자가 내 쪽으로 한 발짝 다가왔다. 나는 뒤로 한 걸음 물러섰다. 신문을 집어 던지고 이백팔호 안으로 들어가버릴 수도 있었다. 한 걸음 물러선 채 꼼짝도 하지 않았다. 이럴 줄 알았다니까, 남의 걸 왜 가져가. 여자가 조용히 내뱉었다.

복도는 괴괴했다. 노인이 땅을 두드려대는 소리도 들려오지 않았다. 여자에게 신문을 내밀었다. 여자가 신문을 낚아챘다. 신문한 귀퉁이가 찢어져나가는 소리가 나는 듯 싶더니 여자가 신문 잡아챈 손으로 내 얼굴을 치는 시늉을 했다. 나는 피하지 않았다. 여자가 정말 후려친다고 해도 피하지 않았을 것이다. 남의 걸 가져간건 사실이니까. 그게 어떤 경고나 신호—내가 당신 집 소음을 듣고 있다는—처럼 느껴지기를 바란 건 그후의 일이어도. 앞집 문이닫혔다. 현관문 밑으로 거실 불이 희미하게 새어나왔다. 혹시 여자가 잠든 제 남편을 깨우는 것은 아닐까. 그제서야 나는 두려워지기시작했다. 제 아내를 구타하는 남자, 일주일 내내 술에 취해 비틀거리며 귀가하는 그 남자. 얼른 문을 닫고 이백팔호 안으로 들어오고 말았다. 현관문 잠금장치 두 개를 모두 걸었다. 간밤 일어난 일이다. 그것 이외에 별다른 나쁜 꿈도 꾸지 않았다. 그런데 지금 정수가 울고 있다. 밤 열두시가 넘은 시간에.

"언니……"

나는 숨을 멈추었다.

"언니, 우리집 말이야…… 넘어가고 말았어, 어제."

"……"

"엄마랑 나랑 지금 동네 여관에 와 있어. 집은 급한 대로 이모할머니 댁에 맡겨졌고. 언니, 제발 좀 돌아와봐. 엄마가 정신을 잃었다가 가까스로 깨어났단 말야. 나, 너무 무서워."

수화기를 왼쪽으로 바꿔 들었다. 융자받았던 삼천오백만원 원금과 체불된 이자를 지불하지 못해서 집은 드디어 은행과 법원으로 넘어가버렸고 집을 나간 아버지는 여태도 돌아오지 않았고 한 푼도 건지지 못한 채 쫓겨나버린 정수와 아픈 엄마는 지금 동네 여관에 머물고 있다는 이야기인가.

칠십년대부터 팔십년대 중반까지 아버지는 사우디아라비아 공사 현장에서 근무하였다. 일 년에 한 번씩 새카맣게 그을린 얼굴로 집에 돌아왔고 휴가가 끝나는 한 달이나 두 달 후쯤 다시 귓속으로까지 모래폭풍이 파고든다는 그 먼 나라로 돌아갔다. 엄마가 복강경 수술을 받은 것도 그 시기였다. 엄마는 아버지에게 일주일에 서너 통씩 편지를 쓰곤 했다. 가끔 엄마의 강요에 못 이겨 아버지에게 편지를 쓰고 건조한 목소리로 녹음한 테이프를 보내기도 했다. 아버지도 우리들 앞으로 대여섯 군데씩 맞춤법이 틀린 편지를 부쳐왔다. 엄마 말 잘 듣고 공부 열심히 하라는 한결같은 내용이었다. 엄마는 아버지가 보내주는 돈을 모아 집을 장만하고 까만색 구식 전화기와 얼룩말 무늬가 있던 소파도 샀다. 팔십육년도에 아주 귀국한 아버지는 그곳에서 만난 목수와 동업으로 집 장사를 하기 시작했다. 삼 년 후에 목수는 아버지의 돈을 떼먹고 달아나버렸다.

그것이 아버지가 당한 최초의 사기이자 사기의 시작이기도 했다.

아버지는 엄마가 장만한 시유지 집을 팔아버리고 근방에 땅을 샀다. 그 땅이 지금의 옥탑방이 있던 우리집이다. 아버지는 목수 일까지 도맡아 하면서 네 달 만에 집을 완성했다. 그 집이 완성되는 동안 가족들은 동네 여관에서 기거했다. 옆 호실에서는 아버지와 엄마가 묵었고 그 옆 호실에서 고3이었던 정수와 대학을 다니고 있던 정후, 대학을 졸업하고 집안에서 바퀴벌레만 잡고 소일하던 내가 함께 지냈다. 그 시절 나와 두 여동생은 사소한 일로도 맹렬히 싸웠다. 정수는 성적이 내려갔고 정후는 대학 심리상담실을 찾아다녔고 나는 말을 잃어가고 있었다. 우리들에게 새집은 아무런 의미도 없었다. 엄마와 아버지는 우리들을 이해할 틈도 없이 오로지 집을 완성하는 것에 필사적이었고 집착했다. 그러고 보니 우리 가족들은 여관과 아주 인연이 깊은 셈이다.

비가 쏟아지는 밤이면 아버지는 커다란 박쥐우산을 쓰고 아직 기와도 올리지 않은 그 집으로 가곤 했다. 아버지는 목수와 야방까지 혼자 겸했다. 그 장대처럼 비가 쏟아지던 밤을 아직도 잊을 수 없다.

채 지어지지도 않은 집 지하로 빗물이 새어들어와 아버지 허리까지 물이 고였다. 한밤중에 걱정이 돼 나간 아버지가 두 시간 넘도록 돌아오지 않았다. 엄마는 잠든 나와 정후를 깨워 공사장으로 데리고 갔다. 두려움에 벌벌 떨고 있는 엄마 얼굴로 빗물이 쏟아져

내렸다. 아버지! 정후와 나는 공사장 앞에서 아버지를 불렀다. 철근과 목재들이 쌓인 집은 건축되고 있는 집이 아니라 차라리 철거를 막 끝낸 듯 보였다. 엄마가 이리저리 손전등을 흔들어댔다. 아버지는 어두운 지하에서 혼자 물을 퍼내고 있었다. 아버지 몸은 온통 진흙물투성이였고 허리를 구부릴 적마다 아버지가 그대로 익사해버리는 건 아닌가 하는 두려움이 엄습했다. 물이 얼마나 사람을 위협하는 존재가 될 수 있는지 나는 그날 처음 깨달았다. 엄마는 여관에 가서 커다란 양동이와 대야를 빌려왔다. 정후와 나는 아버지와 엄마를 도와 지하에 고인 빗물들을 퍼내기 시작했다. 세 사람이 간격을 두고 양동이를 나르고 있는 사이, 아버지는 그림자처럼 말없이 물을 퍼내고 빗물에 젖은 벽돌들이 무너지지 않도록 비닐포장을 둘러쳤다. 한쪽에 쌓인 모래와 시멘트 포대들은 이미 손쓸 수도 없이 젖어 있었다. 비가 머츰해지고 서쪽 하늘이 서서히 연보랏빛으로 번져들 즈음 수위가 줄어들었다. 가족들은 온통 비와 땀으로 범벅이 되었다. 빗물을 퍼내면서도 나는 내가 이 집에서 오래 살 수 있을 거라고 짐작하지 않았다. 짓기도 전에 빗물이 들이치는 집에서 가족들은 얼마나 버틸 수 있을까, 아버지의 설계대로 이 집이 완성될 수 있을까 하는 것만이 궁금했다. 그러나 아버지는 네 달 만에 붉은 벽돌로 마감한 이층집을 완성했고 지금도 장마철에 물 한 방울 새지 않았다. 준공검사가 끝난 후에 아버지는 옥탑방을 올려 지었다. 그 집은 열일곱에 혈혈단신으로 바닷가 마을을 떠나온 아버지의 오랜 꿈이었다.

집을 짓고 나서 아버지는 백부에게 몇 년에 걸쳐 거액을 사기당했다. 아버지가 그 먼 나라에 가 있는 동안 엄마는 계와 적금으로 돈을 굴리고 우리들에게 수제비와 밀가루빵을 해 먹이고 하루에 세 알씩 원기소를 먹였다. 그래도 결국 엄마는 그 집을 잃고 말았다. 세 딸 중 누구도 그 집을 지켜주지 못했다.

돌아오는 주말에 나는 집 근처 여관이 아닌 한 번도 가본 적 없는 낯선 동네의 여관을 기웃거려야 할 것 같다. 아픈 엄마와 정수가 지금 여관에 묵고 있다. 우리는 어쩌면 여관 엘리베이터 앞에서 마주칠 수도 있다. 엄마와 정수가 있는 여관은 어디일까. 화장대 거울에 금이 간 호수장 삼백육호일까 아니면 타월에서 곰팡내가 풍기는 한라여관 오백칠호나 욕실 벽마다 검은 구멍이 숭숭 뚫려 있던 태림장 이백삼호일까. 주말마다 내가 묵곤 했던 여관방들을 떠올려보았다. 그 방 어디엔가 엄마가 누워 있다. 엄마 옆에서 정수는 내게 전화를 걸어왔다. 엄마는 그 여관방에서도 걸레를 빨아 방바닥을 훔치고 락스를 풀어 변기 속을 청소하고 낡은 칫솔로 전화기 먼지를 구석구석 닦아내고 있을까……, 엄마, 내 엄마는. 이미 경매당한 엄마의 집이 떠올랐다. 거실에 있던 오래된 피아노와 이파리들이 누래진 관음죽 화분과 가족들 신발로 빼곡히 채워져 있던 신발장과 안방 벽에 걸려 있던 가족사진들, 그리고 내가 오래 살았던 옥상 위의 작은 방. 안방 돌출 유리창과 기와 사이에 집을 지으려던 그 새들은 다 어디로 날아가버렸을까.

여자가 정한 장소는 여자의 아파트와 이백팔호가 있는 중간 지점쯤 되었다. 내가 사는 곳을 알고 있다고 한 건 아주 빈말이 아닐지도 몰랐다. 오후 두시 반. 주춤하던 장마는 내일 저녁부터 다시 시작된다. 버스 뒷좌석에 앉아 나는 자꾸만 덜컹거리고 있었다. 몸이 앞으로 쏠려나가지 않도록 손잡이를 꼭 잡고 앉았으면서도 내 몸이 버스 밖으로 튕겨져나갈까봐 조바심치고 있었다. 바닥을 디딘 발목에 힘을 주었다. 나는 여자와의 약속을 꼭 지키고 싶었다. 수요일이었다. 여섯시에 신림동 학원 수업이 있는 날이고 그를 만나지 않는 요일이었다. 그러나 내가 아는 여자는 오늘 오후 세시에 유아원에 가야 하는 날이다. 나를 만난다면 여자는 오늘 유아원에 가지 못할 것이다. 여자의 목소리는 차분했다. 언성을 높이지도 않고 내게 욕설을 퍼붓지도 않고 유정원씨? 라며 내 이름을 부르는 여자의 목소리가 담담했다. 이런 식으로 만나지 않았더라면 세 살 연상인 여자와 나는 좋은 친구가 될 수도 있었을 것이다. 처음부터 그 여자에게 깊은 호감을 갖고 있었으니까.

횡단보도를 건너 수협 건물 옆길 쪽으로 빠져들었다. 카페와 음식점들이 밀집된 지역이었다. 약속 시간은 십 분이나 지나 있었지만 서두르지 않았다. 내가 카페로 들어갈 때 여자가 나를 알아볼

지 궁금했다. 여자가 말한 '카르멘'은 길 쪽으로 창유리가 훤히 트인 카페였다. 나는 카르멘 앞 인도를 천천히 스쳐지나갔다. 남자와 마주앉아 있는 젊은 여자, 세 명의 여학생이 앉아 있는 좌석, 그리고 노란색 주스잔을 만지작거리며 혼자 앉아 있는 여자. 그들의 앞을 지나쳐 걸었다. 몇 걸음 더 걷다가 길을 건넜다. 카르멘과 맞은 편에 위치한 카페로 들어갔다. 창가 쪽에 자리를 잡고 앉았다. 여자처럼 무언가를 주문하고 창 쪽으로 고개를 돌렸다. 손목시계를 들여다보고 창밖 거리를 내다보는 것만 제외한다면 여자는 빈 시간을 메꾸기 위해 혼자 차를 마시는 사람처럼 앉아 있었다. 출입구 쪽을 눈여겨보는 것 같지도 않았다. 여자와 내가 앉아 있는 카페 사이의 노폭은 겨우 십오 미터밖에 되지 않아 보였다. 그러나 여자는 나를 알아보지 못했다. 내 집과 이름과 전화번호만 알고 있을 뿐, 여자가 나에 관해 알고 있는 것은 별로 없을 것이다.

그 여자는 이미 내가 사는 곳을 알고 있다고 말했다. 거짓말처럼 들리지는 않았다. 여자가 나에 관해 알고 있는 것은 이곳 이백팔호와 전화번호 외에 또 무엇이 있을까. 전화를 끊기 전에 여자는 내게 당부했다. 그 사람이 모르는 일이었으면 좋겠어요.

그는 변함없이 일주일에 두 번 다녀가고 잠이 들었다가도 열한 시가 되면 눈을 떠 이백팔호를 떠났다. 이백팔호에 들어와 살면서부터 우리는 손잡고 시내 극장에서 영화를 본 적도 없고 쇼핑을 하거나 식당에 들어간 적도 없다. 향수를 뿌리지도 않았고 그에게 선

물을 준 적도 없다. 그런데 여자는 어떻게 내 이름과 전화번호와 집을 알아낼 수 있었을까. 적어도 여자가 사람들이 보는 데서 내 얼굴에 물을 끼얹거나 뺨을 후려치지는 않을 거라고 믿게 되었다. 가깝지는 않지만 마치 먼 인척처럼 전화를 해왔던 여자의 목소리 때문이었다.

이백팔호를 나오기 전에 그의 전화를 받았다. 여자를 만나기 위해 여주인의 딸 옷장을 뒤지며 옷을 고르고 있던 참이었다. 잠깐 외출을 할까 하는데. 그에게 말했다. 혹시, 집에 가보는 건 아니니? 그는 조심스럽게 물었다. 나는 침묵했다. ……어둡기 전에 들어오고. 저녁밥도 너무 늦게 먹지 마, 위도 안 좋으면서. 그래 그럴게. 순순히 대꾸했다. 그는 자신에게 무슨 일이 벌어지려 하는지 전혀 눈치채지 못한 듯싶었다. 그러나 그의 음성은 우울하고 잔뜩 목이 쉬어 있었다. 여자는 그가 정해진 요일마다 늘 같은 시간에 귀가한다는 것을 눈치채고 있을 것이다. 그들은 또 내가 모르는 싸움을 했다. 그 싸움 끝에 여자는 내게 전화를 한 것이다. 여자는 오래전부터, 어쩌면 우리가 만났던 삼 년 전부터 내 이름을 알고 있었을지도 모른다. 혹시 무슨 일 있었어요? 목소리가 왜 그래. ……아니, 감기 기운이 좀 있어서. 그는 내일 저녁에 일찍 들르겠다는 말을 하고는 전화를 끊었다. 나는 그들에게 무슨 일인가 시작되었다는 것을 짐작하였다.

정수의 전화를 받은 후 이틀 동안 전화선을 뽑아놓았다. 그는 나를 이해하려 들지 않았다. 엄마와 정수가 있는 곳으로 가봐야 한다며 나를 달래고 설득하고 화를 내기까지 했다. 어제저녁, 화가난 그는 열한시가 두 시간이나 남은 아홉시에 이백팔호를 나가버렸다. 그가 없는 화요일 저녁 아홉시와 열한시 사이를 혼자 서성거리다가 열한시가 지난 시간에 그가 먹다 남긴 음식들을 모두 쓰레기통에 쓸어담고 이를 닦고 일찍 자리에 누웠다. 열두시가 넘고부터 옆집에서 줄곧 들려오는 신음소리와 길고양이 울음소리 때문에 오래 뒤척이다 잠이 들었다. 오전까지도 전화선을 연결시켜놓지 않았다. 정수에게 또 전화가 올지도 몰랐다. 이번에는 아픈 엄마가 직접 전화를 해올는지도 알 수 없었고. 가족의 목소리를 듣게되는 것이 두려웠다. 내가 할 수 있는 일이 아무것도 없어서. 나는전화 코드선을 꽂아놓았다. 두시 삼십분쯤 첫 전화벨이 울렸다. 유정원씨……? 그 여자의 목소리였다.

네시 반. 삼십 분이나 지났다. 그런데도 여자는 자리에서 일어나지 않았다. 여자가 한 번 자리에서 일어나기는 했다. 여자가 더이상 나를 기다리는 것을 포기하고 집으로 돌아가는 거라고 짐작했다. 여자는 카운터 옆 공중전화로 걸어갔다. 내게 등지고 서서동전을 넣고 짧은 통화를 했다. 혹시 내게 전화를 하고 있는 것은아닐까. 그러나 여자는 손가락으로 무언가 지시하는 시늉을 하고수화기를 내렸다. 아마도 초록 모자를 쓴 사내아이와 통화하는 성싶어 보였다. 여자는 화장실에 들렀다가 다시 자리로 돌아와 앉았다. 여자는 벌써 알아차렸을지도 모른다. 내가 아주 안 나타나거나 아니면 내가 건너편 찻집에 앉아 자신에게서 눈을 떼지 않고 있다는 사실을. 그러나 여자는 내가 있는 찻집으로 건너오지는 않았다. 아직 우리는 눈도 마주치지 않았다.

여자는 정확히 다섯시에 카페를 나왔다. 엄연한 얼굴로 여자가 인도로 걸어나왔을 때도 나는 얼굴을 돌리지 않고 뚫어져라 바라보았다. 여자가 그냥 내 앞을 지나쳐 저녁마다 그가 귀가하는 아파트로 돌아가주기를 기다리면서. 머뭇거리던 여자가 이쪽으로 길을 건너왔다. 여자보다 먼저 여자의 신장보다 두 배나 더 긴 그림자가 도로를 건너왔다. 그제서야 황급히 창에서 얼굴을 돌리고 가슴을 두 팔로 감쌌다. 여자는 창유리 하나를 사이에 두고 내 앞에 섰다. 여자의 조붓한 등을 바라봤다. 어깨뼈가 툭 불거진 두 팔과 목선 위로 올라간 검은 머리, 그 검은 머리를 겨우 지탱하고 있는 닭뼈처럼 가느다란 목과 팔꿈치에 난 까만 점. 불현듯 손가락을 들어올려 창유리를 톡, 톡 치고 싶었다. 여자는 핸드백을 쥔 손을 들어올렸다. 택시 한 대가 와 멈춰 섰다. 택시는 내가 걸어들어온 길을 빠져나가 사거리 수협 건물 앞에서 신호를 기다리고 있었다. 붉은등이 켜졌다. 여자를 태운 택시가 전속력으로 질주하기 시작했다. 여자가 앉았던 테이블, 여자의 손길이 닿았을 주스잔과 물잔을 종업원이 치우는 것이 보였다. 테이블은 곧 말끔해졌다. 여자는 나를 한 시간이나 기다렸다.

신림동 학원으로 가지 않았다. 아크리스백화점 지하 매장에 가서 식료품들을 사고 지하도를 빠져나와 카페 오아시스 앞을 지나쳤다. 찻집을 지나치면서 고개를 돌려봤다. 흰 와이셔츠를 입은 두 명의 사내가 담배를 피우고 있는 한 테이블 이외에 다른 손님은 없었다. 쥐색 원피스를 입고 있던 여자의 모습도 보이지 않았다. 고개를 떨어뜨린 채 느릿느릿 걸었다. 은행나무와 이제 거의 허물처럼 보이는 노인을 지나쳐 연립주택 복도로 걸어들어왔다. 등덜미가 축축해지도록 땀을 흘리고 있었다. 이백팔호 안으로 들어오자마자 현관문을 걸어잠갔다. 에어컨을 틀어놓고 블라인드를 내렸다. 손가락으로 블라인드를 헤집고 서서 거실 창밖을 내다보았다. 여자는 아직 이곳으로 오지 않았다. 땀이 밴 옷을 벗어두고 욕실로 걸어들어가려다 말고 식탁 위에 올려놓은 가방을 열었다. 수첩 맨 뒷페이지에 있는 사진 한 장을 꺼내들었다. 오래 간직하고 싶었던 여자의 아름다운 사진을.

사진을 반으로 접었다. 그걸 다시 반으로 접었다.

옥탑방 계단에서 넘어져 다친 무릎이 쿡쿡 쑤시는 것을 조짐으로 나의 장마는 시작되고 있었다. 소염진통제를 사 오는 길에 문득 절룩거리는 엄마의 다리가 기억났다. 엄마는 지금 정수의 간호를 받으며 심장약과 관절염약을 복용하며 동네 여관에 누워 있을 터였다. 엄마는 장마철이 되면 더욱 심하게 다리를 앓았다. 기압의

312

변화에 따라 관절 속의 압력도 변해 통증이 커지기 때문이었다. 별다른 특효약이 있는 병도 아니었다. 뜨거운 물수건으로 자주 찜질을 하고 관절을 무리하게 쓰지 말아야 했다. 정수는 여전히 과 사무실에 가서 근무하고 저녁 늦게 여관으로 귀가하고 아픈 엄마는 하루종일 여관에 누워 정수와 집 나간 뒤 소식도 없는 아버지를 기다리고 있을까. 엄마처럼 다리를 절룩거리는 나는 두서없이 떠오르는 생각들을 떨쳐버린 채 이백팔호로 돌아오고 있었다.

어젯밤부터 강풍이 불어대면서 비가 쏟아졌다. 한강 수위도 점점 더 불어났다. 축대가 무너져버린 지역과 버스와 트럭이 이중 삼중으로 부딪친 사고도 뉴스 속보로 전해지고 장마가 시작된 지 하루 만에 사망자는 넷으로 늘어났고 실종된 사람도 여럿 있었다. 항해중이던 선박들도 모두 철시되었다. 그러나 그 모두가 내가 사는 곳과는 한참 거리가 떨어진 지역에서 벌어진 사건들이었다. 고장나 있긴 하지만 아직 보일러에는 기름도 남았고 실내가 꿉꿉해지면 에어컨을 틀어 공기를 건조시킬 수도 있고 신형 세탁기는 완전 탈수 기능까지 갖춰져 있었다. 쌀이며 라면도 넉넉히 있고 얼마 있으면 첫 월급도 타게 된다. 그는 여전히 화요일과 목요일 저녁에 나에게 올 것이다. 여주인의 딸이 올라오는 주말에만 여관으로 거처를 옮기면 되었다. 학원과 약국에 다녀오는 것만 제외하면 빗속을 뚫고 군이 외출해야 할 일 같은 것도 없었다. 타월도 다섯 장이나 세탁해 빳빳하게 말려두었다. 아무리 세찬 빗줄기라도 거실 유리창을 박살내고 실내로 들이치지는 않을 것이다. 다만 자꾸만 쑤시고 있는 왼쪽 무릎이 신경쓰일 따름이었다. 아니 동네 여관에 누워 있을 엄마가.

우산이 확 뒤집어졌다. 세찬 빗줄기가 내 등과 양쪽 어깻죽지로 떨어져내렸다. 운동화 속으로 빗물이 차올랐다. 뒤집어진 우산 손잡이를 꼭 붙들고 은행나무 밑으로 가서 숨을 골랐다. 양말 두 짝을 벗어 손에 쥐고 바람이 불어오는 쪽으로 뒤집어진 우산을 돌렸다. 바람이 지나갔다. 우산이 기구처럼 팽팽히 부풀어올랐다. 현관문 앞으로 재빨리 뛰어갔다. 목덜미며 등허리까지 나는 이미 흠씬 젖어버렸다. 빗물이 흐르는 우산을 들고 복도로 걸어가다 말고 히뜩 고개를 돌려보았다. 노인이 늘 내놓고 앉았던 의자, 노인이 손에 들고 있던 긴 막대기, …… 어디에도 노인의 모습은 보이지 않았다.

진흙이 묻은 발자국들이 엉켜 있는 계단을 올라가다가 걸음을 돌려세워 도로 일층으로 내려왔다. 일층에도 두 가구가 살고 있었다. 그중에 백이호가 노인의 집이라는 사실을 알게 된 건 바로 어젯밤이었다.

노인의 집 앞에는 출입 금지 표시가 나붙은 노란 띠가 겹겹이 둘러쳐져 있었다. 복도에는 아무도 없었고 현관 앞을 지나치는 사람 하나 보이지 않았다. 허리를 굽히고 노란 띠 안으로 주춤 들어갔다. 문은 잠겨 있지 않았다. 손에 들고 있던 젖은 양말을 주머니

속에 집어넣고 복도 모서리에 우산을 세워두었다. 나는 조금도 떨리지 않았다. 다른 사람도 아니고 바로 노인의 집이었으니까. 복도는 괴괴했고 내 몸은 온통 빗물에 젖어 걸음을 옮길 적마다 물방울이 떨어지고 지금 노인의 집에는 아무도 없을 터였다. 노인의 집에는 노인과 노인의 늙은 부인이 누워 긴 잠에 빠져 있을지도 몰랐다. 나는 아무것도 확신할 수 없었지만 현관문을 잡아당겼다. 이백팔호 현관문보다 둔중한 소리를 내며 문이 열렸다. 서툰 도둑처럼 바깥 주위를 살피고는 얼른 문을 닫아버렸다. 앞집에서는 아무런 기척도 없었다. 젖은 운동화를 벗고 실내로 올라섰다. 식탁이나 소파도 없고 싱크대 위에 그릇이나 물잔 같은 살림도 보이지 않았다. 도무지 사람이 살았던 흔적을 찾아볼 수 없었다.

실내 구조는 이백팔호와 조금도 다르지 않았다. 현관문 맞은편에 미닫이문이 달린 안방이, 욕실 옆에 내가 쓰고 있는 크기의 작은방, 현관 옆쪽에 그보다 작은 방이 있을 것이다. 안방 미닫이문은 약간 벌어져 있는 상태였다. 사람들은 생각보다 부주의했다. 그렇지 않고서야 현관문과 안방 미닫이문을 열어놓고 철수하지는 않았을 것이다. 익숙하게 오른쪽 거실 벽을 더듬어 전등 스위치를 올렸다. 거실 불은 들어오지 않았다. 창밖으론 빗줄기가 들이치고 거실 유리창 절반을 휘감고 있는 두꺼운 비구름들 때문에 오후 네시의 실내는 검은 선글라스를 겹쳐 쓴 것처럼 컴컴하기만 하였다.

노인은 어제 오후 시체로 발견되었다.

　수업을 마치고 학원에서 돌아오는 길이었다. 아직 비는 내리지 않았고 다른 날보다 십여 분쯤 일찍 버스에서 내렸다. 버스 정류장 앞 편의점에서 생수와 캔맥주 세 개를 사갖고 은행나무들 사이로 접어들었다. 연립주택 앞은 환하게 조명이 들어와 있었고 수십 명의 사람이 모여 웅성거리고들 있었다. 비닐봉지를 든 손을 내려뜨리며 걸음을 멈추고 말았다. 혹시 그 여자, 성원경이 나를 찾아 이곳까지 온 것은 아닐까. 그것도 아니라면 정수나 아픈 엄마가 내 이름을 대며 나를 찾고 있는 것은 아닐까. 가슴이 두근거리기 시작했다. 그러나 나를 발견한 주민들 중 누군가는 그저 힐끗 고개를 돌릴 뿐이었다. 방금 고개를 돌린 사람이 앞집 여자라는 것을 알아차렸다. 그제서야 연립주택 현관 쪽으로 걸음을 옮겼다. 연방 플래시를 터뜨리며 사진을 찍고 있는 남자, 수첩을 꺼내 기록하고 있는 사내들, 제복을 입은 경관들, 여태도 사이렌이 돌아가고 있는 자동차, 그리고 그들을 둘러싸고 있는 연립주택 주민들. 나는 그들 사이를 비집고 발뒤꿈치를 올렸다. 현관 앞에 노란 띠가 둘러쳐져 있었다.

　나는 앞집 여자에게로 다가갔다. 언젠가 신문으로 내 얼굴을 후려치려고 했던 여자. 무슨 일이래요? 여자가 내 귀에 대고 소곤거렸다. 그 노인 있잖아요, 옥상에서 투신했어요 글쎄, 삼십 분 전에. 나는 그 말을 믿을 수 없었다. 노인이 어떻게 옥상까지 올라가서 떨어질 생각을 했을까. 떨어진 게 확실하대요? 사고가 아니라? 여자 귀에 숨을 불어넣듯 나직이 속삭였다. 그렇다니까요, 스스로 떨어진 게 확실하대요. 앞집 여자의 말을 듣고 나서 나는 그동안 그 노인이 정신을 놓았었다고 한 생각을 수정하지 않을 수 없었다. 노인은 그러지 않았다. 그런 사람이 죽을 생각을 하고 스스로 옥상에 올라가 투신했을 리는 없다. ……아니다. 정신을 놔버리지 않고서야 어떻게 죽을 생각을 할 수 있겠는가. 나는 혼란스러웠다.

그 하룻밤 동안 나는 노인에 관해 많은 것을 알게 되었다.

노인에게는 집도 있었고 아내도 있었다. 노인에게 없는 것은 자식들뿐이었다. 노인의 백이호 안방에는 죽은 지 이미 육 개월이나 지나 부패된 사체가 눕혀져 있었다. 노인은 오 년 전에 이 연립주택으로 이사왔다. 누군가는 그때 노인의 아들과 딸들을 보았다고도 증언했지만 사실 여부는 밝혀지지 않았다. 그러나 연립주택에 거주하는 누구도 노인의 부인이 죽었다는 사실만은 알아채지 못했다. 노인은 죽은 부인에게 옷을 갈아입히고 몸을 씻기고 그 옆에서 혼자 밥을 먹고 잠을 잤다. 육 개월이나 되는 긴 시간 동안. 노인의 부인은 썩어들어갔고 노인은 서서히 미쳐갔을 것이다. 노인은 옥상에서 떨어지면서 늘 앉아 있곤 하던 의자 등받이와 엉덩이받침 사이에 목이 끼여 죽었다. 의자가 넘어지면서 노인의 머리가 현관 앞 시멘트 바닥으로 부딪쳤다. 의자에 목이 끼지 않았더라도 죽었을 것이다. 팔다리가 가늘고 숨결마저 고르지 못했던 노인은. 노인은 비상하는 새처럼 팔다리를 벌리고 옥상에서 뛰어내렸다. 마치 노인이 옥상에서 떨어지는 장면을 코앞에서 목격한 것처럼 마지막 모습이 떠올랐다.

밤 내내 연립주택 현관 앞은 소란스러웠다. 노인의 시체를 치우고 집을 수색해 육 개월 전 죽은 형체도 알아볼 수 없는 시체를 들어낸 형사들은 주민들에게도 질문을 퍼부었다. 형사는 노인의 시체를 바라보고 있던 나에게도 다가왔다. 나는 아무것도 몰라요, 정말이에요, 형사는 앞집 여자에게로 다가가고 있었다. 그러나 나는 여자가 하는 말들을 하나도 듣지 못하고 여전히 현관 앞에 서 있을 따름이었다. 형사와 경관들이 사라지고 주민들이 모두 집으로 돌아간 건 새벽 두시가 넘어서였다. 이백팔호에 올라와서 현관문을 걸어잠근 채 발코니로 나가 서서 밖을 내다보았다. 연립주택은 곧 침묵 속에 휩싸였다. 누군가 옥상에서 떨어져 죽고 죽은 사람의 집에서 죽은 지 육 개월 된 시체가 발견되었다는 사실이 믿기지 않을 만큼 사위는 고요해졌다. 그러나 곧 텔레비전 소리와 음식냄새, 무언가를 집어 던지는 소리 같은 것들이 한꺼번에 터져나오기 시작했다. 난간을 붙잡고 고개를 길게 뻗어보았다. 죽은 노인의 자세대로 흰색 스프레이가 뿌려진 것만 없다면 여느 날과 하나도 다른 게 없는 밤이었다. 화단과 일층 발코니 사이로 떼를 지은 길고양이들이 느릿느릿 오갔다.

미닫이문을 열어젖혔다. 방안에는 벽 한쪽을 차지하고 있는 오래된 자개장 하나만 덜렁 놓여 있었다. 문을 열자 침구가 든 자개장 안에서는 코를 찌르는 곰팡내가 풍겨났다. 나는 노인의 안방에 쭈그리고 앉아 방바닥에 손을 대보았다. 습기와 찬 기운이 느껴졌다. 이 방에서 노인과 노인의 죽은 아내는 밤마다 함께 잠을 자고 새소리를 듣고 두런두런 이야기를 나누었을 것이다. 노인은 왜 죽은 아내의 시체를 숨겨두고 있었던 것일까. 다시 노인을 만나게 된다면 그런 것들을 물어보고 싶다. 한 번도 노인의 목소리를 듣지 못했지만.

일층 복도를 지나 누군가 이층 계단으로 올라가는 걸음소리가 들려왔다. 이 시간에 이층을 지나다닐 사람은 앞집 여자밖에 없었다. 여자는 죽은 노인의 백이호 문을 열어보지는 않을 것이다. 여자는 어젯밤 이층에 올라가자마자 현관문 앞과 복도, 계단 밑까지 굵은 소금을 홀홀 뿌렸다. 여자가 뿌린 소금을 밟고 나는 이백팔호로 올라갔었다. 나는 문득 노인의 안방에 누워 긴 잠에 빠지고 싶어졌다. 반듯하게 누워 팔과 다리를 쭉 편 채.

머리 긴 여자가 나를 돌아봤다. 나는 그 시선을 무시하면서 박찬호 등판 생중계가 이어지고 있는 텔레비전에 눈을 두고 있었다. 그녀를 본 적이 있다. 토요일 오후 한시쯤, 충주 고속버스터미널 건너편에 있는 이영일산부인과 앞이었다. 그와 함께 충주호 리조

트로 들어가는 셔틀버스를 기다리고 있던 참이었다. 장마는 잠시 소강상태에 빠져 있었고 눈을 뜰 수 없을 만큼 강렬한 햇살이 쏟아졌다. 포플러나무 둥치를 껴안듯 몸을 붙이고 서서 버스가 올 방향을 바라보고 있었다. 허리까지 내려오는 긴 머리를 한 여자가 터미널을 빠져나왔다. 그녀는 횡단보도를 건너 내가 서 있는 포플러나무 쪽으로 걸어왔다. 흰 반소매 블라우스에 발목까지 내려오는 청 스커트를 입은 여자였다. 터미널을 나오는 사람들 중 유독 여자가 눈에 띈 것은 풀죽은 고아처럼 더딘 걸음걸이 때문이었다. 어깨에 묵직해 보이는 가방을 멘 여자는 손에 검정 비닐봉지를 들고 있었다. 여자가 내가 바라보는 방향으로 얼굴을 돌렸다. 휘청거리는가 싶더니 손에 든 비닐봉지를 놓쳤다. 비닐봉지에서 붉은 자두들이 우르르 쏟아져나왔다. 여자는 쭈그리고 앉아 흩어진 자두들을 줍기 시작했다. 내 발밑까지 굴러온 자두 두 개를 집어 그녀에게 건네주었다. 고마워요…… 그거 가지세요. 여자가 입술을 달싹거렸다. 셔틀버스가 왔다. 나는 그와 함께 셔틀버스에 올랐다. 뒤이어 여자가 셔틀버스에 올라탔다.

여자가 먼저 체크인하고 엘리베이터를 타고 올라갔다. 여자는 십칠층을 눌렀다. 우리가 투숙하게 될 방도 십칠층이었다. 그뒤 콘도미니엄 주변에서 여자를 본 적은 없다. 여자가 생을 마칠 장소를 찾아 이 호수로 찾아온 거라는 짐작이 들었다. 그가 차려준 밥과 감잣국을 먹는 동안, 맥주를 마시는 동안에도 나는 줄곧 복도 쪽으로 귀를 집중했다.

그 여자가 고개를 갸웃거리며 대합실 맨 뒤쪽에 앉아 있었다. 박찬호는 상대팀 삼번 타자를 맞아 네번째 볼을 던질 채비를 하고 있었다. 차표를 손에 든 사람들과 신문 뭉치를 옆구리에 긴 판매원은 모두 텔레비전에서 시선을 떼지 않고 있었다. 나는 그들의 뒷머리께를 바라보고 있었지만 여자가 나를 보고 있다는 것을 느낄 수 있었다. 여자가 고개를 갸웃거리는 게 아주 이해가 안 되는 것은 아니었다. 다음날 고속버스터미널에서 다시 마주친 내가 혼자 서서 차표 한 장을 쥐고 있었으니까. 승차시간은 십 분 남아 있었다. 대합실을 지나 버스가 멈춰 선 쪽으로 걸어갔다. 앞서간 여자는 동서울터미널로 가는 우등 고속버스에 올랐다. 내가 오를 차는 그 옆에 주차되어 있는 고속버스였다. 버스에 오르면서 여자가 또 뒤를 돌아다봤다. 여자가 거기에 앉아 있어서 다행이었다.

무슨 예감을 했던 것일까. 그는 내 느닷없는 제안에 당황해하지 않았다. 그는 차표를 끊었고 방을 예약했다. 그는 성원경에게 어떤 변명을 했을까. 이번달은 근무하지 않는 달이었다. 지난 연말부터 그가 근무하는 신문사는 직원들을 격월로 쉬게 했고 월급은 오십 프로 삭감되었다. 출장이나 연수 핑계를 댈 수도 없었을 것이다. 나는 상관하려 하지 않았다. 이게 마지막이니까. 샌드위치에 들어갈 재료와 콘도에서 해먹을 요리 재료들을 준비하기 위해서 슈퍼

에 다녀왔다. 실내복과 잠옷, 양말과 세면도구를 꾸리면서 문득 옥
탑방을 떠나올 때를 떠올렸으나 금방 지워버리고 말았다. 단지 하
루 동안의 여행이었다. 서너 번쯤 그와 여행한 적이 있다. 그러나
그와 같이 차를 타고 같이 돌아온 적은 한 번도 없었다. 그가 연수
나 출장을 떠날 때 나는 혼자 차를 타고 내려가 그의 숙소 근처에
방을 잡아놓고 그가 올 때까지 식당에서 밥을 사먹고 숲 주변과 공
원을 산책하곤 하였다. 그는 일정이 끝난 한밤중에 내가 머물고 있
는 곳에 들렀다. 새벽이 되기도 전에 동료들이 기다리고 있는 장소
로 돌아갔고 이따금은 일행에게서 이탈해 나와 하루쯤 더 묵었다
가 기차를 타고 되돌아오기도 했다. 하지만 우리는 함께 떠났다가
함께 돌아와본 적이 없다. 삼 년 동안 우리의 여행은 늘 그런 식이
었지만 나는 아무래도 상관없었다. 이번 여행도 그와 나는 함께 떠
났다가 함께 돌아오지 않는다. 그것은 오로지 내 의지였고 나는 그
에게 금요일 오후에 유르빔 여주인의 전화를 받았다는 사실도 말
하지 않았다.

청바지를 입고 감청색 배낭을 멘 그는 아침 아홉시에 터미널 입
구에 나타났다. 그를 기다리는 동안 터미널 화장실에 들어가 손을
씻고 거울을 들여다보며 머리를 매만졌다. 그의 입에서는 술냄새
가 풍겨났다. 어젯밤 그의 아파트에서 벌어졌을 일들이 저절로 그
려졌다. 아무 말 하지 않고 생수를 사는 그의 뒷모습을 우두커니
바라보았다. 성원경은 오늘이나 내일쯤 역삼동 연립주택으로 찾

아올지도 모른다. 그녀는 남편을 믿지 않으면서, 남편의 눈이 자신이 아닌 다른 곳을 향하고 있다는 걸 감지하면서도 저녁마다 찌개를 끓이고 그의 와이셔츠를 다린다. 그녀는 가정을 깨고 싶어하지 않고, 그런 일은 상상도 하지 않는 사람이다. 그녀를 이해하는 나는, 다시 그녀의 전화를 받고 싶지 않다.

콘도미니엄은 긴 원통처럼 세워진 이십 층 건물이었다. 우리가 투숙하게 된 십칠층 거실에서는 충주호 일부와 호수를 가로질러 놓인 녹색 난간의 가늘고 긴 다리, 굴곡이 완만한 숲이 한눈에 내려다보였다. 유리문을 밀어보았으나 헛힘만 들어갈 뿐이었다. 거실 한 면이 유리로 되어 있긴 했지만 열고 닫을 수 있는 창문은 없었다. 펼친 손수건만한 창문에는 촘촘한 창살이 질러져 있었다. 우리와 함께 십칠층에 투숙하게 된 여자가 떠올랐다. 창살은 견고했고 유리 두께는 십 밀리미터도 넘어 보였다. 내가 창틀에 올라앉아 숲 그늘이 진 짙은 청람빛 호수와 긴 다리를 천천히 지나는 자동차와 허공을 낚아채듯 가르는 한 무리 새떼를 바라보고 있는 동안 그는 익숙한 솜씨로 압력밥솥에 쌀을 씻어 안치고 내가 준비해 온 감자와 풋고추를 썰어 국을 끓였다. 해가 지기 전에 산책하는 게 어떨까? 내 쪽으로 수저를 놓아주면서 그가 말했다. 이 방이 참 마음에 들어. 대답 대신 그런 말을 던졌다. 호수와 숲이 한눈에 바라다보이고 유리는 단단하고 적어도 체크아웃하기 전인 내일 정오까지는 누구도 우리를 방해하지 않을 것이다. 엄마나 정수, 성원경도 이곳 전화번호는 모른다.

콘도 오른쪽 둔덕에 인형의 집처럼 작은 집들이 이십여 채나 줄줄이 들어서 있었다. 여덟 개의 베란다가 있는 집들이 각각 방향을 달리하면서 호수와 숲 쪽을 바라다보고 있고, 팥죽색 지붕에 베란다 난간은 검고 윤기 흐르는 침목으로 만들어진 집들이었다. 저것도 콘도야? 아니면 호텔인가? 나는 손가락으로 가리키며 그에게 물었다. 그쪽으로 올라가는 길들도 모두 침목으로 만들어진 긴 계단이 놓여 있었다. 나는 그의 손을 잡고 그쪽으로 길을 들었다. 이십여 채의 집은 빌라였다. 그 아름다운 빌라 건물 앞에 "악덕 주인은 물러가라, 신축한 빌라에 이게 웬 상혼인가" 하는 플래카드가 걸려 있었다. 불이 들어와 있는 창은 한 군데도 없었다. 누군가 빌라용으로 건물을 올려놓고 불법으로 호텔로 사용하려 한 듯했다. 그런 플래카드가 붙어 있기에는 너무도 고요하고 입체 동화책에서나 불쑥 튀어나올 법한 유럽식 집들이었다. 나는 아무도 없는 그 빈집에 들어가보고 싶다는 생각을 했다. 내 마음을 읽기라도 한 것처럼 그가 손을 잡아끌어 걸음을 돌렸다.

호수 주변으로 낚시 장비들을 가득 실은 자동차들과 벌써 자리를 잡고 앉은 낚시꾼들이 모여 있었다. 물은 꽤 멀찌감치 빠져나간 듯 보였다. 발밑이 푹푹 빠져들었다. 그가 나를 번쩍 업더니 진 땅을 건너 호수까지 내려갔다. 물이 빠져나간 자리에 키 작은 죽은 나무들이 군데군데 서 있었다. 나는 죽은 나뭇가지들을 뚝뚝 분질

러대며 호수와 너무 깊은 곳까지 들어와 연신 헛바퀴질하고 있는
코란도 한 대를 바라보았다. 내일 아침에는 유람선 타러 가자. 그
가 제법 흥에 겨운 목소리로 말했다. ……그래, 그러자. 선선히 대
답했다. 나는 내가 그 약속을 지키지 못할 거라는 걸 그에게 말하
지 않는다. 낚시꾼 한 사람이 멀리, 숲과 호수의 경계 사이로 줄을
던졌다.

날이 저물수록 거실 창으로 숲이 사라지고 어두운 그와 나의 얼
굴이 반사되기 시작했다. 불을 밝혀둔 식탁 등 위로 날벌레들이
몰려들었다. 무슨 말 좀 해봐. 이십삼 평을 에워들고 있는 긴 침묵
을 이기지 못하고 그에게 속삭였다. 우리 노래할래? 그를 부추겼
다. 그는 잘 마시지도 못하는 맥주를 연신 들이켰다. 그럼 내가 먼
저 불러볼게. ……동그라미 그리려다 무심코 그린 얼굴, 내 마음
따라 피어나던 하얀 그때 꿈을, 풀잎에 연 이슬처럼 빛나던 눈동
자…… 그 노래 제목이 무엇이었을까. 노래를 다 끝마치기 전에
나는 그만 입을 다물고 말았다. 그 노래의 제목은 '얼굴'이었다. 엄
마가 자주 부르던 그 노래. 여기까지 와서 엄마 생각을 하고 있다
니. 내 앞에 놓인 맥주를 벌컥벌컥 들이켰다. 나는 이 여행을 오래
오래 기억하고 싶었다. 그러기 위해선 엄마 생각은 하지 않는 게
좋았다. 가끔 십칠층에서 멈추는 엘리베이터 소리와 복도를 지나
치는 발소리뿐 사위는 적요로웠다. 여자는 왜 혼자 왔을까, 그것도

주말 저녁에. 나는 그와 함께 있으면서 그가 아닌 다른 사람 걱정을 하고 있었다.

당신 먼저 샤워할래? 찌그러뜨린 캔들을 쓰레기봉투에 넣으면서 그가 물었다. 아니, 같이해요. 나는 샤워 물줄기를 세게 틀어 그의 몸에 비누칠해주고 머리를 감겨주었다. 노르웨이 지도 같은 그의 옆구리 상처와 엄지발가락보다 두번째 발가락이 긴 발과 왼쪽 귓불 뒤에 숨은 사마귀를 손끝에 각인시키려는 듯 오래오래 쓰다듬고 문질렀다. 내 귓속으로 물줄기가 흘러들었다. 그는 내게 몸을 맡긴 채 제 몸을 씻기는 나를 묵묵히, 열기가 사라진 눈으로 바라보았다. 내 손에서 샤워기를 받아든 그가 이번에는 내 몸을 씻기고 머리를 감겨주었다. 눈이 쓰라려왔다.

그의 호흡이 고른 것을 확인한 뒤에 십칠층 팔천칠백육호실을 나왔다. 원통형인 콘도 건물 가운데는 도너츠처럼 뚫려 있었다. 복도에 서서 우물처럼 깊은 건물 아래를 내려다보았다. 복도에도 여닫을 수 있는 유리창은 없었다. 건물은 창 하나 없이 견고한 유리들로 둘러싸였다. 어디에서도 여자의 모습은 보이지 않았다. 복도를 서성거리다가 방으로 들어왔다. 그에게 등을 돌리고 누웠다. 혼자 어딜 갔다 온 거니…… 잠든 줄 알았던 그가 내 등뒤에서 속삭였다. 아니야, 아무데도 가지 않았어. 아무데도 가지 않을 거야.

드링크 한 병을 다 마신 고속버스 운전기사가 시동을 걸었다.

에어컨 바람이 정수리께로 몰아쳤다. 내 옆자리는 아무도 승차하지 않았다. 그는 지금쯤 잠에서 깨어났거나 한마디 작별인사도 없이 떠나버린 나의 마지막 모습을 기억하며 헛된 일인 줄 알면서도 숙소 주변을 이곳저곳 걸어다니고 있을 터였다. 햇살이 쏟아져들었다. 커튼을 내리고 빈 좌석 쪽으로 얼굴을 돌렸다. 도시로 향하는 두 시간 동안 한 번도 깨어나고 싶지 않다.

우리는 이제 헤어졌다.

그는 나를 찾아낼 수 없을 것이다. 우리가 늘 만나곤 하던 연립주택 이백팔호나 이 도시 어느 어둡고 돈가스와 맥주 냄새로 찌든 카페가 아닌, 그보다 먼 낯선 장소에서 그와 헤어지고 싶었다. 이윽고 버스는 어제 아침 그와 내가 떠나온 도시를 향해 풍경을 덜컹밀어내며 국도로 접어들기 시작했다.

여주인은 나에게 두 가지 제안을 하였다. 첫번째는 이백팔호에서 다리를 다쳐 의가사제대한 아들과 함께 사는 방법이었다. 이백팔호에 방은 세 개 있다. 안방은 여주인의 딸이 주말에 사용하고 지금 내가 쓰고 있는 딸아이의 방으로 아들이 들어오고 흑백사진이 걸린 좁은 방을 내가 쓰라는 것이다. 주중에는 내가 안방을 써도 상관없다고 했다. 여주인이 제시한 두번째 제안은 카페 유르빔의 오피스를 비워주겠다는 것이다. 다리를 다친 아들은 입원해 있고 병상을 지키는 여주인은 그 오피스를 비워두고 있다고.

나는 그 두 가지 제안을 모두 거절했다. 그리고 여주인의 아들이 다리를 다쳐 제대했다는 사실도 믿지 않았다. 그러니까 그날 저녁 걸려온 여주인의 전화는 곧 나에게 이백팔호를 비워달라는 말과 하나도 다르게 들리지 않았다. 이곳으로 처음 전화한 여주인은 어렵게 말을 꺼냈다. 여주인에게 사흘 후에 이백팔호를 비우겠다는 말을 하고는 먼저 전화를 끊었다. 천천히 해요, 어차피 지금은 병원에 있으니까. 여주인은 약속을 지키고 싶어했다. 적어도 처음 약속했던 구월까지만이라도.

예상했던 것보다 빨리 이 집을 떠나게 되었다. 이제 내게 남은 기간은 사흘이다. 사흘, 칠십이 시간. 그러고 보니 지금껏 내 의지대로 떠날 수 있었던 방은 엄마의 집, 지금은 우리 것이 아닌 그 옥탑방뿐이었던 것 같다.

일요일 오후. 터미널에 내려서 잠깐 동안 망설이기는 했지만 역삼동으로 가는 버스에 올라탔다. 이백팔호에서 지낼 수 있는 시간은 얼마 남지 않았고 그 시간에 하룻밤을 묵기 위해 여관으로 가고 싶지는 않았다. 여주인의 딸과도 마지막 만남일 터였다. 내가 다시 카페 유르빔을 드나들 거라고는 생각하지 않는다. 그 동네에 이미 엄마의 집이 아닌 집이 있고 우연히라도 가족들과 부딪칠 수도 있었다. 정수에게 다시 연락이 온 것은 아니지만 아직도 그 동네 어느 여관방에 엄마와 정수가 기거하고 있다고 믿었다. 그들에게는 갈 곳이 없었다. 갈 곳이 없는 건 나 역시 마찬가지이긴 하지만. 집을 나간 아버지와 엄마는 여전히 그 집, 한때 우리집이었던 그 주변을 배회하며 우편물을 찾고 대문 앞에 버려진 쓰레기들을 주울 것이다. 내가 알고 있는 아버지와 엄마는.

여주인의 딸은 올라와 있지 않았다. 나는 그것이 여주인의 딸아이가 내게 주는 마지막 선물이라고 생각했다. 이 방을 떠나기 위해 집을 떠나올 때처럼 짐 꾸리는 모습을 여자애에게 보여주고 싶지 않았다. 주말이었다. 그에게서는 전화도 오지 않을 테고 그렇다고 당장 이백팔호로 달려올 수도 없을 것이다. 그는 내가 여자애를 피하기 위해 여관으로 갔을 거라고 짐작하고 있을 터였다. 그가 나를 찾는 월요일에 나는 이미 이곳에 없다. 정수가 다시 전화를 해온다고 해도 그 전화를 받을 수 없다. 남은 시간 동안 내가 해야 할 일은 짐을 정리하는 것이었다. 그러나 여행에서 돌아오자마자 몸살을 앓듯 혼곤히 잠에 빠져들었다. 눈을 뜬 것은 일요일 밤 열두시 가까운 시각이었다. 여행지에서 입고 온 옷 그대로 베개 위에 얼굴을 파묻고 있었다. 어둠 속에서 눈을 떴다. 팔을 뻗어 옆자리를 더듬어보았다. 그의 등과 다리와 짧은 머리카락…… 아무것도 만져지지 않았다. 후다닥 자리에서 일어났다. 쫓기는 심정으로 라면을 끓여먹고 샤워를 하고 여행 가방을 풀었다. 아직 월요일 아침이 아닌 것에 안도하면서.

내 통장에는 첫 월급에서 남은 오십만원쯤이 들어 있다. 다음달 월급을 받을 때까지 어떻게든 통장에 들어 있는 돈으로 생활하지 않으면 안 된다. 여관 투숙료는 하루에 이만팔천원이다. 오십만원이면 적어도 십칠 일은 장기투숙할 수 있다. 그러고도 삼만원쯤 남는다. 삼만원이면 차비 정도는 할 수 있다. 운좋으면 얼마쯤 값을 깎을 수도 있을 것이다. 여관 주인이 눈치채지 못하게 부르스타를 들여와 음식을 해먹을 수도 있다. 그런 식으로 십칠 일쯤 견디는 것은 문제될 것 없다. 그 기간이면 생활정보지를 살펴볼 여유는 충분하다.

……나는 여관으로 들어가지 않는다. 엄마와 같은 생활을 할 수는 없다. 아주 방법이 없는 것도 아니다. 그러나 다른 방법은 전혀 떠오르지 않았다. 그와 헤어진 것도 후회하지 않았다. 오월 십일에 집을 떠나왔던 것도. 문득 충주호 주변을 산책하면서 보았던 빈 빌라들이 떠올랐다. 이십여 채의 빌라는 모두 비어 있다. 소송이 끝날 때까지 아무도 그 집에 들어와 살지 않을 것이다. 그리고 연립주택 이층 옥상에서 떨어져 죽은 노인의 방. 소문이 잦아들 때까지 노인이 살던 백이호에는 입주자가 나서지 않을 것이다. 이백팔호를 떠나 백이호로 들어갈 수도 있다. 누구의 눈에도 띄지만 않는다면. 우선 나에게 필요한 건 숙면이었다. 한잠 자고 나면 얼어붙은 생각이 움직이기 시작할 것이다. 욕실과 거실, 여주인의 안방, 내가 두 달도 채 못 썼던 방 전등을 모두 밝혀두고 침대에 누웠다. 온 집안이 부화장처럼 밝아졌다. 새벽 한시가 가까워오고 있었

다. 눈뜨면 월요일 아침이다. 나는 두려운 마음을 내 안으로 밀어두었다. 그러자 아무것도 두렵지 않았다. 이 집을 떠나는 것도 그와 아주 헤어져버린 것도.

우산을 받쳐들고 아크리스백화점 지하 식품부에 가서 김치와 구운김과 꽁치 한 마리를 사 온다. 장마는 다시 시작되고 있다. 식료품이 든 비닐봉지와 운동화 바닥까지 빗물에 흠뻑 젖는다. 빗장뼈가 오그라들 정도로 한기가 느껴지고 있다. 이백팔호로 돌아오자마자 보일러를 틀고 더운물로 샤워한다. 차단기가 두 번이나 내려갔지만 다용도실과 욕실을 오가면서 스위치를 올리고 천천히 몸을 씻는다. 시간은 아직 충분히 남아 있다. 엄마처럼 밥을 새로 짓고 꽁치를 뒤집어가면서 굽고 김치와 김을 식탁 위에 차려놓고 밥을 먹는다. 여기서의 마지막 식사. 그동안 두 번쯤 전화벨이 울리기도 한다. 나는 전화를 받지 않는다.

트렁크를 꺼내 먼지를 닦고 짐들을 정리한다. 욕실에 놓고 쓰던 비눗조각과 치약, 타월, 슬리퍼를 챙기고 여주인의 딸 침대에 새로 덮었던 침대 시트며 베갯잇까지 벗겨낸다. 싱크대 서랍을 뒤져 남은 쌀과 라면봉지와 뜯지도 않은 밀가루, 카레 가루를 꺼내고 초록 싹이 돋아나고 있는 감자 세 알, 양파, 다용도실에 있던 두루마리 휴지도 트렁크에 챙겨넣는다. 옥탑방에서 짐을 챙길 때와는 사뭇 다른 느낌이지만 나는 그때와 지금, 유월 이십팔일 월요일 오전

열시와 무엇이 다른지 명확하게 구분할 수는 없다. 마지막으로 사이드테이블 위에 놓여 있던 탁상용 달력을 접어넣는다. 유월의 달력 그림은 푸른 새 한 마리였다. 날개를 반쯤 펼친. 이제 그와 나는 같은 달력을 보고 있지 않다. 서로의 앞에 펼쳐진 새로운 날짜들이 있을 뿐. 그것만큼은 옥탑방을 떠나올 때와 확연히 다른 한 가지 사실이다. 옥탑방을 떠나올 때 반도 차지 않았던 짐이 거의 가득 들어찬다. 트렁크를 들어 거실 신발장 곁으로 옮긴다. 트렁크는 한 손으로 들기 힘들 정도로 묵직하다. 아침식사한 식기들을 설거지하고 음식 쓰레기가 든 봉지를 묶어놓고 안방에 말아두었던 카펫을 꺼내 거실 바닥에 깔아둔다.

내가 그 집에서 한 마지막 일은 거실 커튼을 치고 블라인드를 내린 일이다. 처음 이 집에 올 때 블라인드는 바닥까지 길게 내려 있었다. 그러고 나자 할일이 없어져버린다. 짐도 다 꾸렸고 옷도 챙겨 입었고, 이제는 현관문을 열고 나가 열쇠로 문을 잠그는 것밖에 남지 않았다. 현관 앞에 서 있다가 다시 운동화를 벗고 실내로 올라선다. 현관 옆 좁은 방 앞으로 다가가 문을 열어둔다. 죽은 남자가 웃고 있던 흑백사진 때문에 내내 문을 열지 않았던 방이다. 내가 살았던 여주인의 딸 방문을 다시 열어본다. 아무런 냄새도 맡아지지 않는다. 두 달여 동안 내가 살았던 흔적은 없다. 안방 미닫이문도 이십여 센티미터쯤 열어둔다. 처음 내가 이 집에 왔던 그날처럼. 욕실에 들어가 소변을 보고 손을 씻는다. 망설이지 마, 이제 정말 나가는 거야. 더이상 내 것이 아닌 모든 것에서. 거울 속의 나에게 내가 말을 건넨다.

현관문을 열고 트렁크를 복도로 옮겨놓는다. 가방에서 열쇠고리를 찾아 이백팔호 현관문을 잠근다. 앞집에서는 아무런 기척이 없다. 열쇠고리를 손가락에 감아쥐고 트렁크를 끌다시피 하며 계단을 내려간다. 연립주택 현관 앞에서 검은 비구름들이 첩첩 쌓여 있는 하늘을 울연히 올려다본다. 빗줄기는 장을 보러 나갈 때보다 굵어 보인다. 한 손으로 우산을 받쳐들고 한 손으로 무거운 트렁크 손잡이를 쥔다. 빗물이 어깨와 트렁크를 쥔 손으로 튀어오른다. 비척거리는 걸음을 잡아당기면서 연립주택 앞을 벗어나기 시작한다.
　……낯익은 울음소리가 들려온다. 새끼 네 마리를 거느린 커다란 길고양이가 빗물에 젖은 털을 흔들어대고 있다. 새끼 고양이들이 그 뒤를 느릿느릿 따라가고 있다. 내 귓등과 정수리께로 빗물이 흘러든다. 마치 눈물처럼. 나는 트렁크를 쥔 손에 힘을 주고 서툴게 걸음을 옮긴다. 지도도, 아무도 없는 길 저쪽으로.

가족의 '양막'을 찢어내고 홀로서기

염승숙(문학평론가)

데칼코마니: 우연의 효과

어떤 종이든 비어 있다면 가능할 것이다. 종이 위에 물감이나 크레용을 칠한 후 반으로 접어 문지르고 떼어내거나, 그 위에 다른 종이를 겹쳐서 압착하면 한쪽의 얼룩이 반대편에 묻으면서 선대칭 형태의 무늬가 생긴다. 프랑스어로 '옮기다'라는 뜻의 회화 기법 '데칼코마니décalcomanie'다.

조경란의 장편소설 두 편, 『식빵 굽는 시간』(1996)과 『가족의 기원』(1999)은 흡사 그것처럼 꼭 닮아 있다. 그의 소설세계의 출발이자 근원인 두 작품을 연이어 읽어보라. 데칼코마니가 만들어내는 우연의 효과처럼 우리는 그 속에서 결코 눈 뗄 수 없는 경이로운 무늬와 만난다. 그것은 누구라도 갖고 있는 생의 불온한 형상이면서 누구도 이해할 수 없는 삶의 기형적 돌올함이다.

각각의 소설에서 이야기를 이끌어가는 일인칭 화자 '여진'과 '정원'은 서른을 앞둔 미혼 여성으로, 음울하지만 예리한 시선으로 세계 한가운데에 위치한 자기 자신을 들여다본다. 그리고 그 깊고 어두운 내부로부터의 침잠 끝에 다시금 뜻밖의 방향을 찾아 미래를 향해 나아가고자 한다.

무엇보다 두 사람은 그들 곁에 있는 가족 또는 연인이 '나'를 구성하는 정체성에 기여하는 동시에 '나'를 완전히 파괴하려 드는 익숙한 타자라는 사실과 처절히 대면하고 있다. 지극히 사사로운 애정을 주고받으며 질기고도 억센 고통을 수반하는 관계, 끊으려야 끊어지지 않는 불완전한 사랑의 굴레에서 그들은 매달리고 신음하다가 기어이 탈주한다. 그러니 서른의 초입에 다다른 여진과 정원의 서사는 그 자체로, 물리적인 성장이 멈춘 이후 또 한번의 정신적인 성장을 도모하여 '자기만의 방'을 찾아 떠나는 모험담에 대한 은유다.

두 소설의 첫 문장이 각각 "당신. 이제 당신에게 식빵 이야기를 하고 싶어./ 식빵은 모든 빵의 기초라고 할 수 있지"(9쪽) 그리고 "사람들은 언제 무슨 일로 집을 떠나게 될까"(163쪽)인 이유도 바로 이 두 사람이 맞이할 독립, 그것을 예비할 탄탄한 이야기의 시작임을 알리는 것이다.

『식빵 굽는 시간』: 여진의 전언

"우울하고 내성적인 주인공의 특수한 시선"과 "작가 특유의 아우라"[1]로 독자를 사로잡는다는 평을 받으며 세상에 나온 『식빵 굽는 시간』의 중심인물은 제빵 기술을 배우고 있는 여진이다. 그녀의 '우울'은 이제 한 계절만 지나면 서른 살이 된다는, "더이상 어리지 않다는"(9쪽) 표면적인 언술에 기반을 두고 있지만, 자세한 속내를 들여다보면 그리 단순하지만은 않다.

어째서 어머니가 아버지나 당신의 하나밖에 없는 딸인 나를 거부했는지 그건 아직도 잘 납득할 수 없는 일이다. 어쨌거나 어머니가 입원해 있는 동안 아버지와 나는 그녀로부터 철저히 거부당했다. 이십팔 년을 함께 살아왔지만 그런 어머니를 이해하기는 힘들었다.

이건 정말 이상한 관계예요, 엄마.

삼십 킬로그램대로 체중이 내려가 거의 아이처럼 보이는 그녀에게 어느 날 나는 그동안 참고 있던 화를 내려는 듯 그렇게 말했다.

관계?…… 관계라고 했니, 너 지금.

어머니는 조용히 고개를 들어 나를 바라보았다. 저 깊이를 헤아

---

1) 최윤, 제1회 문학동네작가상 본심 심사평, 『문학동네』 1996년 가을호, 47쪽.

릴 수 없는 눈. 나는 잠시 아득한 현기증을 느꼈다.

(……)

우리는 마주앉아 있었다. 그러나 그때, 나는 완전히 혼자라는 것을 깨닫고 말았다.

저는 고독해요, 엄마.(32쪽)

여진의 어머니는 여진이 어렸던 날들부터 아주 긴 시간 딸을 외롭게 해왔다. "몸속에 번지고 있는 암세포를 발견하기 이전부터 늘상 이곳이 아닌 저기 어디 먼 곳에 시선을 두는 시간이 많았"(30쪽)던 것으로 미뤄볼 때, 어머니는 '이곳'에 있는 여진이 가닿을 수 없는 '저기 어디 먼 곳' 미지의 세계로 이미 이행되어 있는 채다. 오랜 투병으로 "더이상 치료가 불가능한"(31쪽) 어머니가 퇴원한 지 사흘 뒤 집에서 "잠자듯 돌아가"시자 여진은 그래서 그 "조용한 죽음"(33쪽)을 납득할 수 없는 지경에 이른다. 치유 불능의 어머니는 그 자체로 여진에게 충족되지 않는 욕망이 되고, 여진의 외로움은 이해 불능의 '두려움'으로 여진의 내부를 그을리듯 잠식해버린 까닭이다.

임종 직전의 어머니와 마지막으로 마주앉았을 때, 여진은 "완전히 혼자라는 것을 깨닫고" 만다. 이토록 이상하고 이해되지 않는 모녀 관계에 놓인 어머니로부터 부여받은 처절하고도 철저한 고독감이라니. 어머니의 장례 이후에도 '이층방'에 고립되어 있는 여진은 "아득한 현기증"을 느끼며 불안감에 몸서리친다. "새벽마다 일종의 무언극을 관람하고 있다는 생각이 들"(21쪽) 정도로 불면에 시달리던 여진의 눈에, 이모나 아버지가 한밤중에 거실 소파에 앉아 있는 광경은 기이하달 정도로 척박한 것이다. 심하게 흔들리는 버스 차체에 앉아 어느 정류장에도 내리지 못하는 승객처럼 여진의 세계는 불안정하고 불확정하다.

아버지는 아내가 세상을 떠난 후 "순식간에 허깨비"(37쪽)가 되었다가 "아무런 예고도 없이"(116쪽) 스스로 삶을 마감해버린다. 한평생 어머니에게 거부당했으면서도 그녀가 좋아했던 빛깔의 옥색 타일을 촘촘히 발라 상가 건물을 지어올리던 아버지…… 주로 지방의 소도시에서 일하는 건설업 종사자였던 아버지는 그러나 "과연 내 이름이나 나이 같은 것들을 제대로나 알고 있을까 하는 의심이 들곤"(81쪽) 할 정도로 여진에게는 무관심했던 사람이다.

어머니의 건강이 악화되자마자 집으로 들어와 살림을 맡은 이모는 또 어떠한가. "네 엄마는…… 너를 사랑했다"(60쪽)고 다독이면서도 아버지의 죽음 이후에야 "너를 낳은 건 나다"(144쪽)라며 여진을 둘러싼 출생의 사연을 무덤덤하게 토해내는 이모. 도무지 이해도 납득도 되지 않았던 불온하고 기형적인 공기가 세 사람의 비정형적 관계에서 비롯했다는 그녀의 고백은 여진을 극명히 무너뜨린다.

"확실히 어머니는 죽은 게 아니라 떠난 것이다"(127쪽)라는 최

후의 진단은 그러므로 병을 앓다 죽어버린 어머니와, 어머니를 사
랑한 아버지를 사랑했었다고 실토하는 이모 모두에게 해당하는
전언인 것이다.

『가족의 기원』: 정원의 실패

『가족의 기원』의 정원은 세 자매 중 장녀로, 둘째 동생 '정후'
는 캐나다 밴쿠버로 떠나고 막냇동생 '정수'는 대학원을 다니고
있다. 정원이 소설의 도입부에서부터 후회와 자책으로 근심하며
"가족과 사는 집을 언제 떠나야 하는지 알지도 결정하지도 못한
것"(163쪽)이 '실수'라고 말하는 배경에는 그의 가족이 맞닥뜨린
경제적 몰락이 드리워져 있다.

두 편의 소설에서 여진과 정원의 '아버지들'은 사망과 실종으
로써 서사 바깥으로 퇴장하는데, 애초에 그들이 수행했어야 할 가
부장의 역할이 소설 안에서 의도적으로 지워져 있는 터다. 그러나
아내를 향한 속죄로 '없는 듯' 살았던 여진의 아버지에 비하면, 정
원의 아버지는 훨씬 더 복잡다단하게 그려진다. 그는 열일곱 살 때
"단돈 백오십원"(269쪽)을 들고 서울로 올라온, 젊은 날의 패기
와 미래를 향한 포부만으로 '자수성가'한 인물이다. 일례로 『식빵
굽는 시간』에서 여진의 아버지는 여생을 보내기 위해 상가 건물을
지어올리다가 준공하지 못하고 사망하지만, 『가족의 기원』에서

정원의 아버지는 폭우 속에서도 네 달 만에 붉은 벽돌로 마감한 이 층집을 완성하고 그곳에서 세 딸을 길러낸다. 그러나 결혼 이후 사우디아라비아 공사 현장에서 근속하며 집을 장만하고 귀국 이후 세 딸을 대학까지 졸업시킨 정원의 아버지 역시 수년에 걸쳐 지속적인 사기를 당하고 "융자받았던 삼천오백만원 원금과 체불된 이자를 지불하지 못해서"(304쪽) 가족 모두를 빚 독촉에 시달리게 만든다. 몸뚱이를 갈아넣어 일생의 업을 이룩한 자수성가 신화는 이데올로기에 불과하며, 경제적 파국과 심리적 비탄에 이른 가장에게 남은 건 '파멸'로의 귀결일 뿐이다.

실종된 아버지의 행방을 괴롭게 짐작하면서도, 정원이 외국으로 떠나버린 정후와 결혼을 준비하는 대학원생 정수의 삶을 반추하며 집을 떠나야 한다는 '자기 인식'에 몰두하게 되는 건 어쩌면 막다른 골목에 서 있는 자의 절박함이었을까.

"엄마, 나는 지금부터 짐을 꾸릴 작정이에요."

"너, 너, 기어이……"

엄마의 목소리가 미세하게 떨렸다. 그러나 이미 나선 걸음이었다. 나는 단 한 발짝도 물러서고 싶지 않았다.

"제발 부탁이야. 내 앞에서 울지 말아줘."

"정원아……"

채 읽지도 않은 신문을 덮고 식탁 의자에서 일어섰다. 엄마의 시선이 나를 따라 올라오며 허둥거리고 있었다. 그 집요하고 끈적한 시선을 외면한 채 햇볕이 드글거리는 계단을 올라가 문고리를 걸어잠갔다.(169쪽)

무엇보다 정원은 "엄마의 애인이었고 남편이었고 가장이었"(190쪽)던, 직장생활을 하며 받은 월급을 고스란히 엄마에게 건네야 했던 정후와의 이별을 뼈아프게 회상한다. "만원 한 장 내 맘대로 쓸 수 있는 돈이 없어"(192쪽)라며 소리 없이 우는 정후의 호소를 책이나 읽으며 외면했던, '가정 사정'의 진실을 알려고 하지 않은 채 무지와 허영으로 일관했던 지난날의 과오를, 우울을 핑계로 자주 결근하고, "미스 유가 아니라 유정원이고 싶었"(250쪽)기에 한 달도 채우지 않고 직장을 그만두었던 스물네 살의 치기를, 그리하여 이제는 영영 잃어버리고 만 동생과, 더는 붙여볼 수 없이 부러진 구둣굽 같은 '나'와 가족의 구제불능을 정원은 직시하고 있다. "아마도 준공검사를 받고 난 이후에 불법으로 슬며시 올려 지었을"(179쪽) 옥탑방에 온종일 머물며 그래서 정원은 고통스러워 하고, "엄마의 일그러진 얼굴과, 아버지의 술냄새, 담배냄새, 그 표현하기 힘든 찌든 냄새들"과 거실에 울리는 "전화벨소리"(같은 쪽)를 치사량에 가깝도록 절감하며 견딘다.

『식빵 굽는 시간』에서 벌어지던 한밤중의 '무언극'은 『가족의 기원』에서도 다르지 않게 묘사되는데, "불을 켜지 않는 어두운 거실과 육중한 침묵 속의 식사"(201쪽)가 바로 그것이다. 그들은 상호 간의 대화를 끊고 자기 내부의 충격으로만 함몰되어 상대를 외면하는 이기利己와 정서적 교감 불능의 상태에 놓여 있다. 정후의 눈물과 엄마의 시선, 아버지의 침묵을 '불관용'의 자세로 일관한 결과 정원은 점점 더 고립된다. 그로써 방광염, 위염, 소화불량, 설사 등 신체적 이상 반응을 유발하고야 마는 '가족'은 선제적으로 분리되어야 마땅한 '실패'가 된다.

탈脫가족: 가족 이데올로기의 허상

우리 사회의 고정화된 가치체계에 의하면, 가족은 본래적이고 자연적이며 영원한 혈연주의로써 이 척박한 사회에서 유일한 위안으로 기능한다. 가정이란 이러한 '가족 구성원'이 서로를 아끼고 배려하고 사회적 고립으로부터 구원하며 죽음의 위기로 만연한 사회에서 재생의 활력을 제공하는 최후의 은신처다. 우리는 인간이라면 누구나 태생적으로 가족이라는 소집단의 구성원으로 소속됨을 당연히 여긴다. 그 공고화된 인식이 '정상 가족'이라는 환영, 즉 '가족주의familialism'를 양산한다.[2]

---

2) '완전한 가족'을 향한 꿈과 욕망의 기원, 가족 이데올로기의 표상에 관해서는 권명아, 『가족이야기는 어떻게 만들어지는가』, 책세상, 2000(초판) 참고.

이와 달리, 부모로부터 애정 결핍에 가까운 정서적인 배척 상태에 놓인 데 더해 이해할 수 없는 방식으로 상실을 거듭 체험한 후 '고아'로 남겨진 여진, 경제적 궁핍과 곤궁함으로 생계 존속의 불안과 함께 가족중심 체제가 와해되는 상황을 고스란히 감내하는 정원, 이토록 가혹한 소설적 설정을 체현한 두 인물은 오히려 그렇기 때문에 '탈脫가족'이라는 작가의 주효한 문제의식을 내보인다.

『식빵 굽는 시간』에서의 가족은 사랑으로 결합된 두 사람으로부터 출발해 이해와 협력을 통해 원만한 관계를 지속시켜나가는 부부, 그리고 그들 사이에서 탄생한 아이라는 외형적 속성에서부터 이미 오래전 결락되고 만 지점을 비밀스레 숨기고 있다. 여진의 부모는 서로를 사랑하면서도 일평생 냉랭하여 여진을 쓸쓸하게 만드는데, 소설의 결말부에 이르러서야 아버지와 이모의 비윤리적 행위에 의해 여진이 태어났다는 출생의 전말이 밝혀진다. 양친을 잃고 난 뒤 '독신'이라는 이름의 카페에서 이모와 이별하는 여진에게 가족은 마침내 상징적으로 붕괴된다. 가족이라는 조직적 형태로서의 외피가 여진의 의도와는 상관없이 불시에 '벗겨져'버리고 만 것이다.

이때 소설의 마지막 장면에서 여진이 다시 "이모를 기다리는 일"(160쪽)에 몰두하는 건 어떤 의미를 가지는가? 출생의 비화를 알게 된 주인공이 과거와의 영원한 단절을 선언함으로써 미래를 예비하는 통속적 서사 진행과 달리, 여진은 오로지 자신의 의지와 무관하게 완성된 과거와만 결별하려는 듯 보인다. 그럼에도 아버지와 이모 사이에서 자신이 태어났다는 사실은 여진의 의지와 무관하게 절대 단절할 수 없는 실존의 구원으로 남는다. 언뜻 이해되지 않는, 정원이 이모를 기다리는 이유는 아마도 그 때문일 것이다. '강여진베이커리'라는 가게 상호를 결정하고 이모와의 불확실한 재회를 상상하는 여진의 모습은 스스로의 독자적인 존립을 설계하려는 현재적 상태에 집중하는 태도로 읽힌다.

『가족의 기원』에서 그려지는 가족의 형태를 보자. 마주댔다가 펼친 두 작품은 같은 색깔의 물감이 동일하게 흩뿌려진 것 같으면서도 의도치 않게 구조화된 문양이 남아 있어서 흥미롭다. 『식빵 굽는 시간』에서 여진이 어쩔 수 없이 홀로 남겨졌다면, 『가족의 기원』에서의 정원은 자의적으로 홀로 남기를 선택한다. 정원이 이탈하기를 원했던 본래의 가정은 "아래층과 옥탑방을 잇는 천장 모서리에 두껍게 쌓인 먼지 더미 같은 거미줄들이 잔뜩 진을 치고 있"(224쪽)고, 그곳에서 이동해 간 공간도 고작해야 "잿빛 칠이 벗어지고 군데군데 금이 간 연립주택"(195쪽)의 방 한 칸짜리이기에 물리적 변화만 놓고 본다면 그대로인지도 모르지만, 정원은 '독립'하겠다는 목표 그 자체에 집중한다.("내가 원하는 건 결혼이 아니라 아버지와 가족들로부터의 독립이라고", 260쪽)

그러므로 『가족의 기원』은 정원의 내부에서 도드라지는 직관적 선언을 놓치지 않고 기록한다. "가족은 하나의 이데올로기에 지나지 않고, 그 이데올로기가 원하는 가족의 모습은 현실 어디에도 존재하지 않는다"(193쪽)는 목소리는 정원의 내면에서 발현된 '진실'에 가깝다. 바로 이 진실이, "나는 삼십 년 동안 양막처럼 나를 둘러싸고 있던 가족을 버렸다"(289쪽)는 탄식과 함께 정원의 '가출'을 필연적으로 수행하게끔 한다. 이때 정원 스스로 가족을 삼십 년간 자신을 둘러싸고 있던 "양막"에 비유하는 것이야말로 '가족'이라는 이름의 텅 빈 기표, 그 얇은 막을 찢고 '돌봄'의 이기와 허위에 대해 거침없이 폭로하는 태세일 터이다.

가족 이데올로기는 모든 사람이 '가족'이라는 강철 같은 울타리 안에서 살아야 한다는 믿음과 가족은 어떠어떠해야 한다는 가치에 기반을 둔다. 정원은 우리 사회 내부에 보편적 도덕이나 규범처럼 깊숙이 침윤되어 있는 그것을 통찰한다. 그리고 인간을 인간이게끔 하는 모든 것의 근간이자 불변의 가치를 지니는 고유하고도 숭고한 집합체가 바로 가족이라는 것, 그 '절대성'이 급기야는 가족 구성원 개개인을 포박하고 '결박'하려 든다는 사실마저도 꿰뚫는다.

정후는 거기서 안 돌아올 눈치고 정수는 잘해야 일주일에 한 번쯤 집에 붙어 있고, 너까지 나가버리면 이 집에 누가 남아 있니? 집엔 사람이 있어야 해, 가족이 필요하다고. 그렇지 않니? 정원아?
(……) 언제 아버지 하시는 일이 계획대로 된 적 있어요? 또 사

기나 안 당하면 그나마 다행이지. 엄만 아직도 아버지를 믿고 있는 거예요? 마음이 달아올랐다. ……우리가 언제까지 이렇게 함께 살 수 있다고 생각하세요? 지금 우리에게 중요한 건 우리가 이 집을 지키며 함께 모여 사는 게 아니라 어떻게든 각자가 살아나갈 방법을 찾는 거예요. (……)

집은 나에게 도약을 허용하지 않는 결박 같은 존재였다.

(207~208쪽)

집에 남아 있으라는 엄마의 만류를 뿌리치며 정원은 가족이 필요하다는 말을 정면으로 반박한다. 중요한 건 집을 지키는 게 아니라 어떠한 방식으로든 각자 살아나가는 것이라고 말하며 제 손으로 결박을 풀고 나온다. 그리고 우연한 기회로 카페 '유르빔' 여주인의 집에 방 한 칸을 세 들어 살게 된다. 비록 "일부러 숨겨놓은 것처럼"(196쪽) 나 있는 골목 안에 "폐업한 지 오래된 비료공장 같아 보"(195쪽)이는 연립주택 이층이지만 정원은 그곳에서 단순한 독립을 넘어선 장밋빛 미래, 곧 '자립'을 꿈꾼다. 보습학원의 파트타임 수학 강사로 취직을 하고, 월 육십만원의 보수를 받으면서 팔백오십만원의 빚을 청산하고 나면 "오로지 나만의 방을"(252쪽) 갖겠다는 소원을 품는다.

그러나 때때로 정원을 "일렁이"(259쪽)게 하는 것도 오로지 가족이다. 아버지는 가출하고 어머니는 여관방에서 쓰러지고 정수

는 정원을 비난하는 순간에, "나에게 가족은 세상의 그 많은 고유
명사 중 하나에 지나지 않는다"(289쪽)던 정원의 결심은 숨죽여
흔들리고 만다. 학원 강사로 취업한 뒤 동생에게 밥 한끼 사주겠
다며 연락한 정원에게 정수는 "따뜻한 우동 한 그릇"(265쪽) 이
상의 책임을 요구한다. 집을 나간다고 달라지는 건 아무것도 없
다는 사실을 통보하고 맏딸의 무책임을 선고하는 동시에 다시 집
으로 돌아올 것을 종용한다. "그렇게 나가고 싶으면 차라리 결혼
을 하"(259쪽)라는 정수의 다분히 폭력적인 조언은 '가족'의 허상
을 깨달은 정원을 다시 가족의 일원으로 끌어와 포박하려 드는 가
족중심주의자의 발언에 다름 아니다. 정수는 여성이 독립해서 원
가정을 이탈하는 데 필요한 것은 '결혼'이라는 제도에 편입되어
또다른 가정 안으로 입식하는 방법뿐이라고 여기며, 또한 그것이
'정상적인 상태'라고 정원에게 주지시킨다.

이때 정원은 '한신연립주택 이백팔호'에 기거하며 자신의 가정
과 전혀 다르지 않은 형태의 주변을 은밀히 관찰한다. 자신이 숨어
든 집의 주인, 카페 '유르빔'의 사장조차 주말마다 손님처럼 머물
다 가는 음대생 딸의 눈치를 보며 애인과 재혼을 앞두고 있고, 남매
를 기르는 앞집 부부는 하루도 거를 날 없이 말다툼과 폭력을 일삼
으며, 매일 주택 입구에 의자를 내놓고 앉아 있던 노인은 사망한 지
육 개월도 더 지나 부패된 아내의 시체와 한방에서 지내다가 결국
옥상에서 투신한다. 정원은 더럽고 냄새나는 노인의 몸을 씻기고

나서 그의 가슴팍에 얼굴을 묻고 곤한 잠에 빠져드는 기형적인 공상을 경험하고 "잉크 냄새가 밴 앞집 조간신문을 집어오"(302쪽)는 절도 행각을 멈추지 않는 등 반사회적 욕구에 빠져듦으로써, 분열되고 해체되어가는 가족의 '비정상적' 형상 앞에서 자학自虐한다.

'불순한' 그들: '가족-되기'의 (불)가능성

"이 집, 나무와 벽돌에 있는 저 나무들은 모두 인조예요. 그렇게 안 보이죠?"

나는 그녀가 가리키는 데로 시선을 던졌다. 일층 크라운베이커리에서 올라오는 스무 개의 계단마다 베고니아 화분이 놓였고 실내 군데군데 키 큰 벤자민이 자리잡고 있었다. 방금 물걸레로 깨끗이 닦고 스프레이를 뿌린 듯 싱싱해 보였다. 전혀 인조적으로 느껴지지 않았다.

"정말 저게 다 가짜라구요?"

"믿어지지 않으면 한번 만져봐요."

"약간 우습다는 생각이 드네요. 나무와 벽돌의 나무가 모두 가짜라니."(『식빵 굽는 시간』, 25~26쪽)

『식빵 굽는 시간』의 여진과 『가족의 기원』의 정원, 두 사람에게 공통된 색이랄 게 있다면 분명 절망적이라고 할 수 있을 남성 연인의 존재일 것이다. 스물여섯이던 여진은 이모가 세를 놓은 '구석 방'의 낯선 세입자 '한익주'에게 이끌리고 그의 방에 무단으로 침입해 시간을 보내던 어느 날 불현듯 그에게 '불편한 침입'을 들켜버리고 만다. 그 일을 계기로 마음을 나누게 되지만 그는 열차 사고로 잃은 기억을 찾아 헤매며 죽음에의 충동을 조절하지 못하는, 다만 부유하는 사람인지라 여진은 그의 곁에서 충분히 안식하지 못한다. 자꾸만 무언가 찾아야 한다고 중얼거리던 그는 겨우 일 년 남짓 머무르다 "한마디 말도 없이 그 방을 떠나가버"(52쪽)린다. 여진에게 예고 없는 "이상한 방식"(102쪽)의 이별은 무시로 찾아드는 것이어서 그녀는 그의 방을 비우지도 못한 채 기약 없는 기다림을 이어가고, 한익주의 이복 남매 '한영원'이 전화를 걸어오면서 "인생의 불안한 한 시기"(75쪽)의 압력은 더더욱 증폭된다.

한영원과의 만남이 거듭되는 동안 여진은 그녀가 말했던, "여진씨와 나는 둘 다 실패한 거예요"(90쪽)라는 말의 의미를 서서히 알아차린다. 그녀들이 마주앉았던 공간, 카페 '나무와 벽돌'에 있는 나무들이 모두 '인조'이듯 여진의 사랑은 생명력을 갖지 않은 것, 즉 '가족-되기'의 가능성을 조금도 품고 있지 않은 거짓이라는 사실 말이다. 한익주와의 이별 뒤에야 내린 그를 사랑했다는 뒤늦은 판단 앞에서 여진이 "눈앞에 펼쳐진 텅 빈 허공을 정면으로 응시"(99쪽)할 수밖에 없는 이유는 거기에 있다.

"이 사랑은 잘못되었다. 우리는 그것을 안다"(211쪽)고 읊조리

는 정원의 사정도 다르지 않다. 정원은 "버림받은 남자 같"(172쪽)
은 서른다섯 유부남과 연애중이기 때문에, '사랑한다'는 그의 말
에 응답하지 못한다. 정원이 그와 처음 만났을 때, 그는 "자신이
아내와 헤어질 준비를 하고 있는 사람이라고 말했"(284쪽)지만
정원이 집에서 나오게 된 이후까지도 그의 상황은 조금도 달라지
지 않는다. 오히려 그가 '성원경'과 이혼하기 전에 자신의 존재를
들키면 수중에 없는 "거액의 위자료를 지불해야"(295쪽) 하기 때
문에 자신을 숨기는 것이 아닐까 추측하며 점차로 "이미 결혼한
남자와 아직 결혼하지 않은 여자가 지속적으로 만날 수 있는 조
건"(288쪽) 따위는 없다는 부정적 결론에 이른다.

　삼각관계, 근친상간, 혼외정사, 불륜과 불화 등, 두 편의 소설에
등장하는 다소 고전적인 멜로드라마적 코드들은 애초에 가족이라
는 체제에 들러붙은 불완전성을 더욱 촉발하고 강화하는 기제로
작동하고 있는데, 그로 인해 정원의 기행적奇行的 측면이 유난하게
부각된다. 경매로 넘어가기 직전의 집을 빠져나와 구한 방의 보증
금 삼백만원마저 애인의 통장에서 출자된 상황에서 정원은 학원
강사로 취업한 후 돈을 모아서 "그의 힘"(252쪽)을 빌리지 않고
싶다는 바람을 가지면서도 앞서 이해할 수 없는 신문 절도 등의 행
위를 지속했던 것과 같이 자학적인 충동에서 벗어나지 못한다.

　그중에서도 헤어스타일과 이목구비, 체형 등 성원경의 '모든
것'을 떠올리면서 그녀의 집으로 전화를 거는 장면은 가히 문제적

이다. "거기, 정원이네 집 아닌가요?" 하고 묻는 정원에게 성원경은 그런 사람 없다며 "냉랭하고 배타적으로"(214쪽) 전화를 끊지만, '그런 사람', 그러니까 유부남을 사랑해서 한 가정의 파괴자로 남을지도 모르는 '정원'은 '없다'는 사실을 확인받고 싶은 비틀린 욕망에 사로잡힌다. '이 사랑은 잘못되었다'는 걸 알기에, 어둠 속에 붙잡힌 게 아니라 어둠을 붙잡고 있는 미약한 주체가 바로 자기 자신이라는 자각으로 정원은 그토록 '불순한' 장난전화를 걸고, 그녀의 뒤를 은밀히 좇기도 하는 것이다.

가족, 그 '끈질긴' 이름

길고양이는 거실 유리창에 들러붙어 있었다. 유리창의 두께는 갓 낳은 새끼들을 데리고 먹이를 찾아 나선 어미 고양이의 절박한 본능을 감당할 수 없을 것이다. 나는 물병을 든 채 냉장고 앞에서 벌벌 떨었다. 내가 있는 곳은 이층이었다. 화단과 가까운 일층이었다고 해도 그렇게까지 놀라지는 않았을 것이다. 길고양이는 한 층을 뛰어넘어 나를 엿보았다.(『가족의 기원』, 295쪽)

정원이 "어떤 사람이 되어야 하는지 모르는 채 자기 안으로만 웅크리는 사람"(251쪽)이었던 과거의 자신을 후회하고, "꿈을 갖고 미래를 그려봐야"(212쪽) 했다는 자책으로 위축될 때 눈앞에 길고양이가 나타난다. 새끼들을 데리고 먹이를 찾아 나선 길고양이는 유리창에 '들러붙어' 정원을 '엿보고' 있다. 정원을 벌벌 떨게 만드는 두려움의 대상, 다시 말해 정원을 고통스럽게 하는 것은 "언제 생을 마감할지 모르는 엄마"부터 "집 나간 아버지, 먼 데 있는 정후, 싸늘하게 돌아서버린 정수"와 "주말 내내 나를 생각하며 초록 모자를 쓴 사내아이와 축구를 하고 아파트 주변을 산책할 그 남자"(297쪽)까지, '가족'이거나 가족이 될 결합의 가능성을 품고 있는 '예비 가족'이다. 정원에게 '그들'은 성장을 방해하고 미래에의 정상적 도달을 지연시키는 존재들이므로 결단코 절망적이다.

가족으로부터 분리되고자 방을 얻어 지내지만 그 또한 '그'로부터 경제적 자립을 하지 못한 결과물에 불과하다는 깨달음, 길고양이의 출현에 거세지는 공포감 등이 '가족'으로부터 정신적 독립을 이루지 못했다는 사실을 반증한다. "한 층을 뛰어넘어 나를 엿보"고, "거실 유리창을 깨고 들어와 집 어딘가에 제 새끼들을 누이고 싶"(295쪽)어댈 길고양이의 반짝이는 눈과 앙칼진 울음소리는 그 자체로, 정원의 '엄마'를 은유하고 있는 것이다. 그러니 정원은 울지 않을 도리가 없다. 말마따나 "가장 강력한 가정은 우리가 머릿속에 담고 다니는 것"[3]이며, 가족은 물리적인 거리를 비롯해 모든 경계를 뛰어넘어서라도 언제든 '나'를 속박하고 강제할 수 있는

---

3) 낸시 암스트롱, 『소설의 정치사: 섹슈얼리티, 젠더, 소설』, 그린비, 2020, 498쪽.

끈질긴 자들이기 때문이다. 어떤 가족은 서로를 위협하는 '도둑'
이기도 한 것이다.

자아 발견의 책무와 "세상의 빛"

　　마치 열아홉이나 스물아홉처럼 서른이란 나이는 그렇듯 아무렇
지 않게 찾아오리라는 것을 나는 서서히 깨달아가고 있었다. 이제,
혼자가 되어서. 사람들은 모두 걸어가야 한다. 지도라곤 없는 자신
만의 삶으로.

　　저 나무들의 수많은 이파리 사이로 차츰 푸르게 번져들고 있는
세상의 빛이 보였다. 나는 천천히 창가에서 등을 돌렸다. 그러고는
잊고 있었다는 듯 주방을 향해 걸어갔다.(『식빵 굽는 시간』, 160쪽)

　　그러자 아무것도 두렵지 않았다. 이 집을 떠나는 것도 그와 아주
헤어져버린 것도.

　　(……)

　　망설이지 마, 이제 정말 나가는 거야. 더이상 내 것이 아닌 모
든 것에서. 거울 속의 나에게 내가 말을 건넨다.(『가족의 기원』,
332~334쪽)

　　『식빵 굽는 시간』의 마지막 장면에 다다라서 여진은 대장장이

가 된 한익주의 편지를 받는다. 언젠가는 자신의 손으로 낱낱이 무
뎌지거나 빠지지 않는 '당목낫'을 만들어보겠다는 그의 '의지'가
담긴 편지. 그러나 여진은 그의 편지를 접고 또 접어서 휴지통에
집어넣는다. 삶이란 건 언제 어느 때고 '발신인'이 없는 편지를 손
에 받아드는 것이란 걸 알았기 때문이다. 제아무리 눈을 비벼대며
그것을 '들여다보아도' 그 편지에는 아무것도 쓰여 있지 않을 거
라는, 진실과 닮아 있는 진정眞情까지도. 그러니 이미 누군가 빼곡
하게 적어넣은 편지는 이미 무소용하며, 백지를 채워나가는 힘과
또 기필코 채워야만 하는 책무가 여진에게 남아 있다. 손이 베이고
마음이 아릴 것이다.

굵은 빗줄기 속으로, 트렁크를 끌고 들어가는 정원의 마지막 모
습 역시 흡사 세계로부터의 탈주와 같다. '나갈 수 없어, 너는 그럴
수 없어'라는 타인의 만류를 거절하고 '나는 할 수 있는 사람'이라
는 향상심만이 신체적 성장이 멈춘 이후의 또다른 단계를 도모한
다. 여진과 정원, 두 사람이 맞이한 '서른'이라는 나이는 얼핏 '어
른'이기에 적합해 보이지만, 미처 어른이 될 기회를 부여받지 못
한 채 돌봄(집)의 평온함에 안주했던 그들로서는 드디어 진정한
의미의 어른이 될 수 있는 미지의 '서른'인 것이다.

찢긴 빈 종이 한 장, 빗물에 젖은 털을 흔들어대는 길고양이와
그 뒤를 따라가는 새끼 고양이들…… 그들의 탈주는 유혹이 즐비
한 '낯익음'으로 가득하다. 그래도 정원은 "트렁크를 쥔 손에 힘

을 주고 서툴게 걸음을 옮"(334쪽)기고, 여진은 "나무들의 수많은 이파리 사이로 차츰 푸르게 번져들고 있는 세상의 빛"을 본다. 그건 아마도 소설가 조경란이 자신이 만들어 세상으로 내보낸 두 인물에게 주고 싶었고 또 줄 수 있었던 가장 최선의, 아름다운 선물이었을 것이다. 이야기가 끝이 나고도 "아무도 없는 길 저쪽으로"(334쪽) 향하는 그들의 행로에 우리가 눈길을 거두지 못하는 이유다.